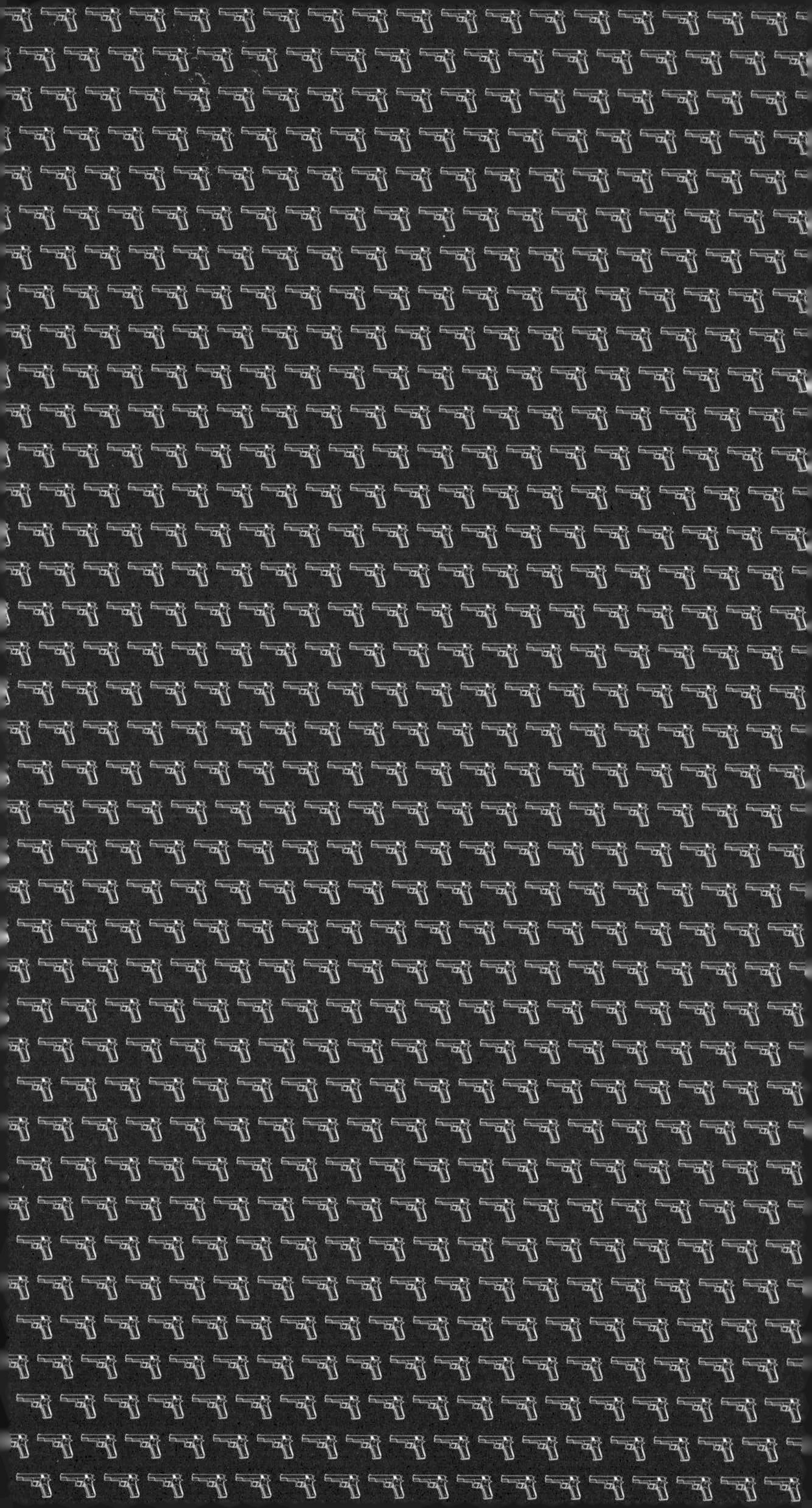

ars vivendi

Stefanie Koch

Hurenpoker

Kriminalroman

ars vivendi

Originalausgabe

1. Auflage März 2012

www.arsvivendi.com

Lektorat: Helga Blum
Umschlaggestaltung: ars vivendi unter
Verwendung einer Fotografie von Comstock/Getty Images
Druck: Beltz, Bad Langensalza

Printed in Germany

ISBN 978-3-86913-114-6

Hurenpoker

Für Nina

Fantasie ist wichtiger als Wissen,
denn Wissen ist begrenzt.
Albert Einstein, 14.03.1879–18.04.1955

Jérômes Handy klingelte leise, aber unüberhörbar. Er hob vorsichtig den Kopf, tastete mit der Hand den Boden ab und fand das Telefon in seinem Schuh. Noch nicht ganz wach, drückte er den Ton weg, drehte sich zu Samantha um und studierte im kalten Mondlicht ihr Gesicht. Der Mund war fest geschlossen, an den Wimpern klebte ein feiner Rest Tusche. Die Haare umrahmten ihre Stirn wie trockenes Stroh.

Seit einigen Wochen fragte er sich, ob er sie liebte. Kontakt zu ihr aufgenommen hatte er jedoch ursprünglich aus einem ganz anderen Grund. Das mit der Liebe war allmählich gekommen, und dann, eines Tages, als er sie malen sah, spürte er diesen Stich im Herzen. Wenig später – Samantha war nicht zu Hause – schlich er ins Atelier, erkannte sich in ihren Bildern wieder und erschrak. Es fühlte sich an, als habe sie ihm die Seele geklaut: Sie lag wie ein Stück rohes Fleisch in ihren Bildern: seziert und auf sonderbare Weise gewandelt. Ihre Malerei hatte etwas Magisches, das ihn anzog, ohne dass er sich dagegen wehren konnte, und jedes Mal, wenn es eine Gelegenheit dazu gab, stahl er sich ins Atelier, um sich selbst zu begegnen.

Er fühlte eine beängstigende Leere in sich aufkommen, als er spürte, dass ihr Interesse an ihm verschwand. Ob sie ihn bald wegschicken würde wie die anderen? »Verlieren«, hatte sie von oben herab gesagt, »tut nur, wer festhalten will, und es gewinnt, wer lachend loslässt.« Jérôme wusste nicht mehr, wie er bei diesem Spiel auf die falsche Seite geraten war, aber er war es, ganz eindeutig.

Seit Ende Dezember arbeitete Samantha an einer Szene vom Industriehafen. Einmal platzte er ins Atelier, als Sam eine der ermordeten Frauen ohne Gesicht malte. Er selbst kannte Fotos vom Tatort und wunderte sich, woher die Malerin ihr Detailwissen hatte. »Ich finde es, während ich male, deshalb werde ich auch ihre Gesichter wiederfinden und wer weiß, vielleicht ja auch ihre Mörder«, sagte sie damals mit ihrem zweideutigen Lächeln. Bei seinem letzten Besuch waren die Bilder der ermordeten Frauen verschwunden. »Welche Frauen?«, fragte Samantha, als er wissen wollte, was mit den Bildern geschehen war.

Die Kirchturmuhr schlug fünf. In einer halben Stunde begann sein Dienst.

»Willst du einen Kaffee?«, fragte Samantha mit vom Schlaf heiserer Stimme.

»Nein«, antwortete er, stand auf und zog die schwarze Polizeiuniform an. Er biss sich auf die Unterlippe. Er musste es jetzt sagen, sonst würde es ihn den ganzen Tag nicht mehr loslassen.

»Bitte, geh heute Nacht nicht wieder nach Marseille.«

Sie stand auf, wickelte das Bettlaken um ihren mageren Körper und grinste. »Seit wann stört dich das?«

»Ist das wichtig?«, blaffte er.

»Glaubst du, ich habe es nicht bemerkt?«, fragte sie mit so viel Spott in der Stimme, dass er seine Hand zur Faust ballte.

»Tu es nicht.«

»Jérôme, zum letzten Mal: Es geht dich nichts an.«

»Wie willst du den Flug nach München schaffen?«

Sie legte ihre sehnige Hand auf seine Wange und blickte ihm gerade in die Augen. »Du findest bitte allein hinaus.« Sie ging an ihm vorbei. Kurz danach hörte er die Tür zum Atelier.

Samantha öffnete die Flügeltür, um die Dämpfe der Lack- und Acrylfarben freizulassen. Zum Malen brauchte sie diesen intensiven Geruch, es war, als würde er die Inspiration erst ermöglichen. Sie trat auf die Dachterrasse, die einen herrlichen Ausblick auf die fast 400 Meter hohe Steilküste bot, die Cassis und das Hafenbecken umschloss. Sie reckte ihre farbverschmierten Arme in den Winterhimmel der Provence und seufzte, weil es ihr der eigenen strengen

Meinung nach nie gelungen war, das besondere Licht dieser Landschaft in ihren Bildern einzufangen. Sie betrachtete das spärliche Treiben zu dieser frühen Stunde auf dem Kai. Es musste gegen acht Uhr sein. Die Ausflugsboote, die im Sommer die nie enden wollenden Ströme von Touristen in die Fjorde fuhren, lagen im sicheren Trockendock, aber die bunten Boote der Fischer zerrten, vom rauen Wind getrieben, an ihren Tauen. Für heute war ein Sturm vorausgesagt, sodass die Fischer im Hafen blieben. »Und mindestens die Hälfte von ihnen wird bereits betrunken sein«, murmelte sie vor sich hin. Der Wind vom Festland drückte einen eisigen Nebel von der Steilküste ins Dorf hinab. In weniger als einer halben Stunde würden die Häuser um den Platz herum in ein milchiges Licht getaucht sein bis zum Mittag, wenn die Sonne die Nebel auflöste.

Samantha wandte ihren Blick von der Steilküste ab und sah Lizzy über den Platz kommen, einen schweren Korb am Arm. Mit der freien Hand machte sie eine wegwerfende Bewegung zu den alten Männern in ihren dicken Jacken, die die Terrasse von *Francis' Bar* bevölkerten, eine der wenigen Kneipen, die im Winter geöffnet hatten. Lizzy stellte kurz den Korb ab, stützte ihre Hände in die Hüften und rief den Männern etwas zu. Samantha konnte die Worte auf ihrer Dachterrasse nicht hören, aber durch das grölende Lachen, das zu ihr heraufdrang, wusste sie, dass es etwas Anzügliches sein musste. Lizzy schritt mit wiegenden Hüften weiter. Mindestens die Hälfte dieser alten Männer musste früher in die schöne Mulattin mit dem nussbraunen Teint der Mutter und den graublauen Augen des nordfranzösischen Vaters verliebt gewesen sein.

Als Lizzy fast den Hauseingang erreicht hatte, sprang Samantha, jeweils drei Stufen auf einmal nehmend, die Treppen der vier Etagen hinunter und riss die Tür in dem Augenblick auf, in dem Lizzy den Schlüssel ins Schloss stecken wollte.

»Mädel, schon ausgeschlafen?«

Samantha grinste, nahm einen Apfel aus dem Korb und biss hinein. »Ich habe seit fünf Uhr gearbeitet.« Sie hielt ihrer Haushälterin zum Beweis die verschmierten Hände hin.

»Musste Jérôme zur Frühschicht?«, frotzelte Lizzy, die wusste, wie gern Samantha lange schlief. Sie füllte die Espressokanne mit Wasser und frisch gemahlenem Kaffee. Hinter ihrem Rücken streckte Samantha ihr die Zunge heraus. »In welchem Zimmer wart ihr?«

»Drei A.«

Samantha nahm aus Prinzip keinen Mann mit in ihr Schlafzimmer, sondern benutzte die verschiedenen Hotelzimmer, die im Winter leer blieben. Dem Dorf war die deutsche Malerin ein Rätsel, und erst nach dem achten Wodka gewährte Lizzy den Bewohnern gelegentlich einen Blick hinter die Kulissen. Daher wussten alle, dass Samantha Mills ihrem Exmann, einem englischen Hotelier, die *Blaue Rose* nach zwei Ehejahren abgeluchst und ihn selbst in ein Flugzeug zurück nach England gesetzt hatte.

»Wann kommen deine Freundinnen an?«

»Sie landen gegen elf in Marseille. Schätze, so gegen Mittag sind sie hier.«

Die Espressokanne zischte und hüllte die Küche in den bitter-herben Kaffeeduft. Lizzy zündete sich eine selbst gedrehte Zigarette an, füllte beiden eine kleine Tasse, häufte in ihre drei, in Sams einen Löffel braunen Zucker, rührte und reichte ihrer Chefin mit einem Nicken die Tasse. »Der Fischhändler hat mir seine Reste mitgegeben. Willst du lieber Bouillabaisse oder die passierte Version?« Mit einem Schluck leerte Lizzy ihre Tasse und goss sich nach. »Bouillabaisse hat Bella sich gewünscht.« Samantha drehte ihre Haare in ein Einmachgummi. »Wir werden überhaupt nur Fisch essen diese Woche, Rosi mag zurzeit kein Fleisch.«

»Warum nicht?« Lizzy nahm einen Tabakbeutel aus ihrem Mantel. Sie behielt den Mantel stets an, bis die Küche warm war, und hängte ihn erst in den Abstellraum, wenn sie zu kochen begann. Sie legte den Tabakbeutel auf den gekachelten Küchentisch und packte den Korb aus.

»Rosi schreibt gerade eine Forschungsarbeit über die Virenübertragung mittels Importfleisch.«

»Hier gibt es kein Importfleisch. Paul verkauft nur das Fleisch seiner eigenen Tiere«, murrte Lizzy und kräuselte die Nase. Sie mochte es gar nicht, wenn ihre sonst freie Wahl in der Küche eingeschränkt wurde.

»Bist du da wirklich so sicher?«

Eine geringschätzige Handbewegung war die Antwort.

Neben Schalotten, Möhren, Porree und frischem Knoblauch landete die Tageszeitung auf dem Tisch. Oben rechts stand eine kleine Notiz: *Mord an Marseiller Weihnachtsleichen bleibt ungeklärt. Lesen Sie weiter auf Seite 5.* Samantha blätterte, in der linken Hand die kleine Tasse, zur angegebenen Stelle und erfuhr, dass weder die Identität der beiden Frauen geklärt noch eine Spur zu deren Mörder gefunden werden konnte. Die Presse bezeichnete die toten Frauen als ›Weihnachtsleichen‹, weil sie am 25. und 26. Dezember ermordet worden waren.

Ein anonymer Anruf am 27. Dezember hatte die Polizei in den Holzhafen geschickt. Die Frauen waren auf gestapeltem Holz aufgebahrt gewesen, wie für ein Verbrennungszeremoniell. Sie hatten keine Augen mehr, keine Gesichtshaut, keine Zähne, keine Fingerkuppen. Zudem gab es keine Vermisstenmeldung, weshalb die Polizei annahm, dass es sich bei ihnen um zwei Illegale handelte. Der heutige Artikel bestand überwiegend aus Anklagen gegen die Gendarmerie Nationale, die den Fall Anfang Januar übernommen hatte. Merkwürdigerweise schrieb keine auch noch so schlechte Zeitung über das, was alle dachten und Samantha wusste: über den Krieg im Hurenmilieu. Dass die Leichen mitten im Holzhafen wie zur Verbrennung bereit lagen, das sollte eine klare Warnung an den Griechen Drakon sein, den Chef der hiesigen Mafia. Jedes Kind in Marseille wusste: Wenn der Holzhafen Feuer fängt, schmilzt die Hafenstadt. Drakon hatte Samantha zwar nicht gesagt, worum es genau ging, ihr jedoch geraten, ihre Bilder über die ermordeten Huren an einem sicheren Ort zu verwahren und bis auf Weiteres nicht auszustellen. Immerhin war der Präsident des Departements im Wahlkampf vor zwei Jahren damit angetreten, die Kriminalitätsrate zu halbieren und die käufliche Liebe aus Marseille zu verbannen.

Samantha ließ die Zeitung offen liegen, sah aus dem Küchenfenster und bemerkte Julian, den Sohn des Gärtners. »Was macht der in unserem Gemüsegarten?«

»Eine Drainage legen.«

»Ich könnte ihm ein wenig helfen.«

»Er ist siebzehn.«

»Na und? Er ist hübsch.«

Lizzy verknotete ein hellblaues Kopftuch, das die Farbe ihrer Augen unterstrich, im Nacken. Sie sah Samantha an und sagte: »Wahrscheinlich hat sein Alter ihn geschickt, weil so ein grüner Junge am besten auf einem alten Fahrrad das Reiten lernt.«

Samantha schnippte mit den Fingern. »Dann solltest du vielleicht hinausgehen und ihm helfen.« Sie kicherten beide wie kleine Mädchen.

»Jacques hat gesagt, du hast neue Post von Mr Mills?«

»Dieser Postbote ist wirklich ein Tratschweib schlimmster Sorte.«

»Sei nicht so streng. Im Winter passiert einfach zu wenig. Also, was hat Mr Mills geschrieben?«

»Er behauptet jetzt, es gibt einen Zeugen, der bestätigt, dass er mir das Hotel überschrieben hat, weil ich ihm das Messer an die Kehle gehalten habe.« Samantha nahm wieder ihren Apfel, biss hinein und sprach mit vollem Mund weiter. »Elisabeth meint, damit kommt er genauso wenig durch wie mit dem angeblichen Abdruck des Messers am Hals oder der aus der Situation entstandenen zittrigen Unterschrift.«

Lizzy verstand gut, dass Mr Mills um das Hotel kämpfte, denn die *Blaue Rose* im Hafen von Cassis war ein paar Millionen wert und erfuhr jedes Jahr eine ansehnliche Preissteigerung. Der zähe Engländer hatte sich mit Erfolg eine eigene Hotelkette aufgebaut – ohne großen Namen dahinter, dafür jedes Haus klein, aber fein und den örtlichen Bedürfnissen angepasst. Hier in Cassis war die schönste Perle der Kette gewesen, und der Verlust bedeutete eine empfindliche Einbuße für ihn.

Obwohl Lizzy Samantha von Anfang an mochte, hatte sie Mr Mills von einer Hochzeit mit ihr abgeraten. Dem Blitzen ihrer grünen Augen verfallen, war er davon ausgegangen, wenn er Samantha den Traum eines Ateliers über den Dächern von Cassis erfüllte, würde sie sich die Zeit seiner Abwesenheit mit Malerei vertreiben und ein Ehevertrag sei unnötig. Zwei Jahre hielt die Illusion, an deren Ende er dann doch dieses Hotel verlor. Lizzy wusste nicht, wie Sam das geschafft hatte. In den letzten fünf Jahren waren seitdem zahllose Anwaltsschreiben und Liebhaber gefolgt. Letztere hatten Samantha in Cassis die Bezeichnung »deutsche Hure« eingebracht. »Künstlerschlampe«, nannte Lizzy sie, und das war durchaus wohlwollend gemeint.

Samantha warf den Rest ihres Apfels in den Kompost und stellte sich wieder ans Fenster. »Ich glaube, ein wenig Arbeit in der frischen Luft wird mir guttun.«

Die viel kleinere Lizzy trat neben sie und sagte: »Ja, Julian sieht wirklich so aus, als könnte er Hilfe brauchen.«

1

Wie oft vor den großen Winterstürmen hatte der Wind eine Pause eingelegt, sodass die Mittagssonne Cassis freundlich wärmte.

»Sie arbeitet wie ein Mann«, war Elisabeths erster Kommentar, als die drei Freundinnen zwei Stunden später am selben Küchenfenster standen.

»Und sie ist dreckig«, fügte Rosi hinzu, die als Virologin jeglichem Schmutz begegnete, als sei ein Mikrokosmos unbekannter Bakterien zu erobern.

»Wollen wir sie nicht begrüßen?«, fragte Bella.

»Schau dir diese hässlichen Gummistiefel an«, fuhr Elisabeth unbeirrt fort, der es völlig unverständlich war, warum Samantha so wenig auf ihr äußeres Erscheinungsbild achtete, »und die nackten weißen Beine. Man sollte wirklich nicht meinen, dass sie seit Jahren im Süden lebt.«

»Immerhin ist sie geschminkt«, verteidigte sie Bella.

Rosi schob ihr Gesicht näher an das Fenster, grinste und sagte: »Sie flirtet mit diesem Jungspund. Seht mal, wie er sie anhimmelt.«

»Ansabbert«, befand Elisabeth.

»Na, na, nicht so streng, du weißt doch: In diesem Alter können sie sich kaum kontrollieren.«

Elisabeth schüttelte den Kopf.

»Machen wir uns nichts vor«, sagte Rosi und zog dabei ihr Chanelkostüm zurecht, »sie hat sich in all den Jahren, die wir uns nun kennen, kein bisschen verändert.«

»Dem Himmel sei Dank«, bekräftigte Bella aus voller Überzeugung. In dem Moment drehte Samantha sich zu ihnen um und entdeckte ihre Freundinnen am Fenster. Als ob sie einer geheimen Choreografie folgten, hoben alle drei den rechten Arm und winkten ihr zu. Samantha ließ die Schaufel auf den ausgehobenen Lehmboden fallen und war mit zwei Schritten in der Küche.

»Ausgefallenes Designerstück – und so kleidsam«, bemerkte Elisabeth mit hochgezogenen Augenbrauen und einem strengen Blick auf die kurze, dreckverkrustete Cordhose.

»Als Rechtsanwältin konntest du deine Boshaftigkeit schon immer in charmant daherkommendem Spott verbergen.« Sie umarmten sich stürmisch und lachten.

»Es tut so gut, dich endlich wiederzusehen«, sagte Elisabeth leise an Samanthas Schulter, die ihre Hand ausstreckte, um Rosi und Bella in die Umarmung mit einzubeziehen.

Rosi löste sich als Erste, machte eine Kopfbewegung Richtung Garten und fragte: »Und, kann er was?«

»Weiß ich noch nicht«, antwortete Samantha und bröselte zu Lizzys Missfallen den Lehm an ihren Händen in das Waschbecken, bevor sie sich wusch.

»Willst du es denn wissen?«

»Vielleicht, mal sehen. Er ist hübsch.«

Elisabeth, mit neunundvierzig die Älteste unter ihnen, schüttelte den Kopf. »So gut und lange ich dich kenne: Dieses Faible für junge Männer werde ich nie kapieren. Ich bin heilfroh, dass ich mit dem langweiligen Rumgemache der Jugend nichts mehr zu tun habe.«

»Es kommt darauf an, wie du sie anleitest.« Samantha trocknete sich die Hände am Geschirrtuch und warf es ins Waschbecken.

»Es reicht mir, meine Kanzlei zu leiten. Im Bett will ich nicht auch noch die Chefin sein.«

»Ich weiß«, sagte Samantha und legte Elisabeth den Arm um die Schulter. »Kommt, ich bringe euch auf eure Zimmer.«

Bepackt mit ihren Taschen folgten sie Samantha die breite Treppe in den ersten Stock, wo die Räume lagen, die als Suiten im Hotelkatalog angepriesen wurden.

Samantha strich ihrer ältesten Freundin über die streng in einem Dutt aufgesteckten blonden Haare. »Noch kein Kurzhaarschnitt?«

Elisabeth ließ erschöpft ihre Ledertaschen auf den Boden und sich selbst in den mit rotem Samt bezogenen Sessel fallen. »Ich warte auf deine Vorgabe.«

Samantha lachte und öffnete die Tür zum Nebenzimmer, in dem Rosi und Bella schlafen würden. Das Nachbarzimmer glänzte in satten Blautönen, durch die der Hafen vor den Fenstern mit seinen blauen Booten wie eine Verlängerung wirkte. Blaue Hortensien standen in Bodenvasen, selbst im Bad. Elisabeth kam zu ihnen, als Rosi eben fragte: »Und, was liegt im Moment an?«

Samantha berichtete kurz von den Weihnachtsleichen, von denen jeder annahm, dass sie etwas mit dem Milieu in Marseille zu tun hatten. Seit einiger Zeit gab es Gerüchte, dass Russen sich in der Hafenstadt La Ciotat breitmachten, die über die ermordeten Huren jetzt auch ein bisschen vom großen Kuchen abhaben wollten. »Es waren ziemlich hässliche Morde«, endete Samantha.

Elisabeths Blick ruhte auf ihr. Die Anwältin kannte Sam am längsten und ahnte, dass ihre Freundin über die Morde weit mehr wusste, als sie gerade erzählt hatte.

Bella strich über die schillernde Seide der Vorhänge und lobte Samanthas Exmann, der für die Ausstattung der Suiten verantwortlich gewesen war. »Die verschiedenen Einrichtungen erstaunen mich immer wieder. Mr Mills hat eindeutig Geschmack.«

»Was Hotels angeht«, ergänzte Elisabeth lakonisch.

»Und Liebe zum Detail«, fügte Rosi hinzu, griff unter ihre Bluse und befreite sich mit einem Seufzer der Erleichterung von ihrem BH.

»Hat sich das eigentlich im Bett bemerkbar gemacht?«, fragte Bella, für die das Thema Sex so selbstverständlich war wie das tägliche Essen.

»Unwesentlich. Entweder war Mr Mills die Ausnahme oder das Gerücht ist schlichtweg gelogen, dass die Engländer die besten Liebhaber in Europa sein sollen.«

»Also lieber einen Latinlover?«, hakte Bella nach.

»Mhm, glaube schon. Sag mal, wie geht es deiner Mischkalkulation?« Samantha ließ sich auf das Bett neben Rosis Koffer fallen. »Mischkalkulation« war der Sammelbegriff für Bellas sechs Kinder, die höchst verschieden waren. Verschieden auch, was das Einkommen der einzelnen Väter betraf. Doch die Summe aller Unterhaltszahlungen konnte sich durchaus als gehobenes Einkommen sehen lassen, und falls einer der Herren mal nicht spurte, gab es ja Elisabeth.

»Gut. Alle Kinder sind gesund, haben regelmäßige blaue Flecken, jetzt auch die ersten auf der Seele.« Bella ließ sich neben Samantha fallen. »Kurzum, alles so, wie es sein soll. Wolf hat letztes Jahr brav sein Abitur vermasselt.«

Elisabeth machte es sich ebenfalls auf dem großen Bett bequem und sah staunend zu, mit welcher Genauigkeit Rosi ihre Kleidung aus den Koffern nahm und in den Schrank legte. »Irgendwie bekommen dir die exakten Wissenschaften nicht. Ich kenne wirklich keine andere, deren Blusen alle auf die akkurat gleiche Größe gebügelt sind. Wieso tust du das?«

Rosi zuckte mit den Schultern. »Unter Kollegen nennen wir es Übersprunghandlung.«

»Häh?« Bella rollte an die Bettkante und goss für alle ein Glas Champagner ein, der Kühler stand auf ihrem Nachttisch bereit.

»Heißt: Bügel- statt Putzwahn zum Beispiel. Oder: Eine Kollegin von mir verbraucht Unmengen Insektenvernichter, seit sie letztes Jahr mit mir an einem Artikel über die Virenübertragung mittels Nachtfalter und Schmetterlingen gearbeitet hat.«

Bella und Elisabeth verzogen das Gesicht, Sam hingegen lächelte. Sie erinnerten sich gut an Rosis Erläuterungen zu diversen Falterarten, die entweder mit einem Saugrüssel bis zu sieben Millimeter tief auch in menschliche Haut drangen oder auf mechanischem Weg den Augapfel ihres Wirts rieben, um dessen Tränenproduktion anzuregen und die Flüssigkeit zu trinken. Samantha hatte daraus eine Bildserie gemacht, die den Menschen auf perfide Weise als Nahrungsgeber der Insekten darstellte. Lediglich aus den Tränen trinkenden Faltern hatte sie ein romantisches Bild kreiert, das in Frankfurt in Rosis Büro hing. Die Virologin hatte den Namen aussuchen dürfen und es ihrem Naturell entsprechend betitelt: *Pyralidae, Noctuidae und Geometridae,* alles Schmetterlingsfamilien, denen diese Falter entstammten. Rosi hängte die letzte Bluse in den Schrank, klappte den Koffer zu, schob ihn unter ihr Bett und setzte sich zu den anderen.

»Immer noch eine Schwäche für Chanel?«, fragte Samantha. Rosi nahm einen Schluck, sah ihre Freundin aus schwarzen Augen an und antwortete: »Es wird jedes Jahr schlimmer. Wenn die von Chanel anfangen sollten, Nähgarn oder Klopapier herzustellen, kaufe ich das sicher auch noch. Gehen wir zum Aperitif ins Casino?«

»Klar, aber erst machen wir unseren traditionellen Spaziergang an der Steilküste entlang. Und Vorsicht, heute ist Sturm angesagt, es wäre ein Jammer, wenn eine von uns in die Tiefe flöge. Wir treffen uns in einer Stunde unten!«

Samantha leerte ihr Glas in einem Zug, sprang die Treppe wieder hinunter und ging in die Küche zu Lizzy.

»Wenn du noch ein Mal deine Hände im Gemüsebecken wäschst, haue ich dir den Spüllappen um die Ohren.«

»Schon gut. Ich hab nicht dran gedacht. Hast du uns was fürs Picknick gemacht?«

»Ihr wollt bei dem Wetter raus?« Der Wind jagte schwarze Wolken über den Himmel.

»Unbedingt. Wir sind Deutsche, wir kennen kein Wetter, nur falsche Kleidung«, rief Samantha aus, schlug die Hacken zusammen, salutierte und wich lachend Lizzys Handtuch aus.

Als Elisabeth, Bella und Rosi gerade aus ihren Zimmern traten, klingelte es unten am Hauptportal. Samantha kam in einem Jägermantel, der bis zum Boden reichte und ihre Größe betonte, aus der Küche. Sie trug den Picknickrucksack schon über der Schulter und öffnete die schwere Holztür.

»Ein Telegramm, Madame«, brüllte Jacques, der Postbote, gegen den Wind an.

»Und, was steht drin?« Samantha lächelte übertrieben süß.

»Ich habe es nicht angenommen, Madame, deshalb weiß ich es nicht.«

Samantha riss den Umschlag auf und zuckte zusammen.

Elisabeth, die die Szene von oben beobachtet hatte, fragte: »Schlechte Nachrichten?«

Samantha schüttelte den Kopf, drückte dem Postboten einen Fünf-Euro-Schein in die Hand, hielt die Tür mit beiden Händen fest und rief nach oben: »Wir müssen wirklich aufpassen, dass wir nicht wegfliegen. Kommt ihr?«

Lizzy sah vom Küchenfenster aus die vier vermummten Gestalten, die gegen den Wind ankämpften und sich zu den Falaises vorarbeiteten, wie die Franzosen die Steilküste um Cassis nennen. Als die Freundinnen auf der Treppe einer Häuserschlucht verschwanden, schlug Lizzy dreimal das Kreuz, öffnete den Topf und goss eine halbe Flasche Rosé, den es ausschließlich in Cassis gab, in die Bouillabaisse. Die Frauen unternahmen jedes Jahr diesen Ausflug, egal bei welchem Wetter, und ihr Proviant bestand immer aus Kaviar, hauchdünnen Toastscheiben, Limonen, Crème fraîche und Champagner. Oft packte Lizzy selbst gemachte Blinis, russische Buchweizenpfannkuchen, dazu. Heute hatte die Zeit jedoch nicht dafür gereicht.

Diese vier, dachte Lizzy, als sie Schalotten sehr fein hackte, die sind etwas ganz Besonderes. Da gibt es so etwas Verschworenes, Eingespieltes, Vertrautes unter den Freundinnen. Einmal, es war in dem Jahr, als Mr Mills die *Blaue Rose* verlassen musste, war Lizzy hinauf ins Atelier gegangen. Elisabeth, die Rechtsanwältin mit der beängstigend charismatischen Ausstrahlung, saß nackt und zu Lizzys maßlosem Erstaunen von Narben übersät Modell. Samantha malte Elisabeth jedoch nicht, sondern sie bemalte sie und ihre zahllosen Narben. Die Frauen sprachen kein Wort, dennoch waren sie eins, wie Lizzy es sich nicht hatte vorstellen können, dass es je zwischen zwei Frauen möglich sei. Elisabeths blonde Haare, die Lizzy nie offen gesehen hatte, flossen über die Schulter und endeten in einer großen Locke über dem Bauchnabel. Das grelle Sonnenlicht zeigte jede Falte, jede Delle auf der Narbenfrau, aber Samanthas Blick und Pinselstrich machten sie zum schönsten Weib der Welt. Die Malerin beschäftigte sich mit Elisabeths Haut wie mit einer edlen Leinwand. Jede Handbewegung verdichtete die Nähe der beiden, die Lizzy unheimlich war. Samantha kniete sich neben Elisabeth, streichelte ihr den Rücken, und indem sie wieder und wieder mit dem Pinsel darüberstrich, entstand wie von Zauberhand das aufgefächerte Blatt eines Farns, das sich bei jeder Bewegung wie im Wind wiegte. Teufelszeug, hatte Lizzy damals vor sich hin gesagt. Seitdem verspürte sie einen gewissen Argwohn Elisabeth gegenüber und mied sie, soweit es ging. Sie fand französische Frauen ohne jeden Zweifel schöner, weiblicher und ihrer eigenen Reize viel bewusster als ihre deutschen Pendants. Freundschaften unter Frauen hingegen schienen in Deutschland eine andere Qualität und ein anderes Ausmaß zu haben.

Lizzy schüttelte diese Gedanken ab, trank einen Schluck Rosé und widmete sich wieder der Zubereitung des Abendessens. Flambierte Gambas, serviert auf karamellisierten lauwarmen Möhrenspänen, waren der erste Gang. Dem sollte ein Tatar vom Lachs mit in Essig eingekochten Chilis und frischem Zitronenblatt folgen, weiter eine Bouillabaisse mit Rouille und geröstetem Brot, Käse der Region und Zabaione. Lizzy liebte es zu kochen, besonders für eine kleine Gruppe von Genießerinnen. Aber heute gelang es ihr nicht, sich wirklich darauf zu konzentrieren, weshalb ihr die Möhren zweimal verbrannten. Sie schälte die Gambas in die aufgeschlagene

Tageszeitung, die auf dem Tisch lag. Ihr Blick fiel auf das Foto der beiden gesichtslosen Leichen, das seit Weihnachten regelmäßig veröffentlicht wurde in der Hoffnung, irgendwer würde irgendetwas an diesen Frauen wiedererkennen.

Lizzy wusste, was dahintersteckte, dafür hatte sie lange genug in Marseille gearbeitet, und sie spürte mit ihrem sicheren Instinkt, dass es bei dieser Geschichte um mehr als die Morde ging. »Und so sicher wie das Amen in der Kirche wird es weitere Morde geben, bis alles geklärt ist, worum immer es auch geht«, murmelte sie kopfschüttelnd vor sich hin und schickte ein kleines Gebet hinterher: »Mach, Chef, dass Samantha nichts damit zu tun hat! Nach ihr würde mich keiner mehr anstellen mit meinen achtzig Jahren. Und wenn Du mich nicht zu einer Sozialhilfeempfängerin machen willst, dann regelst Du das weise.«

So loyal sie Samantha ergeben war, seit die Malerin sich regelmäßig mit Drakon, dem Mafiaboss von Marseille traf, witterte Lizzy Unheil. Sie hatte früh in ihrem Leben gelernt, bestimmte Fragen besser nicht zu stellen. Eines hätte sie besonders gern gewusst und fragte doch nicht: wo Samantha in den Nächten war, als die Morde an den Frauen geschahen. Man hatte sie im Hafen gesehen, aber wo genau, das wusste keiner oder sagte niemand. Warum sollte auch die Marseiller Polizei ausgerechnet die deutsche Malerin aus Cassis nach ihrem Alibi fragen? Lizzy kippte den letzten Schluck Rosé hinunter und begann, die Rouille anzurühren. Dafür brauchte es ein gutes Gespür und ihre uneingeschränkte Aufmerksamkeit.

Es war nach acht, als Lizzy die Frauen vom Salonzimmer aus, wo sie gerade den Tisch deckte, kommen sah und erleichtert aufatmete. Einander untergehakt stemmten sie sich gemeinsam gegen jede Böe. Ihre Gesichter waren gerötet, als sie mit einem Schwall feuchter Winterluft durch die Tür fegten. Rosi, Elisabeth und Bella klopften sich die Mäntel ab und liefen die Treppe hoch, Samantha kam in den Salon.

»Es war herrlich, Lizzy, und der Drachenstein ist einfach wunderbar«, sagte sie mit leuchtenden Augen. »Dass wir Hunger haben, brauche ich wohl nicht zu erwähnen, oder?«

»Sobald ihr euch frisch gemacht habt, wird der erste Gang aufgetragen.«

»Gut, ich sag Bescheid. Ich glaube, du bleibst heute Nacht besser hier. Auf dem Dorfplatz hat der Sturm schon die ersten Schindeln vom Dach gerissen.« Ohne eine Antwort abzuwarten, ging Samantha hoch in ihr Studio, das wie das Atelier im vierten Stock lag, und zog sich für den Abend um. Roben waren am ersten Abend Ehrensache. Als sie im Salon ankam, rekelte Rosi sich bereits in dem großen Sessel vor dem Kamin. In allen Ecken sorgten zahllose Kerzen für ein weiches, schmeichelhaftes Licht, das von den dunkelrot gestrichenen Wänden reflektiert wurde. Lizzy huschte um den Tisch und vollendete die Dekoration aus goldenen Steinen und Rosenblättern. Die antiken Stühle aus dunklem Holz mit hohen Lehnen hatte Samantha mit Blattgold bemalt.

»Trinkt ihr noch einen Aperitif?«

»Nein, danke.« Samantha setzte sich zu Rosi auf die Sessellehne. »Sobald Bella und Elisabeth da sind, legen wir los«, und ins Deutsche wechselnd fügte sie hinzu: »Ich könnte ein Schwein vertilgen.«

Rosi lachte auf, da Samantha diesen Ausdruck oft verwendete, wenn sie Lust auf einen Mann hatte. Im Casino hatte sie ihnen ausführlich von Jérômes Fertigkeiten berichtet.

»Wie geht es deinem Sohn?«, fragte Samantha.

»Gut. Sein Vater hat ihm einen Platz in Salem organisiert.«

»Elitärer Haufen.«

»Ja, aber er findet es besser als die soziale Randgruppenvereinigung bei Frankfurt, die ich als Internat ausgesucht hatte. Der gute Sohn denkt zielstrebig an seine Zukunft. Er will Arzt werden und in die Forschung gehen und sagt, dass er dafür in Salem die besseren Kontakte knüpfen kann.«

»Das weiß er alles schon mit sechzehn?«

Rosi seufzte. »Ja, das wusste er schon mit zwölf. Er weiß ebenso, wen er heiratet, wann die zwei geplanten Kinder kommen, wie lange er ins Ausland geht und dass es die Uniklinik Hannover sein wird, denn er will sich auf Transplantationen spezialisieren, ein Markt der Zukunft.«

»Zum Glück schreibt das Leben seine eigenen Geschichten.«

Rosi nickte, darüber hatten sie schon oft gesprochen. »Kommen wir lieber auf deinen hübschen Jérôme zurück. Hat der denn keine Familie?«

»Gleich zwei. Und da liegt sein Problem. Er will keine dritte Ehe. Im Winter hat er Frauenmangel. Im Sommer gibt es genug willige Touristinnen.«

Rosi zündete sich einen Zigarillo an und streckte ihre kalten Füße Richtung Feuer. »Man sollte meinen, Cassis hat genug hübsche Frauen.«

»Sicher. Wenn er sich jedoch mit einer Frau aus dem Dorf einlässt, mischt das ganze Dorf mit. Zoe, die Sekretärin in der Polizeistation, versucht ständig mit ihm anzubandeln. Jede Auseinandersetzung zwischen denen wird in den Bars anhaltend diskutiert, Wetten werden abgeschlossen, wie lange die Beziehung hält oder wie lange sie braucht, um ihn in den Bund der Ehe zu zwingen, und so weiter.«

»Und das hat der Junge zweimal probiert«, mischte sich Elisabeth ein, »sodass er jetzt die Nase voll hat.« Sie trat zu den beiden und legte Samantha die Hand auf die Schulter. »Da bist du natürlich wunderbar bequem für ihn.«

»Vorsicht«, Samantha knuffte sie in die Seite, »es ist schließlich eine Win-win-Situation. Das Schöne an Jérôme ist, dass er immer kann. Und um was es bei ihm eigentlich geht, erzähle ich euch morgen.« Sie griff nach Elisabeths Hand und fragte: »Was machen deine Töchter?«

Elisabeth winkte ärgerlich ab, nahm Rosi den Zigarillo aus der Hand, paffte ein paarmal, gab ihn zurück und setzte sich in den zweiten Sessel vor dem Kamin.

Die Tür des Salons ging auf, ein kalter Hauch, der aus der Vorhalle kam, ließ die drei frösteln. Bella stand in einem grellbunten Kleid im Rahmen und feixte. Ihr kindliches Lächeln, verbunden mit einem perfekt geschminkten knallroten Kirschmund, betonte ihre Lolita-Ausstrahlung.

»Du siehst aus wie ein Papagei«, sagte Elisabeth, und Bella prustete los.

»Ich wusste, dass du das sagen würdest. Ich finde, es passt zu dem bunten Haus.« Sie strich über ihren Pagenkopf und stöckelte, etwas wackelig auf den hohen Schuhen, mit denen sie ihre eins sechzig wettzumachen versuchte, zum Esstisch. Auch Elisabeth, Rosi und Samantha setzten sich, und Lizzy begann aufzutragen.

Einige wenige Gestalten bevölkerten noch *Francis' Bar*. Sie schauten gelegentlich hinüber zum Hotel der deutschen Malerin. Im roten Feuerschein, der durch die hohen Fenster auf den Platz fiel, erkannten sie bloß Lizzy, die hin und her ging. Manchmal hob sich ein Schatten auf der den Fenstern gegenüberliegenden Wand ab, wenn eine der Frauen aufstand oder die Arme wild gestikulierend in die Luft warf.

Die Freundinnen tauchten ein in ihre Geschichten, während Lizzy schweigend und aufmerksam Gang um Gang auftrug, Weinflasche um Weinflasche öffnete, Holz im begehbaren Kamin nachlegte und sich wunderte, dass diese so unterschiedlichen Frauen so herzhaft miteinander lachten. Der Sturm hatte sich gelegt, sodass Lizzy um Mitternacht Samanthas Schulter drückte, Zeichen dafür, dass sie jetzt gehen würde. Als sie über den Dorfplatz schritt, schloss gerade *Francis' Bar* und kegelte die letzten Gäste, ein paar Fischer aus dem Dorf, vor die Tür. Die Männer schauten zu dem erleuchteten Salon, schüttelten ratlos den Kopf, spuckten auf den Boden und gingen mit vom Alkohol schweren Schritten nach Hause.

2

»Schläft Sam noch?«, fragte Bella gähnend, als sie auf die Terrasse hinter der *Blauen Rose* trat. Es war einer dieser Morgen, an denen der Wind auf Süden gedreht hatte und die Temperaturen schon um zehn Uhr so mild waren, dass man draußen sitzen konnte. Lizzy hasste diese raschen Umschwünge, die ihrer Meinung nach die Menschen verwirrten, und nannte sie Hexenwinde.

»Keine Ahnung, vielleicht malt sie ja«, antwortete Rosi und wickelte sich fester in ihren Morgenrock. Ihre schwarzen Haare hatte sie bereits nach hinten gekämmt, aber die buschigen Augenbrauen, die sie von ihrem ungarischen Vater geerbt hatte, standen in alle Richtungen.

Elisabeth murmelte hinter der aufgeschlagenen Zeitung: »Weiß eine von euch, wie wir ins Bett gekommen sind?«

»Nö«, gab Bella unumwunden zu, nahm sich Kaffee und ein Croissant und setzte sich.

Sie hörten die hintere Türglocke, ein französisches Wortgefecht in der Küche, dann sprang jemand die breiten Stufen in der Hotelhalle hoch. Elisabeth runzelte die Stirn, legte ihre Zeitung zusammen und ging mit Bella und Rosi, die ihr automatisch folgten, in die Halle.

»Wer war das?«, fragte sie in hölzernem Französisch Lizzy, die ebenfalls aus der Küche gekommen war.

»Jérôme.«

»Schon nach einer Nacht ohne Sam so ein Druck?«, wunderte sich Bella.

»Sie hat doch gesagt, er kann immer«, Rosi lächelte, »und meinte wahrscheinlich, er muss immer.«

Das Poltern auf den verschiedenen Etagen hallte bis in die Eingangshalle. Nach einer Weile tauchte Jérôme am oberen Absatz der Treppe auf.

»Hoppla«, murmelte Bella, »das hat sie uns nicht gesagt«, und fuhr sich mechanisch durch die strubbeligen Haare.

»Nein, hat sie nicht«, gab Rosi ihr recht. »Warum haben wir den in all den Jahren vorher nie gesehen?«

»Er war in Marseille stationiert«, flüsterte Bella und ärgerte sich, dass sie nicht zurechtgemacht war und ihr Schlafanzug überdies mit unzähligen Engeln und Bärchen verziert.

Jérôme kam langsam die Treppe herunter.

»Wie geht das«, flüsterte Rosi, »dass eine Mischung aus Brad Pitt und Johnny Depp frei herumläuft?«

»Wie alt?«, hauchte Bella.

»Könntet ihr eure Münder jetzt wieder zuklappen?«, wies Elisabeth sie schmunzelnd an und wandte sich an den Mann mit den langen dunkelblonden Haaren, der jetzt am unteren Treppenabsatz angekommen war. »Was wollen Sie hier?«, fragte sie ihn.

Jérôme starrte sie aus seinen grauen Augen an, als hätte er Zweifel, ob Elisabeth wirklich ihn gemeint haben könnte.

»Ich suche Samantha!« Seine Stimme war scharf und schneidend.

»Sie ist nicht oben?«, fragte Lizzy. Ihr Ton verriet ihren Ärger über sein Eindringen.

»Nein, nicht im Atelier, nicht in ihrem, nicht in irgendeinem Bett der *Blauen Rose*.«

»Der Junge kennt sich hier aus«, sagte Rosi, die Französisch zwar ein wenig verstand, aber nicht sprechen konnte.

»Wie bitte?«, fuhr Jérôme sie an.

»Leidenschaftlich ist er also auch«, seufzte Bella und setzte ihr schönstes Sonntagslächeln auf.

Elisabeth verschränkte die Arme vor der Brust und fügte hinzu: »Jetzt weiß ich, was Samantha mit Win-win-Situation meinte.«

»Was quatschen die Weiber da?«, wollte Jérôme von Lizzy wissen, die mit den Schultern zuckte und ihm lässig antwortete: »Schon vergessen? Ich kann kein Deutsch.«

Jérôme schob Lizzy zur Seite und verschwand in der Küche. Kurz darauf knallte die Tür.

»So gut kann er nicht bumsen«, brummte Lizzy. Als Elisabeth sie fragend ansah, gab die alte Haushälterin sich einen Ruck. Die anderen folgten der zierlichen Gestalt, die energisch die Treppe vor ihnen hochging. Als sie etwas aus der Puste die vierte Etage erreichten, schlug ihnen der Geruch von Lack entgegen.

»Es ist wirklich ein bisschen wie im Himmel wohnen, oder?« Bella war wie immer bezaubert von den Glasfronten, die zu drei Seiten den Blick auf den Himmel, die Steilküste und das Meer freigaben. Pinsel standen in Gläsern mit Verdünnung, eine Leinwand war schon gespannt, aber noch unberührt. Ein paar Farbtuben lagen offen herum, die Lizzy mechanisch mit den jeweils passenden Kappen versah.

Elisabeth fiel auf, dass die fertigen Gemälde, die an der einzigen freien Wand lehnten, kräftigere Rottöne und weniger Brauntöne hatten als die Bilder vom letzten Jahr, die Samantha für sehr viel Geld an einen Amerikaner verkauft hatte. »Sie hat die Erotik hinter sich gelassen und malt den puren Sex«, sagte sie leise, mehr zu sich selbst, als sie den Stapel vorsichtig durchblätterte. »Menschenansammlungen, denen erst auf den zweiten Blick anzusehen ist, dass es sich um Beischlafszenarien handelt.« Die verrenkten Glieder, die leeren, oft nur angedeuteten Augen berührten sie und stießen sie gleichermaßen ab. An der Glasfront stand ein großes Bild, das einen Hafen zeigte. Kräne ragten wie hungrige Geier über den geöffneten Containern, alles schien überdimensional im Verhältnis zu den kleinen Menschen, die wie Insekten zwischen Kränen und Schiffen herumwuselten.

»Wo ist das?«, fragte Elisabeth.

»Im Industriehafen«, gab Lizzy zur Antwort und ging, gefolgt von Rosi und Bella, in Samanthas Schlafzimmer. Das Bett war unberührt.

»Ich habe es gestern erst frisch bezogen«, sagte Lizzy. Rosi übersetzte für Bella ins Deutsche, was sie mit ihrem Basisfranzösisch verstanden hatte.

»Für mich sieht das aus, als wäre sie mal wieder auf eine ihrer geheimen Touren gegangen«, sagte Elisabeth, die nachgekommen war. Zumindest hoffe ich das, schob sie in Gedanken hinterher.

»Muss das ausgerechnet sein, wenn wir hier sind?«, fragte Bella beleidigt.

»Künstlerfreiheit«, warf Rosi ein, die Sams Anwandlungen zwar nicht verstand, jedoch stets respektierte.

Auf Samanthas Nachttisch lagen neben Zeichenstiften und Malblöcken ihre Papiere und ihr Handy. Ihr Messer, das sie seit Kindesbeinen bei sich trug und nur zum Schlafen weglegte, fehlte.

Als die Frauen wieder am Frühstückstisch saßen, wandte sich Elisabeth an Lizzy, die frischen Kaffee brachte und offensichtlich nervös war. »Sie hat schon öfter solche Aktionen gebracht. Sicher taucht sie heute Abend gut gelaunt wieder auf.«

Lizzy nuschelte etwas Unverständliches und ließ die drei allein.

Samantha kam am Abend nicht zurück. Die Freundinnen stocherten in Lizzys Essen herum und tranken halbherzig den süßen kalten Weißwein.

»Elisabeth, hat sie dir wirklich nichts gesagt gestern Abend?«, fragte Bella.

»Es gibt keinen Grund zur Sorge«, antwortete Elisabeth entschieden. »Nur weil einer ihrer Liebhaber hier hereinstürmt und Theater macht und weil Lizzy mit sorgenvollem Gesicht herumläuft, sollten wir uns nicht verunsichern lassen. Wir kennen sie schließlich länger.« Sie schob den Teller von sich. »Sam hat das Handy und ihre Papiere hier gelassen, was bedeutet, dass sie in der Gegend ist und keine ihrer großen Touren vorhatte, die auch mal eine ganze Woche dauern können.«

»Mich würde trotzdem interessieren, warum dieser Jérôme heute Morgen schon nach ihr gesucht hat.« Rosi ließ sich nicht so leicht beschwichtigen. »Er muss das doch von ihr kennen.«

»So lange läuft das mit den beiden noch nicht, und vielleicht wollte er etwas mit ihr besprechen oder war eifersüchtig. Ich glaube nicht, dass das von Bedeutung ist«, erwiderte Elisabeth.

Da sie nicht recht wussten, was sie jetzt anfangen sollten, entschieden sie sich für einen Fernsehabend in der Hoffnung, dass wenigstens ein deutscher Sender zu finden wäre. Rosi, von allen die mit dem besten technischen Verstand, machte sich gleich an der Programmierung zu schaffen, Elisabeth öffnete eine neue Flasche Wein und Bella verkroch sich bereits unter die Kaschmirdecke auf dem großen Sofa, dem Fernseher gegenüber. Knisternd flimmerten Zeichen eines deutschen Senders über den Bildschirm, der Ton wurde lauter und endlich erklangen die vertrauten Stimmen der deutschen Tagesschau: »Unter den Vermissten sind nach Angaben der Fluggesellschaft zwei Deutsche, drei Engländer und 35 Franzosen, die sich auf dem Flug nach München befanden. Der sogenannte Cityhopper verschwand wenige Minuten nach dem Start vom Radar.« Bilder zeigten Fragmente eines Flugzeugs, die im aufgepeitschten Mittelmeer tanzten. Dann folgten Rettungsboote, Taucher, Stellungnahmen der Fluglotsen und das Ende einer jeden solchen Meldung: »… warten wir jetzt auf die Auswertung des Flugschreibers, der geborgen werden konnte. Die nachfolgenden Programme verschieben sich um circa eine halbe Stunde.«

»Och nein«, maulte Bella, schaltete ein paarmal um, aber auf allen Kanälen und in allen Sprachen wurde von dem Unglück berichtet, das sich morgens um 07:20 Uhr, wenige Minuten nach dem Start des Flugzeugs in Marseille, ereignet hatte.

»Na ja, vierzig Europäer auf einen Hops weg ist schon eine Sondersendung wert«, sagte Rosi trocken und rekelte sich vor dem Fernseher. Elisabeth verkrümelte sich mit einem Stapel Zeitungen in eine Ecke des Zimmers. Bella, die bei sechs Kindern zu Hause nicht die Ruhe zum Lesen fand und es sich inzwischen ganz abgewöhnt hatte, kannte sich mit Spielabenden bestens aus und fragte: »Mühle, Rosi?«

Nachdem sie die ersten Steine gesetzt hatten, flüsterte Bella: »Dieser Jérôme, da könnte ich glatt noch einmal schwach werden und an ein siebtes Kind denken.«

Elisabeth hatte sie trotzdem gehört und sagte: »Der hat bereits mit zwei Frauen vier Kinder.«

»Na und?«

»Herzblatt, das würde deine Mischkalkulation ungemein schwächen, seine Unterhaltszahlung wäre minimal. Außerdem kann ich dir da nicht helfen, du bräuchtest einen Anwalt, der sich im internationalen Unterhaltsrecht auskennt.«

»Das kann ja kein so großes Problem sein«, antwortete Bella beleidigt.

»Nein, es hätte jedoch den feinen Unterschied, dass der mit ziemlich hoher Wahrscheinlichkeit auf Zahlung seiner Rechnungen bestehen würde.«

Bella setzte einen weiteren Stein, hatte damit die erste Mühle und tat so, als habe sie den letzten Satz nicht gehört.

»Außerdem ist eine Schwangerschaft mit dreiundvierzig kein Spaziergang«, setzte Rosi von der anderen Seite an und ließ sich den Stein wegnehmen.

»Bei meiner Fruchtbarkeit und meinem Training sollte das kein Problem sein. Das letzte Kind ist erst sechs Jahre her.«

»Eine lange Zeit«, stichelte Elisabeth hinter ihrer Zeitung weiter.

»Und nach sechs Kindern ist so eine Gebärmutter sicher ziemlich ausgeleiert, Muskel hin oder her«, behauptete Rosi und schloss ihrerseits eine Mühle, die so gebaut war, dass sie auf der einen wie der anderen Seite eine Zwickmühle hatte.

»Blanker Neid.« Bella zeigte ihr den ausgestreckten Mittelfinger.

»Und Französisch sprichst du auch nicht.«

»Herrgott noch mal«, Bella schlug auf das Spielbrett und die Steine flogen auseinander. »Ich will nicht mit ihm leben, ich will ein Kind!« Sie sprang auf und feuerte die Decke in die Sofaecke. »Ich geh nach oben, lesen!«

Elisabeth ließ die Zeitung sinken. »Du liest nicht, Bella.«

»Dann fange ich eben jetzt damit an!« Die Tür knallte gegen den Rahmen und flog zurück, sodass Rosi Bella die Treppe hinauflaufen sah, als sie die Spielsteine einsammelte. »Wieso ist sie so wütend? Es ist doch alles bestens.«

Elisabeth stand auf, schloss die Tür und antwortete: »Ihre große Liebe Ben hat sich letzte Woche fast verabschiedet. Streit und bis heute keine SMS.«

»Die wievielte große Liebe ist das jetzt?«

»Wenn ich ordentlich mitgezählt habe, die zwölfte. Spielen wir?« Elisabeth kam zum Kamin und brachte für Rosi die Flasche Whisky und ein Glas mit.

»Schach?«

»Gern.«

Sie schoben das aus einer Schieferplatte geschlagene Brett samt Tisch vor den Kamin. Auf Rosis Seite befanden sich die Zigarillos, die Whiskyflasche, ein kleines Glas und der Aschenbecher. Auf Elisabeths Seite standen die Rotweinflasche und ein schweres Kristallglas.

»Elisabeth?«

»Ja?«

Sie klopfte einen Zigarillo aus der Schachtel und lächelte Elisabeth an. »Ich habe gestern bemerkt, wie sorgenvoll du Sam angesehen hast, als sie von den Leichen erzählte. Warum?«

»Das hast du dir eingebildet.«

»Nein, ich denke nicht. Irgendwas an der Art, wie Sam darüber gesprochen hat, war seltsam.«

Elisabeth gab ihr Feuer. »Und was?«

»Es war so distanzlos. Zugleich kalt und beteiligt. Eine merkwürdige Mischung aus … ach, ich weiß auch nicht.« Rosi legte Holz nach und wechselte das Thema: »Kennst du diesen Ben?« Elisabeth und Bella lebten in ihrer Geburtsstadt Regensburg, woher sich alle vier kannten.

»Ja, es ist mal wieder einer meiner Mandanten.« Sie machte mit einem zentralen Bauern eine klassische Eröffnung.

»Ich dachte, du wolltest sie nicht mehr zu deinen Mandantenpartys einladen.«

Elisabeths Mandanten gehörten zur gehobenen Gehaltsklasse – Ärzte, Professoren, leitende Angestellte, Aufsichtsräte und manchmal Politiker –, weshalb ihre Mandantenpartys, die sie zweimal im Jahr gab, sich bei Bella großer Beliebtheit erfreuten, besonders wenn sie gerade Single war.

Rosi zog nach und schob ebenfalls einen Bauern vor.

Elisabeth reagierte sofort. So lange sie sich kannten, spielten sie Schach miteinander und konnten die Züge der jeweils anderen voraussehen. Eigentlich hätten sie gar nicht mehr spielen müssen. »Nein«, sagte Elisabeth, »ich wollte sie auch gar nicht einladen. Schließlich geht mir dann jedes Mal ein Mandant flöten, und ich habe einen weiteren Fall am Hals, den Bella nicht bezahlt.«

Sie verschoben noch ein paar Bauern, Rosi bewegte den ersten Läufer. »Und warum lädst du sie dann doch wieder ein?«

»Du weißt doch, ich hänge an Traditionen. Außerdem bringt mir das auch eine ganze Menge.«

Rosi grinste. »Verstehe. Die knallharte Rechtsanwältin mit dem sozialen Anstrich: Sie kümmert sich um eine alleinerziehende Mutter von sechs Kindern.«

»So in etwa.« Elisabeth nahm den ersten Springer, und Rosi zeigte auf das Feld, von dem sie annahm, dass er dort landen würde.

»Kennen deine Mitarbeiter Bella?«

»Der Himmel bewahre! Das würde meine soziale Aura sofort zunichtemachen.«

»Irgendwie«, sagte Rosi mit Blick auf das wärmende Feuer, »bewundere ich Bella für ihre Lebensauffassung. Wer traut sich heute schon noch so viele Kinder in die Welt zu setzen? Normalerweise gilt das als asozial.«

»Tja, für Bella sind Kinder und Männer so selbstverständlich wie das Atmen. Sie betrachtet es simpel als ihren Job, für den andere sie bezahlen.«

Rosi schmunzelte, denn Bella skandierte oft: Jeder hat seine Berufung, ich kann eben am besten Kinder machen. »Und dieser Ben?«

Elisabeth platzierte den Springer, nahm das schwere Kristallglas und lehnte sich zurück. »Ein Chirurg aus der Münchener Uniklinik. Ich habe ihn mal vertreten in einer Streitsache, eine schiefgelaufene Hüftoperation. Anfang vierzig, schmuckes Kerlchen und auf dem Weg zum Chefarzt.«

»Aber?«, fragte Rosi gedehnt.

»Aber verheiratet, ein zweijähriger Sohn.«

»So einer also.«

»Ja, exakt so einer.«

»Weiß die Chefarztanwärterehefrau schon von Bella?«

»Nein«, antwortete Elisabeth, »ich habe Bella von ihm abgeraten. Bens Frau ist eine schwache Gegnerin, und das sind die Schlimmsten, wie wir wissen. Da hat man keine Chance. Besonders wenn der Mann sich von Schwäche angezogen fühlt.«

»Hm, verstehe, und welcher Arzt tut das nicht.«

»Richtig. Zudem hat nach neun Monaten selbst ein verliebter Mann begriffen, dass Bella alles andere als so hilfsbedürftig ist, wie der Kleinmädchenaugenaufschlag jeden am Anfang glauben lässt.«

Rosi stand auf und machte sich an der Musikanlage zu schaffen. »Sorgst du dich um sie?« Leise Flamencomusik füllte den Raum.

»Nein.« Tatsächlich empfand Elisabeth Bella als kleine Schwester, für die sie gern sorgte, und Bella passte so perfekt in dieses Schema, dass Fremde die beiden oft für Schwestern hielten. »Es wird bestimmt langweilig mit denen. Er wird seine Frau verlassen wollen, weil er glaubt, Bella zu lieben. Die Ehefrau wird Depressionen bekommen und sich nicht mehr um ihr kleines Kind kümmern und an sein Helfersyndrom appellieren. Schließlich wird sie um eine Chance betteln und wenn sie gut und schnell ist, wieder schwanger werden.«

Die Tür flog auf, und Bella erschien im Schlafanzug.

»War das Buch nicht gut?« fragte Elisabeth.

»Wieso behauptest du, er glaubt, mich zu lieben? Ben liebt mich, wie er nie eine Frau geliebt hat!«

»Bella«, warnte Rosi grinsend, »wirst du diesen Text denn nie leid?«

Schmollend ließ Bella sich in einen der Sessel fallen und trank Rosis Whiskyglas leer. »Er hat den schönsten Schwanz, der mir je untergekommen ist. Kennst du das, wenn so ein Schwanz einfach passt? Ich meine, so als wäre er für dich gemacht«, sie seufzte hingebungsvoll, »einfach wunderbar.«

»Mach ihn zu deinem Dr. Schiwago«, schlug Rosi vor.

»Für Pasternak fehlt Ben die Größe«, entschied Elisabeth knapp. »Hab deinen Spaß, solange seine Frau nichts merkt. Meine nächste Mandantenparty kommt bestimmt«, schlug sie versöhnlich vor.

Rosi rollte mit den Augen.

Lizzy kam herein und verabschiedete sich für diesen Abend. Allen fiel auf, wie skeptisch sie Elisabeth betrachtete. Die Freundinnen einigten sich, dass die Haushälterin am nächsten Morgen kein Frühstück machen sollte und sie zum Mittagessen ausgehen wollten. Daher müsste Lizzy erst am Nachmittag wiederkommen. »Ich werde Samantha morgen vermisst melden«, sagte diese dann, schon die Türklinke in der Hand.

Die drei Frauen blickten einander an, dann wieder zu der in der Tür wartenden Lizzy.

»Nein, Sam würde das nicht wollen. Es gibt weder morgen noch übermorgen einen Grund dafür«, entschied Elisabeth. »Sie kennen Samantha doch schon ein paar Jahre. Von einigen Tagen bis zu einer Woche bleibt unsere Künstlerin manchmal weg. Sie braucht das.«

»Sicher«, antwortete Lizzy und dachte: Aber es ist anders als sonst. Sie beschloss, es bei Jérôme zu versuchen, und wünschte den drei Frauen eine gute Nacht.

»Ich weiß nicht, warum sich Sam diese Alte hält«, sagte Bella, »ein hübscher junger Koch wäre viel besser.«

»Im Bett vielleicht. Lizzy hingegen ist ihr treu ergeben, und welcher Mann ist das schon auf Dauer? Außerdem ist sie eine begnadete Köchin«, antwortete Elisabeth.

»Interessant«, feixte Bella, »ist es bei dir schon so weit?«

»Wie weit?«

»Wie du weißt«, Bella drehte Rosis Whiskyglas in ihren Händen, »ist Essen der Sex …«

»Sag es nicht«, drohte Elisabeth und warf ein Sofakissen nach Bella, die es geschickt auffing.

»Ladys«, Rosi nahm Bella das Glas aus der Hand und füllte es neu, »ich gehe jetzt wirklich nach oben lesen. Gute Nacht.«

»Ich komme mit, wenn du mir vorliest. Ich will nur schnell in der Küche schauen, ob es so was Leckeres wie Brühwürstchen gibt, wenn wir diese Woche schon kein Fleisch essen.«

»Brühwürstchen? Wir sind in Frankreich!«

»Brühwürstchen macht man aus Schweinekopf, Hirn, Darm, Knorpel. Erzähl mir nicht, dass ausgerechnet die Franzosen so etwas wegwerfen.« Und schon war sie in der Küche verschwunden und inspizierte den gut sortierten Kühlschrank.

Als Bella oben ins Zimmer mit einem Teller kam, auf dem Würstchen, ein paar Scheiben Käse, Salami und Erdnüsse versammelt waren, saß Rosi bereits im Bett, die Lesebrille auf der Nase. Bella setzte sich zu ihr ans Fußende und verkreuzte die Beine. »Meinst du, Sam ist sauer, weil ich sie gestern wegen ihrer Kinderlosigkeit aufgezogen habe?«

Rosi nahm die Brille ab, beugte sich nach vorn und stibitzte ein Stück Käse von Bellas Teller. »Nein, wenn eine von uns Spott gut vertragen kann, dann Sam. Außerdem hat sie nie Kinder gewollt.«

»Ja, sie ist dafür viel zu egoistisch«, sagte Bella überzeugt.

»Demnach müsstest du ein selbstloses Wesen sein.«

»Na ja.« Bella schob sich ein Stück Salami in den Mund und lachte triumphierend. »In gewisser Weise bin ich das schon.«

»Ich hätte auch gern mehr Kinder gehabt«, gab Rosi zu und schlug das Buch wieder auf, »aber keine ohne Vater.«

»Glaub mir, sechs Väter sind klasse! Und die Kinder erziehen sich fast von allein. Ich meine, immer der gleiche Mann, das ist ja wie ein Leben lang den gleichen Eintopf zu essen und von den vielen anderen leckeren Sachen bloß zu träumen.«

Rosi seufzte. Sie waren einfach zu unterschiedlich, und sie schob es, wie oft, auf ihre ungarischen Gene, dass sie von einer großen Familie träumte. Mit einem Ehemann. Sie griff wieder nach ihrem Krimi. Eine Seite raschelte nach der anderen, denn niemand las so schnell wie sie.

Nach ein paar Minuten sagte Bella: »Ich habe irgendwie Angst um Sam. Sie kann doch nicht einfach so abhauen, wenn wir hier sind. Das hat sie sonst nie getan. Und Elisabeth kann mir sagen, was sie will, irgendetwas war mit Sam gestern.«

»Was meinst du?«

»Sie hat uns sonst, wenn wir ankamen, sofort ihre Bilder gezeigt, noch vor dem Spaziergang. Elisabeth weiß immer, was Sam gerade malt, aber heute Morgen war sie ganz schön überrascht.«

Rosi nippte an ihrem Glas und dachte, dass Bella recht hatte. Überdies passte es zu ihrem eigenen Gefühl. Dennoch vertraute sie auf Elisabeth, die schon immer als eine Art Simultandolmetscherin zwischen Sam auf der einen Seite und Bella und ihr auf der anderen Seite fungiert hatte.

Bella stand auf, stellte den leeren Teller auf die Kommode und kuschelte sich neben Rosi ins Bett. »Liest du mir was vor?«

»Aber ich bin schon mittendrin.«

»Macht nichts, du liest so schön. Was ist es?«

»Simenon, *Der Mann, der den Zügen nachsah.*«

Bella schloss die Augen und lauschte der rauchigen Stimme ihrer Freundin. Noch bevor Rosi sich das erste Mal unterbrach, um einen Schluck Whisky zu trinken, war Bella bereits eingeschlafen.

3

Elisabeth, die oft allein im Salon zurückblieb, trank langsam ihr Glas leer. Dann stand sie auf, stellte das Gitter vor den Kamin, löschte das Licht und blickte auf den leeren nächtlichen Dorfplatz. Sie wollte sich gerade abwenden, als sie einen Schatten aus der Gasse neben der Bar kommen sah. Ihr stellten sich die Nackenhaare auf, denn der Schatten lief direkt auf die *Blaue Rose* zu. Blitzschnell überlegte sie, ob alle Türen und Fenster verschlossen waren. Sie zog ihre Schuhe aus, rannte in die Küche und holte sich eines von Lizzys stets bedenklich scharfen Messern. Wie sie es von Samantha gelernt hatte, nahm sie das lange Messer so, dass der Arm fest am Körper lag und sie notfalls den Stoß mit ihrem Gewicht unterstützen konnte. Sie hörte erst ein Scharren am hinteren Eingang, dann drehte sich knirschend der Schlüssel im Schloss, die Klinke senkte sich.

Elisabeth huschte hinter die Küchentür und hielt den Atem an. Einen winzigen Moment hoffte sie, Sam wäre zurückgekommen, aber der Geruch des Aftershaves ließ keinen Zweifel daran: Ein Mann war eingedrungen. Als er in die Küche geschlichen kam, trat sie mit Schwung gegen die Tür, sprang hervor, drückte dem Mann das Messer in den Rücken und zerrte seinen Kopf an den Haaren zurück.

»Verdammte Scheiße!«, stieß er aus, als er versuchte sich zu drehen. Das Messer bohrte sich in seine Seite wie in warme Butter.

»Oh.« Elisabeth drückte mit dem Ellenbogen den Lichtschalter und stand erstaunt vor Jérôme. »Sie bluten ja.«

»Was sind Sie für eine dämliche Zicke, verdammte Scheiße!«

Sie lehnte sich mit dem blutigen Messer in der Hand an den Herd und grinste den verletzten Jérôme an. Er hat wirklich schöne Augen, dachte sie, von einem eigenartigen Graubraun.

»So helfen Sie mir doch!«, fuhr er sie an.

Elisabeth ließ geräuschvoll das Messer in die Spüle neben dem Herd fallen, warf ihm eines von Lizzys Geschirrtüchern zu und sagte kühl: »So, und jetzt raus!«

»Wo ist Samantha?«

»Ich weiß es nicht.«

Jérôme kam einen Schritt auf sie zu. Blitzschnell hatte Elisabeth das Messer aus der Spüle gefischt und drückte dessen Spitze gegen ihren linken Zeigefinger. »Beim nächsten Mal könnte ich noch dämlicher sein. Raus! Und lass den Schlüssel hier.«

Jérôme fluchte, doch mit dem Geschirrtuch auf der blutenden Wunde verschwand er in die schwarze Nacht.

Elisabeth atmete auf, legte das Messer zurück, verschloss die Tür von innen und ließ den Schlüssel stecken. Sie prüfte alle Fenster im Erdgeschoss, goss sich ein Glas Wein ein und rauchte schließlich doch einen von Rosis Zigarillos.

Mal wieder ein Mann, der sich zu seiner eigenen Überraschung in Sam verliebt hat und mit ihren Eskapaden nicht klarkommt, dachte Elisabeth. Sie blickte in die Dunkelheit des romantischen Hafenbeckens von Cassis. Ob sie in Marseille im Rotlichtviertel ist? Oder im Hafen? Schon als ganz junge Frau, erinnerte sie sich, war Sam gefesselt gewesen von den lasziven Orten einer Subkultur, wie sie in jedem großen Hafen zu finden ist: den Spelunken der billigsten Huren, Luden, Stricher und käuflichen Lesben. Sie hatte viel von Samanthas verrückten Einfällen mitbekommen, jedoch war sie ihr nie dorthin gefolgt.

Elisabeth leerte das Glas, ließ es im Salon stehen, schlich auf Socken in die obere Etage und hörte schon im Flur Bellas Schnarchen. Whisky bekam ihrer Freundin einfach nicht. Im eigenen Zimmer angekommen, schloss sie behutsam die Tür zum Nebenzimmer. Obwohl sie sehr müde war, gelang es ihr nicht einzuschlafen. Einem weit entfernten Echo gleich, das sie hörte, aber nicht verstand, drang die Sorge um Samantha in ihr Unterbewusstsein. Ein Grauen, das sich ihr wie eine kalte Hand in den Nacken schob, hielt sie wach. Elisabeth seufzte, stand wieder auf, zog ihren Morgenmantel an und schlich barfuß in die vierte Etage. Wie Geister, die darauf warteten, zum Leben erweckt zu werden, standen Sams Bilder im fahlen Mondlicht, das durch die Glasfronten drang. Elisabeth tastete nach dem Lichtschalter, bis ihr wieder einfiel, dass es hier keine Lampen gab, da Samantha ausschließlich im natürlichen Licht malte. Sie setzte sich in die Mitte des Ateliers und ließ die Kälte, die auf unheimliche Weise von den Bildern kam, von ihr Besitz nehmen.

»Schnell, steh auf!« Bella schüttelte Elisabeth. »Die Polizei ist unten!«

»Wie bitte?« Elisabeth richtete sich blitzartig auf. Ihr Rücken schmerzte vom harten Boden des Ateliers.

»Ja, dieser schöne Jérôme! Rosi versteht kaum ein Wort, und ich glaube, der hat eine Stinkwut im Bauch. Komm schon.« Bella zerrte an ihrem Ärmel wie ein ungeduldiges Kind. Elisabeth fuhr sich ein paarmal mit beiden Händen über den Kopf und den blonden Zopf hinunter, in den sie ihre langen Haare immer zum Schlafen flocht. Sie seufzte, zog ihren dunkelblauen Morgenmantel an, unter dem sie geschlafen hatte, und stand auf. »Hat wenigstens eine von euch Kaffee gemacht?«

»Ja, Rosi, und er schmeckt wie Spülwasser. Jérôme hat ihn wieder ausgespuckt.«

Großartig, dachte Elisabeth und schüttelte sacht den vom Alkohol noch schweren Kopf.

»Freut mich, dass wenigstens Sie gut geschlafen haben«, blaffte Jérôme, als Elisabeth den Salon betrat.

Sie straffte ihre Schultern, zog den Morgenrock etwas enger, ging zum Fenster und riss beide Flügel auf. Die Mischung aus kaltem Kamingeruch und Zigarillorauch schlug ihr auf den Magen. »Sie wünschen?«, fragte Elisabeth, an die Fensterbank gelehnt.

»Es gibt eine weitere blonde Frauenleiche in Marseille.«

Elisabeth krallte ihre Finger in das Holz und schluckte. »Was wollen Sie damit sagen?«

»Was wollen Sie damit sagen, was wollen Sie damit sagen«, äffte Jérôme sie nach. »Na, was wohl?« Er ging wie gestern Nacht einen Schritt auf sie zu, aber dieses Mal bewegte Elisabeth sich nicht, sondern bremste ihn mit den Worten: »Was ist hier eigentlich los?«

»Genau«, Jérôme fixierte Elisabeths hellblaue Augen, die durch die dunklen Augenringe stark betont wurden. »was hier los ist, würde ich auch gerne wissen. Ich frage Sie jetzt noch einmal: Wo ist Samantha?«

»Was will er?«, fragte Bella, die kein Wort verstanden hatte.

Elisabeth glitt einen Schritt zur Seite, ging an ihm vorbei und setzte sich zu Rosi und Bella an den Esstisch. »Es gibt eine weitere blonde Frauenleiche in Marseille, und er will wissen, wo Sam ist.«

»Um Himmels willen!«, rief Bella mit vor Schreck geweiteten Augen. »Denkt er etwa, die Leiche könnte Sam sein?«

Jérôme, des Deutschen nicht mächtig, klatschte laut in die Hände. »Sie alle verlassen bis auf Weiteres nicht dieses Haus. Sie stehen im dringenden Tatverdacht, etwas mit dem Verschwinden von Samantha Mills zu tun zu haben. Ich komme heute Nachmittag mit einer Kollegin wieder, die Deutsch kann.«

»Sie scheinen Samantha nicht besonders gut zu kennen, sonst wüssten Sie, dass sie solche Eskapaden öfter unternimmt«, sagte Elisabeth langsam.

»Sie haben ja keine Ahnung«, antwortete Jérôme und schüttelte den Kopf.

»Ich denke schon.« Sie bedachte ihn mit einem kühlen Blick. »Schließlich habe ich ein wenig mehr als ein paar Nächte mit ihr geteilt.«

»Wir sehen uns heute Nachmittag.« Elisabeth gegenüber fühlte Jérôme sich seltsam machtlos, Eifersucht auf

Samanthas Freundin nagte an ihm. Er knallte erst die Salon-, dann die Eingangstür hinter sich zu.

Elisabeth ging in die Küche, um ihre Lust auf einen starken Kaffee zu stillen, Bella und Rosi folgten ihr. Auf dem gekachelten Küchentisch lag das blutige Messer.

»Hat Rosi heute Morgen gefunden«, kommentierte Bella.

»Da ist Jérômes Blut dran«, erklärte ihr Elisabeth, nahm das Messer und ließ es in die Spülmaschine fallen. Während sie auf den Kaffee warteten, berichtete Elisabeth von ihrem Zusammenstoß mit Samanthas Liebhaber letzte Nacht.

»Deshalb ist der so stinksauer«, sagte Rosi, »das kann ich fast verstehen. Allerdings, warum wollte er ins Haus? Was hatte er hier zu suchen? Erst am Morgen, dann in der Nacht.«

Elisabeth schob die zischende Espressokanne auf ein Holztablett, stellte heiße Milch, Zucker und Tassen dazu, dann ging sie mit den beiden zurück in den Salon, wo es bereits angenehm warm war. Die Sonnenstrahlen machten die kleinen Nachlässigkeiten der Haushaltsführung sichtbar, Staubpartikel tanzten in der Luft. Mit geschlossenen Augen trank sie einen Schluck und sagte: »Ich glaube nicht, dass er deshalb so sauer ist. Ich schätze, er denkt, wir belügen ihn und Sam ist hier irgendwo.«

»Oder er weiß etwas über Sam, was wir nicht wissen«, erwiderte Rosi. »Ich meine, ich finde es auch komisch, dass sie bis jetzt nicht wieder hier ist.«

»Unsinn«, sagte Elisabeth ärgerlich, »es gibt keinen Grund. Sam kann besser als jede von uns auf sich selbst aufpassen und ist bisher immer unbeschadet von ihren Touren zurückgekehrt, egal, ob sie einen, zwei oder fünf Tage weg war.« Sie war nicht bereit, die Sorge, die in ihr keimte, zuzulassen.

Bella thronte im Yogasitz auf dem Stuhl und kaute lustlos auf einem Croissant vom Vortag herum. Ihr sonst ordentlich frisierter Pagenkopf war strubbelig, und sie hatte noch rosige Wangen vom Schlaf. »Kann der uns wirklich zwingen, hier zu bleiben?«, fragte sie.

»So einfach nicht, er muss seinen Verdacht schon ordentlich begründen«, antwortete Elisabeth.

Rosi lief mit der Kaffeetasse in der Hand im Zimmer auf und ab. Ihre mollige Gestalt hatte sie in einen knallroten Nickibademantel gewickelt, die Haare waren bereits mit viel Gel nach hinten gekämmt, denn das war stets das Erste, was sie morgens tat. Das gab ihrem Gesicht mit den dunklen Augen eine männliche Note und unterstrich die Weiblichkeit ihrer Formen auf subtile Weise. Mit einem Seufzer stellte sie sich an das geöffnete Fenster und ließ den Blick schweifen. Vom Hafenbecken drangen das Klimpern der Seile und das Schlagen der Seilwinden gegen die Masten herein. Die Fischer hatten am frühen Morgen abgelegt und würden gegen Mittag zurück sein. Auf der Hafenmole jagten sich ein paar Kinder gegenseitig mit einer toten Qualle, die Terrasse von *Francis' Bar* war bis auf einen Tisch leer. Rosi drehte sich zu Elisabeth und Bella um. »Sam hat gesagt, Jérôme ist eine Affäre und sie sehen sich ein- oder zweimal die Woche. Richtig?«

»Willst du die anderen Wochentage übernehmen?«, fragte Elisabeth lächelnd.

»Der Typ ist nicht wirklich mein Beuteschema«, gab Rosi gelassen zurück, »aber daran dachte ich nicht. Ich meine, er hat die Nacht vorher mit ihr verbracht. Die Woche ist noch nicht um. Wieso wollte er gestern schon wieder morgens zu ihr? Und wieso letzte Nacht? Da läuft doch irgendetwas, von dem wir nichts wissen.«

»Und vielleicht besser gewusst hätten? Meinst du das?«, hakte Elisabeth nach. Sie ging zu Rosi und lehnte sich aus dem Fenster, um Meeresluft zu schnuppern.

Bella ertränkte das Croissant in ihrer Kaffeetasse und löffelte es dann heraus. »Kapier ich nicht«, murmelte sie vor sich hin.

Elisabeth wandte sich zu Bella um. »Herzblatt … Ach, vergiss es.« Sie beugte sich erneut aus dem Fenster. »Ja, aber hallo. Wen haben wir denn da. Guck mal, Rosi!«

Rosi folgte ihrem Blick und sah gerade noch, wie Lizzy zu Jérôme ins Auto stieg. Er hatte es auf dem Parkplatz der kleinen Polizeistation abgestellt, die zwei Häuser neben *Francis' Bar* lag.

»Das ist ja ein Ding«, sagte Rosi verblüfft. »Bist du dir sicher, dass Lizzy Sam ergeben ist?«

»Absolut. Sie macht sich Sorgen.«

»Oder«, kam es vom Tisch hinter ihnen, »sie fahren nach Marseille, um zu prüfen, ob die dritte Leiche Sam ist.«

Rosi und Elisabeth fuhren gleichzeitig herum. Bella mochte vielleicht nicht besonders intelligent sein, eher sehr pragmatisch, manchmal jedoch verblüffte sie ihre Freundinnen mit exakten Rückschlüssen.

»Der Nachmittag wird bestimmt spannend«, sagte Elisabeth. »Kommt, ziehen wir uns an und promenieren wir ein wenig durch Cassis. Das Wetter ist wundervoll. Und es lenkt uns ab.«

»Wird das Jérôme nicht noch wütender machen?«, gab Bella zu bedenken.

»Das soll es ja«, antwortete Rosi für Elisabeth und ging, Bella im Schlepptau, nach oben.

Wenig später, passend zur französischen Aperitifzeit, verließen sie das Hotel und schlenderten am Hafenbecken entlang. Aus den geöffneten Fenstern der alten Häuser am Kai drang Musik und die Berichterstattung eines Rugbyspiels, in irgendeiner oberen Etage wurde lautstark gestritten, Geschirr polterte zu Boden. Pastell getönte Häuserfronten und bunte Schlagläden glänzten in der Mittagssonne, die über ihren nachlässigen Anstrich hinwegtäuschte.

Rosi und Elisabeth gingen Arm in Arm. Bella trottete ihnen hinterher, denn die Freundinnen hatten ihr vorhin beim Ankleiden im Scherz unterstellt, sie wolle sich für Jérôme besonders schön herausputzen. »Bella, Herzchen, du darfst heute das Restaurant aussuchen«, versuchte Elisabeth sie aufzumuntern.

Bella schloss auf und hakte sich bei Rosi ein. »Egal, ich bin nicht sehr hungrig. Wissen wir eigentlich, wann Jérôme mit seiner deutschen Kollegin kommt?«

Rosi und Elisabeth rollten mit den Augen, machten auf dem Absatz kehrt und setzten sich an einen Tisch vor *Francis' Bar*. Die wenigen Restaurants, die im Winter geöffnet hatten, begannen gerade erst mit dem Eindecken der Außentische.

»Drei Kir pêche«, bestellte Elisabeth und ließ wie Rosi und Bella ihren Blick durch den Hafen schweifen. Nach dem Aperitif entschieden sie sich für ein Restaurant in einer Nebenstraße, wo sie ausgiebig aßen. Als sie, verfroren, weil die Sonne nach Mittag kaum noch wärmte, die *Blaue Rose* erreichten, wartete ein wütender Jérôme vor dem Eingangsportal auf sie.

4

»Er hat keinen Schlüssel?«, flüsterte Rosi.

»Den habe ich ihm gestern weggenommen«, sagte Elisabeth. Und ihr wurde plötzlich klar, dass Sam niemals einem Liebhaber den Schlüssel vom Hotel anvertrauen würde. Woher hatte er ihn dann? Von Lizzy? Sie ging mit geradem Rücken die Stufen zur Tür hoch. »Tut mir leid, wenn wir zu spät sind.«

»Sie sind nicht zu spät«, er trat seine Zigarette aus, »Sie hätten überhaupt nicht rausgehen dürfen.«

Elisabeth schloss die Tür auf und ging als Letzte hinein. Sie hasste es, wenn jemand glaubte, ihr Vorschriften machen zu können. »Möchten Sie vielleicht einen Tee?«

Jérôme schnappte hörbar nach Luft, zerrte sein Handy aus der Tasche und rief seine Kollegin an. »Die Weiber sind zurück, komm jetzt.«

Rosi und Bella standen bereits im Salon am Fenster, als Jérôme mit Elisabeth hereinkam.

»Wie sieht es mit Ihren«, er machte eine Geste, die alle drei Frauen umfasste, »Französischkenntnissen aus?«

Elisabeth setzte sich auf das große Sofa, schlug ihre Beine übereinander, zog den Rock über ihren Knien glatt und antwortete gedehnt: »Ich verstehe und spreche Französisch auf Straßenköterniveau. Rosi kann Französisch, allerdings am besten, wenn Sie über Molière oder Balzac sprechen. Bella kann gar kein Französisch und betreibt es deshalb um so lieber.« Die beiden setzten sich rechts und links von Elisabeth, die Jérôme maliziös angrinste.

Es klopfte am Eingangsportal. Elisabeth wollte sich gerade erheben, als Jérôme ihr mit einer ungeduldigen Geste zu verstehen gab, sie möge sitzen bleiben, und selbst ging. Sie hörten eine tiefe, melodische Frauenstimme und das Flüstern von Jérôme.

»Jetzt bin ich mal gespannt«, sagte Bella. »Was erzählt der da, kannst du was verstehen, Elisabeth?«

»Nein, aber ich denke, er klärt sie gerade über unsere Sprachkenntnisse auf, damit sie nicht den Fehler macht, auf Französisch etwas zu sagen, was nicht für unsere Ohren bestimmt ist.«

»Ich bin wirklich froh, dass du so klug bist«, sagte Bella und tätschelte Elisabeths Arm, die es mit einem Mal bereute, dass sie beim Essen so viel Wein getrunken hatten.

»Darf ich vorstellen …« Jérôme trat um das Sofa herum.

Rosi entfuhr ein: »Ach du Scheiße«, Bella klappte das Kinn herunter, Elisabeth, die für ihre unerschütterliche Fassung bekannt war, stand auf, reichte der riesigen Frau mit den karottenroten Kraushaaren und der schneeweißen Haut die Hand und fragte: »Möchten Sie etwas trinken?«

»Danke, ein Glas Wasser wäre nett.« Die Stimme passte überhaupt nicht zu dem offensichtlich schweren Knochenbau. »Ich heiße Soizic.«

Die Polizistin ging auf Bella zu, die ohne es zu merken noch weiter in das Sofa kroch. »Sie sind sicher Bertha Vogt?« Die Polizeibeamtin hielt ihr eine mit Sommersprossen übersäte Hand hin, die Rosi statt Bella nahm. »Ich bin Rosi Sasse. Und meine Freundin nennt alle Welt Bella.«

»Freut mich«, antwortete Soizic. Sie sah sich im Salon um und wechselte ein paar Worte mit Jérôme. Ihr provençalisches Französisch war kaum zu verstehen. Sie holten drei Stühle, die sie dem Sofa gegenüber platzierten. Obwohl Soizic flache Schuhe trug, war sie fast so groß wie Jérôme mit seinen eins fünfundachtzig.

Elisabeth kam mit einer Karaffe Wasser und Gläsern aus der Küche. .»Wir können vielleicht bequemer alle am Tisch sitzen«, schlug sie vor.

»Nein, danke«, sagte Soizic, »jetzt haben wir uns schon eingerichtet.« Sie nahm Elisabeth ein Glas aus der Hand und stellte es auf den Stuhl zwischen sich und Jérôme, wo bereits ein Aufnahmegerät und ein Notizheft lagen.

Zögernd ließ sich Elisabeth neben ihren Freundinnen nieder. Das war ein schlauer Zug von Jérôme: Für Verhandlungen, das hatte sie am Anfang ihrer Laufbahn gelernt, saß man besser ein Stück höher als der Gegner.

Soizic diktierte in das Aufnahmegerät die Namen aller Anwesenden. Als sie gerade Luft holte für die erste Frage, unterbrach Elisabeth sie. »Würden Sie uns bitte erst erklären, was das hier soll? Ich bin Anwältin und werde gern vorher über meine Rechte belehrt.«

Soizic nuschelte etwas, woraufhin Jérôme Elisabeths Gesicht fixierte und seine linke Hand zur Faust ballte. »Gut. Samantha Mills ist seit zwei Tagen verschwunden.«

»Das macht sie öfter«, redete Bella ungeniert dazwischen.

»Gestern hätte Samantha Mills zu einem Gerichtstermin in München erscheinen müssen.«

»Das hätte ich gewusst«, sagte Elisabeth vor sich hin.

Jérôme, der zwar die Worte nicht verstand, aber mitbekam, worum es ging, grinste breit. Soizic ließ sich von dem Geplänkel nicht aus der Ruhe bringen. »Samantha Mills war fest gebucht auf den Flug, der gestern um 07:20 Uhr von Marseille nach München fliegen sollte. Sie hat sich eine Bordkarte ausstellen lassen, ist aber nach Angaben des Bodenpersonals eventuell nicht eingestiegen. Herr Peter Mills hat uns darum gestern angerufen und gebeten herauszufinden, wo seine Exfrau ist. Da Sie es nicht wussten, hatten wir keine andere Wahl und mussten eine Fahndung starten. Unter diesen Umständen ist es nicht relevant, ob Samantha Mills so etwas öfter macht oder nicht.«

Elisabeth war irritiert von dem schnörkellosen Deutsch der jungen Polizistin und den unerwarteten Informationen. Als Rechtsanwältin war sie gewohnt, Situationen schnell zu erfassen, so fing sie sich als Erste und fragte: »Was heißt das: ›eventuell nicht eingestiegen‹?«

Soizic blätterte durch ihr Notizbuch, las halblaut ein paar Sätze und übersetzte: »Samantha Mills ist ohne Gepäck gereist. Deshalb wurde es nicht sofort aufgeschrieben. Hätte man ihr Gepäck ausladen müssen, wäre alles viel aufwendiger gewesen und das Bodenpersonal hätte die Zeit gehabt, den Vorgang aufzuschreiben. Aber so hatte die Fluggesellschaft ihren pünktlichen Abflug im Auge. Man wollte die Formalitäten später nachholen. Die Bordkarte war durch den Einstiegsapparat gelaufen, aber es fehlte ein Passagier.«

»Und wieso soll das ausgerechnet Samantha sein?«, fragte Rosi.

»Umkehrschluss: Bei jedem anderen gebuchten Passagier hätte man die Koffer wieder ausladen müssen, da Gepäckstücke ohne Passagier nicht befördert werden dürfen. Frau Mills war auf diesem Flug die Einzige, die ohne Gepäck reiste.«

Bella erschienen vor dem inneren Auge Bilder von Flugzeugteilen im aufgewühlten Mittelmeer. »Oh Gott«, murmelte sie und nahm Rosis Hand, »hoffentlich war sie wirklich nicht an Bord.«

»Was redest du da«, sagte Elisabeth unwirsch, doch sie sah Soizic ernst nicken, und nun dämmerte es auch ihr.

»Ja, es handelt sich um das Flugzeug, das gestern ins Meer gestürzt ist, fünf Minuten nach dem Start.«

Elisabeth sprang auf und stellte sich vor Jérôme. »Seit wann wissen Sie das?« Ihr Mund wurde zu einem Strich.

»Seit gestern Morgen.« Er grinste zu ihr hoch, bereit, ihre Hand abzufangen, sollte sie ihn ohrfeigen wollen, doch sie drehte sich um und stellte sich hinter das Sofa und ihre Freundinnen. »Sehen Sie, Frau von Landau, deshalb wollte ich schon gestern wissen, wo Samantha ist. Und Sie wussten da noch nicht einmal, dass es Grund gibt, sich Sorgen zu machen. Sie kennen sie wirklich gut.«

Soizic versuchte, dem Machtkampf ein Ende zu bereiten. »Mein Kollege Jérôme Bonefis und Ihre Haushälterin Lizzy Takle waren heute Morgen in Marseille und haben die Leiche von Dienstagnacht nicht als Samantha Mills identifizieren können.«

»Dem Himmel sei Dank«, seufzte Rosi und drückte Bellas Hand.

Aus der Küche drang ein Geräusch. Ungefragt erklärte Elisabeth: »Das ist Lizzy, sie kommt, um das Abendessen zu bereiten.«

»Es lebt sich gut auf Samanthas Kosten, nicht wahr?«, fragte Jérôme süffisant.

»Ihr lächerliches Dorfpolizistengehalt gebe ich in der Regel an einem Vormittag aus«, gab Elisabeth gleichmütig zurück, doch ihr ging langsam auf, worauf er hinauswollte.

»Weiß man denn, wer die blonde Tote ist, die in Marseille gefunden wurde?«, fragte Bella.

»Nein. Die Kollegen gehen davon aus, dass der Weihnachtsmörder wieder zugeschlagen hat und dass es sich auch bei dieser Frau um eine Illegale handelt. Sie wurde wie die beiden anderen im Holzhafen gefunden, aufgebahrt, ohne Augen, Zähne, Fingerkuppen«, antwortete Soizic mit ihrer tiefen Stimme. Dann wechselte sie das Thema: »Ich möchte Ihnen gern noch ein paar Fragen stellen. Oder wünschen Sie einen Extra-Anwalt?«

»Quatsch, Elisabeth ist die Beste«, sagte Bella bestimmt, daraufhin bat diese flüsternd, bis auf Weiteres das Antworten ihr zu überlassen.

»Gut.« Soizic verlagerte das Gewicht ihres Körpers, erinnerte sich, was sie in der Polizeischule gelernt hatte, und legte los: »Wann haben Sie Frau Mills zuletzt gesehen?«

»Am Tag unserer Ankunft, also Dienstag.«

»Wann?«

»Als wir uns für die Nacht verabschiedeten. Es war nach Mitternacht.«

»Ist sie Ihnen irgendwie seltsam vorgekommen?«

»Nein, sie war wie immer.«

»… wie immer heißt?«

»So wie immer, seit wir uns als junge Frauen kennengelernt haben.«

»Was haben Sie am Tag Ihrer Ankunft getan?«

Elisabeth berichtete von ihrem Eintreffen in Marseille, der Fahrt in einem Leihwagen nach Cassis, dem Sturm, der Wanderung auf der Steilküste, dem gemeinsamen Abendessen.

Als sie geendet hatte, schaltete Soizic das Aufnahmegerät aus, drehte sich zu Jérôme und übersetzte ihm die Einzelheiten. Er nickte und gab ihr ein paar Anweisungen. Sie drückte den Schalter wieder auf Aufnahme und fuhr mit der Befragung fort. »Sind Sie finanziell von Frau Mills abhängig?«

Elisabeth schnaubte. »Was ist das für eine unsinnige Frage.«

»Würden Sie mir bitte trotzdem antworten?«

»Nein. Wir besitzen zwar alle einige Bilder von ihr, aber unsere Einkommen sind gut und keine von uns erhält Geld von Samantha.« Die Ellenbogen auf die Sofalehne gestützt, wechselte ihr Blick von Soizic zu Jérôme und wieder zurück.

»Würden Sie durch den Tod von Frau Mills profitieren?«

»Auf diese Frage antworten wir nicht.«

»Warum nicht?«

»Weil ich es nicht weiß«, gab Elisabeth unumwunden zu.

»Für wie lange ist Ihr Aufenthalt in Cassis geplant?«

»Für fünf Tage, bleiben drei.«

»Stellen Sie sich bitte darauf ein, dass Sie länger bleiben müssen.«

»Mit welcher Begründung?«

»Sollte Frau Mills nicht innerhalb der nächsten zwei Tage wieder auftauchen, sind Sie alle drei dringend verdächtig, mit ihrem Verschwinden etwas zu tun zu haben.«

»Das können Sie nicht.«

»Wir sind in Europa. Ich habe bereits mit meinen deutschen Kollegen an Ihren Wohnorten Kontakt aufgenommen und sie informiert.«

Elisabeth flüsterte ihren Freundinnen zu: »Verteilt euch mal ein wenig im Raum.«

»Das ist eine übliche Vorgehensweise.« Soizic stellte das Gerät auf Pause, um Jérôme alles zu übersetzen.

Bella stand auf, murmelte: »Ich hole noch mal Wasser aus der Küche«, und verschwand. Rosi reckte sich, ging zur Fensterbank und zündete sich einen Zigarillo an. Elisabeth setzte sich auf die Sofalehne, wodurch sie mit Soizic und Jérôme auf Augenhöhe war.

Als Bella mit einer Wasserflasche zurückkehrte, schaltete Soizic wieder auf Aufnahme. »Ich würde jetzt gern den Abend mit Ihnen durchgehen. Sie kamen also von Ihrem Spaziergang zurück. Was passierte dann?«

»Wir haben uns umgezogen und hier vor dem Kamin getroffen«, sagte Elisabeth und gab Bella, die am Tisch schräg hinter Jérôme Platz genommen hatte, mit der Hand unmerklich ein Zeichen.

»Weiter.«

»Kaum waren wir vollzählig, servierte Lizzy uns das Essen.«

»Die Haushälterin erzählte uns, Sie hätten sehr viel gelacht.«

»Ja, das ist so unsere Art, bevor wir jemanden umbringen«, gab Rosi von der Fensterbank her zu Protokoll.

Jérôme bat um eine Übersetzung. Kaum hatte er sie, tippte er sich an die Stirn.

»Worüber haben Sie an Ihrem ersten Abend hier gesprochen?«, fragte Soizic.

Elisabeth lehnte sich zurück, sah Jérôme tief in die Augen und antwortete: »Über das männliche Geschlechtsorgan.«

»Wie bitte?«

»Über Schwänze«, half Bella von der anderen Seite des Raumes aus.

Soizic errötete, und als Jérôme sie fragend anblickte, winkte sie ab.

»Wissen Sie«, setzte Elisabeth nach, »die sind so unterschiedlich wie Schuhe. Manchmal unterscheiden sie sich nur in Kleinigkeiten, aber genau die sind ungeheuer wichtig.«

»Ja«, bekräftigte Rosi und blies den Rauch in die Luft, »der Vergleich mit Schuhen passt. Sie stehen vor einem Laden, denken: Wow, was für ein tolles Teil. Sie gehen hinein, schauen sich das Objekt der Begierde genauer an und schon stellen Sie die ersten Mängel fest.«

»Entscheidend ist«, übernahm nun Elisabeth, »dass er passt. Ein zu großer kommt einem ja selten unter und ein zu kleiner ist wahrhaftig eine Zumutung.«

»Samantha meinte«, fuhr Bella fort, »dass Jérômes«, sie betonte seinen Namen überzogen, »eine ganz passable Größe hat. Nicht besonders, Standard eben. Allerdings verjüngt er sich zum vorderen Ende hin sehr, was ihn sogar im Ausnahmezustand wie eine Tüte aussehen lässt.«

Jérôme, der bemerkt hatte, dass Soizic nicht mehr mitschrieb und die Frauen mit großen Augen ansah, wollte jetzt, wo sein Name gefallen war, wissen, worum es ging. »Übersetz mal, was die Weiber da quatschen.«

Elisabeth warf Soizic einen aufmunternden Blick zu und zog ihre linke Augenbraue ein wenig in die Höhe. Nach wenigen Sekunden des Schweigens erbot sie sich: »Oder soll ich?«

»Nein!«

»Der dunkelrote Hautton passt nicht besonders gut zu Ihren Haaren«, bemerkte Rosi eine Spur zu mütterlich. »Wussten Sie, dass nach aktuellen wissenschaftlichen Untersuchungen die durchschnittliche Länge in Mitteleuropa 13,5 Zentimeter beträgt?«

»Unsinn. Ich lüge auch jedes Mal zwei Zentimeter auf meine Größe. Steht sogar in meinem Pass: 1,62«, sagte Bella.

»Sowohl ein 2,5 Zentimeter kürzerer als auch ein 2,5 Zentimeter längerer sind vollkommen normal«, referierte Rosi weiter, aber Bella unterbrach sie schon wieder: »Du mit deinen Zahlen, Daten, Fakten. Also, der von meinem aktuellen Liebhaber zum Beispiel ist wunderbar gerade, dick und so lang bzw. kurz, dass er eben nicht anstößt. Kennen Sie das, wenn ein Schwanz passt?«

Elisabeth zog einen Augenblick die Lippen zwischen die Zähne, um ein aufkommendes Lachen zu unterdrücken. »Musst du das wirklich jede Frau fragen?«, wies sie Bella zum Schein zurecht.

»Aber ja! Das ist so ein unglaubliches Erlebnis. Außerdem bricht Bens nie zusammen. Und, was ja bei Männern über dreißig, wenn sie stehen, häufig passiert, ist, dass er so nach vorn wegklappt. Nicht bei Ben! Der klebt auf dem Bauchnabel, als hätte er ihn dort festgenagelt. Toll!«

Rosi kam langsam zum Sofa zurück und warf den halb gerauchten Zigarillo in den Kamin, wo er weiterqualmte. »Samantha hat uns erzählt, dass der von Paul, das ist der Metzger, von dem sie das Fleisch bezieht, schöner ist als der von Jérôme.«

»Ja«, erinnerte sich Elisabeth, »sie meinte jedoch, dass er zu viele dicke Adern hat, die beim Anschwellen wie Krampfadern aussehen. Wie hieß noch mal der Junge mit dem schönsten von Cassis?«

Bella schnippte mit den Fingern und stand auf. »Das ist der Typ aus der Bar, Francis. Sein Schwanz«, fügte sie an Jérôme gerichtet hinzu, »hat Samantha gesagt, ist perfekt. Der liegt glatt und steif wie ein Pinsel in der Hand und ist wunderbar zu lutschen.«

»Was quatschen die da?«

Bella ließ sich nicht beirren. »Jérômes Schwanz hat Samantha nach ihren Worten nur einmal gelutscht«, sie unterbrach sich und tat, als müsste sie überlegen, »und zwar deswegen nur einmal, weil sie dabei an das Auszuzeln einer Weißwurst denken musste. Kennen Sie bayrische Weißwürste, Soizic?«

Erwartungsvoll sahen Elisabeth, Rosi und Bella, die mittlerweile einträchtig nebeneinander auf dem Sofa saßen, die Polizeibeamtin an.

Im gleichen Augenblick schlug Jérôme auf das Aufnahmegerät, das vom Stuhl fiel und über den Boden Richtung Sofa schlitterte. »Wir gehen! Steh auf, du roter Elefant!« Er zerrte

Soizic hoch, schrie: »Sie drei verlassen das Haus nicht mehr!« und zog seine Kollegin hinter sich her aus dem Haus.

Die drei Frauen stellten sich ans Fenster und schauten dem ungleichen Paar nach. Sie hörten Jérôme durch die Fenster gedämmt schreien und beobachteten, wie er wild gestikulierend um Soizic herumsprang.

»Meint ihr, sie übersetzt es ihm?«, fragte Rosi kichernd.

»Glaube ich nicht«, antwortete Bella, »die ist noch viel zu verklemmt. Ende zwanzig ist echt ein Scheißalter. Außerdem geht sie wie ein Trampel.«

»In den Schuhen würdest selbst du mit deinem geübten Hüftschwung watscheln wie eine Ente auf Landurlaub«, verteidigte Elisabeth sie halbherzig.

»Ah, kommt da mal wieder das schlechte Gewissen durch?«, stichelte Rosi. Alle drei dachten an Elisabeths Töchter, denen jegliche Klasse und Eleganz der Mutter fehlte.

»Sie könnte trotzdem mehr aus sich machen.«

Hinter ihnen ging die Tür auf. Lizzy brachte den Duft von Thymian und köchelndem Rotwein mit. »Wir nennen sie den roten Elefanten«, sagte sie und machte sich am Tisch zu schaffen.

»Auch nicht nett.«

»Nein, so ist das halt mit den Mischungen. Ich habe meine Winzigkeit und die blauen Augen meinem französischen Vater zu verdanken und die schlanken Glieder meiner schönen Mutter aus Eritrea. So ist es wenigstens eine faire Mischung. Aber bei Soizic haben vor allem die Gene der Mutter erbarmungslos zugeschlagen. Jedes Mal, wenn ich sie Französisch reden höre, also seit sie vor 28 Jahren als rothaariges Riesenbaby mit ihren Eltern in Cassis ankam, bin ich mir sicher: Das hat die Schöpfung so nicht vorgesehen.« Sie zupfte wie zur Bestätigung am Tischtuch, verteilte vier Teller und brummte »falls sie heute doch noch mal kommt«. Dann legte sie Besteck für vier Leute und Servietten dazu und stellte den Wein bereit.

Die drei Freundinnen sahen Lizzy mit offenem Mund an. Sie hatte zwar mit starkem Akzent gesprochen, aber grammatikalisch einwandfrei.

»Sie können Deutsch?«, fragte Rosi zur Sicherheit nach.

»Ja, Samantha hat es mir beigebracht. Jeden Tag ein Wort, hat sie gemeint und recht behalten. Mit Englisch haben wir gerade angefangen. Wenn man in den Achtzigern ist, muss man was tun für seinen Geist.«

»Schon klar«, sagte Bella, als wüsste sie, worüber Lizzy redete.

Als sie wieder allein waren, fragte Rosi: »Elisabeth, sorgst du dich wirklich nicht um Sam?«

Die Freundin machte sich gerade am Kamin zu schaffen. »Ich würde es fühlen, wenn ihr etwas zugestoßen wäre, da bin ich mir ganz sicher. Merkwürdig ist es allerdings schon. Der Gerichtstermin, der Flug nach München und dass sie uns weder von dem einen noch von dem anderen erzählt hat.« Nachdem sie das Holz fachgerecht geschichtet hatte, schob sie Grillanzünder darunter und hielt ein brennendes Streichholz daran. Nach zwei Stichflammen brannte das Holz knisternd. »Was mir konkret Sorgen macht, ist, dass sie länger wegbleibt und dass wir tatsächlich hier nicht wegkönnen. Und ich frage mich, was Sam gemeint haben könnte, als sie gestern gesagt hat, den Rest über Jérôme erzähle ich euch morgen.«

Bella mixte sich einen Drink an der Bar. »Will noch jemand?«

Beide bejahten, und als Bella zu ihnen an den Kamin kam, sagte sie: »Ich habe sechs Kinder zu versorgen, das können die doch nicht mit uns machen.«

»Bewundernswert, wie glaubhaft du die treu sorgende Mutter mimst«, bemerkte Elisabeth und rückte ein Stück zur Seite, damit Bella auf der Sessellehne sitzen konnte.

»Was macht Sam eigentlich auf diesen Touren?«, wollte Rosi von Elisabeth wissen. Sie und Bella kannten Samantha erst seit zwanzig Jahren. Ihre Freundschaft mit der Malerin war tief und voller Liebe, aber die Beziehung zwischen Elisabeth und Samantha war etwas ganz anderes und von einer Intensität, die Rosi nicht aushalten könnte und Bella schon gar nicht. Deshalb und weil sie alle vier so unterschiedlich waren, gab es keine Eifersüchteleien unter ihnen. Bella und Rosi liebten Samantha, was schon nicht leicht war. Elisabeth hingegen verstand sie.

»Komm, sag schon«, maulte Bella.

»Ich weiß es nicht. Ich vermute aber etwas. Auf jeden Fall musst du sie selbst fragen.«

»Du hast sie nie gefragt?« Rosi lehnte sich leicht nach vorn.

»Nein. Manche Dinge weiß ich lieber nicht, dann muss ich sie nicht für mich behalten.«

Es polterte an der Tür, und aus der Küche hörten sie ein lautes »Ich komme ja schon« von Lizzy. Wieder gab es ein heftiges Wortgefecht in der Eingangshalle. Alle drei erkannten die Stimme von Jérôme.

»Puh, langsam wird er ausgesprochen lästig«, stöhnte Elisabeth und ließ sich von Rosi Feuer geben.

»Ich gewöhne mich an ihn«, sagte Bella, zupfte ihr Haar und setzte sich etwas aufreizender hin, als auch schon die Tür aufflog.

»Können Sie Türen eigentlich auch normal öffnen und schließen? Ich meine, ohne dass Sie einbrechen, dagegentreten oder sie hinter sich zuschmeißen.«

Mit drei großen Schritten war Jérôme am Kamin und sah auf die sitzende Elisabeth hinunter.

»Möchten Sie einen Aperitif?«, fragte sie zuvorkommend.

»Ich will verdammt noch mal wissen, was Sie dem roten Elefanten vorhin erzählt haben!«

»Sie hat es Ihnen nicht inzwischen übersetzt?«, fragte sie erstaunt zurück.

»Ich warte!«, drohte er.

»Wollen wir es ihm sagen?« Elisabeth sah in die Runde.

»Auf keinen Fall, das dürfen wir Soizic nicht antun.«

»Eben, seit wann verraten wir Landsfrauen?«

»Tut mir leid.« Sie wechselte wieder ins Französische. »Der Rat hat sich dagegen entschieden.«

»Sie behindern die Ermittlung.«

»Nein, vertrauen Sie mir. Für Ihre Ermittlung ist das nicht von Belang.«

Ihr überhebliches Lächeln machte ihn wahnsinnig. »Sehr komisch.«

»Gib ihm ein Gegenbeispiel«, schlug Rosi vor, »wozu bist du Anwältin geworden?«

Bella lehnte sich in freudiger Erwartung zurück. Sie verstand zwar kein Französisch, aber sie wusste, was Elisabeth jetzt sagen würde, und setzte ihr unschuldigstes Gesicht auf.

»Gut, ich will Ihnen entgegenkommen. Stellen Sie sich vor, Sie sitzen mit Ihren Freunden in vertrauter Runde und sprechen über die körperlichen Vorzüge diverser Frauen.«

Jérôme starrte sie mit gerunzelter Stirn an und Elisabeth rückte ihren Busen demonstrativ in Position.

»Und während Sie so in ein Fachgespräch über üppige Oberweiten vertieft sind, kommt die Freundin eines Kollegen herein, flach wie ein Brett, und fragt: ›Worüber sprecht ihr gerade?‹« Sie machte eine Kunstpause. »Würden Sie es ihr sagen?«

Es dauerte eine Weile, bis er sie verstand, er lief rot an und stürmte aus dem Raum.

»Nicht zuschlagen!«, rief Elisabeth ihm in einem Kommandoton hinterher, der keine Widerrede duldete. Die Tür knallte trotzdem mit aller Wucht gegen den Rahmen.

»Na zumindest lässt er sich nicht so schnell kastrieren«, bemerkte Rosi anerkennend und brach in schallendes Gelächter aus, in das Elisabeth und Bella einstimmten.

5

Jérôme hörte ihr Lachen noch, als er in die Polizeistation polterte. Soizic saß geduckt hinter ihrem Rechner, und Davide, der offizielle Leiter der Polizei von Cassis, sah ihn erwartungsvoll an. Jérôme baute sich vor Soizics Schreibtisch auf und sagte gepresst: »Ihr habt über Männer geredet! Stimmt das?«

Soizic heftete ihren Blick fest auf die Tastatur und nickte kaum sichtbar.

Jérôme fuhr herum und brüllte Davide zu: »Kannst du dir das vorstellen? Unsere dicke Kommissarin hier spricht im Verhör über Männerschwänze. Findest du das normal?«

Davide schielte zur Uhr. Er wäre längst gegangen, es war Aperitifzeit, aber die Neugier hielt ihn an seinem Platz, denn es geschah zum ersten Mal, dass Soizic nicht klein beigab. Es war Winter in Cassis, es passierte wenig, da war man für jede Abwechslung dankbar. Und das hier war mal ganz was anderes. Er schob seine kleine, kompakte Gestalt hinter dem Schreibtisch hervor, zog die Hose ein wenig hoch und griff nach seiner Mütze. »Gehen wir zu Francis was trinken?« Davide hatte es nicht mehr weit bis zur Rente mit sechzig und das aufbrausende Wesen von Jérôme war ihm völlig fremd. Erst mal ein Drink, das war sein Leben lang seine Devise gewesen, und er war immer gut damit gefahren.

»Francis«, zischte Jérôme, »sein Name ist auch gefallen, und der von Paul.«

Soizic verkroch sich noch tiefer hinter dem Rechner.

»Woher wissen die Weiber etwas über die Schwänze von Francis und Paul?«, fuhr er sie an.

Soizic biss sich auf die Lippen, sie konnte das böse Wort einfach nicht aussprechen. Langsam kam Jérôme um den Schreibtisch herum. »Was hast du da überhaupt auf dem Bildschirm?«

Er schob sie grob zur Seite und schaute angewidert auf das Foto, das seine Kollegin aus dem Internet heruntergeladen hatte. In einer grauen Brühe schwammen zwei Würstchen, die in ihrer Konsistenz an Schaumstoff erinnerten. Zeigefinger und Daumen einer unbekannten Hand zogen an der Haut der oberen Wurst.

»Was ist das?«, fragte Jérôme angeekelt.

»Weißwurst«, flüsterte Soizic.

Er richtete sich auf, schüttelte verständnislos den Kopf, machte eine Geste Richtung Tür und sagte: »Gehen wir, Davide?«

Als die beiden schon fast an der Tür waren, rief Soizic schüchtern: »Davide?«

»Hm?« Er drehte sich langsam zu ihr um und band dabei den Schal fest um seinen kurzen Hals.

»Ich möchte den Fall Samantha Mills gern weiter bearbeiten«, sagte Soizic leise, noch immer halb hinter ihrem Bildschirm versteckt.

»Sollst du, Mädchen, sollst du. Sonst noch etwas?« Davide freute sich auf *Francis' Bar*, das stimmte ihn milde.

»Ich möchte ihn gern leiten.«

»Wie bitte?« Jérôme kam die Stufen wieder hoch und durchbohrte Davide mit seinem Blick.

»Es macht doppelte Arbeit, wenn ich jedes Mal Jérôme alles übersetzen muss.«

Palastrevolution, dachte Davide, denn Jérôme zischte ihm ins Ohr: »Ich warne dich!« – »Gut«, sagte er jedoch zu Jérômes und Soizics Erstaunen, »es wird Zeit, dass du ein wenig selbstständiger wirst. Und wenn du Fragen hast, sind wir ja auch noch da.« Er war schon fast aus der Tür, da drehte er den Kopf noch einmal zurück und rief: »Du darfst uns natürlich nichts vorenthalten von dem, was die Frauen berichten. Haben wir uns verstanden?«

»Natürlich«, kam es leise zurück, und erst, als sie sicher war, ganz allein in der Polizeistation zu sein, sprang Soizic von ihrem Stuhl auf und wirbelte ausgelassen im Kreis umher.

Als gegen acht Uhr in der *Blauen Rose* der erste Gang aufgetragen wurde, schielten Rosi und Bella immer wieder zu Elisabeth wie verunsicherte Fluggäste es tun, wenn der Flieger tanzt und sie im Gesicht der Stewardessen lesen wollen, ob diese beunruhigt sind. Solange sich auf Elisabeths Gesicht keine Sorge abzeichnete, waren die Freundinnen bereit, so zu tun, als sei alles wie immer und Sam nur auf einer ihrer geheimen Touren.

»Setzen Sie sich bitte zu uns, es wäre ein Jammer, wenn …«

Lizzy winkte ab, mochten die Frauen sie auch noch so freundlich einladen. »Nein, ich habe schon gegessen, danke.« Sie nahm Elisabeths Teller, legte behutsam ein pochiertes Wachtelei in die Mitte und füllte mit der klaren Brühe auf, die sie aus den Köpfen und Innereien der Wachteln mit viel Estragon gekocht hatte.

»Das duftet göttlich«, seufzte Bella und sah Lizzy hingebungsvoll an.

Als alle Teller gefüllt waren und die drei Frauen sich pustend die ersten Löffel der Suppe erkämpften, blieb Lizzy unschlüssig am Tisch stehen.

»Was ist?«, fragte Rosi.

Lizzy räusperte sich, umfasste mit beiden Händen die Lehne von Sams verwaistem Stuhl und sagte: »Solange Samantha nicht da ist, muss jemand anders die Verantwortung hier übernehmen. Es kommen jetzt schon Buchungen für Ostern oder sogar den Sommer per Telefon, und ich kenne mich mit dem Papierkram nicht aus.«

Bella und Rosi schauten Elisabeth auffordernd an, es war klar, dass sie das machen musste.

»Zeigen Sie mir morgen, wo alles liegt, ich kümmere mich darum.«

Lizzy nickte erleichtert und huschte zurück in die Küche.

»Ob Sam wirklich für länger wegbleibt?«, fragte Bella, auf deren Nasenspitze sich kleine Schweißperlen gebildet hatten.

Elisabeth zerteilte das Ei, aß andächtig, legte den Kopf schräg und antwortete: »Keine Ahnung. Einerseits ist es typisch Sam, einfach so zu verschwinden und keiner weiß etwas. Andererseits ist da dieser Jérôme. Oder Mr Mills … der Flugzeugabsturz … dass sie keine Nachricht hinterlassen hat. Summa summarum sollten wir uns organisieren, Lizzy hat recht. Vielleicht warnst du die Väter deiner Kinder schon einmal vor, dass sie etwas länger in den Genuss ihrer Brut kommen. Und du, Rosi? Kannst du von hier aus weiterarbeiten?«

»Ja«, sie legte den Löffel zur Seite, »ich habe sowieso alles dabei.«

Lizzy kam herein und räumte die Suppe ab. Als sie den Teller mit der Wachtel vor Rosi abstellte, murrte diese:

»Ich habe ausdrücklich gesagt: kein Fleisch.«

Lizzy reichte Elisabeth und Bella ihre Teller und antwortete ungerührt: »Das ist kein Fleisch, das ist Geflügel. Die Wachteln hat mein Nachbar gestern geschossen, ich habe sie heute Mittag ausgenommen und eingelegt. Auf denen sind keine Viren gereist.«

Elisabeth verschluckte sich an ihrem Rotwein, Bella kicherte.

»Und dann ist da noch etwas«, sagte Lizzy, wieder hinter Sams Stuhl stehend.

»Kommt jetzt mit jedem Gang ein neues Anliegen?«, wollte Elisabeth wissen.

»Nein. Es geht um die Leiche, die von heute Morgen in Marseille. Die hatte auch kein Gesicht mehr.«

Bella zog an einem Schenkel ihrer Wachtel, der sich mühelos lösen ließ, und biss in das zarte Fleisch. Elisabeth dagegen hasste es, mit den Fingern zu essen, deshalb zerteilte sie die Wachtel sorgsam mit Messer und Gabel. »Was meinen Sie damit?«

»Das Gesicht ist weg, wie bei den Weihnachtsleichen. Der Pathologe sagt, die Haut wurde mit einem Skalpell fachgerecht abgetrennt. Die Augen fehlen. Keine Zähne, keine Fingerkuppen mehr.«

»Wieso erzählen Sie uns das? Was hat das denn mit uns oder mit Sam zu tun?«, fragte Bella.

»Die Frau von heute Morgen hätte Samantha sein können. Sie hat ihre Größe, ist ebenfalls sehr mager und strohblond.«

»Und? Wieso sind Sie sicher, dass sie nicht Sam ist?«, fragte Rosi, die ihre Wachtel immer noch unschlüssig auf dem Teller hin und her schob.

»Die Hände. Ich würde Samantha an ihren großen Händen erkennen. Mit oder ohne Fingerkuppen. Außerdem sagt der Pathologe, dass die Haare frisch gefärbt waren.«

Die drei Freundinnen sahen sich fragend an. Elisabeth wurde mit einem Schlag klar, was Lizzy da sagte. »Sie denken, die Person, die für den Tod dieser Frau verantwortlich ist, könnte eigentlich Sam gemeint haben?«

»Wer weiß das schon.« Lizzy wackelte bedenklich mit dem Kopf und ging zurück in ihr Reich. Sie hatte es nicht fertiggebracht. Es wäre ihr wie ein Verrat an ihrer Arbeitgeberin vorgekommen, hätte sie der Polizei oder den Frauen erzählt, wie wenig es sie wunderte, dass Samantha Dienstagnacht verschwunden war: die Nacht, in der die dritte Frau im Hurenmilieu ihr Leben verloren hatte.

Was, wenn Sam wirklich in Gefahr war? Elisabeth konnte sich das kaum vorstellen, ihre Freundin wusste sich jederzeit und überall zu wehren, sie war überhaupt kein Opfertyp.

»Hm, dieser Vogel ist göttlich, butterzart«, schwärmte Rosi, die sich endlich überwunden hatte, und löffelte die Soße extra. Als auch sie mit dem Essen fertig war, blickte sie zufrieden in die Runde. »Woran denkst du, Elisabeth?«

Diese ging zum Kamin und legte ein Scheit nach, während Bella in die Küche lief, um sich die Hände zu waschen. Da stand Rosi ebenfalls auf, öffnete das Fenster und schaute auf den Hafen. Die Luft war mild. Die Türen von *Francis' Bar* standen offen, von drinnen war ganz leise Musik zu hören. »Wann wir wohl Jérôme wiedersehen?«

»Ich fürchte, bald.« Elisabeth kam zu ihr. »Bist du jetzt auch in ihn verknallt?«

»Nein!« Rosi lachte. »Die Geschichte mit der gezuzelten

Weißwurst hat mir gereicht. Wie Sam auf so einen Vergleich kommt?«

»Sie ist halt ein fantasiebegabtes Wesen«, sagte Elisabeth. »Ich finde, alle Männer sollten beschnitten werden. Das sieht viel ordentlicher aus.«

Bella hatte die letzten Worte beim Zurückkehren in den Salon aufgeschnappt und war nun wieder bei ihrem Lieblingsthema. »Wie ihr wisst …«

»Nicht schon wieder«, warnte sie Elisabeth. »Wir kennen deine goldene Regel für Männer, mein Schatz.«

»… geht ein befriedigter Mann selten fremd«, vollendete Bella ihren Leitsatz ungerührt und fügte stichelnd an: »Dieses Wissen erlangt frau natürlich erst über eine gewisse Quantität.«

»Irgendwann erwischt es dich auch noch, Elisabeth«, sagte Rosi vom Fenster her. Denn diese hielt sich an eine andere goldene Regel: »Im Leben einer Frau sollte es nicht mehr als fünf Männer geben« und Fred, ihr Ehemann seit 28 Jahren, war erst Nummer vier. »Das muss dann aber jemand ganz Besonderes sein«, antwortete Elisabeth routiniert auf diese oft schon wiederholte Anmerkung.

Die Tür ging auf, und Lizzy brachte den Nachtisch, Panna cotta. »Ich hätte dann doch noch ein Anliegen«, sagte Lizzy, während sie das Geschirr zusammenstellte.

»Wir hören?«

»Würden Sie bitte du zu mir sagen? Ich komme mir mit dem Sie schrecklich alt vor.«

»Klar«, sagte Bella und streckte ihr die Hand hin, die Lizzy ratlos ansah. »Macht man so in Deutschland. Ich bin Bella. Hi.«

»Hi«, antwortete Lizzy unsicher und nahm die Hand.

»Das sind Elisabeth und Rosi.«

»Hi«, sagte Lizzy wieder und gewann sichtbar Gefallen an diesem für sie deutschen Wort, das sie noch nicht kannte. Sie ging erst zu Elisabeth, dann zu Rosi und schüttelte beiden die Hand.

»Lizzy«, sagte Elisabeth, »wenn du Sam suchen müsstest, wo würdest du anfangen?«

Sie ist ihre Freundin, du musst ihr trauen, auch wenn sie dir selbst unheimlich ist, dachte Lizzy und antwortete: »Im Hafen von Marseille. Aber nicht im alten Hafen, sondern im Industriehafen.« Ihr fröstelte bei dem Gedanken an diesen Ort, denn dort waren die beiden Weihnachtsleichen aufgefunden worden und auch die ermordete Frau von heute Morgen.

»Warum dort?«, fragte Bella erstaunt.

»Weil …« Lizzy tat so, als suche sie nach Worten. »Ich kenne ein paar Leute, die Samantha dort manchmal gesehen haben. – Sie kommt bestimmt bald wieder.« Eilig verließ sie mit dem Geschirr den Raum.

»Interessant«, sagte Rosi und kam zu den beiden anderen am Kamin. »Hast du dem etwas hinzuzufügen, Frau Anwalt?«

»Nein, außer dass ich mir ganz sicher bin: Ich wüsste es, ich würde es spüren, wenn Sam wirklich in Gefahr wäre. Das ist nichts als ein dummer Zufall, das mit der Frauenleiche, auf die ihre Beschreibung passt.«

Es klopfte am Eingangsportal.

»Jérôme?«, fragte Bella erwartungsvoll.

»Nein, bei seinem Verhältnis zu Türen war das viel zu schüchtern. Ich gehe nachsehen.« In der Eingangshalle traf Elisabeth auf Lizzy, die bereits die Tür entriegelt hatte.

»Guten Abend«, erklang die melodische Stimme von Soizic. »Störe ich die Frauen gerade beim Essen?«

»Nein.« Elisabeth zog die Tür ganz auf. »Was können wir für Sie tun?«

»Ich würde gern morgen mit der Befragung weitermachen. Wäre Ihnen gegen elf Uhr recht?«

»Sicher. Wir haben ja Hausarrest, da ist jede Abwechslung willkommen.«

»Wenn Sie mir sagen, wo Sie hinwollen und wie lange Sie wegbleiben, können Sie selbstverständlich ausgehen.« Sie reichte Elisabeth ihre Visitenkarte.

»Da denkt Ihr schlecht erzogener Kollege ganz anders drüber.«

»Ich trage die Verantwortung«, antwortete Soizic.

Elisabeth, trainiert auf feine Zwischentöne, hörte den leisen Triumph in ihrer Stimme. »Wir werden morgen für Sie da sein. Gute Nacht.«

»Gute Nacht.«

Als sie in den Salon zurückkam, machte Bella sich gerade über den dritten Nachtisch her. Anders als viele andere Frauen hatte sie keine Schwierigkeiten, ihr Federgewicht zu halten.

»Mesdames«, sagte Elisabeth, »morgen gibt es Arbeit.« Mit diesen Worten legte sie Soizics Visitenkarte schwungvoll auf den Tisch.

6

Für Freitagmorgen stellte Elisabeth sich einen Wecker, denn sie war mit Lizzy verabredet. Kaum hatte sie ihre Hand auf den Knopf zum Ausschalten fallen lassen, hörte sie unten in dem stillen Haus die Hintertür aufgehen. Erfreut dachte sie, dass es wenigstens gleich Kaffee geben würde. Sie setzte sich mühsam auf, strich aus Gewohnheit über ihren bis zur Taille reichenden blonden Zopf und beschloss, ihn später neu zu flechten und hochzustecken. Im Morgenmantel und in Holzpantinen, die auf der Treppe laut klackerten, ging sie in die Küche, setzte sich an den gekachelten Tisch und gähnte. »Guten Morgen, Lizzy, haben Sie gut geschlafen?«

»Du.«

»Wie bitte?«

»Wir hatten uns auf du geeinigt. – Danke, ja, und du?« Lizzy stellte die dampfende Espressokanne, einen Topf mit heißer Milch und einen Korb mit duftenden Croissants vor Elisabeth ab, setzte sich mit an den Tisch und nahm den Tabak aus der Tasche ihres Mantels, den sie anbehielt, bis die Küche aufgeheizt war.

»Nein, Lizzy, um ehrlich zu sein: Ich habe kaum geschlafen. Es geht mir nicht aus dem Kopf, dass Samantha einen Gerichtstermin in München gehabt haben soll, von dem ich nichts wusste.«

»Vielleicht wollte sie es nicht«, antwortete die Haushälterin.

»Nein, ich weiß in den Rechtsangelegenheiten meiner Freundinnen besser Bescheid als diese selbst.« Sie sah auf die Küchenuhr, Viertel vor acht. In einer halben Stunde würde sie anrufen können, dann wäre ihre Assistentin bereits im Büro. Die übrigen Mitarbeiter erschienen selten vor zehn Uhr. »Haben Sie, ich meine hast du davon gewusst?«

Lizzy schüttelte den Kopf, häufte drei Löffel Zucker in ihre kleine Tasse und kippte ihren Kaffee wie einen Schnaps hinunter.

»Ich mache mir noch nicht wirklich Sorgen, aber komisch ist es.«

»Elisabeth, ich habe viel Respekt vor dir und eurer Freundschaft. Deshalb kann ich kaum glauben, dass du nicht weißt, wo sie ist.«

»Du misstraust mir?«, fragte Elisabeth überrascht und strich eine Strähne aus dem Gesicht, die sich aus dem Zopf gelöst hatte.

»Sie hat sich auf euch gefreut, mehr als sonst, deshalb.«

»Ja, das verstehe ich. – Wo sind die Unterlagen, oben in ihrem Atelier?«

»Nein, wir haben hier unten hinter der Treppe ein Büro eingerichtet. Es war zu mühsam, für jede Reservierung bis nach oben zu laufen.«

»Lizzy?«

»Mmh.«

»Welche Leute haben Samantha in Marseille im Hafen gesehen?«

»Leute, die man besser nicht kennt.«

»Aha, und warum kennst du sie?«

»Guten Morgen!« Die Küchentür flog auf, und Bella, die durch ihre Kinder frühes Aufstehen gewohnt war, kam herein. »Oh, lecker, Kaffee und Croissants. Darf ich?«

Lizzy stand sofort auf, um neuen Kaffee zu bereiten. Sie war ihr gerade recht gekommen.

Elisabeth registrierte grinsend, dass Bella ihren Schlafanzug gegen ein seidenes Negligé getauscht hatte. Sie wollte wohl gewappnet sein, sollte Jérôme noch einmal zu so früher Stunde und unangemeldet erscheinen. Bella, das wusste Elisabeth, definierte sich keineswegs über Männer. Sie konnte nur, wie von Süßigkeiten, die Finger nicht von ihnen lassen. Und so, wie sie ohne zuzunehmen Süßigkeiten in sich hineinschob, war es ihr auch gelungen, sechs Schwangerschaften spurlos zu überstehen, sodass manche glaubten, sie habe die Kinder adoptiert. Als Bella jetzt mit einem seligen Lächeln ihr fettiges

Croissant aß, ging Elisabeth das Herz auf angesichts dieser Unbekümmertheit und küsste die Freundin auf den Scheitel, was Lizzy stirnrunzelnd zur Kenntnis nahm. – »Können wir?«

Das kleine Büro war nicht geheizt. Elisabeth zog den Morgenrock noch enger um sich, schaltete den Computer ein und verschaffte sich einen Überblick über die Bücher. »Wenn ein Anruf mit einer Anfrage kommt, was macht ihr dann?«

Lizzy zeigte ihr das Kalenderbuch, in dem die Reservierungen festgehalten wurden, bis sie sicher waren. Erst nach der Bestätigung übertrug Samantha sie dann in den Computer.

»Gestern haben zwei Leute angerufen für das Osterwochenende. Aus Paris, Leprêtre und Delon.«

»Aber warum hast du das nicht aufgeschrieben?«, fragte Elisabeth, die sofort registrierte, dass es für Ostern keinen Eintrag gab.

»Ich konnte keinen Stift finden«, verteidigte sich Lizzy eine Nuance zu heftig.

»Natürlich«, sagte Elisabeth. Sie tat so, als müsste sie einen Stift suchen, und trug die beiden Namen ein. »Für das ganze Wochenende?«

»Ja, die wollen in den nächsten Tagen eine E-Mail schicken.«

Elisabeth trug das ebenfalls ein.

»Ich gehe Frühstück machen.« Lizzy, war erleichtert, die Verantwortung abgegeben zu haben, und eilte davon.

Elisabeth sah sich in dem kleinen Raum um. Ein winziges Fenster ging auf den Hinterhof, wo die Mülltonnen des Hotels standen. Die Zimmerdecke war schräg, bedingt durch die Haupttreppe, unter der sich das Büro befand. Mechanisch zog sie die einzelnen Schubladen des Schreibtisches auf. Briefbögen, fertig frankierte Briefumschläge, eine Kassette mit Wechselgeld, Toner für den Drucker, Stifte, Radiergummi und Sicherungs-CDs. »Gut organisiert«, lobte Elisabeth halblaut ihre abwesende Freundin. Sie wusste, dass sich viele fragten, warum Samantha die *Blaue Rose* betrieb, denn um das Geld ging es dabei nicht. Es gab der Malerin, das verstand nur Elisabeth, genau das Stück Normalität, das sie brauchte, um bei all ihrer Fantasie und ihren Fähigkeiten nicht wahnsinnig zu werden. Auf der Unterseite der Tastatur klebte der Schlüssel für die linke Säule des Schreibtisches. Dort lagen in der obersten Schublade die Kopien von Samanthas Korrespondenz mit Mr Mills' Anwalt in London. Glücklicherweise hatte Elisabeth ihr damals geraten, die Ehe nach deutschem Recht zu schließen. Im zweiten Schubfach steckten ein paar Hefte mit losen Skizzen. »Sie hat also wieder damit angefangen«, murmelte Elisabeth und nahm den ganzen Stapel heraus. Sie hatte sich von Sam die Bildsprache, in der diese alles notierte, einmal erklären lassen und konnte sie immer noch lesen. Die Hefte waren aus den letzten Jahren. Bei diesen Skizzen handelte es sich manchmal um nicht mehr als ein paar Striche, die nicht miteinander verbunden schienen. Als sie gerade den Band vom letzten Jahr aufschlug, um dort etwas über Sams aktuelle Tour zu erfahren, riss jemand hinter ihr die Tür auf.

»Nichts anfassen!«

Elisabeth ließ das Heft erschrocken fallen. Die Seiten flatterten einzeln zu Boden und mit ihnen ein Blatt Papier, das ihr geübter Blick sofort als Testament erkannte. Sie drehte sich auf ihrem Stuhl langsam um und blickte einem jungen Polizisten in die Augen. Kaum war sie aufgestanden, um sich nach dem Schriftstück zu bücken, erschien Jérôme hinter seinem Kollegen.

»Manu hat doch gesagt, nichts anfassen. Was tun Sie überhaupt hier?« Er bedachte Elisabeth mit einem so durchdringenden Blick, dass sie ihren Morgenrock über dem Dekolleté schloss.

»Was geht Sie das an?«

»Hier«, er fuchtelte mit einem Stück Papier vor ihrem Gesicht herum, »die Genehmigung für eine Hausdurchsuchung. Würden Sie bitte in den Salon gehen und sich dort so lange aufhalten, bis wir durch sind.«

Elisabeth warf unauffällig einen letzten Blick auf das Papier am Boden, schob Jérôme zur Seite und ging durch die Halle in den Salon. Dort machte Lizzy gerade mit düsterem Gesicht Feuer.

Elisabeth nahm Soizics Visitenkarte vom Tisch und trat neben die Haushälterin. »In der Küche hängt doch ein Telefon, oder?«

»Ja«, brummte Lizzy.

»Hier, nimm die Karte. Ruf diese Soizic an, ich bin mir sicher, dass sie nichts von der Hausdurchsuchung weiß. Mach schnell, wähl die Mobilnummer.«

Bella erschien im Negligé, hoch zufrieden mit ihrer vorausschauenden Planung in Bezug auf ihre Kleiderwahl, und gleich nach ihr Rosi, der ausnahmsweise die Haare zu Berge standen, denn die Herren hatten sie aus dem Bett gezerrt. Bella lächelte selig. »Was für attraktive Männer.« Sie sammelte sich und fragte Elisabeth: »Weißt du, was das soll?«

»Rache für gestern.«

»Wenn er so wütend ist, finde ich ihn besonders attraktiv.« Bella warf sich auf einen Stuhl und legte ihre Beine auf die Tischecke.

Die Tür flog auf und prallte gegen die Wand. Elisabeth rieb sich mit den Fingerspitzen die Schläfen. »Irgendwie ertrage ich mit zunehmendem Alter schlecht erzogene Männer immer weniger.«

»Was hatten Sie in Samanthas Büro zu suchen?«, blaffte Jérôme sie an.

Elisabeth seufzte, und obwohl sie sicher war, dass er ihr nicht glauben würde, versuchte sie ihm das mit den Hotelreservierungen zu erklären. Lizzy kam mit frisch gebrühtem Kaffee herein, hielt hinter Jérômes Rücken kurz den Daumen hoch und bestätigte Elisabeths Darstellung.

»Für wie blöd halten Sie die französische Polizei eigentlich? Was haben, bitte, die notwendigen Buchungen mit Samanthas Testament zu tun? Und du, Lizzy, wieso machst du mit bei diesem Theater?« Er verzog seine Lippen plötzlich zu einem breiten Grinsen.

Elisabeth gab achselzuckend das Grinsen zurück, dann drehte sie ihren Kopf leicht Richtung Fenster. Was sie nun sah, ließ sie nur mit Mühe einen aufkommenden Lachkrampf unterdrücken, denn sie sah Soizic, die im Galopp über die Hafenmole preschte, geradewegs auf die *Blaue Rose* zu. Sie rätselte eben noch, wie lange die Polizistin diesen Schwung wohl halten würde, da krachte schon das Hauptportal. Unmittelbar danach knallte die Salontür mit so einer Wucht gegen die Wand, dass Jérôme erschrocken herumfuhr und beinahe seine Waffe gezogen hätte. Zu Elisabeths Bedauern wurde Soizics Blick gleich etwas weicher, als diese Jérôme ansah, und sie wusste: noch eine, die diesem Beau verfallen ist.

Die beiden zischten sich in einem für Elisabeth unverständlichen Französisch etwas zu, Jérôme wedelte mit dem Testament, Soizic griff danach und zerriss es beinah. Mit rotem Kopf wandte sie sich an die Frauen. »Es tut mir leid, das alles ist ein großes Missverständnis. Aber Mr Mills hat gestern beim Präsidenten des Departements Bouches-du-Rhône angerufen und Sie drei des Mordes verdächtigt. Er hat dem Präsidenten gesagt, dass hier im Haus ein Testament zu finden sein müsste, das den Verdacht bestätigen würde. Da er Jérôme kennt, hat er ihn und nicht mich mit einer Hausdurchsuchung beauftragt.«

»Mr Mills fährt ja ganz ordentliche Kaliber auf«, sagte Rosi trocken.

Fünf weitere Polizisten erschienen und ließen die Tür hinter sich offenstehen. Jetzt konnte man sehen, dass sich in der Halle einige Kartons stapelten.

»Die nehmen Sachen mit«, rief Bella aus.

Elisabeth sprang auf und lief ins Büro . Sie konnte gerade noch verhindern, dass der Computer abgebaut wurde. »Zum Teufel noch mal, Jérôme, das geht nicht«, schimpfte sie, als sie wieder zu den anderen in den Salon kam. »Machen Sie sich

Kopien von allem, was auf dem PC ist. Um das Hotel am Laufen zu halten, muss er hierbleiben. Die Gäste reservieren per E-Mail. Wollen Sie Samantha ruinieren?«

Soizic eilte in die Halle und gab einem ihrer Kollegen Anweisungen, die dieser offensichtlich widerstrebend akzeptierte.

»Machen Sie sich nicht lächerlich«, sagte Jérôme, der ebenfalls in die Halle gekommen war. Er warf ein paar einschlägige französische Zeitungen zuoberst auf einen Stapel Kartons. Von allen Titelblättern lachte Elisabeth Sams Konterfei entgegen. Die Schlagzeilen thematisierten ihr rätselhaftes Verschwinden, in einem Untertitel hieß es, dass der Wert ihrer Bilder sich bereits verdreifacht habe. Elisabeth war ein paar Sekunden sprachlos. Nach und nach gelangte sie zu der Erkenntnis, dass sie hier in ein Spiel geraten war, von dem sie weder die Regeln noch die wirklichen Gegner oder den möglichen Sieger kannte.

»Damit hat sich Ihr Vermögen, Madame Advokat, ebenfalls verdreifacht, da Sie und Ihre Freundinnen einen nicht unerheblichen Teil an Samantha Mills Bildern besitzen. So informierte uns zumindest Mr Mills.« Jérôme ging einen Schritt auf Elisabeth zu, die sich gefangen hatte und kühl zurückfragte: »Haben Sie etwa keines ihrer Bilder?«

»Nein, ich habe keinen Grund, mich auf Samanthas Kosten zu bereichern.« Mit seinen verschränkten Armen berührte er fast ihre Brust.

Elisabeth legte den Kopf schräg und sagte so leise, dass die anderen es nicht hören konnten: »Früher hat Sam ihre Liebhaber, wenn die ihre Sache gut gemacht haben, mit einem Miniaturbild ihres besten Stückes beglückt. Haben Sie etwa keines bekommen?« Sie ließ Jérôme mit seinen geballten Fäusten stehen, nahm die Zeitungen an sich und ging zurück in den Salon, wo Lizzy es trotz des Durcheinanders geschafft hatte, den Frühstückstisch zu decken.

Rosi und Bella ließen es sich bereits schmecken.

Elisabeth berichtete den beiden kurz von ihrem Wortwechsel eben mit Jérôme und überflog nebenher die einzelnen Zeitungsartikel. »Wenn das stimmt, was hier steht, haben wir alle drei ausgesorgt.«

»Und ein handfestes Mordmotiv«, fügte Rosi kauend hinzu.

»Wie jeder, der auch nur ein Bild von Sam besitzt. Das trifft auf Mr Mills ganz genauso zu. Ich muss dringend die Kanzlei anrufen.«

»Es gibt kein Telefon mehr. Die haben unsere Notizbücher mitgenommen, die Pässe, die Handys, alles«, sagte Bella, die sich mittlerweile einen dicken Pullover über das Negligé gezogen hatte. »Und wenn das so ist wie im Fernsehen, wird das Festnetz sicher abgehört.«

»Naheliegend«, musste Elisabeth zugeben. »Hoffen wir einfach mal, dass die Dorfpolizei von Cassis technisch nicht in der Lage ist, den PC zu überprüfen. Ich richte mir einen Account im Internet ein und beauftrage meine Assistentin zu recherchieren.« Sie rührte nachdenklich in ihrem Milchkaffee. »Wir müssen herausfinden, warum Mr Mills den Präsidenten kennt, warum er ihn anruft, warum Samantha nach München fliegen wollte.«

Es klopfte, und Soizic trat ein.

»Der Computer ist wieder angeschlossen. Allerdings haben wir alle Bilder, Zeichnungen und Papiere zur Sicherungsverwahrung an uns genommen. Können wir jetzt mit dem Verhör beginnen?«

»Nein«, gab Elisabeth resolut zur Antwort, ohne sich nach ihr umzudrehen. »Wir werden jetzt erst einmal frühstücken, anschließend duschen und uns anziehen, dann können wir wie vereinbart um elf Uhr mit dem Verhör beginnen.«

Soizic zog eingeschüchtert die Tür von außen zu.

»Sie kann nun wirklich nichts dafür«, wandte Rosi ein.

Elisabeth blitzte sie nur über die Kaffeetasse hinweg an.

7

Soizic ging in die Küche zu Lizzy, die am Herd stand und mit einem großen Holzlöffel in einem dampfenden Topf rührte. »Danke, dass Sie mich angerufen haben, Madame.«

»Setz dich«, bekam sie zur Antwort und gehorchte. Sie hatte großen Respekt vor dieser kleinen, drahtigen Frau, die ein Leben lang den mitunter beißenden Spott ihrer Mitmenschen nach Soizics Meinung hervorragend pariert hatte. Als Lizzy sich herumdrehte und zu ihr kam, bemerkte sie, dass die Haushälterin kaum einen halben Kopf größer war als sie selbst im Sitzen.

»Was hat dir deine unselige Mutter eigentlich über Frauen beigebracht?«

Soizic errötete und sah zu Boden. Keiner im Dorf hatte ihre deutsche Mama gemocht, denn sie hatte über Männer im Allgemeinen geschimpft, sogar kleine Jungs Machos genannt, sie hatte französischen Frauen mangelnde Emanzipation vorgeworfen und – das war für Cassis das Schlimmste – französisches Essen als vulgären Brei bezeichnet.

»Sag schon!«

»Sie wissen, wie meine Mutter über Frauen und Männer dachte.«

»Aber musst du das unbedingt übernehmen?«

»Was soll schon toll daran sein, ein Sexualobjekt für die Männer zu sein«, plapperte Soizic ihrer Mutter nach.

Lizzy seufzte. Ihr ging es nicht um die Emanzipation. Es war nun einmal so: Wenn jemand, egal ob Mann oder Frau, keine Liebe erfuhr, nicht begehrt wurde, verkümmerte er zu einem hässlichen ausgetrockneten und vor allem stacheligen Kaktus. »Trotzdem fändest du es gut, wenn Jérôme dich endlich einmal angucken würde, oder?«

»Ach, Quatsch.« Soizic wollte aufstehen, aber Lizzy stand so dicht vor ihr, dass es nicht ging. »Der interessiert mich nicht.«

Lizzy funkelte sie mit ihren alten blauen Augen an. »Kindchen, darum geht es gar nicht. Der Herr hat dich als Frau auf die Welt geschickt und nicht als Neutrum. Und wenn du von denen da drinnen«, sie schob ihr Kinn ruckartig Richtung Salon, »ernst genommen werden willst, dann solltest du ihnen auf Augenhöhe entgegentreten – und das heißt: als Frau!« Sie drehte sich abrupt zum Herd und fügte schon im Gehen hinzu: »Außerdem macht es großen Spaß, eine Frau zu sein. Hast du schon gefrühstückt?«

»Ich habe ein paar belegte Brote in der Polizeistation.«

Lizzy schüttelte den Kopf, füllte wieder die Espressokanne, machte Milch heiß und schob ein Croissant in den ganztägig geheizten Backofen. Als sie das alles vor Soizic auf den gekachelten Tisch stellte, sagte sie: »Das ist ein Frühstück. Dein deutsches Körnerbrot kannst du an Schafe verfüttern. Zu deren Charakter passt es.«

Im Salon berieten die Freundinnen sich, wie sie Soizic begegnen sollten. Mit Vertrauen oder mit Misstrauen? Sie stimmten sich ab, was sie in ihren Telefongesprächen mit Deutschland sagen wollten, denn Elisabeth hatte erkannt, dass sie durchaus verdächtig waren und aller Wahrscheinlichkeit nach bleiben würden, bis Samantha wieder auf der Bildfläche erschiene.

»Du kennst sie am besten, Elisabeth, wann taucht Sam wieder auf?«, fragte Rosi ernst. Die Antwort war ein Schulterzucken.

»Wer fängt mit dem Telefonieren an?«

»Ich brauche am längsten, schätze ich. Das wird ein Theater, bis ich alle Väter erreicht habe«, sagte Bella und setzte sich neben das Tischchen, auf dem ein altertümliches weißes Telefon mit Wählscheibe und Mithörer stand. »Hoffentlich ist nicht zu oft besetzt«, stöhnte sie bei dem Gedanken, keine Wahlwiederholungstaste zur Verfügung zu haben.

Elisabeth und Rosi ließen sie allein. In der Halle blieben sie stehen. »Ist das nicht die Stimme der Kommissarin?«, fragte Rosi.

»Ja, wahrscheinlich tröstet Lizzy sie, weil ich so unfreundlich war. Wir müssen der Haushälterin unbedingt sagen, sie soll nicht verraten, dass sie Deutsch kann.«

Gemeinsam gingen sie in die erste Etage. Sogar dort vernahmen sie Bellas wütende Stimme, denn wie erwartet hatte Saskias Vater, der Schweigegeld zahlende Millionär, das größte Problem, seine Tochter länger als vorgesehen zu versorgen, schließlich durfte seine Familie nichts von dem Kind wissen. Elisabeth grinste, als sie hörte, wie empört Bella ihm mangelnde Fürsorge vorwarf. »Denkst du, das ist gut für Saskia?«

»Du meinst, dass Saskia immer die Rolle der vom Vater vernachlässigten Tochter spielt, obwohl sie weiß, dass er nicht ihr leiblicher Vater ist?«

»Ja. Ich meine, Bella und sie nehmen ihn gemeinsam hoch und aus! Das Mädchen ist fünfzehn!«

Elisabeth, die wesentlich näher an Bellas Alltag dran war, lachte: »Wenn du bei Bella aufwächst, bist du ohne Zweifel mit allen Wassern gewaschen – jeglicher Naivität beraubt, aber auch extrem lebensfähig. Davon abgesehen bringt sie ihren Kindern jede Menge Unbekümmertheit und Lebenslust bei. Außerdem kennst du meine Meinung: Gegen eine gute Lüge ist überhaupt nichts einzuwenden.«

Rosi winkte ab. »Ich weiß, solange sie schnell genug ist.« Als sie ihr Zimmer betrat und allein war, beschlich sie für einen Augenblick das Gefühl der Einsamkeit. Manchmal kam es ihr so vor, als sei sie die Einzige im Vierergespann, die nicht völlig mit ihrem Leben einverstanden war. Sicher, Elisabeth kam mit ihren Töchtern nicht zurecht, aber sie liebte seit vielen Jahren denselben Mann. Bella wurde von ihren Kindern geliebt, und Männer fand sie immer und überall. Aber sie selbst? Ihr Sohn hatte ihrer Erziehung zum Trotz eine antiquierte Vorstellung von Frauen, und ihr Exmann wechselte im Vierjahresturnus seine Frauen, sodass stets eine Dreißigjährige an seiner Seite war.

Pünktlich um elf fanden sich die Frauen im Salon ein. Elisabeth hatte Lizzy um Tee und Gebäck gebeten und darum, nicht vor halb zwei das Mittagessen zu servieren. Im Kamin brannte ein wärmendes Feuer, die Lampen waren an, denn die dunkle Wolkendecke, die sich auf Cassis herabgesenkt hatte, schluckte das Tageslicht. Ein Wetterumschwung hatte neuen Wind und Regen gebracht, der gegen die Fensterscheiben peitschte.

Soizic saß wie beim ersten Mal den drei Frauen auf dem Sofa gegenüber und wiederholte, was am Vortag zur Sprache gekommen war: die Ankunft der Freundinnen, der Spaziergang an der Steilklippe, das gemeinsame Essen. »Habe ich etwas vergessen?«, fragte sie, als sie von ihren Notizen aufsah.

»Die Schwänze«, ergänzte Bella sachlich.

»Machen wir also da weiter, wo Sie zu Bett gingen. Wann war das?«

»Wir wissen es ehrlich gesagt nicht mehr so genau, weil wir ziemlich viel Wein und Champagner getrunken hatten«, sagte Elisabeth. Rosi und Bella nickten zustimmend.

»Ist Samantha Mills mit Ihnen nach oben gegangen?«

Schulterzucken.

»Haben Sie in der Nacht Geräusche im Haus vernommen?«

Ratlose Gesichter.

»Hat Samantha Mills irgendetwas gesagt, was darauf hindeuten hätte können, dass sie in der Nacht noch etwas vorhatte?«

Kopfschütteln.

Soizic sah ein, dass sie so nicht weiterkam. Sie wandte sich direkt an Elisabeth: »Frau von Landau, Sie sind am längsten mit Samantha Mills befreundet. In welcher Verfassung war sie Ihrer Meinung nach Dienstagabend, am Tag Ihrer Ankunft?«

Elisabeth schlug die Beine übereinander, zog den Rock über ihre spitzen Knie und sagte: »In einer ausgezeichneten Verfassung.«

»Können Sie mir erklären, was das bedeutet?«

»Es ging ihr gut. Sie hatte, wie sie selbst sagte, eine Nacht mit gutem Sex hinter sich und hat morgens gemalt. Mittags hat sie ihre langjährigen Freundinnen begrüßt, eine kleine Wanderung unternommen, gut gegessen und gefeiert im vertrauten Kreis.«

»Sie hat nichts von einer geplanten Reise erwähnt?«

»Keine Silbe.«

Soizic rutschte an die Stuhlkante, stützte ihre Ellenbogen auf die Oberschenkel und brachte ihr Gesicht auf gleiche Höhe mit den Augen der Frauen auf dem Sofa. »Erzählen Sie mir von Samantha Mills.« Das klang ein wenig so, als halte Soizic sie bereits für tot. »Ich würde gern verstehen, warum Sie sich offensichtlich keine Sorgen um Ihre Freundin machen.«

»Wie meinen Sie das?«, fragte Rosi.

»Nun, Sie suchen sie nicht, Sie essen, trinken, tun so, als sei dieser Umstand das Normalste von der Welt. Ich verstehe das nicht.«

»Das ist normal, weil Sam das immer schon so macht. Manchmal, weil sie einfach Reaktionen austesten will, manchmal, weil sie das Alleinsein braucht, manchmal, weil sie etwas vorhat und annimmt, dass niemand damit einverstanden ist.«

»Was zum Beispiel?«, fragte Soizic nach.

Elisabeth wehrte mit der Hand jede weitere Antwort ihrer Freundinnen ab. »Ich würde jetzt erst einmal gern wissen, warum Sie uns hier festhalten.« Sie stand auf, lief vor Soizics Gesicht auf und ab und zwang sie damit, sich wieder gerade hinzusetzen. Am Tisch goss sie sich schließlich eine Tasse Tee ein und fragte: »Noch jemand?« Bella und Rosi nahmen das zum Anlass, ebenfalls aufzustehen.

Soizic lehnte sich zurück und beschloss, die Bombe platzen zu lassen. »Sie drei sind die Alleinerben des gesamten Vermögens von Samantha Mills, inklusive Hotel, Bilder und Bankvermögen. Sollte Frau Mills etwas zugestoßen sein, beläuft sich derzeit Ihr virtuelles Vermögen auf zwölf Millionen Euro, Ihr geerbtes Bankvermögen auf drei Millionen.«

»Pro Person oder insgesamt?«, fragte Elisabeth ungerührt zurück.

Damit brachte sie Soizic völlig aus der Fassung, sodass diese vom Stuhl hochsprang und verzweifelt ausrief: »Insgesamt! Und das gehört Ihnen, wenn Frau Mills eines gewaltsamen oder rätselhaften Todes gestorben ist.«

»Und bei einem natürlichen Tod?«

»Geht alles an Mr Mills. Das war, nach seiner Aussage, das Geschäft oder das Entgegenkommen seiner Exfrau dafür, dass er ihr die *Blaue Rose* nicht mehr streitig macht.«

»Gilt ein Flugzeugabsturz als natürlicher Tod?«, fragte Elisabeth wie nebenher und blies in ihre Tasse mit heißem Tee.

»Ja natürlich!«

»Deshalb ist Mr Mills so aufgebracht, dass Sam nicht im Flieger gesessen hat.«

»Was wollen Sie damit sagen?« Soizic ließ sich wieder auf ihren Stuhl fallen.

Elisabeth nahm ihr gegenüber Platz. »Nichts. Was soll ich Ihnen von Samantha erzählen?«

Soizic versuchte ihr widerspenstiges rotes Haar hinter den Ohren zu bändigen, eine Geste, die Wut und Verzweiflung kaschieren sollte. Sie hätte nicht gedacht, dass die Ermittlungen so schwierig werden könnten. Sie selbst hatte sich darum gerissen und wollte diesen Fall unbedingt lösen, um in der Polizeistation endlich nicht mehr als gehobene Sekretärin behandelt zu werden, die Jérôme und Davide die lästigen Arbeiten abnahm. Sie war stets davon ausgegangen, als jüngere Frau den älteren gegenüber im Vorteil zu sein. »Mit vierzig ist das Leben einer Frau vorbei, dann schnappen dir die Jüngeren die Männer weg«, hatte ihre Mutter prophezeit, als sich abzeichnete, dass Soizic so bald keinen Mann finden würde. Diese Frauen hier schienen der fleischgewordene Gegenbeweis zu sein. Irgendwie freute Soizic sich darüber. Die drei saßen mit verschränkten Armen, übereinandergeschlagenen Beinen und einem derart höflichen Lächeln vor ihr, dass sie sich wie die kleine dumme Nichte fühlte, deren Besuch die Tanten gelangweilt anstatt erfreut hinnahmen. Soizic versuchte einen neuen Anfang: »Gibt es einen festen Partner in Samantha Mills Leben?«

»Nein«, antwortete ihr Elisabeth. »Sam mag es überhaupt nicht, wenn ein Mann glaubt, in irgendeiner Weise ein Anrecht auf sie zu haben.«

»Also ist sie allein?«

»Auf gar keinen Fall«, mischte Bella sich ein, »sie hat unzähligen Männern das Herz gebrochen.«

»Obwohl sie so … so …«

Elisabeth vervollständigte den Satz: »… obwohl sie so hässlich ist. Das wollten Sie fragen, nicht wahr?«

»Nein, ich meine, es ist ja nicht wichtig.«

»Doch, es ist sehr wichtig«, warf Rosi ein. »Es hat schon viele Männer gegeben, die Sam hassten. Und es gibt bestimmt auch jetzt den einen oder anderen.«

»Warum denn?«, fragte Soizic ratlos.

»Weil Sam ist, wie sie ist«, erklärte ihr Elisabeth.

»Mein Reden«, stimmte Bella zu. »Und Sie glauben gar nicht, was Männer für eine Panik haben: ein Bild in Sams Sammlung werden und hopp, das war's.«

»Sam ist eigentlich immer verliebt«, übernahm Elisabeth wieder das Wort. Ihre Stimme wurde weich. »Sie braucht das für ihre Malerei. Und wenn ein Mann sie nicht mehr inspiriert oder neugierig macht, sucht sie sich den nächsten.«

Als ob das so einfach wäre, dachte Soizic und fragte: »Warum nennen die sie hier in Cassis die deutsche Hure?«

Die drei Frauen lehnten sich zurück und schauten sie mit einem dezenten Lächeln an, als überlegten sie, ob sie es ihr sagen oder warten sollten, bis es ihr selbst einfiele. »Können Sie sich einen Mann vorstellen«, fragte Bella schließlich, »der in *Francis' Bar* sagt: ›Sie hat mich erobert, gevögelt, gemalt und dann abserviert‹?«

»Anstatt die Wahrheit zu sagen: ›Sie nimmt sich, was sie will!‹, klingt es besser zu sagen: ›Sie treibt es eh mit jedem‹

oder ›Ich habe sie gebumst und das war es‹«, ergänzte Rosi. »Oder: ›Sie ist mir halt über die Bettkante gefallen.‹«

Soizic schoss durch den Kopf, dass Lizzy vorhin ins Schwarze getroffen hatte: Mit dem Frauenbild, das sie von ihrer Mutter fraglos übernommen hatte, konnte sie den drei Freundinnen hier das Wasser nicht reichen. Ihr fehlten deren Erfahrungen.

»Samantha macht Männer kurzfristig zum Zentrum ihrer Gedankenwelt. Das genießen sie. Und sie hassen es, wenn sie sich zurückzieht.«

»Wissen Sie, mit wem Samantha in Cassis alles was hatte?«

»Welchen Zeitraum möchten Sie denn wissen?«

»Vielleicht die letzten vier Wochen?« Soizic war überfordert, hier taten sich Welten und Abgründe auf, die sie schwindeln ließen.

Elisabeth zählte auf: »Mit Jérôme, mit dem Metzger Paul, mit dem Besitzer der Bar, Francis, mit dem Sohn des Bürgermeisters, Guy, heißt er, glaube ich. Ihr nächstes Projekt ist Julian, der Sohn des Gärtners«, schloss sie und wandte sich an ihre Freundinnen, »oder habe ich einen vergessen?«

»Nein«, gab Rosi mit einem Lächeln zur Antwort, »vollständig.«

»Dann waren die Geschichten also nicht erfunden?«, fragte Soizic mit rotem Kopf.

»Nö, kein bisschen«, flötete Bella, streifte ihre Schuhe ab und zog die Füße auf das Sofa, als würde es jetzt zum gemütlichen Teil übergehen. »Jérôme kam Mittwochmorgen schon hierher, er hat sie gesucht und war ziemlich wütend.«

Soizic tat so, als würde sie sich Notizen machen. In Wirklichkeit schwirrte ihr der Kopf. Wie sollte sie ermitteln, wenn das ganze Dorf beteiligt war? Allein die Vorstellung, Jérôme nach seinem Verhältnis zu Samantha Mills und seinem Alibi zu fragen, nahm ihr die Luft, dass sie einen Schluckauf bekam.

Elisabeth reichte ihr ein Glas Wasser. »So schlimm?«, fragte sie in einer fürsorglichen Anwandlung. Als Soizic zwar trank, aber nichts erwiderte, legte sie ihr die Hand auf die Schulter. »Wir helfen Ihnen, wenn Sie uns helfen.«

»Ich bin nicht korrupt.« Soizic stellte das Glas so heftig auf den Stuhl neben sich, dass der Inhalt überschwappte.

Elisabeth schnalzte mit der Zunge. »Wir nennen das Netzwerkarbeit.« Sie lächelte ihr Gegenüber dünn an. »Weitere Fragen?«

»Nein, jetzt nicht. Ich komme heute Nachmittag wieder.« Soizic stand auf, packte die Unterlagen in ihre gelbe Umhängetasche, stellte das Wasserglas überflüssigerweise auf den Tisch, sagte knapp »Auf Wiedersehen« und verließ eilig den Salon. Kaum hatte sie die Tür hinter sich geschlossen, lehnte sie sich an die Wand und versuchte ihren Atem zu beruhigen. Als ihr Davide gestern auf ihren ausdrücklichen Wunsch hin diesen Fall übertragen hatte, war ihr das wie ein Treffer im Lotto vorgekommen. Doch jetzt stehe ich am Eingang zur Hölle, dachte sie resigniert. Die Frauen machten sich über sie lustig, und sie, Soizic, würde sich ganz Cassis zum Feind machen.

Die Küchentür ging auf, und Lizzy kam heraus, eine selbst gedrehte Zigarette in der linken Hand. »So schlimm?«, fragte auch sie, als sie sah, dass Soizic zitterte. Sie kam durch die Halle auf die Polizistin zu, hakte sie unter, zerrte sie mit sich in die Küche und zwang sie auf einen Stuhl. Mit dem Fuß zog sie einen zweiten Stuhl heran, nahm zwei Gläser und die Flasche Kirschwasser aus dem Regal über dem Herd und goss Soizic und sich ein. »Trink, Schätzchen, das weckt die Lebensgeister.«

Wie hypnotisiert leerte Soizic das Glas und ließ sich noch zweimal nachschenken. Da sie niemand anderen hatte, schüttete sie Lizzy ihr Herz aus. Nachdem sie alles, was eben im Salon geschehen war, berichtet hatte, endete sie mit den Worten: »Ich kann doch nicht zu Paul oder Francis oder Jérôme gehen und fragen: ›Wann hast du Samantha Mills das letzte Mal gesehen?‹ und ›Hast du ein Alibi für Dienstagnacht?‹« Sie legte ihre Stirn auf die kühlen Kacheln des Tisches.

»Tja«, resümierte Lizzy und saugte an ihrer Zigarette, »so ein Dorf ist eine komplizierte Angelegenheit.«

»Wie soll ich Francis' oder Pauls Frau denn begegnen? Ich mache Tai-Chi mit denen.« Sie schluchzte.

»Tai was?«, fragte Lizzy ungeduldig nach.

»Sport«, schniefte Soizic, und Lizzy goss ihr einen weiteren Schnaps ein. »Kindchen, ich weiß wirklich nicht, was deine Mutter dir über Frauen beigebracht hat, aber in Frankreich nimmt man Affären nicht so krumm. Sie gehören zum Leben wie das Salz in der Suppe.«

»Sie meinen, Sabina macht es nichts, dass Paul mit Samantha Mills schläft? … und Violett nichts, dass Francis …? Francis und Paul finden es normal, dass Jérôme und Guy …?« Soizic putzte sich die Nase, und da der ungewohnte Alkohol langsam Wirkung zeigte, kicherte sie.

»Nein, so ist es nicht ganz. Es gehört zum Spiel, dass es nicht bekannt wird, und schon gar nicht denen, die nichts damit zu tun haben. Die Frauen merken es meistens, wenn ihre Männer fremdgehen. Zumindest, wenn sie das wollen, und dann tun sie so, als ob nichts wäre, und strengen sich wieder ein bisschen mehr an. Umgekehrt funktioniert es ganz ähnlich. Und alle haben etwas davon.« Lizzy stand auf und widmete sich wieder ihrer Gemüsebrühe. Auch Soizic erhob sich und schlurfte durch die Halle zur Tür.

Kaum war sie auf ihrem Weg zur Polizeistation von der *Blauen Rose* aus zu sehen, kamen Elisabeth und Rosi aus dem Salon gestürzt, Bella wollte weiterhin den Hoteleingang im Auge behalten. Die Polizei hatte gründlich gearbeitet, der Schreibtisch in dem kleinen Büro war leer bis auf einen Stapel weißes Papier, den sie zur Überprüfung aus dem Drucker genommen und dann liegen gelassen hatten. Der Computer war eingeschaltet, das E-Mail-System geöffnet.

Rosi tippte ein paar Befehle ein und pfiff durch die Zähne. »So dörflich sind sie also nicht. Sie haben alle Zugänge zum Internet gesperrt und sich mit dem Mailsystem verbunden, was bedeutet, dass jede E-Mail, die von hier aus verschickt wird oder bei uns ankommt, auch auf dem Rechner der Polizei landet.«

Elisabeth trat wütend vor eine geöffnete Schreibtischschublade, die sie mit lautem Scheppern schloss.

»Eine Chance haben wir noch«, beschwichtigte Rosi sie, »es kann sein, dass sie mein Laptop nicht gefunden haben, es ist unten im Kosmetikkoffer und hat eine eigene UMTS-Karte.« Sie lief nach oben, während Elisabeth in die Küche ging. »Weiß Soizic, dass du Deutsch kannst?«

»Nein, keiner weiß das.«

»Könnte das so bleiben?«

Lizzy schaute Elisabeth derart erbost an, dass diese beschwichtigend die Arme hob.

»Was ist eigentlich mit Sams Auto?«

»Sie fahnden danach. Jérôme meint, wenn es nicht geklaut ist und über die Grenze geschoben wurde, sollten sie es heute finden. So einen alten Citroën fährt ja nicht jeder.«

Elisabeth erklärte ihr die Sache mit dem Computer und bat sie um eine Warnung, sollte Jérôme oder sonst wer zur Hintertür hereinkommen. »Soizic will am Nachmittag noch einmal vorbeischauen.«

»Die muss erst mal ihren Rausch ausschlafen«, meinte Lizzy und zeigte auf die halb leere Flasche Kirschwasser, die noch auf dem Küchentisch stand. »Glaubst du wirklich, dass Sam einfach wieder auftaucht?«

»Allerdings«, sagte Elisabeth bestimmt, obwohl sie sich längst nicht mehr sicher war. »Lizzy, was sind das für Leute in Marseille, die Sam gesehen haben und die man besser nicht kennt?«

Die Haushälterin rührte langsam die geschlagene Sahne in die Suppe und tat, als habe sie die Frage nicht gehört.

Elisabeth trat dicht neben sie, in der linken Hand die Hälfte einer Zitrone. »Ich warte.« Sie hielt die Hand mit der Zitrone über die Suppe.

»Wehe!«, fauchte Lizzy, die das Bild der geronnenen Suppe schon vor sich sah.

»Also?«

»Nutten.«

Elisabeth ließ die Hand sinken, legte die Zitrone neben den Herd und seufzte: »Das habe ich mir gedacht. Und woher kennst du die?«

»Das geht jetzt wirklich zu weit!« Lizzy zog die Suppe vom Herd, die nicht mehr kochen durfte und ohnehin nur lauwarm serviert wurde.

»Du hast recht. Weiß Jérôme davon?«

Lizzy schüttelte den Kopf und drückte gewaschene Salbeiblätter zum Trocknen in ein Handtuch.

»Hat es mit dem Hafen von Marseille zu tun?«

»Wie kommst du darauf?«

»Im Atelier war ein Bild vom Industriehafen. Ein ungewöhnliches Motiv für sie.«

»Sie malt daran seit einigen Monaten.«

»Können wir da heute Nacht hinfahren?«

Lizzy kniff die Lippen zusammen. »Du machst dir also doch Sorgen?«

»Nein, ich kann nicht so lange hierbleiben, bis Sam wieder auftaucht.«

»Du lügst.«

»Fahren wir? Bitte.«

»Ich warte um ein Uhr an der Dorfausfahrt auf dich. Dort ist ein Kreisverkehr. Ich habe einen Fiat 500.«

»Du fährst noch Auto?«, fragte Elisabeth erstaunt und fing sich damit einen weiteren vernichtenden Blick ein.

»Ja, ich koche, putze, wasche, denke, esse und liebe ja auch noch!«

»'tschuldigung. Und du hast natürlich recht: Mit dem Wagen, den wir drei uns für die Tage hier gemietet haben, können wir nicht fahren.«

»Da, wo wir hinwollen, sowieso nicht«, murrte Lizzy. »Bleibt es bei halb zwei für das Mittagessen?«

»Ja, gern.«

Von Rosi war ein lautes »Bingo!« auf dem Treppenabsatz zu hören. Sofort kam auch Bella in die Hotelhalle, doch Elisabeth schickte sie mit einer klaren Geste zurück auf ihre Position. Wie alles, was Rosi liebte, war ihr knapp ein Kilo schweres Laptop, in eine Chanel-Tasche verpackt, noch auf dem Grund ihres Kosmetikkoffers gewesen, weshalb die Polizei es nicht gesehen hatte. »Das ist kein Laptop, das ist ein Accessoire«, sagte Elisabeth grinsend und beugte sich über Rosis Schulter.

»Hier«, Rosi zeigte auf den kleinen Bildschirm, »wir können über meinen Account E-Mails verschicken. Und«, sie tippte auf das mobile Netzteil, das neben dem Laptop lag, »sie kriegen davon nichts mit. Die Uni wird mir sicher den Kopf abreißen, wenn die Rechnung kommt.« Sie stand auf, rückte den Stuhl für Elisabeth zurecht und sagte: »Darf ich bitten?«

»Danke. Ich werde trotzdem einen neuen Account einrichten. Die Dorfpolizei hat uns heute schon einmal überrascht, und wer weiß, wer bereits in Deutschland in deinen E-Mails rumliest. Die deutsche Polizei warnt sonst die von hier, wenn da plötzlich Aktivitäten zu beobachten sind, weil du doch irgendwie ins Internet gekommen bist.«

»Du bist zu viel mit Kriminellen zusammen.«

»Kann sein, aber man verdient ganz gut dabei.« Elisabeth brauchte einen Augenblick, um sich an die enge Tastatur zu gewöhnen, dann legte sie los. Ihre Assistentin sollte Mr Mills durch den Detektiv Graham Griffin im United Kingdom suchen und überwachen lassen. Weiter sollte sie alle Mandanten und Freunde informieren, dass die drei Frauen in Cassis festsaßen, dass sie keine von ihnen anrufen durften, erst recht nicht auf den Handys, die bei der Polizei lagen. Außerdem sollte die Assistentin den angeblichen Gerichtstermin von Samantha und Mr Mills in München nachprüfen, schließlich auch noch den Wert von Samanthas Bildern neu schätzen und versichern lassen. Die Dringlichkeit der Informationen brauchte die Anwältin in dieser Mail nicht zu betonen, Imogen kannte den Ton ihrer Chefin.

Anschließend schrieb Elisabeth an ihren Mann Fred und erklärte ihm die Lage mit der Bitte, auf keinen Fall selbst nach Cassis zu kommen – und das obwohl sie ihn dafür besonders liebte, dass er immer bereit war, alles für sie stehen und liegen zu lassen. Oft wurde sie gefragt, was das Geheimnis ihrer lang währenden Liebe sei. Für die im Allgemeinen übliche Antwort: »Eine gute Beziehung bedeutet Arbeit« hatte Elisabeth nicht mehr als ein müdes Lächeln übrig. Sie wusste, dass eine gute Beziehung weniger mit Arbeit als mit Intelligenz, ausgefeilter Erotik und einem wohl sortierten und regelmäßig aktualisierten Fanclub zu tun hatte. Dank ihrer illustren Klienten ließ sich das relativ mühelos gestalten.

8

Soizic, die kurz vor der Polizeistation in *Francis' Bar* abgebogen war, saß vor ihrem dritten starken Kaffee. Allmählich verzog sich der Schleier des starken Alkohols aus ihrem Gehirn. Weil sie hier nie mit jemandem sprach, starrte sie einfach in die Tasse. Die meisten Männer waren wesentlich kleiner als sie, die meisten Frauen hübscher und eleganter. Mit den einen wie mit den anderen fühlte sie sich nicht wohl. Francis kam gähnend durch die Tür hinter der Theke, wo die zur Bar gehörende Wohnung lag. Violett tuschelte kurz mit ihm, lächelte Soizic aufmunternd an und verschwand wieder. Schichtwechsel.

»Na, Soizic«, sagte Francis einen Ton zu laut, »was gibt es Neues von den Schwanzexpertinnen in der *Blauen Rose*?«

Hinter ihr an den Tischen wurde leise gelacht, und sie spürte, wie ihr die Röte ins Gesicht stieg. Rechts und links an der Theke verstummten die Gespräche. Das restliche Kirschwasser in ihrem Blut machte sie mutig und unterstützt von der Wut über ihr unkontrolliertes Erröten hob sie langsam den Kopf, grinste ihn schief an und antwortete ihm mit ihrer klaren, melodischen Stimme: »Ich glaube nicht, dass du das wirklich wissen willst, Francis.« Etwas in ihrem Blick warnte ihn. Er strich sich kurz durch seine schwarzen Haare und begrüßte herzlich einen neuen Gast. Soizic rutschte von ihrem Barhocker, legte einen Fünf-Euro-Schein auf die Theke und sagte überraschend selbstsicher: »Einen schönen Tag noch.«

Draußen lächelte sie in sich hinein, blinzelte zum Himmel, wo sich die Sonne langsam durch die dunklen Wolken kämpfte, linste nach links zur *Blauen Rose* und machte sich mit dem Gefühl, es könnte doch noch ein Lottogewinn werden, auf den Weg in die Polizeistation. Dabei murmelte sie vor sich hin: »Wie war das noch – wer hat den mit den Adern und welcher ist glatt und hart wie ein Pinsel? Und wer ist der mit der Tüte? Ach ja, das war ja Jérôme. Haben die gar nichts über den von Guy gesagt?«

In der Polizeistation war alles wie sonst auch nach dem Mittagessen. Davide schlief, die kurzen Beine auf der herausgezogenen untersten Schreibtischschublade abgelegt, den Stuhl nach hinten gekippt. Die Sekretärin feilte sich die Nägel, während sie mit einer Freundin am Telefon den neuesten Klatsch austauschte. Jérôme saß hinter seinem Computer und stierte auf den Bildschirm. Kaum hatte Soizic sich an ihren Platz gesetzt, kam er aus seiner Ecke hervor und baute sich vor ihrem Schreibtisch auf. Mit verschränkten Armen sah er auf sie hinunter und forderte: »Eine kurze Zusammenfassung deines Verhörs.«

Soizic blickte zu ihm hoch, wanderte mit ihren Augen an seinem offenen Hemd entlang Richtung Taille, hielt am Schritt an und sagte: »Keine neuen Erkenntnisse.«

»Ist das alles?« Jérôme drehte sich zu Davide. »He, hast du das gehört?«

»Was schreist du so?«, fragte dieser verschlafen, reckte seine Arme und hebelte die Rückenlehne wieder in die aufrechte Position.

Soizic rückte ihre Tastatur zurecht. Sie loggte sich ein und rief E-Mails ab. Von den deutschen Kollegen aus München und Frankfurt erfuhr sie, dass sowohl Rosi Sasse als auch Elisabeth von Landau zurzeit einen Kontostand hatten, den man durchaus einen erheblichen Engpass nennen konnte. Des Weiteren hatte eine Kollegin aus Marseille geantwortet, dass alle Flugzeugleichen geborgen werden konnten, Samantha Mills war nicht darunter. Im Toilettenraum des Flugzeugs hatte man die Reste einer Bombe sichergestellt, deren Explosion den Absturz verursacht hatte.

»Du hast gesagt, sie soll uns jeden Tag Bericht erstatten«, verlangte Jérôme, der jetzt vor Davides Schreibtisch stand.

»Ja, aber nicht jede Stunde. Jetzt lass mal gut sein«, wiegelte der Chef der Polizeistation ab und stand auf. Es war Zeit für einen Kaffee bei Francis. »Kommst du mit?«

Kaum waren die zwei aus der Tür, stand Zoe, die Sekretärin, vor Soizics Schreibtisch.

»Stimmt das?«

»Was?«

Zoe flüsterte: »Na das, was die deutschen Frauen so reden.«

»Keine Ahnung, was du meinst.« Soizic rächte sich für die letzten Monate, in denen Zoe sie hatte auflaufen lassen, wo sie nur konnte.

»Ach komm schon, mir kannst du es erzählen.«

Soizic spürte, wie ein ganz neues Gefühl der Macht von ihr Besitz nahm. Da stand die schöne Zoe mit ihren langen, schlanken Beinen, den dunklen Augen, den sinnlichen Lippen und der wilden schwarzen Haarmähne. Zoe, die Jérôme seit ihrer Einstellung schöne Augen machte, bat sie, Soizic, um eine Auskunft! Die schöne Zoe und Jérôme galten als Traumpaar, und man wunderte sich in ganz Cassis, warum er sich dieses Mal so lange bitten ließ. Soizic wusste jetzt, warum: Er war bereits ausgelastet. »Was willst du wissen?«, fragte sie zuckersüß und kniff ein wenig die Augen zusammen.

Zoe schaute sich schnell um. »Na ja, was die so darüber gesagt haben.«

»Über einen bestimmten Schwanz oder eher im Allgemeinen?«

»Wie bitte?«

Soizic wippte ein wenig auf ihrem Stuhl und sagte: »Ich schätze, der von Jérôme interessiert dich am meisten, habe ich recht?«

Zoe lachte verächtlich. »So ein Quatsch, woher wollen die den denn kennen?«

»Von Samantha Mills.«

Zoe drehte sich schwungvoll auf ihren hohen Absätzen um und ging mit betont lässigen Hüftschwüngen zu ihrem Schreibtisch zurück. »Als ob Jérôme mit so einer hässlichen Kröte schlafen würde.«

Soizic schob einen Bleistift auf der Platte hin und her und sagte: »Nein, so ist es nicht. Es hat sich eher so angehört, dass Samantha Mills mit Jérôme schläft und nicht umgekehrt.«

Zoe warf ihre Nagelfeile in die offene Handtasche und ließ diese geräuschvoll zuschnappen. »Unsinn.«

»Zumindest wussten die Frauen ziemlich detailliert über ihn Bescheid.«

Zoe sah mit zusammengekniffenen Augen Soizic an.

Diese grinste. »Er soll nicht besonders sein. Etwas unter dem europäischen Mittelmaß von 13,5 Zentimeter im ausgefahrenen Zustand. Außerdem wird er nach oben dünner. Hässlich, etwa so, als ob eine Wurst die Pelle verlieren würde.«

»Ich glaub dir kein Wort«, zischte es durch den Raum.

»Oben hui und unten pfui.« Soizic lachte aus vollem Hals, als ihr dieses deutsche Sprichwort einfiel. Langsam fand sie Gefallen an den ehemals so verhassten Sprüchen ihrer Mutter.

Nachdem sie gut gelaunt alle E-Mails beantwortet hatte, sicherte Soizic ihren Rechner mit neuen Passwörtern, packte wieder sämtliche Unterlagen in ihre gelbe Umhängetasche und machte sich auf den Weg zur *Blauen Rose*.

Als sie an der Bar vorbeiging, kam ihr eine Idee, und sie trat ein. »Davide, hast du ein paar Minuten für mich?«

»Ach, hat die Kommissarin Ermittlungsprobleme bei den deutschen Weibern?«, mischte Jérôme sich ein. »Ist wohl doch eine Nummer zu groß für dich, was, roter Elefant?«

Davide legte kopfschüttelnd einen Euro auf den Tisch und kam zur Tür. »Worum geht es denn?«

»Können wir ein paar Meter laufen?«

»Sicher.« Er zog seine Hose zurecht, tippte zum Gruß an die Stirn und trippelte neben der größeren Soizic her, die sofort ihre Schrittlänge verkürzte. Mit wenigen Worten erklärte sie ihm das Problem mit den Männern, die offenbar ein Verhältnis mit Samantha Mills hatten und aus diesem Grund befragt werden mussten.

»Hm, dann schlage ich vor, dass ich die Gespräche übernehme. So von Mann zu Mann und mit einem Augenzwinkern. Was denkst du?«

Sie waren fast am Hotel angekommen. Soizic holte tief Luft und sagte: »Lieber wäre es mir, wenn wir das zusammen machen. So kann ich mir ein eigenes Bild verschaffen.« Und herausfinden, wie Samantha die alle ins Bett bekommen hat, dachte sie.

»Um wen handelt es sich?« Davide blieb vor den fünf Stufen stehen, die zum Eingang führten.

»Francis, Guy, Paul und …«

»Und?«

»… und Jérôme.«

»Oje, das wird nicht lustig. Vor allem wenn die alle gedacht haben, es merkt und weiß keiner was davon.« Er rieb sich das unrasierte Kinn. »Ich komme auf einen Sprung mit hinein, dann kann ich mir meinerseits ein Bild von den Damen machen.«

»Sicher«, antwortete Soizic, »aber ein paar Dinge solltest du vorher noch wissen.« Sie gab ihm ein kurzes Resümee der bisher recherchierten Fakten und welche Aktionen sie auf den Weg gebracht hatte. Davide war beeindruckt von ihrem strukturierten Vorgehen.

»Das Essen war eine Offenbarung, Lizzy«, sagte Bella und rieb sich den Bauch, »diese gebrannten Pinienkerne mit Salbei und dann die Suppe, wie eine Creme, wundervoll!«

Elisabeth und Rosi gingen zum Kamin, um zu rauchen. Elisabeth hatte es vor Jahren aufgegeben, aber jetzt half es ihr, die Nervosität im Zaum zu halten.

»Da kommt unsere liebe Kommissarin. Und sie ist in Begleitung.«

»Ist der Computer weg?«

»Ja, wieder im Kosmetikkoffer.«

Lizzy öffnete für Soizic, die sie anlachte. »Danke, dass Sie mir heute zugehört haben«, sagte sie, als sie eintrat.

»Schätzchen, du kannst ruhig du zu mir sagen.«

»Gut, mach ich.«

»Ich bringe gleich Kaffee, dann kannst du mit deinem Verhör weitermachen. – Hallo Davide.«

»Madame«, er verneigte sich vor ihr und deutete einen Handkuss an.

Als sie den Salon betraten, spürte Soizic wieder die vertraute Hemmnis in sich hochkriechen und versuchte dieses Gefühl abzuschütteln. »Ich möchte Ihnen meinen Chef vorstellen, Monsieur Davide Rocone.«

Davide ging zuerst auf Elisabeth zu, drückte ihr kurz die Hand und verweilte aufmerksam bei ihren Augen, dann verfuhr er ebenso mit Rosi und Bella. »Sie sind ja, wie ich sehe und höre, bei Soizic in besten Händen. Guten Tag, meine Damen.« Er tippte wieder an seine Stirn und verließ den Salon, allerdings nicht die *Blaue Rose*, denn er gedachte, bei Lizzy einen weiteren Kaffee zu sich zu nehmen.

Soizic konzentrierte sich auf ihre Unterlagen, rückte ihren Stuhl zurecht, blätterte, um Zeit zu gewinnen, in ihrem Heft und bemerkte, als sie hochsah, dass alle drei sie anblickten. Errötend sagte sie: »Ich habe ein paar Informationen, setzen Sie sich bitte zu mir.« Als die Frauen wieder wie Tanten auf dem Sofa saßen, entschied sie spontan: »Ich denke, wir setzen uns besser an den Tisch« und räumte, ohne eine Antwort abzuwarten, ihre Sachen um. Elisabeth platzierte sich ihr gegenüber, Bella saß links, Rosi rechts.

»Also, der Flugzeugabsturz ist geklärt. Frau Mills war nicht an Bord. Absturzursache war eine Bombenexplosion in den Toilettenräumen.«

»Al Kaida«, bemerkte Bella ernst.

»Die Kollegen von der Marseiller Flugsicherung ermitteln jetzt ihrerseits im Fall Samantha Mills. Sie gilt, da sie als Einzige das Flugzeug wieder verlassen hat, als Hauptverdächtige.«

Ein erstauntes Schweigen war die Antwort.

»Wieso wieder verlassen?«, fragte Elisabeth. »Ich dachte, Sam war gar nicht an Bord.«

»Doch, die Bordkarte ist durch den Apparat gelaufen. Samantha Mills war im Flugzeug und hat es kurz vor dem Start wieder verlassen.«

Bella versuchte gute Laune zu verbreiten. »Zumindest können wir jetzt sicher sein, dass sie noch lebt.«

»Ja, und offenbar ist sie in Marseille gewesen. Dort ist heute Morgen jedenfalls ihr Auto entdeckt worden. Die Spurensicherung hat das Auto in ihr Labor geholt.« Als Soizic das sagte, registrierte sie, dass Rosi und Elisabeth einen Blick wechselten.

»Was ist eigentlich mit Mr Mills?«, fragte Elisabeth, »hat er ein Alibi?«

»Ja, hat er. Er hat das United Kingdom nachweislich nicht verlassen.«

»Wieso war er Dienstagnacht noch in London? Wann wäre denn der Gerichtstermin gewesen?«

»Um 16:00 Uhr. Mr Mills wollte Mittwochmorgen mit der Maschine um 10:40 Uhr von Heathrow fliegen und hat noch vor seinem Abflug bei uns in der Polizeistation angerufen.«

»Warum hat er Samantha nicht angerufen? Weder hier noch auf ihrem Mobiltelefon?« Elisabeth war in ihrem Element und übersah dabei, dass sie Soizic mit ihren Fragen gegen sich aufbrachte. Die Polizeibeamtin deutete diese berechtigt ausgesprochenen Zweifel als eines der Manöver, mit denen die Frauen von sich ablenken wollten. Trotzdem notierte sie sich das zur Überprüfung.

»Du meinst«, fragte Rosi, »der gute Mr Mills wusste schon, dass Sam nicht kommt?«

»Klar, wenn er Nachrichten geschaut hat.«

»Das heißt«, sagte Rosi, »er kannte Sams Flugplan?«

»Meine Damen«, versuchte Soizic das Gespräch wieder zu übernehmen, »Mr Mills hat uns gleich angerufen, nachdem er von dem Absturz gehört hat. Deshalb ist mein Kollege

Jérôme schon Mittwochmorgen hier gewesen, um nach Samantha Mills zu suchen.«

»… sagt jedenfalls Jérôme«, bemerkte Elisabeth und sah, dass dieser Stachel saß. »Mir schien der gute Junge keineswegs besorgt, sondern eher ärgerlich oder hektisch zu sein. Oder?«

»Ja, ich würde fast sagen: eifersüchtig«, ergänzte Bella. »Warum sonst ist er durch alle Zimmer gestürmt?«

Soizic notierte auch das mit gerunzelter Stirn und fragte nach: »Wie meinen Sie das mit den Zimmern?«

»Samantha nimmt ihre Liebhaber nie mit in ihr eigenes Bett, sie nutzt eines der dreizehn Hotelzimmer«, klärte Bella Soizic auf.

»Will Mr Mills hierherkommen?«, fragte Elisabeth, die befand, dass genug Zweifel gesät waren, und zu einem unverfänglichen Thema wechseln wollte.

»Nein«, antwortete Soizic, »er fürchtet sich vor Ihnen.«

Die drei Frauen prusteten gleichzeitig los. Soizic trommelte ärgerlich mit dem Bleistift auf den Tisch.

Lizzy kam mit Kaffee herein. Sie war über die neue Sitzordnung irritiert, besonders weil Soizic auf Samanthas Platz saß. Also servierte sie am Kamin, legte Holz nach und ging ohne ein Wort wieder hinaus. Als sie in die Küche zurückkehrte, goss Davide sich gerade einen weiteren Espresso in die Tasse.

»Komm schon, Lizzy, ich brauche deine Hilfe, sei nicht so stur.«

»Ich habe Samantha geschworen, nie auch nur ein Wörtchen über ihre Liebhaber und ihre Eskapaden zu verlieren – und dabei bleibt es. Gib dir keine Mühe.« Sie räumte das Geschirr in die Maschine, säuberte den Suppentopf und polierte die Anrichte.

»Es ist doch nur, weil ich sicher sein muss, dass die Frauen da drin Soizic nicht hochnehmen.«

»Pff, du fürchtest, dass du dich lächerlich machst. Seit wann setzt du dich für Soizic ein?« Sie warf den Lappen mit einem gekonnten Wurf vor die Waschmaschine, nahm ihren Tabakbeutel aus der Schürze und drehte sich eine Zigarette.

»Na und, was ist daran so schlimm? Außerdem macht Soizic ihre Arbeit wirklich gut. Und du willst sicher nicht, dass sie Jérôme gegenüber schon wieder den Kürzeren zieht, oder?«

Lizzy rauchte und musterte Davide, den sie eigentlich sehr gern mochte.

»Du nickst einfach«, insistierte er.

»Also gut, für Soizic.«

»Paul?«

Nicken.

»Julian?«

Kopfschütteln.

»Francis?«

Nicken.

»Guy?«

Sie hob ratlos die Hände, von Guy war ihr das neu.

»Jérôme?«

Nicken.

Davide stand auf und hatte die Klinke der Hintertür schon in der Hand, als Lizzy leise sagte: »Jérôme war auch in der Nacht von Montag auf Dienstag hier.«

Davide seufzte und trat in die Seitengasse. Die Sonne hatte die Wolken aufgelöst und erwärmte langsam die Luft. Das Meer hatte sich beruhigt, sodass es dunkelblau in der Nachmittagssonne glitzerte. Davide liebte die ruhigen Winter in Cassis. Den Sommer über stürmten im Dreivierteltakt Touristen in die kleine Polizeistation, weil ihnen das Portemonnaie oder gleich die ganze Handtasche, das Jackett oder sogar das Auto abhanden gekommen war, das nach Auskunft beim Parkwächter angeblich ein Freund abgeholt hatte. Die ausländischen Touristen – die meisten kamen aus England und Deutschland – waren aufgrund der Kommunikationsschwierigkeiten die kompliziertesten. Deshalb hatte er Zoe eingestellt, die, wie sich im Nachhinein erweisen sollte, zu Unrecht behauptet hatte, Englisch und Deutsch zu sprechen. Da einigten sie sich darauf, dass er auf eine Kündigung verzichten und Zoe sich so bald wie möglich eine neue Arbeit suchen wollte, was allerdings noch immer nicht geschehen war. Jérôme vertrat stets die Meinung, das Auge isst mit, und Zoe war nun mal ein Hingucker, aber was das Problem mit den Touristen anging, war Soizic wahrlich ein Segen. Aufgrund ihrer Lateinkenntnisse kam sie sogar mit den Spaniern und Italienern zurecht. Das hatte inzwischen dazu geführt, dass der meiste Schreibkram im Sommer an ihr hängen blieb. Alles Bitten hatte bisher nichts genutzt, Zoe weigerte sich, ihr zu helfen.

Mit diesen Überlegungen betrat Davide die Polizeistation. Jérôme saß lässig auf der Schreibtischkante und flirtete mit der Sekretärin. An der Wand lehnten die Bilder von Samantha Mills, ein Sicherheitsunternehmen würde sie am Nachmittag abholen und nach Marseille zur Gendarmerie Nationale bringen. Es war ein seltsames Gefühl, dass dort mehrere Hunderttausend Euro standen. Direkt an der Tür zeigte ein fast lebensgroßes Bild Elisabeth von Landau. Davide strich über den Rahmen. »Was für eine Frau«, sagte er voller Überzeugung.

»Wen meinst du?«, fragte Jérôme vom Schreibtisch herüber.

Davide trat einen Schritt zur Seite, um die Ansicht für Zoe und Jérôme freizumachen. »Dieses Charisma, die Entschlossenheit in ihren Augen, ihre disziplinierte Haltung. Zudem kein Hungerhaken, sondern ein Vollweib.«

Jérôme kam zu ihm. »Ja, das stimmt. Sie ist eine beeindruckende Frau, und Samantha hat sie gut getroffen.«

Etwas an seinem Ton irritierte Zoe. Sie gesellte sich zu ihnen und sagte scharf: »Die ist doch mindestens Ende vierzig.«

Davide lächelte und klopfte ein wenig den Staub von seiner Uniform. »Tja, liebe Zoe, bei den Frauen ist es wie mit dem Wein. Manche trinkt man besser als junge Weine, weil sie einfach nicht lagerfähig sind. Da hast du vollkommen recht, wenn man zu lange wartet, werden sie sauer und bitter.

Aber andere«, er zeigte auf das Bild von Elisabeth, »werden mit jedem Jahr, ja fast mit jedem einzelnen Tag besser und schmackhafter.«

Zoe sah ihn verblüfft an. Als sie Jérômes Grinsen wahrnahm, sagte sie schnippisch: »Unsinn! Ich sehe da lediglich Falten und welkende Haut!« Sie machte auf dem Absatz kehrt und ging, sich ihrer jugendlichen Reize bewusst, langsam zu ihrem Schreibtisch zurück.

»Zoe, ich möchte, dass du für morgen den kleinen Besprechungsraum herrichtest und Termine mit Francis, Paul und Guy vereinbarst.«

»Es ist Soizics Fall, also kann sie das selbst machen. Ich bin beschäftigt.«

Davide, der sonst bekannt war für seine aus der Genussfreude resultierende Gemütlichkeit, baute sich vor ihrem Schreibtisch auf. »Was hast du denn zu tun? Jobsuche?«

»Nein, äh, ich meine, ja, es ist …«

»Ab sofort möchte ich mindestens drei Bewerbungsschreiben von dir pro Woche sehen. – Und jetzt kümmere dich um den Besprechungsraum und die Termine.«

»Ja«, murmelte sie und warf Jérôme einen flehenden Blick zu, der immer noch in Elisabeths Bild vertieft war.

Jérôme, dachte Davide, werde ich es selbst sagen, und am besten erst morgen früh.

»Ich möchte jetzt noch einmal auf das eigenartige Testament zurückkommen. Haben Sie davon gewusst?«

Elisabeth blickte fragend nach beiden Seiten, und sowohl Rosi als auch Bella verneinten.

»Frau Mills hat es vergangenen Montag neu aufgesetzt. Mr Mills behauptet, dass sie deshalb einen Termin in München hatten, im Übrigen nicht beim Gericht, sondern beim Notar, um dieses ungewöhnliche Testament beglaubigen zu lassen.«

»Ich weiß gar nicht, was Sie daran so ungewöhnlich finden. Sam fürchtet offenbar, dass Mr Mills durchaus zu einem Mord fähig wäre, um an die *Blaue Rose* und ihr Geld zu kommen, immerhin sind die zwei noch nicht geschieden.«

Soizic zog die Stirn kraus und klopfte mit dem Bleistift auf ihr Heft. »Gut, und wieso überlässt sie ihm dann alles im Fall eines natürlichen Todes?«

Bella schnippte mit den Fingern und lachte. »Das ist typisch Sam. Was nach ihrem Tod passiert, ist ihr egal. Sie hat keine Kinder, keine Verwandten, wir sind versorgt, also kann Mr Mills an dem Geld ersticken.«

»Aha«, sagte Soizic und schrieb ein paar Worte auf.

»Und sie liebt diesen Platz hier. Sie können das vielleicht nicht verstehen, aber sie wollte unbedingt hierbleiben. Schon als sie vor sieben Jahren das erste Mal nach Cassis kam«, erläuterte Elisabeth, »verliebte sie sich in dieses Hotel und in das Atelier. Es gibt für sie keinen besseren Platz, um zu arbeiten. Sie können das an der Qualität ihrer Bilder erkennen. ›Das Licht von Cassis ist meine Muse‹, sagt sie oft.«

Soizic legte nachdenklich den Kopf in den Nacken und fragte: »Könnten Sie sich vorstellen, dass sie Mr Mills nur geheiratet hat, weil sie es auf das Hotel abgesehen hat?«

»Auf jeden Fall!« Rosi grinste. »Obwohl sie damals glaubhaft versichert hat, er wäre die Liebe ihres Lebens.«

»Und die Katze lässt das Mausen nicht«, trällerte Bella.

»Was meinen Sie damit?«

»Sie hat ihn von Anfang an betrogen.«

Soizic schrieb sich auch das auf, dann blätterte sie durch ihr Heft, nahm allen Mut zusammen und konfrontierte die Frauen mit ihren Informationen aus Deutschland. »Es heißt, Sie, Frau Sasse, und Sie, Frau von Landau, hätten derzeit einen finanziellen Engpass. Ihre Konten sind am Limit.«

Elisabeth stützte ihre spitzen Ellbogen auf die Tischkante und senkte den Kopf gerade so viel, dass sie Soizic leicht von unten ansah. »Meine Liebe, was für Sie und Ihre ärmlichen deutschen Kollegen als dramatischer finanzieller Engpass daherkommt, ist bei mir für gewöhnlich mit einer einzigen

Mandantenrechnung beglichen. Tun Sie sich den Gefallen und prüfen Sie meinen Kontostand ein paar Tage hintereinander.«

»Und außerdem«, setzte Rosi nach, »hat Sam uns jederzeit Geld geliehen. Wir brauchten bloß zu fragen.«

»… und sie sicher nicht dafür umzubringen.«

»Trotzdem macht es Sie verdächtig. Niemand profitiert von ihrem möglichen Tod so sehr wie Sie drei.«

»Sie ist nicht tot«, sagte Elisabeth, stand auf und zündete sich am Kamin einen Zigarillo an.

Soizic drehte sich so auf ihrem Stuhl, dass sie Elisabeth ansehen konnte. »Passierte es oft, dass Frau Mills ihr Testament einfach änderte, ohne Sie davon in Kenntnis zu setzen?«

»Es passiert gelegentlich«, Elisabeth betonte die Gegenwartsform des Verbs. »Sie hat ihre Launen, die hat sie immer schon gehabt. Trotzdem bin ich mir sicher, dass sie bei keinem Notar der Welt etwas unterzeichnen würde, ohne vorher mit mir Rücksprache zu halten.«

»Eine Frage an Sie als Fachfrau: Ist das Testament ohne notarielle Beglaubigung gültig?«

»Ja, nach deutschem Recht schon, wenn es datiert ist, bestimmte Formulierungen wie ›Mein letzter Wille‹ enthält und handschriftlich verfasst ist. Kennt Mr Mills den Inhalt des neuen Testaments?«

»Er bat uns, es ihm zuzusenden, was natürlich nicht geht.«

»Es kann also sein, dass er ein ganz anderes Testament erwartet hat?«

Soizic schwirrte der Kopf. Bei Elisabeths Denktempo hielt sie einfach nicht mit.

»Vielleicht hat Jérôme das ja gesucht, als er durch alle Zimmer gepoltert ist«, bemerkte Bella, und Elisabeth musste einmal mehr über ihren gesunden Pragmatismus grinsen.

»… und in der …«, wollte Bella fortfahren, indes genügte ein Blick von Elisabeth, um sie zum Schweigen zu bringen.

»Was wollten Sie sagen?«, fragte Soizic nach.

»Nichts, ich bin manchmal mit meinen Worten schneller als mit meinen Gedanken.«

»Und dann war da noch etwas«, lenkte Elisabeth ab, »Sam hat am Tag unserer Ankunft ein Telegramm erhalten, und zwar kurz bevor wir zu unserem Spaziergang aufgebrochen sind.«

Soizic richtete sich auf. »Und wo ist das?«

Elisabeth zuckte mit den Schultern. »In ihrem Jagdmantel, den sie da gerade anhatte, ist es jedenfalls nicht mehr.«

»Unser Postmann, Jacques, wird wissen, was drinstand.«

Soizic begann ihre Unterlagen zusammenzuräumen. »Planen Sie, heute oder morgen irgendwohin zu gehen?«

»Nein, vielleicht laufen wir ein wenig durch Cassis, frische Luft wird ja wohl erlaubt sein.«

»Kein Problem. Ich melde mich morgen früh und sage Ihnen, wie und wo es weitergeht. Ist Ihnen das recht?«

»Sicher«, sagte Elisabeth für alle und begleitete sie zur Tür.

9

Wie verabredet wartete Lizzy in einem quietschgrünen Fiat 500 an der zweiten Ausfahrt des Kreisverkehrs. Es war Neumond, sodass Elisabeth das Auto erst sah, als eine Zigarettenglut aufleuchtete.

»Bist du sicher, dass du da hinwillst?«

»Keine Sorge, Marseille hat keinen exklusiven Anspruch auf so ein Viertel«, antwortete Elisabeth und faltete sich auf dem Sitz zusammen.

»Kleiner Mensch, kleines Auto«, entschuldigte Lizzy sich, warf die Zigarette aus dem Fenster und startete. Nachdem sie eine Weile schweigend gefahren waren, fragte sie ins Dunkel des Wageninneren hinein: »Woher wusstest du, dass Samantha sich in solchen Gegenden herumtreibt?«

»Sie kommt von dort«, erklärte Elisabeth und erzählte, wie Sam ihr irgendwann einfach die Wahrheit über ihre Mutter Leila erzählt hatte. Weder romantisch verklärt noch bitter hatte sie von einem Puff in München berichtet, wo sie bis zur Übersiedlung auf den Sülter Hof in Regensburg gewohnt hatten. Elisabeth konnte damals ihre Gefühle kaum unter Kontrolle halten, als ihr klar wurde, dass ihre beste Freundin eine Hure zur Mutter hatte. Der Vater war vermutlich ein ziemlich langer, hässlicher Schwede, der so einen Druck hatte, dass das Kondom geplatzt war. Da Elisabeth aus einem streng katholischen Haushalt stammte, war sie schon als Kind von den Umgangsformen bei Samantha daheim zugleich verschreckt und fasziniert gewesen. Es gab keine Scheu, sich nackt zu zeigen. Als sie einmal auf den Hof kam und die Tür offenstand, fand sie Mutter und Tochter einträchtig rauchend in der Badewanne. Elisabeth wusste bis zum Tod ihrer eigenen Mutter nicht, wie diese nackt aussah. Wenn Leila und Samantha sich fetzten, hörte man es über den ganzen Hof. Als Elisabeth doch einmal die Frage gewagt hatte, ob Samantha sich denn nicht ihrer Herkunft schäme, bekam sie zur Antwort: »Wofür? Dass ich genauso gezeugt und geboren wurde wie jeder andere Mensch?« – »Na ja, aber ›Umgang bildet‹, sagt meine Mutter.« – Daraufhin hatte Samantha nur gegrinst. »Leila bringt mir Hauen und Stechen bei, so wie Klauen, Betrügen, Streiten, Herumschreien. Den Rest besorgt die Schule.«

»Und?«, fragte Lizzy, die sich geschickt durch die Einbahnstraßen der Altstadt fädelte, als wollte sie eventuelle Verfolger abschütteln. »Mit welchem Erfolg?«

»Oh, zumindest was die Schule betrifft, nur sehr begrenzt. Keine zwei Jahre später ist Sam auch von dem Gymnasium in Regensburg geflogen und hat dann keine weitere Chance mehr bekommen, ihr Abitur zu machen. Sie hat damals den Religionslehrer mit einem Springmesser bedroht.«

»Hä?«

Jetzt lachte Elisabeth. »Am Tag davor hat der Typ sie mit ihrer Mutter in einem Café getroffen und zu ihnen typisch bayrisch ›Grüß Gott‹ gesagt. Da Leila nicht wusste, wen sie vor sich hatte, hat sie geantwortet: »Wenn ich ihn seh, werd ich ihm fachgerecht einen blasen.«

Lizzy kicherte. Sie ließen die Altstadt hinter sich und bogen auf den Boulevard Dunkerque ein, von dem aus der erste Teil der gigantischen Hafenanlage zu sehen war. Die Verladekräne ragten wie Spukgestalten in den Nachthimmel, weiter draußen wurde ein Schiff mit Containern beladen, erhellt von immensen Flutlichtern. Der Geruch nach Öl und moderigem Seetang drang durch das Fenster.

»Und dann?«

»In der Religionsstunde am Tag drauf hat der Lehrer alle aufgefordert, das nächste Mal eine Bibel von zu Hause mitzubringen. Als Sam gesagt hat, sie hätten keine, muss er was vor sich hin gemurmelt haben wie: ›In jedem anständigen Haushalt gibt es eine Bibel.‹ Tja, und Sam hat eben immer ihr Messer dabei.« Elisabeth legte Lizzy ihre Hand auf den Arm. »Wo war das Messer, als sie ins Flugzeug eingestiegen ist?«

»Was meinst du?«

»Du kommst mit einem Springmesser, wie Sam eins hat, niemals durch die Sicherheitskontrollen.«

»Das glaubst du doch nicht wirklich, oder?«, fragte Lizzy kopfschüttelnd.

Elisabeth schwieg resigniert. War ihre Freundin krimineller, als sie sehen wollte? Lizzy sagte:

»Mir gegenüber kannst du ruhig zugeben, dass du dir Sorgen machst. Ich mache mir nämlich auch welche.«

»Du? Wieso?«

»Irgendetwas ist anders als sonst bei ihren Touren. Ich lebe ja fast mit ihr und habe gelernt, ihre Launen an der Art, wie sie geht, wie sie lacht, wie sie was erzählt, abzulesen. Ich kenne ihre Unruhe, wenn sie im Atelier auf und ab läuft wie ein eingesperrtes Tier, wenn sie an ihrem Können zweifelt. Ich kenne ihren Jähzorn und ihre Ungerechtigkeit. Und ich kann es riechen, wenn sich der Zeitpunkt nähert, zu dem sie wieder auf Tour geht. Dieses Mal hat es mich überrascht. Sie hat auf euch gewartet, sie wollte nicht weg.«

Der Fiat 500 wirkte zwischen den riesigen Schiffen noch winziger, aber Lizzy lenkte das Auto mit solch einer Sicherheit, dass Elisabeth klar wurde, wie gut Sams Haushälterin sich hier auskannte. »Ihre Bilder«, sagte sie leise, »die letzten, die sie gemalt hat, zeigen mir, dass sie nicht glücklich ist. Ich glaube, sie war es nie: damals als Kind nicht, aber auch heute nicht.«

»Du meinst, ihr ist etwas zugestoßen?«

»Nein!« Alles wehrte sich in Elisabeth gegen diese Vorstellung. Sie war überzeugt, es fühlen zu müssen, wenn ihrer Freundin etwas zustieß. »Sie ist vielleicht kein glücklicher Mensch, aber sie weiß sich zu wehren und das Leben zu nehmen.« Lizzy schwieg und hoffte, dass Elisabeth recht behalten würde.

Nachdem sie einige Kilometer in den Hafen hineingefahren waren, erläuterte Lizzy: »Es gibt hinten beim Trockendock 13 in ein paar leeren Containern einige Kneipen. Bis in die Innenstadt dauert es für die meisten von hier aus zu lange, sie ist zu weit weg für die Hafenarbeiter, die sowieso lieber unter sich bleiben. Da vorn ist der Holzhafen. Die Kontrollen sind besonders scharf, denn wenn du das in Brand setzt, was da lagert, schmilzt wahrscheinlich ganz Marseille zusammen. Weiter draußen ist der Chemieterminal, ähnlich gesichert. Danach kommen die Pipelines.«

Elisabeth war unheimlich zumute. Lkws donnerten an ihnen vorbei, Gabelstapler tauchten unerwartet zwischen zwei Containern auf und verschwanden in der nächsten Reihe wieder, auf den Hafenlaternen saßen dreckige Möwen, Pfützenwasser hinterließ einen öligen Film auf der Windschutzscheibe. »Schlafen die hier nie?«

»Nein, das ist eine Stadt in der Stadt, die einem eigenen Rhythmus folgt, und der hat 24 Stunden.«

Die Straße wurde schmaler, sie ließen die Lkws und Kräne hinter sich, im Halbdunkel huschten Ratten umher. Elisabeth stieß einen Schrei aus, als nach der letzten Kurve unvermittelt ein Schiffsbug aufragte. Er war so hoch und drohend, dass sie das Gefühl hatte, er würde sie gleich zermalmen. Wie kleine Insekten hingen zwanzig Meter über ihnen Arbeiter in Seilkonstruktionen und bearbeiteten die Oberfläche.

»Wir sind da«, sagte Lizzy. Sie schaltete erst die Scheinwerfer und dann den Motor aus. Mit einer knappen Kopfbewegung deutete sie auf eines der düsteren Gebäude vor ihnen. »Bist du dir ganz sicher, dass du da mit reinwillst?«

Elisabeth folgte ihrem Blick und nickte, obwohl sie lieber ›Nein‹ gesagt hätte. »Das Bild im Atelier ist von hier, nicht wahr?«

Ohne eine Antwort abzuwarten, lief Lizzy einen schmalen Weg entlang, Elisabeth folgte ihr. Der Boden war glitschig, es roch nach Urin und Desinfektionsmittel. »Keine unüberlegten Kommentare«, warnte Lizzy, bevor sie die Klinke der Wellblechtür drückte. Mit gutem Grund: Als der Raum sich vor ihnen öffnete, schoss es Elisabeth durch den Kopf, dass nichts auf der Welt das Wort ›abgetakelt‹ hätte besser verdeutlichen können.

Von der zehn Meter hohen Decke schlingerten Ventilatoren, die die stickige Luft kaum umwälzten. Angeranzte Tische und Hocker standen kreuz und quer in den Sägespänen, die den Boden bedeckten. Gegenüber dem Eingang befand sich eine kleine Bar, wo zwei Frauen an den Zapfhähnen der Bieranlage lehnten und die Neuankömmlinge unverhohlen ansahen. Über der Theke zog sich ein Schriftzug aus Neonlampen entlang: *Trockendock 13*. Aus dem hinteren, nur spärlich beleuchteten Teil der Containerhalle hörten sie das leise Klicken von Würfeln.

»Wir sind noch vor der Stoßzeit hier«, flüsterte Lizzy. »Wenn wir an der Theke stehen, bestell das Teuerste, das macht sie gewogen.«

»Und was wäre das?«

»Fischpisse.«

»Bitte?«

»Champagner.«

Elisabeth hätte sich am liebsten an Lizzys Arm geklammert. Die Männer, die an den Tischen saßen, hatten einer wie der andere kompakte Muskeln, eine sonnengegerbte Haut und selten eine vollständige Zahnreihe. Diese Burschen würden im Zweifelsfall sicher nicht lange fackeln. Sollte Sam sich hier wirklich herumgetrieben haben, dachte Elisabeth, und sich annähernd so provokant benommen haben wie sonst, dann wäre es nicht verwunderlich, wenn sie längst als Leiche in irgendeinem Container auf dem Weg nach Indien wäre.

»Was will die hier?«, fragte die Frau mit den blond gefärbten Haaren. Elisabeth schätzte sie auf höchstens zwanzig.

»Was trinken«, sagte Lizzy und sah ihre Begleiterin auffordernd an. Da Elisabeth nicht wusste, ob sie Champagner oder Fischpisse sagen sollte, beschloss sie, sich selbst treu zu bleiben, und bestellte eine Flasche Champagner.

Die zweite Frau am Tresen drehte sich langsam zum Kühlschrank und fragte: »Weiß oder Rosé?«

»Rosé, bitte.« Sie tranken schweigend. Elisabeth verließ sich auf Lizzy, die schon wissen würde, wann es Zeit war, Fragen zu stellen. Die kleine Frau war auf einen Barhocker geklettert und so mit ihr auf gleicher Höhe. Deren scharfes eritreisches Profil verlangte ihr großen Respekt ab vor dieser alten und doch nicht alten Frau. Lizzys helle Augen kontrollierten unablässig den Raum, die dunkle Gesichtshaut war glatt, nur die Lachfalten und die Hände verrieten ihr wahres Alter.

Als sie die Flasche zur Hälfte geleert hatten, drehte Lizzy sich langsam zur Theke. »Schätzchen, wann war Samantha das letzte Mal hier?«

»Eh, Alte, wir sind auch drei Mal sieben. Meinste, wir lesen keine Zeitung? ›Maul halten‹, hat der Chef angeordnet.«

Lizzy drehte sich ein wenig zurück und warf Elisabeth einen Seitenblick zu. Die Hände im Schoß, rieb sie drei Finger ihrer Rechten gegeneinander. Elisabeth hob möglichst unauffällig erst den Zeigefinger, dann den Mittelfinger und als sie beim Ringfinger ankam, nickte Lizzy kaum wahrnehmbar. Da fischte Elisabeth mit der linken Hand dreihundert Euro aus der Hosentasche. Lizzy drehte sich wieder zur Theke und sagte: »Sparen wir uns die Verhandlung«, nahm die Geldscheine von Elisabeth entgegen und hielt sie der blonden Frau hin, die routiniert danach griff und blitzschnell unter ihren Gürtel schob.

»Letzte Woche.« Als sie Elisabeth angrinste, erahnte diese einen Atemzug lang das junge Mädchen in ihr.

»Ich will nicht das hören, was ihr den Bullen sagen sollt.«

»Ehrlich, wir hatten Freitagnacht hier eine Party. Du weißt schon, mit Strip und allem.« Die Blonde lehnte sich nach vorn, versicherte sich, dass ihre Kollegin am anderen Ende der Theke geblieben war, und flüsterte: »Drakon hatte Sam extra eingeladen.«

Ja, dachte Lizzy, das ergibt Sinn.

In der Ecke fluchte plötzlich ein Mann, der Würfelbecher flog quer durch den Raum und fegte zwei Biergläser von einem benachbarten Tisch. Oh Gott, dachte Elisabeth, als sie Messer aufblitzen sah.

»Wir gehen.« Mit Schwung war Lizzy vom Barhocker gesprungen, sie griff über die Theke nach der Hand des Mädchens und flüsterte: »Sag Drakon, dass ich ihn sprechen muss.« Schon zog sie Elisabeth hinter sich her Richtung Tür, die sie eben erreichten, als ein Stuhl dagegenkrachte.

Sie rannten um den Container herum. Elisabeth rutschte auf dem glitschigen Untergrund aus und fiel schmerzhaft auf die Knie. Als sie mühsam wieder aufstand, klebte an ihren Händen eine gallertartige Masse. Sie rieb ihre Hände an der Hose ab und eilte hinter Lizzy her, die das Auto bereits gestartet hatte.

Lizzy trat aufs Gaspedal, und erst als sie wieder die Hauptader des Hafens erreicht hatten, drosselte sie das Tempo. »Das war knapp.«

»Wofür? Dass die Polizei gekommen wäre?«

»Ach was, die kommt in ihrem eigenen Interesse erst, wenn alles vorbei ist. Aber manchmal ist man halt zur falschen Zeit am falschen Ort.« Sie reichte Elisabeth die Box mit den Kosmetiktüchern, die sie stets unter dem Lenkrad hatte.

»Was ist das nur für eine fiese Matsche.« Wütend rubbelte sie an ihren Händen, die sie nicht sauber bekam. Lizzy kicherte.

»Was ist daran so komisch?« Jetzt lachte Lizzy richtig los.

»Nun sag schon!«

»Kondome«, brach es aus der Alten heraus.

»Bitte was?« Elisabeth starrte angeekelt auf ihre verklebten Hände.

»Da draußen liegen so viele Kondome, du könntest dir ein paar Autoreifen draus machen lassen. Gemischt mit der Pisse und dem Desinfektionszeug wird daraus dieser Schlamm.«

»Ich hasse dich«, knurrte Elisabeth.

Lizzy kicherte noch, als sie wieder die Altstadt von Marseille erreichten. Sie fuhr weiter auf den Nebenstraßen Richtung

Cassis. Elisabeth war überrascht, als sie den Hinterhof der *Blauen Rose* erreichten, denn hier gab es einen Eingang, den sie noch nicht kannte.

»Am besten gehst du erst mal duschen. Hier«, Lizzy reichte ihr in der Küche eine Art Sandseife, »und ich mache uns in der Zwischenzeit einen starken Kaffee.«

Elisabeth war krebsrot, als sie kurz darauf in ihrem Morgenrock, die langen Haare in ein Handtuch gedreht, am gekachelten Küchentisch saß und mit Lizzy nicht nur den Kaffee, sondern auch den Rest des Kirschwassers erledigte. »Woher kennst du dich im Hafen so gut aus?«

Lizzy rührte drei Löffel Zucker in ihre Tasse, kippte ein Glas Kirschwasser und schwieg.

»Rede, Lizzy.« Elisabeth legte ihr die Hand auf den Arm.

»Jeder kehrt halt gelegentlich zu seinen Wurzeln zurück.«

Elisabeth ließ sich gegen die Rückenlehne ihres Stuhls fallen. »Kennt Sam den Hafen von dir?«

»Nein, nicht wirklich. Sie ist mir einmal gefolgt.«

»Entschuldige, das sollte kein Vorwurf sein. Sie hätte so oder so in diese Gegend gefunden. Wer weiß in Cassis davon?«

»Niemand.«

»Wie kannst du dir da so sicher sein?«

»Die Leute hier haben über vierzig Jahre lang geglaubt, dass ich bei der Telekom in Marseille Nachtdienst mache.« Lizzy lächelte verschmitzt. »Ich habe allerdings nie so nuttig ausgesehen wie die Mädels, die du heute im Container gesehen hast«, fügte sie mit einem gewissen Stolz in der Stimme hinzu.

»Glaubst du, dass die Ultrablonde uns die Wahrheit gesagt hat?«

»Ja, sie weiß, dass ich Drakon kenne.«

»Wer ist dieser Drakon?«

Lizzy kniff die Lippen zusammen, setzte ein schuldbewusstes Gesicht auf und sagte langsam: »Es gibt keine Kneipe im Hafen, wo er nicht die Finger drin hat.«

»Schutzgeld?«

»Nein, die meisten Kneipen gehören ihm ganz, der Rest mindestens zu 51 Prozent.«

»Kartellschutz gibt es wohl bei der Mafia nicht.«

»Wie bitte?«

»Ach egal. Gib mir noch ein Kirschwasser. Ich habe das Gefühl, meine Hände riechen immer noch nach Gummi und Pisse. Woher kennst du diesen Drakon?«

»Himmel, Elisabeth, du stellst zu viele Fragen«, sagte Lizzy ärgerlich und stand auf, um die Waschmaschine mit ihren dreckigen Kleidern von eben anzustellen.

»Berufskrankheit. Sag schon!«

»Ich war sein ältestes Modell. Als ich vor achtzehn Jahren aufgehört habe, ist er gerade eingestiegen. Er war erst Mitte zwanzig, hatte aber einen eisernen Willen, ganz nach oben zu kommen. Ich habe ihn noch ein paar Jahre beraten.«

»Und dann?«

»Bin ich ein bisschen gereist und habe die große Dame gespielt. Bis mir aufgefallen ist, dass ich älter werde als gedacht und das Geld nicht bis zum Ende reicht. Da habe ich mich vor neun Jahren bei Mr Mills als Haushälterin beworben.« Sie hob die Hände zum Zeichen, dass es nun wirklich nichts mehr zu berichten gebe.

»Wann, meinst du, kommt dieser Drakon?«

»Hängt davon ab, ob er in der Stadt ist. Das konnte ich ja nicht mehr fragen.« Sie kicherte, als sie wieder daran denken musste, wie Elisabeth auf allen vieren im Schlamm gehockt hatte. »Normalerweise kommt er innerhalb der nächsten zwei Tage.«

»Meinst du, ich kann mit ihm sprechen?«

»Wenn er das will.«

»Verstehe.« Elisabeth stand auf und stellte Tasse samt Schnapsglas in die Spülmaschine. »Warum schläfst du nicht hier? Die paar Stunden.«

»Ja, mach ich. Gute Nacht, Elisabeth.«

»Gute Nacht, Lizzy.«

Als Elisabeth im Bett lag, konnte sie trotz ihrer Müdigkeit nicht schlafen. Sie sehnte sich nach ihren Töchtern und deren einfältigen Gesichtern. In dieser Nacht war sie sogar geneigt, ihnen das Mittelmaß zu verzeihen, das sie ihnen zeitlebens als größten Fehler angerechnet hatte, und schämte sich, weil die Mädchen nach ihrer Vorstellung immer etwas anderes werden sollten als Altenpflegerin oder Kindergärtnerin. Mit einem Mal begriff sie, dass ihre Töchter viel besser waren als das Mädchen heute mit dem hübschen Gesicht, dessen Verschlagenheit vielleicht einem Gangster nach dreißig Jahren Berufserfahrung gestanden hätte. Wenn einem schon mit zwanzig nichts mehr fremd ist, fragte sie sich jetzt, wo soll das dann mit vierzig oder sechzig hinführen? Was mochte Sam in den Spelunken des Industriehafens treiben?, grübelte sie weiter. Auch Samantha waren bereits in jungen Jahren Dinge vertraut, die anderen bis an ihr Lebensende fremd bleiben. Als sie endlich einschlief, träumte sie vom Hafenbild ihrer Freundin: Graue Schleier schoben sich über die scharfen Konturen der Kräne und Elisabeth versuchte verzweifelt, die Einzelteile zu finden, aus denen das Bild zusammengesetzt war. Als sie verschwitzt wach wurde, nahm sie sich vor, danach zu suchen.

10

Zoe bedachte Soizic mit einem eisigen Blick, als diese den Konferenzraum betrat und sie fragte: »Wer ist der Erste?«

»Jérôme.«

»Und dann?«

»Francis um zehn. Paul um elf, Guy um zwölf«, leierte die Sekretärin die Liste der Liebhaber herunter.

»Danke. Würdest du bitte in der *Blauen Rose* anrufen und Bescheid sagen, dass ich erst am Nachmittag komme.«

Zoe holte gerade tief Luft für eine bissige Bemerkung, als Davide den Raum betrat und ihr warnend in die Augen sah.

»Mit Jérôme sollten wir wohl das Schwierigste hinter uns haben«, seufzte Soizic, die sich vor den Befragungen fürchtete.

»Chef der Dorfbar und Sohn des Bürgermeisters ist nicht wirklich besser«, konterte Davide launig und setzte sich neben Soizic.

»Was soll dieser Unsinn?«, blaffte Jérôme, als er in den Raum trat und die Tür hinter sich zuschlug.

Soizic knetete ihre Finger und errötete.

»Setz dich und schrei uns bitte nicht an, dazu besteht kein Grund. Müsstest du uns befragen, würdest du das genauso machen.«

»Genauso, genauso. Was soll das heißen? Was habe ich mit der hässlichen Bohnenstange aus der *Blauen Rose* zu schaffen?«

»Du schläfst mit ihr«, sagte Davide schlicht. Jérôme blieb erst mal der Mund offen stehen. Dann rief er empört aus: »Wer erzählt denn so eine Scheiße? Der rote Elefant? – Willst du dich rächen?«

Soizic leuchtete bis unter die Haarwurzeln. Es tat immer wieder von Neuem weh, wenn sie ›Elefant‹ genannt wurde.

»Du setzt dich jetzt augenblicklich hin«, donnerte Davide los, sodass Soizic unwillkürlich zusammenschrak, denn noch nie hatte sie ihren Chef brüllen hören.

Als Jérôme sich endlich gesetzt hatte, fuhr Davide mit scharfer Stimme fort: »Es gibt dafür einige Zeugen. Wie lange geht das schon?«

»Welche Zeugen?«

»Wir stellen hier die Fragen, die du höflich beantworten wirst. Also, wie lange läuft das schon?«

»Seit Herbst letzten Jahres.« Jérôme strich sich hektisch durch die Haare.

»Geht das etwas exakter?«

»Seit dem Weinfest im Oktober. Wir waren total betrunken.«

»Wenn sie so hässlich ist, wie du dauernd sagst, warum hast du dann immer wieder mit ihr geschlafen?«, fragte Soizic mit fester Stimme.

»Das tut ja wohl nichts zur Sache.«

»Wann hast du Samantha Mills zuletzt gesehen?«, fragte Soizic weiter.

»Sonntagmittag, auf einen Kaffee bei Francis.«

Davide blickte ihn ernst an, er konnte seine Enttäuschung kaum verbergen. »Würdest du das beeiden?«

»Klar, warum nicht?«, gab Jérôme sich lässig.

Da Soizic nicht wusste, worauf ihr Chef hinauswollte, beschloss sie, sich mit weiteren Fragen erst mal zurückzuhalten.

Jérôme saß breitbeinig auf seinem Stuhl und grinste sie ungeniert an. »War es das?«

»Nein, nicht ganz«, gab Soizic ihm zur Antwort. »Die Frauen haben gesagt, dass du am Mittwochmorgen ins Hotel gestürmt bist und ohne sie zu fragen alle Zimmer nach Samantha Mills abgesucht hast.«

»Na und? Ich hab mir einfach Sorgen gemacht um eine Mitbürgerin unseres Dorfes. Du warst doch dabei, als Mr Mills hier angerufen hat, deshalb bin ich rüber ins Hotel.«

Soizic blätterte, wie immer, wenn sie sich Zeit verschaffen wollte, in ihrem Heft, als müsste sie eine bestimmte Information suchen. »Wieso wollte eigentlich Mr Mills unbedingt dich sprechen?«

»Er kennt mich eben. Davide war nicht da, und dich und Zoe kennt er nicht.«

»Mr Mills hat aber gar nicht erst nach Davide oder dir gefragt, sondern gleich nach dir.«

»Sag mal, spinnst du – was soll das?« Er lehnte sich nach vorn auf den Tisch und fixierte seine Kollegin, die er bisher offenbar völlig unterschätzt hatte.

»Die Frauen haben die Vermutung geäußert, du hättest vielleicht etwas im Hotel gesucht.«

»Quatsch.«

»Warum bist du dann durch alle Zimmer?«

»Weil … Ach, das geht dich wirklich nichts an.«

»Hast du gedacht, dass Samantha Mills in einem der Hotelzimmer mit einem anderen Mann liegt, und warst eifersüchtig?«

Jérôme stand auf. »Diese Scheiße muss ich mir wirklich nicht anhören.«

»Oh, ich fürchte schon«, sagte Davide und machte eine unmissverständliche Geste, dass er sich wieder setzen sollte.

»Als ob Samantha an jedem Finger einen Kerl hätte! Die kann froh sein, dass ich mich mit ihr abgegeben habe.«

»Vielleicht nicht gerade an jedem Finger, aber an jeder Hand bestimmt«, bemerkte Soizic, während sie weiter in ihrem Heft blätterte. »Also, warum bist du durch alle Hotelzimmer gelaufen?«

»Ich habe gedacht, die Weiber verarschen mich und dass sie doch da ist.«

Soizic schüttelte den Kopf. »Du bist erst durch alle Zimmer gestürmt und anschließend auf die Frauen getroffen.«

Davide warf einen bewundernden Seitenblick auf Soizic, und auch er gestand sich ein, dass er sie unterschätzt hatte.

»Ich habe mir einfach Sorgen gemacht und gehofft, dass sie nicht im Flugzeug war.«

»Liebst du Samantha Mills?«, fragte Soizic.

»Quatsch, die vögelt gut und macht es umsonst.«

Davide, der die Frauen liebte und verehrte, waren solche Sätze zutiefst zuwider. »Jérôme«, übernahm er das Gespräch wieder, »wo warst du in der Nacht von Montag auf Dienstag?«

»Im Bett, zu Hause.«

»Warum lügst du?«

Soizic sah ihren Chef stirnrunzelnd an, doch dieser hob leicht die Hand, um ihr zu bedeuten, dass sie schweigen sollte.

»Es ist mir peinlich. – Ja, ich war bei Samantha, und zwar die ganze Nacht. Ich bin von dort aus morgens hierher zum Dienst gekommen. Ich will nicht, dass ganz Cassis weiß, dass ich was mit ihr habe.«

Soizic notierte sich etwas in ihr Heft. »Du hast mit Samantha Mills die Nacht vor ihrem Verschwinden verbracht. Hat sie dir überhaupt nichts erzählt? Dass sie nach München fliegen will? Dass mit Mr Mills ein Vertrag unterzeichnet werden soll?«

»Nein, wir hatten anderes zu tun. Es ist wirklich eine reine Bettgeschichte.« An der Art, wie er ihrem Blick auswich, konnte Soizic erkennen, dass er log.

»Wie würdest du Samantha Mills beschreiben, was ist sie für ein Typ?«

»Leicht zu haben«, antwortete er, und Soizic erinnerte sich, wie eine der drei Freundinnen zu ihr gesagt hatte: Kein Mann würde zugeben, dass er zur Beute gemacht wurde.

»Ist das alles, was du uns über die Frau sagen kannst, mit der du monatelang im Bett warst?«, fragte Davide skeptisch.

»Nein. Sie ist schon okay. Aber ziemlich launisch. Manchmal waren wir verabredet, und ich kam zu ihr, und sie sagte einfach: ›Geh, ich ertrag dich heute nicht.‹ Oder sie hat mich ignoriert und die ganze Nacht gemalt. Wenn ich sie mal etwas Persönliches gefragt habe, hat sie gesagt: ›Alles, was ich zu erzählen habe, findest du in meinen Bildern.‹ Ehrlich, ich weiß nichts über sie. Nicht einmal, wie alt sie ist.«

»Dreiundvierzig«, half Soizic aus. »Hat sie dich gemalt?«

Wieder wich er ihrem Blick aus. Ihn fröstelte es bei der Erinnerung an Samanthas erstes Porträt von ihm. Es war, als habe die Malerin ihm damals sein Innenleben entrissen. Von da an war er immer wieder ins Atelier geschlichen, es war wie eine Sucht. »Ich weiß es nicht«, antwortete er so gleichgültig wie möglich, »kann sein.«

»Jérôme«, sagte Davide und schob die vor ihm liegenden Papiere zusammen, »normalerweise sollte ich dich jetzt vom Dienst suspendieren. Aber ich möchte einen Skandal vermeiden. – Du musst mir allerdings versprechen, dass du uns keine Informationen mehr vorenthältst.«

Jérôme atmete kaum merklich auf. »Schon klar. Kann ich gehen?«

»Nein, noch nicht«, sagte Soizic und ertrug stoisch seinen bösen Blick. »Wo warst du von Dienstag- auf Mittwochnacht?«

»Zu Hause.«

»Ganz sicher?«

»Was soll das?«

»Jérôme, ich finde deinen Ton nicht angebracht gegenüber Soizic, die hier ihre Arbeit macht. Also! Wo warst du die restlichen Nächte?«

»Zu Hause. Mit ein bisschen Glück hat die alte Marie im Erdgeschoss mich gehört. Kann ich jetzt endlich gehen?«

»Ja, aber Junge, ich habe das ernst gemeint mit der Suspendierung. Noch so eine Sache, und ich habe keinen Stress, dich rauszuschmeißen. Damit wir beide hier ganz klar sehen.«

Jérôme erhob sich und verließ den Raum. Wie ein geprügelter Hund, ging es Soizic durch den Kopf. Sie schielte zu Davide. »Danke, dass du mir hilfst«, sagte sie ehrlich.

»Keine Ursache. Außerdem habe ich einen gewissen Sportsgeist. Da unsere Kollegen in Marseille ermitteln und der Fall sehr pressewirksam ist, sollten wir uns von der besten Seite zeigen. Jetzt haben wir noch einen Heimvorteil, aber das kann sich schnell ändern.« Er sah auf die Uhr und stellte fest, dass ihnen bis Francis' Erscheinen noch fünfzehn Minuten blieben.

»Es ist schon seltsam«, sagte Soizic, »dass Jérôme die schönsten Frauen hinterherlaufen und er ausgerechnet bei Samantha Mills im Bett landet.«

»Och«, sagte Davide gedehnt und goss sich und Soizic Kaffee nach, »ich finde es eher verständlich.«

»Zoe ist das schönste Mädchen hier, und sie will ihn unbedingt.«

»Das ist schon mal ihr erster Fehler«, erklärte Davide und häufte Zucker in seine Tasse. »Du darfst einen Mann spüren lassen, dass du dich für ihn interessierst, aber nicht, dass du ihn unbedingt willst. Das tötet sofort seinen Jagdinstinkt.« Er trank einen Schluck und fuhr fort: »Davon einmal abgesehen, was ist eine süße niedliche Zoe schon gegen ein Klasseweib wie Elisabeth von Landau.«

»Und Samantha Mills?«

»Na ja, wer es mag. Sie ist auf jeden Fall reizvoll.«

»Reizvoller als Zoe?«

»Unbedingt. Besonders für einen Mann in Jérômes Alter.«

»Obwohl sie über … ähm … ähm … redet?«

Davide prustete los und sprühte dabei Kaffee über den Tisch. »Kindchen, das ist normal. Männer reden über den Körper einer Frau, und alle Welt weiß davon. Frauen reden über unseren Körper genauso und behalten es für sich. Das ist schlau von ihnen.«

Soizic schaute ihn zweifelnd an, während sie ihm eine Packung Papiertaschentücher reichte, um die Kaffeespritzer von den Unterlagen zu wischen. »Und das stört dich nicht?«

»Nein, ich tue eben einfach so, als wüsste ich davon nichts.«

Es klopfte.

Mindestens ebenso ärgerlich wie vorhin Jérôme betrat Francis den Besprechungsraum, mit dem einzigen Unterschied, dass er seine Unbehaglichkeit nicht hinter Rüpelhaftigkeit verbarg.

»Setz dich bitte, und bevor du fragst, was das soll: Es geht um die verschwundene Samantha Mills, mit der du ein

Verhältnis hast, was wir aus gesicherter Quelle wissen«, sagte Davide freundlich, aber bestimmt.

Francis wurde blass. Er ließ sich auf einem der bereitstehenden Stühle nieder und schaute den beiden wachsam ins Gesicht.

Soizic hielt ihn für einen der attraktivsten Männer in Cassis, sie mochte sein scharf geschnittenes Profil. Und es gefiel ihr, wenn ein Mann wenigstens so groß war wie sie oder sogar noch größer. »Francis«, begann sie, »wir müssen wissen, wann du Samantha Mills das letzte Mal getroffen hast. Und wo du Dienstag- und Mittwochnacht warst.«

Sein Gesicht entspannte sich ein wenig. »Nun, am Dienstag war dieser schlimme Sturm. Wir haben die Bar um Mitternacht zugemacht. Danach sind Violett und ich nach Hause gegangen. Gemeinsam. So auch in der Nacht vom Mittwoch.« Die kleine Wohnung hinter der Bar benutzten er und seine Frau nur tagsüber.

Soizic notierte sich das. »Wie lange geht das schon zwischen dir und Samantha Mills?«

»Knapp zwei Jahre«, antwortete er zu ihrem großen Erstaunen.

»Wie hat es angefangen?«

»Ist das für die Ermittlung von Belang?«

»Überlass das bitte uns«, mischte Davide sich ein.

»Vor zwei Jahren kam eine neue Verordnung für Hotels heraus, und Samantha hatte Probleme mit dem Amtsfranzösisch. Ich war deshalb in der *Blauen Rose* und habe mir die Unterlagen angeschaut. Da ist es dann passiert.«

»Wann habt ihr euch zuletzt gesehen?«

»Sonntagnacht. Violett war bei ihrer Mutter in La Ciotat und hat dort übernachtet.«

Soizic staunte über Samantha Mills' wohlorganisiertes Sexualleben, denn im Weiteren erfuhr sie, dass die beiden sich im Durchschnitt alle zwei Wochen einmal getroffen hatten, zumeist im Hotel. Auf ihre Fragen gab Francis zur Antwort,

Samantha sei ihm bei ihrem letzten Zusammensein nicht beunruhigt vorgekommen, sie habe sich auf ihre Freundinnen gefreut und nichts über Mr Mills gesagt, über den sie sich sonst oft lustig mache. »Sie hat zugegeben, dass sie ihrem Exmann die *Blaue Rose* durch einen Formfehler abluchsen konnte. Das finde ich schon sehr kaltblütig: ich meine, jemanden um ein paar Millionen zu prellen, weil das Licht im Atelier so wunderbar ist. Ach ja«, jetzt fiel es ihm wieder ein, »sie hat auch erzählt, dass Mr Mills es nach ihrem Tod zurückbekommen würde.«

Soizic wurde hellhörig. »Wusste er davon?«

»Ich glaube schon, sicher bin ich mir da aber nicht.«

»Weiß Violett von dir und Samantha Mills?«

»Nein, und es wäre gut, wenn das so bliebe.«

»Liebst du Samantha Mills?«

»Was tut das zur Sache?«, fragte er ärgerlich zurück und blickte zu Davide, der ihn mit einem Nicken zur Antwort aufforderte. »Ja, irgendwie schon. Sie ist so ganz anders. Klar: verrückt und launisch, aber spannend eben, ständig neue Ideen. Um Mitternacht auf dem Friedhof picknicken, sich nackt in einem Boot im Hafenbecken treiben lassen – und dann wieder steht sie mit einer Schürze in der Küche und kocht für mich, als wären wir ein altes Ehepaar.«

»Das klingt sehr unberechenbar.«

»Ja, das ist vielleicht das Wort, das Sam am besten beschreibt.«

»Tyrannisch?«

»Wenn du sie nicht magst, trifft das ohne Weiteres zu.«

»Hat sie dich gemalt?«

»Weiß ich nicht. Ich habe mich für ihre Arbeit nicht interessiert.«

Soizic notierte sich, dass sie herausfinden wollte, wer von Samantha Mills' Liebhabern in ihren Bildern auftauchte.

»Gibt es denn bereits eine Spur?«, wollte Francis wissen.

»Darüber dürfen wir dir nichts sagen«, erklärte Davide versöhnlich und entließ ihn.

Als Francis gegangen war, sagte Soizic: »Er hat viel netter von ihr gesprochen als Jérôme.«

»Er ist ja auch nicht so eitel und hat keinen Ruf als Eroberer der schönsten Frauen zu verlieren«, antwortete Davide gut gelaunt. Er dachte, dass Oscar Wilde wohl doch recht hatte mit seiner These: Zu einer glücklichen Ehe gehören meistens mehr als zwei Personen.

»Wie machen wir das mit der Überprüfung der Alibis?«

»Ich werde jetzt in *Francis' Bar* gehen und einen ordentlichen Kaffee trinken.« Davide deutete missmutig auf die blaue Thermoskanne. »Ich glaube, Zoe macht es absichtlich, dass der hier wie Hafenwasser schmeckt. Dort werde ich ein wenig mit Violett über den Sturm vom letzten Dienstag reden. Dann haben wir es zwar nicht aktenkundig, dass Francis mit ihr die ganze Zeit über zusammen war, aber es sollte erst einmal reichen und dient dem familiären Frieden in Cassis.«

Davide und Soizic verließen gemeinsam den Besprechungsraum, denn bis zu Pauls Verhör blieb ihnen noch gut eine halbe Stunde. Zoe und Jérôme saßen geduckt hinter ihren Computern. Ohne wie sonst immer Jérôme aufzufordern, ihn zu begleiten, machte sich Davide auf den kurzen Weg zur Bar.

Seine Kollegin dagegen rief bei der Sicherungsverwahrung der Gendarmerie Nationale in Marseille an. »Guten Tag, mein Name ist Soizic Mussat, Polizei Cassis. Ich betreue den Fall Samantha Mills und müsste Zugang zu ihren Bildern bekommen, die bei Ihnen gelagert sind.« Sie hörte das Klackern einer Computertastatur, die Telefonmuschel am anderen Ende wurde zugehalten, sie sollte wohl nicht verstehen, was und mit wem die Frau dort sprach.

»Es tut mir leid. Die Bilder sind bis auf Weiteres im Labor«, kam es schließlich zurück. »Außerdem hat die Gendarmerie Nationale Marseille den Fall übernommen. Bitte rufen Sie dort das Sekretariat an, ich bin nicht befugt, mit Ihnen zu sprechen.« Die Leitung wurde unterbrochen.

Soizic errötete, sie hasste es, wenn sie so zurückgewiesen wurde. Langsam legte sie den Hörer auf die Gabel und loggte sich in ihren Computer ein. Die erste E-Mail teilte ihr mit, dass in Samantha Mills' Wagen Haare der dritten Frauenleiche gefunden werden konnten. Ihr wurde heiß. Bei der zweiten E-Mail brach ihr der Schweiß aus.

Sehr geehrte Frau Mussat,
danke für Ihre bisher geleistete Arbeit im Fall der verschwundenen deutschen Malerin Samantha Mills.
Aufgrund der Brisanz und des Umfangs übernimmt die Gendarmerie Nationale mit sofortiger Wirkung die Ermittlungen. Wir bitten Sie, alle Unterlagen, E-Mails und Protokolle an Thierry Peret zu übergeben. Dieser hat bereits Kontakt mit den verdächtigen deutschen Frauen aufgenommen und wird noch heute Nachmittag in Cassis vorstellig werden.
Weitere Ermittlungen Ihrerseits sind nicht mehr erwünscht.
Franco Davo – Polizeipräsident, Gendarmerie Nationale, Marseille.

Sie erhob sich schwerfällig und sagte im Vorbeigehen leise zu Zoe: »Bitte sag Paul und Guy ab, wir melden uns wieder bei ihnen.«

Soizic marschierte ebenfalls in *Francis' Bar*, wo sie wie erwartet Davide im Gespräch mit Violett antraf. Hinter ihr betrat Jérôme das Lokal.

Wortlos legte Soizic die E-Mail neben die Kaffeetasse ihres Chefs und bejahte Violetts Frage nach einem Espresso. Mit dem Schreiben in der Hand drehte Davide der Theke den Rücken zu, nahm umständlich seine Brille aus der Innentasche und las. »Tja, das sieht nicht gut aus für uns und deinen Fall. Sich mit der Gendarmerie Nationale anzulegen ist kein Vergnügen.«

Jérôme nahm ihm das Papier aus der Hand.

»Ich würde das lassen, an deiner Stelle«, sagte er selten freundlich, »Davide wird frühpensioniert, aber du fliegst einfach raus, wenn du dich nicht dran hältst. Ich kenn den Laden in Marseille, zögern kommt in deren Wortschatz nicht vor.«

»Seit wann klärt die Gendarmerie Nationale normale Gewaltmorde auf?«, fragte Davide mit gerunzelter Stirn.

»Es geht ihnen um den Flugzeugabsturz, den sie Samantha Mills anhängen wollen«, mutmaßte Soizic. Ihr Handy vibrierte in der Tasche. »Soizic Mussat.«

»Thierry Peret, guten Tag, Mademoiselle. Ich möchte mich für 16:00 Uhr in Cassis ankündigen. Bitte stellen Sie bis dahin alle Unterlagen zusammen. Nach der Übergabe begleiten Sie mich in das Hotel von Samantha Mills, und von da an gehört der Fall uns. Alles klar?« Sein Ton war schneidend und ließ keinen Widerspruch zu.

»Ich werde um 16:00 Uhr da sein. Gute Fahrt«, sagte Soizic leise. Sie legte auf und sackte auf ihrem Barhocker in sich zusammen.

»Tut mir leid für dich.« Jérôme klopfte ihr auf die Schulter. »Und Vorsicht, ich kenne Thierry, mit dem ist nicht zu spaßen.«

Davide steckte seine Brille weg. »Du hast recht, was sollen wir uns mit denen anlegen.«

»Müssen die über Sams Affären aufgeklärt werden?«, fragte Jérôme.

Schleimer, dachte Soizic, denn sie begriff jetzt, wo seine Freundlichkeit herrührte.

»Ich meine, die haben mich nicht ohne Grund nach Cassis versetzt. Und wenn ich jetzt mit der Hauptverdächtigen was habe … Das wäre Scheiße«, gab er unumwunden zu.

»Strafversetzt?«, hakte Soizic nach, »ich dachte, du wolltest hierher?«

Davide legte Geld für seinen und Soizics Espresso auf die Theke und machte mit einer Geste klar, dass sie ihm beide folgen sollten.

In der Polizeistation packte Soizic schweren Herzens die gesammelten Unterlagen auf den Konferenztisch.

»Ich bin der Meinung«, sagte Davide, nachdem er sich einen Überblick verschafft hatte, »wenn die Gendarmerie Nationale Samantha Mills sucht, weil sie ein Flugzeug in die Luft gesprengt hat, werden sie sie auch finden, ohne dass sie wissen, mit wem die Deutsche geschlafen hat. – Das dient der Friedenssicherung in Cassis.«

»Und die Weiber?«, fragte Jérôme, und deutete mit einer Kopfbewegung Richtung *Blaue Rose.* Die beiden Männer blickten Soizic wortlos an.

»Okay, ich rede mit ihnen. Einen Versuch ist es wert.«

Zu dritt schoben sie einen Teil der Unterlagen in den Aktenvernichter, den Jérôme sofort leerte, indem er die Schnipsel in die Fischtonne des benachbarten Restaurants entsorgte. Die restlichen Papiere ordneten sie in einer grünen Mappe an, von der Soizic sich eine Kopie machte. Diese wurde anschließend in Davides Schreibtisch verschlossen.

»Gehen wir was essen?«, fragte Jérôme und sein Blick schloss Soizic mit ein, die sich geschmeichelt fühlte und ihm doch einen Korb gab: »Nein, danke, ich gehe rüber ins Hotel und erkläre denen die neue Situation. Am besten treffen wir uns um drei wieder hier.« Sie begleitete Jérôme und Davide zu ihrem Stammlokal, kaufte sich dort ein belegtes Baguette und aß es auf einer Bank an der Hafenmeile.

In der *Blauen Rose* standen Rosi und Bella Schmiere im Salon und Lizzy in der Küche, während Elisabeth die sehnsüchtig erwartete E-Mail ihrer Assistentin Imogen öffnete.

Sehr geehrte Frau von Landau,
hier läuft alles wie immer und so am Schnürchen, wie Sie es sich wünschen. Ihre Fälle betreut Dr. Peter Warnegold weiter. Holger Bentag und Norman Müller haben gezahlt, die Geschäftskonten sind also wieder ausgeglichen.
Zu Ihren Fragen: Nein, es ist nichts auf dem Post- oder E-Mail-Weg verloren gegangen. Samantha Mills hat uns nichts über einen etwaigen

Termin gesagt oder geschrieben, es gab auch bei Gericht keinen Termin für die Scheidung. Der Notar Beck bestätigte hingegen den ursprünglich vereinbarten Termin Mills/Mills für den letzten Mittwochnachmittag. Mr Mills hat dem Notar ein von Samantha Mills unterschriebenes Testament zugesandt mit der Bitte um Beglaubigung. Ich arbeite daran, an den Text zu kommen. Wir haben, wie von Ihnen gewünscht, den Detektiv G. Griffin in UK beauftragt, Mr Mills zu überprüfen.
Herzlichst Ihre Imogen
PS: Die Flüge wurden storniert.

11

Elisabeth lief aufgeregt in den Salon und wollte gerade ihre Neuigkeiten loswerden, als es am Hauptportal läutete.

»Jérôme?«, fragte Bella hoffnungsvoll und strubbelte sich durch die Haare.

Sie hörten Lizzy, die kurz darauf mit Soizic den Salon betrat. Rosi fiel sofort auf, dass die riesige gelbe Umhängetasche fehlte und Soizic zudem keine Anstalten machte, eine Verhörsituation herzustellen. »Gibt es etwas Neues?«, fragte sie besorgt.

»Ja, allerdings. – Ich betreue den Fall nicht mehr.« In kurzen Sätzen erläuterte sie den Frauen die Neuigkeiten und schlug vor, diesem Thierry Samantha Mills' Liebhaber zu unterschlagen. Zu ihrer Überraschung hatten die drei Freundinnen nichts dagegen einzuwenden. Als sie geendet hatte, fühlte sie sich atemlos. Lizzy brachte ein Tablett mit heißer Schokolade und frischen Krapfen. »Das tröstet«, sagte sie herzlich zu ihr, denn sie konnte sich denken, wie hart dieser Rückschlag Soizic traf.

Bella füllte jedem eine Tasse, legte jeweils ein Stück Gebäck daneben und verzog sich mit ihrem Anteil auf das Sofa. Elisabeth schob die Tasse von sich und ging ans Fenster, wo sie mit verschränkten Armen erst auf den Hafen blickte, sich dann langsam herumdrehte und in die vom Schokoladenaroma durchzogene Stille fragte: »Geben Sie eigentlich immer so schnell auf?«

Soizic zuckte zusammen, denn sie wusste, dass sie gemeint war. Umständlich wischte sie sich die fettigen Finger sauber und sagte: »Ich glaube nicht, dass Sie verstehen können, wie schwer es ist, sich in Frankreich gegen den Staatsapparat aufzulehnen.«

»Nicht weil es schwer ist, wagen wir es nicht, sondern weil wir es nicht wagen, ist es schwer.«

»Ich dachte, solche Sprüche hätte ich mit meiner Mutter vor zwei Jahren beerdigt.«

»Das ist kein Spruch, das ist Weisheit, und zwar von Seneca. Seien Sie doch nicht so entsetzlich feige, Soizic.«

Die Worte kamen einer Ohrfeige gleich, und Soizic errötete.

»Ist Ihnen mal die Idee gekommen, dass diese Gendarmerie Nationale Samantha Mills zu einem Bauernopfer machen könnte?« Sie kehrte an den Tisch zurück, stützte ihre Hände darauf und fixierte Soizic. »Wenn Sam verschwunden bleibt, kann Mr Mills sie in drei Monaten für tot erklären lassen, und da kein Gewaltverbrechen nachweisbar ist, bekommt er alles von ihr. Auch die Bilder, die die Gendarmerie Nationale schon gesichert hat.«

»In ihrem Auto sind Haare der dritten Frauenleiche gefunden worden.«

»Nein«, hauchte Bella und stellte ihre Tasse auf der Sofalehne ab.

»Na also, ein Grund mehr: Die Morde hext man ihr auch noch an.« Elisabeth schnippte mit den Fingern und setzte sich. »Soizic, Sie müssen Samantha Mills helfen!«

»Ich schaffe das nicht.« Als die Polizistin hilflos in die Runde schaute, blickte sie in drei entschlossene Gesichter.

»Wir helfen Ihnen.«

»Ich sagte es bereits: Ich bin nicht korrupt.«

Elisabeth lachte laut auf. »Ja, sicher, und warum sollen wir Jérôme zuliebe die Klappe halten über Sams Liebesleben?«

Die Intelligenz der Anwältin machte Soizic Angst. Sie hatte doch sorgsam darauf geachtet, dass Jérômes Name außen vor blieb!

»Stimmt«, flötete Bella vom Sofa her, »wir könnten ja noch einmal darüber nachdenken, was wir diesem Mann aus Marseille heute Nachmittag so erzählen.«

»Das ist Erpressung«, stöhnte Soizic.

Rosi legte ihr versöhnlich die Hand auf den Unterarm. »So würde ich das nicht nennen. Aber wir wollen auf jeden Fall unserer Freundin helfen, die ganz offenbar in Schwierigkeiten ist. Glauben Sie mir, dabei sind wir nicht zimperlicher als Ihre Gendarmerie Nationale.«

Elisabeth holte tief Luft, bevor sie zusammenfasste: »Ich gebe Ihnen jetzt ein paar Infos, die Sie vielleicht umstimmen. Erstens: Jérôme hat an diesem Mittwochmorgen ganz sicher etwas in der *Blauen Rose* gesucht. Er ist nämlich in der Nacht des gleichen Tages hier eingebrochen, allerdings bin ich ihm in die Quere gekommen. Was hat er hier gesucht und vielleicht gefunden? Ich frage mich auch, woher er einen Schlüssel für das Hotel hatte. Zweitens: Mr Mills hat bereits Dienstagabend den Notartermin abgesagt, er hatte also gar nicht vor, am Mittwoch hinzugehen. Warum hat er außerdem nicht versucht, Sam anzurufen, als er von dem Flugzeugabsturz gehört hat? Drittens: Wir müssen herausfinden, wer noch alles in diesem Flieger war. Können wir sicher sein, dass die Frau, die als Samantha Mills ein- und wieder ausgestiegen ist, auch wirklich Sam war? Und viertens: Wieso kennt Mr Mills den Präsidenten des Departements? Angeblich hat er ein Testament von Sam, das auf dem Weg nach München ist, um von dem deutschen Notar beglaubigt zu werden. Ich habe bereits durch meine Kanzlei Einspruch erheben lassen. Und ich wette darauf, dass Ihr Kollege aus Marseille uns heute Nachmittag sagt, dass wir abreisen können.« Elisabeth biss sich auf die Zunge, sie hoffte, dass Soizic nicht nachfragen würde, auf welchen Wegen sie das alles in Erfahrung gebracht hatten.

Lange starrte Soizic schweigend in ihre Tasse, doch dann murmelte sie: »Gut, ich bin dabei. Womit fangen wir an?«

»Mit dem du. Ich bin Elisabeth.« Sie reichte ihr die Hand über den Tisch, »und das sind Rosi und Bella. – Wir müssen an die Bilder kommen. Finde heraus, wo die lagern, und lass dir etwas einfallen, damit wir sie sehen können.«

»Warum?«

Elisabeth lehnte sich zurück und schloss die Augen, um die Nacht, in der sie im Atelier geschlafen hatte, wieder vor sich entstehen zu lassen. »Sam malt alles. Ihre Bildersprache ist ihre wahre Muttersprache. Wenn es jemanden gibt, von dem sie sich bedroht gefühlt hat, werden wir das in den Bildern finden. Wenn es einen Ort gibt, an den sie von sich aus gegangen ist, finden wir auch den.« Nach einer kurzen Pause fuhr sie gnadenlos fort: »Besorg uns die Liste, was ihr hier im Haus mitgenommen habt, denn ich bin mir sicher, dass das, was Jérôme gesucht und möglicherweise nicht gefunden hat, darunter sein muss. Oder eben nicht, wenn er es hat verschwinden lassen.«

»Sie … nein, ich meine du … du denkst, dass Jérôme da mit drinsteckt?«

Elisabeth sah ihr in die Augen. »Ja. Wer so rumpoltert und -brüllt, hat Angst. Aber lass ihn das nicht spüren. Sprich vor allem mit Sams anderen Liebhabern.«

»Wie soll das gehen?«

Unvermittelt übernahm Rosi das Wort, da sie fürchtete, Elisabeth könnte zu ungeduldig werden. »Mach ihnen auf freundliche Weise klar, dass niemand sie verrät, solange sie selbst die Klappe halten. Es geht darum, ob sie irgendetwas wissen, was uns von Nutzen sein kann.« Ihre dunklen Augen blickten Soizic versöhnlich an, sodass die sich etwas entspannte. »Ich muss mir das notieren.«

»Auf keinen Fall. Alles, was du aufschreibst, kann jemand finden. Bau dir Eselsbrücken und lerne es auswendig, was immer du dir merken musst.«

Soizic hatte nicht mehr den leisesten Zweifel, dass Elisabeth eine riesige Kanzlei mühelos leitete. Widerspruch gab es einfach nicht, und das nicht aus Angst, sondern weil einfach alles, was sie sagte, Hand und Fuß hatte. Sie schaute die Anwältin zum ersten Mal ohne Argwohn an: Die klaren Züge des Gesichts wurden durch die streng am Kopf anliegenden Haare betont. Die klassische Kleidung hatte einen maskulinen Touch, weil Elisabeth ein Hemd mit Manschettenknöpfen trug. Die edle Kombination aus Beige und Weiß harmonierte perfekt mit den blonden Haaren. Soizic hätte gern so eine wie sie als Mutter gehabt, aber war sich auch darüber klar, wie schwer es sein musste, neben ihr zu bestehen. Dennoch rührte sich etwas in der Polizistin, das sich Respekt vonseiten dieser Elisabeth von Landau wünschte.

»Versuch' herauszufinden, ob und wann Mr Mills Samantha angerufen hat, sei es auf ihrem Handy, sei es auf dem Festnetz. Und finde dieses Telegramm von Dienstagabend, es könnte wichtig sein.«

»Hast du immer so ein Tempo?«, stöhnte Soizic.

»Oh, du gewöhnst dich schnell daran«, sagte Bella lachend und verließ ihren Platz auf dem Sofa. »Im Zweifelsfall hältst du die Klappe und baust darauf, dass entweder Elisabeth dir eine Zusammenfassung liefert oder Rosi und dass dir eine von ihnen erklärt, worum es wirklich geht.« Sie stellte sich neben Soizic, legte leicht eine Hand auf ihre Schulter und fuhr fort: »Die beiden sind von herausragender Intelligenz, weshalb Rosi immer noch keinen Mann hat und Elisabeth immer noch denselben. Mit anderen Worten: Mach dir nichts draus, wenn du ihnen nicht folgen kannst, das hast du mit vielen Menschen gemein.«

»Unsinn, das stimmt doch gar nicht, Bella«, widersprach ihr Rosi.

»Nein, natürlich nicht. Es gibt zahllose Männer, die erstens an eure Intelligenz heranreichen und zweitens brillante Frauen zum Anbeißen finden. Wir sollten gleich die Tür aufmachen und Nummern verteilen, damit wir in dem Ansturm nicht die Übersicht verlieren.«

Lachend ergänzte Elisabeth: »Ich kann es kaum abwarten.«

Bella wandte sich wieder Soizic zu: »Siehst du? Deshalb habe ich meine Aufmerksamkeit lieber auf die flächendeckende Sicherung meiner Gene gerichtet. Und ich wette«, stichelte sie liebevoll, »ich habe auf jeden Fall mehr Spaß dabei als die beiden zusammen.«

»Mehr Sex bestimmt, daran ist nicht zu zweifeln«, setzte Rosi nach.

»Nur kein Neid. Sieh mal, Soizic, mir ist das wirklich nicht so wichtig, wie viel ein Typ im Oberstübchen hat. Er muss lecker riechen, gut im Bett sein und vor allem«, Bella machte eine Kunstpause, »erpressbar sein. – Abgesehen davon finde ich es klasse, dass du uns hilfst.« Sie füllte ihre Tasse neu, nahm ohne zu zögern die beiden letzten Krapfen und verzog sich wieder auf das Sofa.

Elisabeth berichtete nun von ihrem Besuch im Industriehafen. Zu Soizics Erleichterung hingen auch Rosi und Bella völlig ratlos an ihren Lippen.

»Du wirst dich auf keinen Fall mit diesem Drakon treffen!«, rief Rosi besorgt aus.

»Ich fürchte, für diese Empfehlung ist es zu spät. Vielleicht nimmt er ja keinen Kontakt mit mir auf, aber wenn doch, werde ich ihn sicher nicht zurückweisen. Ich will wissen, wo Sam ist!«

Keine am Tisch zweifelte mehr daran, dass Sorgen um die Malerin berechtigt waren, auch wenn sie alle sich redlich bemühten, Heiterkeit zu bewahren. In das Schweigen, das sich im Raum ausgebreitet hatte, sagte Soizic leise: »Versprecht euch nicht zu viel von mir. Ich habe keine Ahnung, wie ich an all die Informationen kommen kann.«

Elisabeth stützte den Kopf in die Hände, schaute Soizic lange an und bat schließlich: »Geh die Personallisten durch: Wer arbeitet wo? Wer bei der Marseiller Polizei, wer bei der Gendarmerie Nationale? Finde heraus, mit wem du auf der Polizeischule warst, eventuell welche Schwächen dieser Kollege hat und womit du ihn locken kannst. Mit wem bist du in den Kindergarten gegangen? Vielleicht sitzt eines der Mädchen beim Präsidenten des Departements als Assistentin, hat gerade eine Affäre mit ihm hinter sich und Rachegelüste. Wir dürfen einfach nichts auslassen.«

Ein Blick auf die Uhr sagte Soizic, dass sie viel zu lange geblieben war. »Ich muss los, um vier kommt dieser Thierry. Ich schätze, die Übergabe im Büro dauert nicht lange, stellt euch also darauf ein, dass wir gegen halb fünf hier sind.«

»Wie sieht er denn aus? Sollte ich mich umziehen?«, fragte Bella.

»Herzblatt, bis Sam wieder da ist, wirst du bitte die Finger von den Jungs hier lassen. Wir haben Chaos genug«, wies Elisabeth sie zurecht.

»Oh, nicht so streng, ehrenwertes Mütterchen. Wie sieht es mit den Küchengeräten aus?«

»Nicht schon wieder!«, seufzte Rosi mit einem Seitenblick auf Soizic.

»Ich werde mich trotzdem umziehen.« Bella ging mit übertriebenem Hüftschwung am Tisch vorbei. »Es kann nichts falsch daran sein, wenn wir die Gendarmerie Nationale ein wenig aus der Fassung bringen. Bis gleich.«

Als Soizic das Portal der *Blauen Rose* hinter sich zuzog, musste sie zu ihrem eigenen Erstaunen lächeln. Adrenalin pulsierte in ihren Adern, und ihr Kopf fühlte sich wie frisch gelüftet an. Sie wusste zwar noch nicht, wie sie das bewerkstelligen sollte: an die erbetenen Infos kommen und dabei ihre Ermittlungen vor Jérôme und Davide geheim halten, aber sie wusste, dass sie sich nicht mehr wie ein dummes Opferlamm benehmen würde. Der erste Entschluss, den sie mit diesem neuen Lebensgefühl fasste, war, noch am selben Tag all ihr Körnerbrot aus der Tiefkühltruhe zu verbannen und den deutschen Verwandten zu schreiben, dass sie kein Vollkorngebäck oder Müsli mehr schicken sollten. Lizzy hatte recht, Körnerbrot war etwas für Schafe. Sie lachte noch über diesen Gedanken, als sie gut gelaunt die Tür zur Polizeistation aufstieß und direkt in Thierry rannte.

»Verzeihung«, murmelte sie hastig.

»Tag. Ich hab gern das Überraschungsmoment auf meiner Seite. Deine Kollegen sind noch in der Bar, aber die entzückende junge Dame hier hat mir gezeigt, wo die Unterlagen sind. Und den Schrank deines Chefs hatte ich schnell geknackt, ich bin also voll im Thema. Ihr schiebt ja echt 'ne ruhige Kugel hier.«

»Das scheint nur so«, stotterte Soizic, der brennend heiß einfiel, dass sie ihre E-Mails noch nicht gelöscht hatte. »Im Sommer stehen die Telefone nicht still.«

»Gehen wir also auch in die Bar«, sagte Thierry, mehr Befehl denn Frage. Ihm haftete etwas Ruheloses an. Er war einen ganzen Kopf kleiner als Soizic, hatte ein viereckiges Gesicht mit einer offenbar mehrfach zertrümmerten Nase, seine raspelkurzen Haare hatten den gleichen silbernen Grauton wie seine Augen. Trotz der quadratischen Figur eines Boxers war sein Gang seltsam tänzelnd. Er geht nicht, er federt, dachte Soizic, als sie neben ihm herlief.

Als sie *Francis' Bar* betraten, hielt Jérôme, der an der Theke mit Sicht auf die Eingangstür saß, auf halber Höhe seine Kaffeetasse an. Die Art, wie sich die Blicke der beiden Männer begegneten, ließ Soizic ahnen, wie sehr sie sich hassen mussten.

Davide hatte mit dem Rücken zur Tür gesessen und drehte sich, aufmerksam geworden, auf seinem Hocker um. Er erkannte in Thierrys Hand die grüne Mappe aus seinem Schreibtisch und seufzte. Die Gendarmerie Nationale zeigte immer wieder gern, dass für sie andere Spielregeln galten – er ließ es unkommentiert.

Thierry knallte die Mappe auf die Theke, blätterte sie geräuschvoll durch, sah Jérôme von der Seite an und fragte in seinem schneidenden Ton: »Na, sind das wirklich alle Infos?«

Jérôme hielt seinem Blick stand, ja er grinste sogar. »Das von damals hast du wohl immer noch nicht verwunden, du armes Würstchen.«

Es ging so schnell, dass keiner der Anwesenden nachher sagen konnte, wie es passiert war: Plötzlich lag Jérôme mit blutender Nase auf dem Boden und presste stöhnend seine Hände auf den Solarplexus. Thierry lächelte hinunter. Für Soizic sah es kurz so aus, als ob er auf Jérôme spucken wollte, aber dann drehte er sich federnd zu ihr um und sagte: »Gehen wir zur *Blauen Rose*.«

12

Die fahle Wintersonne verschwand am Horizont und färbte einzelne Taue, an denen Wassertropfen hingen, orangerot ein. Vereinzelt hörte man das Quietschen von Schutzbojen, wenn Wellenbewegungen die wippenden Boote gegeneinanderdrückten. Das gelbe Licht der Straßenlaternen warf noch keine Schatten, und der Wind aus den Westalpen kündigte eine eisige Nacht an.

»Was ist das?«, fragte Soizic erstaunt und zeigte auf eine Wagenkolonne, die vor dem Hotel parkte.

»Überraschungsmoment Nummer zwei: Wir wollen das Haus noch einmal gründlich unter die Lupe nehmen. Meine Kollegen«, Thierry zeigte auf die grauen Autos, »sind darauf spezialisiert, dass ihnen kein Haar, kein Fingerabdruck, kein Hautschüppchen entgeht.«

Soizic begriff erst jetzt die volle Tragweite: Samantha Mills wurde von der Gendarmerie Nationale längst nicht mehr als Opfer betrachtet, sondern war für sie zur Täterin geworden. Oder war sie schon ein Opfer der Gendarmerie Nationale?, fragte sie sich.

Mit einem Sprung überwand Thierry die fünf Stufen zum Eingang und klingelte, während er gleichzeitig den noch in ihren Wagen sitzenden Männern ein Zeichen gab.

Soizic biss sich auf die Unterlippe, als Thierry seine eigene Überraschung erlebte: Bella. Ihre dunklen Haare waren frech zerstrubbelt, Teint und Lippen leuchteten, als habe sie eben erst nach ausgezeichnetem Sex das Bett verlassen. Sie trug eine klassische weiße Bluse, der selbst Soizic ansah, dass dafür mindestens eins ihrer Monatsgehälter draufginge, und hatte das elegante Oberteil im perfekten Stilbruch mit einer verwaschenen und an den richtigen Stellen zerrissenen Jeans kombiniert. Mit gekonntem Augenaufschlag gab Bella nun vor, von diesem unerwartetem Besuch eines Mannes verwirrt zu sein. Diese geballte Erotik verblüffte Soizic zutiefst.

»Sprechen die Frauen Französisch?«, fragte Thierry die hinter ihm stehende Polizeibeamtin, ohne seinen Blick von Bella abzuwenden, genau genommen von ihrem Dekolleté.

»Nein, ich müsste alles für dich übersetzen, wenn du kein Deutsch kannst.« Soizic hatte beschlossen, ihn genauso zu duzen wie er sie.

»Sag ihr, sie sollen aus ihren Zimmern ihre persönlichen Sachen holen und im Salon auf mich warten.«

Soizic übersetzte es Bella, die sich lächelnd umdrehte und jeden Zentimeter auf den Stufen nach oben genoss. Thierry starrte auf Bellas Po, bis sie aus seinem Blickfeld am obersten Treppenabsatz verschwunden war.

Aus der Küche hörte Soizic Elisabeths Stimme, die offenbar mit Lizzy stritt: »Ich musste es ihnen sagen. Sie wissen bloß, dass wir gemeinsam im Hafen waren, nicht, woher du das alles kennst«, wiederholte sie wohl zum zigsten Mal.

»Ich wusste gleich, dass ich dir besser nicht vertraue. Schlange«, zischte Lizzy und warf weiter geräuschvoll Geschirr in die Spülmaschine.

»Teufel, Lizzy, es geht hier nicht um dich oder mich, sondern darum, wie wir Sam am besten helfen können. Und ja! Wenn nötig, verrate ich dich dafür an den Bürgermeister von Cassis.«

Lizzy knallte die Spülmaschine zu und brach, für Elisabeth völlig überraschend, in ein unbändiges Lachen aus. Sie japste: »Nur zu. Sein Vater war mein bester Kunde.« Elisabeth brauchte einen Moment, dann stimmte sie in Lizzys Gelächter ein.

»Wenn ihr endlich fertig seid«, sagte Soizic, die kopfschüttelnd in die Küche kam, »kommt bitte nach draußen. Die Gendarmerie Nationale will das Hotel noch einmal gründlich auf den Kopf stellen. Hol bitte deine persönlichen Sachen, Elisabeth, und komm damit in den Salon.«

»Hatte Bella schon ihren Auftritt?«, fragte Elisabeth noch immer lachend zurück, und als Soizic nickte, erklärte sie: »Wir haben unsere Sachen schon verstaut. Mir war klar, dass die kommen: Kompetenzgerangel ist kein rein deutsches Privileg. – Kommst du auch, Lizzy?«

»Nein«, sie schärfte zwei ihrer Messer mit gekonnten Bewegungen, »ich würde mich wundern, wenn die sich in die Küche trauen.«

Schon flog die Tür auf und Thierry trat, von einem Mann im Schutzanzug gefolgt, ein. »Meine Damen, bitte rühren Sie nichts mehr an. Wir müssen Ihnen alle Messer entführen.«

Unschlüssig standen sie alle drei im Salon herum: Lizzy, Soizic und Elisabeth. Rosi las ruhig in einem Fachbuch über Virologie, Bella rekelte sich lasziv auf dem Sofa und zappte durch die Sender. Sie stellte lediglich den Ton leiser, als Thierry eintrat.

»Für uns, die Gendarmerie Nationale, sind Sie im Gegensatz zu den Dorfeiern hier nicht verdächtig. Wie wir wissen, haben Sie für heute Abend einen Rückflug nach Deutschland gebucht, den Sie gern antreten können.«

Er gab Soizic Zeit, das zu übersetzen. Als sie damit fertig war, fuhr er fort: »Das Hotel wird bis auf Weiteres versiegelt. Ihre Handys, Tagebücher etc. können Sie sich vor der Abreise in der Polizeistation abholen. Wir danken Ihnen für Ihr Verständnis und wünschen Ihnen eine gute Heimreise. Selbstverständlich informieren wir Sie umgehend, sobald wir Samantha Mills gefunden haben.«

Bingo, dachte Elisabeth, die damit gerechnet hatte. Sie wartete Soizics Übersetzung ab und sagte auf Französisch, ohne Thierry anzusehen: »Danke für Ihr Verständnis. Wir haben unsere Flüge bereits abgesagt. Sie können sicher nachvollziehen, dass wir nicht einfach abreisen, solange unsere beste Freundin in Gefahr ist.«

»Hier in der *Blauen Rose* können Sie nicht bleiben«, antwortete er scharf.

»Francis vermietet ein paar Zimmer«, schlug Soizic mutig vor.

»Wer hat dich gefragt? – Ich rate Ihnen dringend: Reisen Sie ab.« Thierrys Blick blieb ein weiteres Mal an Bella hängen, die ihn mit halb geschlossenen Lidern anlächelte.

»Wir werden so lange hier bleiben, bis Sie mir eine Begründung geliefert haben, warum das Hotel versiegelt werden muss.« Mit einem Ruck drehte er sich zu Elisabeth um, und noch bevor er etwas erwidern konnte, erklärte sie ergänzend: »Ich besitze eine Generalvollmacht von Samantha Mills. Wir befinden uns in Europa. Ich sehe da kein Problem, Sie?«

Als die Tür hinter ihm zufiel, kommentierte Rosi trocken: »Der kann auf jeden Fall besser gucken als denken«, und tätschelte Bella die Schulter. »Gut gemacht, Herzchen.«

Sie teilten sich auf. Soizic ging mit Elisabeth zur Polizeistation, um die persönlichen Sachen abzuholen. Lizzy lief nach Hause, um neue Küchenmesser und ein paar ihrer Habseligkeiten herzuschaffen, sie wollte ebenfalls im Hotel wohnen. Bella bewachte die Spurensicherung im Hotel, und Rosi verzog sich mit ihrem Accessoire ins Bad und prüfte hinter verschlossener Tür, ob eine neue E-Mail gekommen war.

Da das Wetter es zuließ, kalt aber sonnig, war der Kai gut besucht. Die Terrasse von *Francis' Bar* war voll belegt, und ein paar drängelten sich in der Tür, denn keiner wollte verpassen, was in der *Blauen Rose* vor sich ging. Die vermummten Gestalten mit ihren Geräten schufen eine unwirkliche Szene, wie aus einem Film, und man munkelte, es handle sich da um Gift, das im Hotel gefunden worden sei.

»Manchmal hasse ich dieses Dorf«, sagte Soizic verbissen, als sie sich mit Elisabeth den Weg durch die Menge bahnte.

»Es ist trotzdem das schönste, das ich kenne«, entgegnete diese versöhnlich und ignorierte die argwöhnischen Blicke, die ihr folgten.

In der Polizeistation herrschte düstere Stimmung. Davide füllte mit verbissener Miene einen Schadensbericht für seinen

Schreibtisch aus, und Jérôme lag, den Kopf nach hinten gebeugt, leidend in seinem Schreibtischstuhl, die besorgte Zoe stand an seiner Seite.

»Ist sie gebrochen?«, fragte Elisabeth. Sie trat neben Jérômes Stuhl und sah ihm von oben in die Augen. Er schüttelte den Kopf und nahm das Handtuch herunter.

Davide erhob sich und bot ihr einen Stuhl an.

»Danke, nein, ich möchte nur unsere persönlichen Sachen abholen und gleich wieder in die *Blaue Rose* zurück.«

Soizic berichtete in aller Kürze, was im Hotel vorgefallen war, und bemerkte die anerkennenden Blicke, die Jérôme und Davide Elisabeth schenkten für deren Kühnheit, Thierry die Stirn zu bieten. In der Polizeibeamtin regte sich ein Gefühl des Stolzes, dass sie mit dieser wunderbaren Frau gemeinsame Sache machte.

»Trotzdem«, näselte Jérôme »sollten Sie sich vor dieser Bulldogge Thierry Peret in Acht nehmen. Wenn er Sie wirklich aus dem Hotel heraushaben will, wird er einiges dafür tun.«

Elisabeth ignorierte die Warnung, bestätigte schriftlich, dass sie alle persönlichen Sachen zurückbekommen hatte, und fragte schließlich: »Was ist mit Samanthas Skizzenheften, kann ich die auch wiederhaben?«

»Nein.« Davide schüttelte entschuldigend den Kopf. »Das geht alles erst mal nach Marseille.«

»Zoe, wo ist die Kopie von der grünen Mappe?«, rief Soizic ärgerlich aus.

»Keine Ahnung. Thierry hat außer Davides Schreibtisch nichts aufgebrochen.«

»Warst du die ganze Zeit dabei?«

»Ja … äh … nein. Er hat mich losgeschickt nachzusehen, ob Jérôme und Davide noch im Restaurant oder schon bei Francis sind.«

Dumme Pute, dachte Soizic ärgerlich, trat um ihren Schreibtisch herum und sah mit einem Blick, dass die Festplatte ihres Computers fehlte. »Er hat sich also gar nicht lange mit

Passwörtern aufgehalten«, murmelte sie resigniert. In einem seltenen Anfall von Wut nahm sie das Gehäuse ihres PCs, stöpselte es aus, trug es rüber zu Zoes Schreibtisch und ließ es dort auf den Tisch fallen. Mit der gleichen Geschwindigkeit stöpselte sie Zoes Computer ab und trug ihn zu ihrem eigenen Arbeitsplatz zurück.

»Eh, du Elefant«, rief Zoe mehr verblüfft als wirklich wütend, »wie soll ich denn jetzt arbeiten?« Soizic drehte sich herum und sagte leise: »Das ist mir scheißegal. Außerdem braucht man zum Nägelfeilen und Telefonieren keinen PC. Du warst nicht befugt, die Dienststelle zu verlassen, wenn keiner von uns hier ist. Was wäre gewesen, wenn ein Notruf gekommen wäre?«

Davide hob beschwichtigend die Hände. »Ihr Lieben, es war für keinen von uns ein guter Tag, aber es nutzt auch nicht, wenn wir uns zerfleischen. Soizic hat recht, Zoe. Sie braucht einen Computer dringender als du. Versuch einen neuen zu bekommen.« Er wandte sich an Elisabeth: »Soll ich Sie zum Hotel zurückbegleiten?«

»Danke«, sagte Elisabeth, »das wäre sehr nett«, und ließ sich von ihm am Arm nehmen.

Auf dem kurzen Weg drehten sich ihnen sämtliche Köpfe zu, ein jeder machte auf ein Zeichen von Davide hin bereitwillig Platz. »Man mag Samantha Mills hier nicht besonders«, sagte er wie zur Entschuldigung, »und sieht sich jetzt natürlich bestätigt.«

»Und Sie? Was halten Sie von Samantha?«, fragte Elisabeth und entzog ihm ihre Hand, die er für ihren Geschmack zu lange festhielt.

»Ich schätze ungewöhnliche Frauen, sie sind das Salz in der Suppe«, sagte er charmant, »sollten Sie Hilfe brauchen, sagen Sie es mir.«

»Ja, ich hätte da etwas«, Elisabeth lächelte gewinnend, »wir brauchen jemanden, der uns noch heute in alle Außentüren neue Sicherheitsschlösser einbaut.«

»Ich kümmere mich darum«, antwortete Davide und verneigte sich leicht.

»Es wäre schön, wenn Jérôme dieses Mal keinen Zweitschlüssel hätte. – Einen schönen Nachmittag noch.«

Als sie die Hotelhalle betrat, versetzte ihr das Bild einen Stich: jede Menge fremde Männer, die mit verschlossenen Gesichtern jedes einzelne Bild herumdrehten, fotografierten, Abdrücke nahmen, mit Pinseln hantierten und Elisabeth völlig ignorierten. Sie entpersönlichen dieses Haus, dachte sie bitter, als sie einen vermummten Mann mit einer Kiste Farben und Pinsel die Treppe herunterkommen sah. Kein Einziger grüßte. Ohne zu fragen, wurde jedes Schubfach der Kommode in der Hotelhalle aufgezerrt, fotografiert, wurden Proben der Stoffe entnommen. Plötzlich wusste Elisabeth, warum das alles sie so störte: Es vermittelte ihr, dass Sam bereits tot war. Sie holte eben Luft, um zu sagen: »Benehmen Sie sich ordentlich, die Hausherrin kann sehr ungehalten werden«, da flog die Küchentür auf, und ein Mann im weißen Overall stolperte rückwärts in die Halle, gefolgt von einem Schwall Beschimpfungen: »… nicht diese Messer! Die habe ich eben erst von zu Hause geholt. Fragen Sie Ihren Chef, Sie Dummkopf!«

Elisabeths Anspannung entlud sich in einen Lachkrampf. Sie lief zur Haushälterin, nahm ihr ein Fleischermesser aus der Hand und befreite auf diese Weise Thierrys Mitarbeiter. »Es stimmt«, sagte sie, während ihr noch immer Lachtränen über die Wangen liefen, »diese Messer sind nicht vom Hotel.«

Der Typ drehte sich um und rannte ohne Beute hinaus.

»Komm.« Lizzy zog Elisabeth in die Küche. »Es kann sein, dass Drakon morgen Nacht kommt. Es wäre gut, wenn du wach bleiben könntest. Er kommt nicht vor Mitternacht.«

Sie öffnete einen Topf, in dem Kartoffeln kochten.

Elisabeth stellte den kleinen Karton mit ihren Handys und Papieren auf dem Küchentisch ab. »Woher weißt du das?«

»Frag nicht so viel«, forderte Lizzy entschlossen. »Sie haben wirklich alle Betten auseinandergenommen, Polster von den Stühlen geschraubt, in jedem Zimmer die Schränke durchwühlt, Wände abgeklopft. Ich konnte die Polizei noch nie leiden.« Sie nahm ein Tablett mit Austern aus dem Kühlschrank und knackte sie gekonnt. Als sie Elisabeths kritischen Blick bemerkte, erklärte sie: »An schwarzen Tagen soll man es sich besonders gut gehen lassen. Nach den Austern gibt es Brandade de Morue mit lackierten Jakobsmuscheln. Die serviere ich auf einem Sirup von persischen Süßzitronen und Minze.« Sie hob den Deckel der hinteren Kasserolle. Ein unglaubliches Aroma verteilte sich im Raum und entwaffnete Elisabeth, die eigentlich protestieren wollte.

»Kommt Soizic auch zum Essen?«, fragte Lizzy.

»Nein, ich glaube, die braucht jetzt erst mal eine kleine Pause von uns. Außerdem hat sie genug zu arbeiten.«

»Da«, Lizzy reichte ihr ein Glas mit eisgekühltem Muscadet, ein Schälchen mit Oliven und eins mit Feigen, die in knusprig ausgebratenen Speck gewickelt waren.

»Sagst du mir wenigstens, wie dieser Drakon ist, damit ich mich ein wenig auf ihn einstellen kann?«

»Klein, fett und bumst am liebsten Jungfrauen«, brummte Lizzy.

Elisabeth wollte gerade etwas erwidern, als Rosi hereinkam. Auf Elisabeths fragenden Blick schüttelte sie den Kopf, was bedeutete: ›Nein, keine neuen E-Mails‹ und setzte sich zu ihr an den Küchentisch.

»Wo ist Bella?«

»Rekelt sich vor den Jungs, die unkonzentriert ihre Arbeit machen und gar nicht merken, dass sie beobachtet werden. Dieser Thierry ist gerade abgefahren.« Rosi nahm Elisabeths Glas, trank einen Schluck und spießte mit einem Zahnstocher eine Olive auf. »Ich habe mich im Netz mal über Marseille schlau gemacht: Die Stadt hat einen exorbitant hohen Ausländeranteil. Acht von zehn Bewohnern sprechen zwar Französisch, sind aber keine Kontinentalfranzosen, also auf die eine oder andere Weise zugewandert. Kriminalitätsstatistisch …«

»Rosi«, stöhnte Elisabeth, »komm auf den Punkt!«

»Also gut.« Sie schob genüsslich die aufgespießte Olive in den Mund. »Der Präsident des Departements ist zurzeit schwer angeschlagen. Die ersten Rücktrittsforderungen sind schon laut geworden. Er hat sich unbeliebt bei der Polizei gemacht, weil er ihr alle Fälle, die nicht innerhalb von sechs Wochen gelöst sind, wegnimmt und zur Gendarmerie Nationale schiebt, die im Gegensatz zur normalen Polizei dem Verteidigungsministerium unterstellt ist. In der Statistik tauchen diese verschobenen Fälle als erledigt auf.«

»Erklär mir das«, bat Bella, die inzwischen auch in die Küche gekommen war und als Dritte aus Elisabeths Glas trank.

»›Trau keiner Statistik, die du nicht selbst gefälscht hast‹, heißt es doch so schön. Der gute Präsident hat in Europa den Preis für erfolgreichste Verbrechensbekämpfung eingeheimst, außerdem aus Paris viel Geld kassiert, weil die Subventionen an eine bestimmte Kriminalrate gebunden sind.«

»Und de facto«, übernahm Elisabeth, »ist in Marseille nicht ein Mord weniger passiert, nicht ein Auto weniger geklaut worden.«

Lizzy hörte mit gerunzelter Stirn zu, die Frauen sprachen ein wenig zu schnell für ihren knappen Deutschwortschatz. Sie stellte für Rosi und Bella je ein Glas hin und die Flasche Wein in die Mitte.

»So ist es. Aber jetzt, mit diesen Weihnachtsmorden, den Frauen ohne Gesicht, kommt er unter Druck. Denn die Medien veranstalten solch eine Hatz, dass man annimmt, die Opposition steckt dahinter«, erläuterte Rosi weiter. »Die Chatter wundern sich anonym, wieso die Presse nicht schreibt, was alle denken: Mafia!«

»Aber was hat Sam damit zu tun?«, fragte Bella.

»Das müssen wir herausfinden. Vielleicht nichts, vielleicht hat sie sich aber auch mit den falschen Leuten eingelassen«, seufzte Elisabeth. Sie wusste als Einzige, dass Samantha vor vielen Jahren in Frankfurt einen Auftragskiller dafür bezahlt hatte, dabei sein zu können, wenn er seinem geheimen Geschäft nachging. So war sie Zeugin eines Mordes geworden, ja sie hatte vorher schon gewusst, dass dieser Mord geschehen würde. Sam hatte Elisabeth damals geschworen, weder den Namen des Auftraggebers noch den des Auftragnehmers zu wissen. »Ich kann den Tod nicht malen, wenn ich ihn nicht kenne«, hatte sie der entsetzten Elisabeth in aller Seelenruhe erklärt. »Den Tod nicht einfach denken oder fantasieren, sondern ihn erleben, darum ging es mir. Ihn wiederfinden in den überraschten Gesichtern der am Leben Gebliebenen.« Und tatsächlich waren ihre daraufhin entstandenen Bilder von einer unglaublichen Schlagkraft geworden. »Nicht wahr«, hatte Samantha triumphierend gesagt, »dagegen ist Munchs *Schrei* ein Kinderspielplatz.« Und heute? Elisabeth gestand sich ein: Sollte es sich bei den Weihnachtsleichen je um angekündigte Ritualmorde handeln, dann wäre Sam die Letzte gewesen, die auf das Schauspiel verzichtet hätte. Wie schon seit Jahren nicht mehr spürte sie die Last um dieses Wissen auf ihren Schultern.

»Was ist, du bist mit einem Mal so blass?«, fragte Lizzy besorgt.

»Der Hunger. – Sind die Leute weg, Bella?«

»Ja, alle, und draußen schraubt so ein Typ rum und ersetzt die Schlösser.«

»Gut.« Elisabeth drückte sich aus dem Stuhl. »Dann gehe ich mal nachsehen, ob er es richtig macht.«

Bella fischte ihr Handy aus dem Karton auf dem Küchentisch. »Na also, geht doch. Fünf Nachrichten von Ben, er liebt mich, er vermisst mich, er macht sich Sorgen.«

»Glaubst du ihm?«

»Nein, aber nett ist es trotzdem. Auf deinem Handy ist auch eine Nachricht, Rosi«, Bella fingerte es ebenfalls heraus, »von deinem Sohn, er hat irgendwas mit eins bestanden.«

13

Lizzy behielt recht: Das köstliche Essen nahm dem Tag nachhaltig seine Schärfe. Bella und Rosi verabschiedeten sich kurz nach elf ziemlich angetrunken. Elisabeth folgte ihnen, sah nach, ob Lizzy gut untergebracht war, und legte sich schlafen. Nach einer Stunde war sie immer noch wach. Da gab sie auf und ging in den Salon zurück, wo sie das Feuer neu anfachte und die Flamencomusik auflegte, die neben dem CD-Spieler lag. Sie öffnete ein Fenster nach dem anderen, um die Schlagläden bis auf einen am Seitenfenster zu schließen und dadurch die Feindseligkeit des Dorfes auszusperren. Der eisige Wind blies durch die Straßen, der Kai war menschenleer, *Francis' Bar* längst geschlossen. Das Schlagen der Seilwinden gegen die Bootsmasten klang in Elisabeths Ohren nach Einsamkeit. Sie setzte sich vor dem Kamin auf den Boden, wo ein Fohlenfell lag, und sah in die Flammen. Sie fragte sich, warum sie in den ersten Tagen genauso sicher gefühlt hatte, dass Sam nichts passiert war, wie sie jetzt spürte, dass ihre Freundin in Gefahr schwebte. »Teufel«, murmelte sie, »gegen die Kälte im Inneren hilft auch dieses Feuer nicht.«

»Wenn dir gar nicht mehr einfällt, wie es weitergehen soll, also wenn deine Gedanken und Gefühle ein einziger Knoten sind, dann tanz. Tanze so lange, bis du aufhörst zu denken und nur noch Musik bist.« Das hatte Samantha ihr früher beigebracht, die diesen Rat wiederum von ihrer Mutter hatte. Elisabeth hatte ihn zuletzt vor ihrem zweiten Staatsexamen befolgt und war dann so entspannt zur mündlichen Prüfung erschienen, dass die Professoren irritiert waren. Sie gab sich nun einen Ruck, schob zwei große Holzstücke in die knisternden Flammen, ging zum CD-Spieler und drehte am Lautstärkeregler. Der Auftakt einer Sevillana erfüllte den Salon. Den Morgenrock fest geschlossen, die Haare gelöst, streifte sie ihre Holzschuhe ab und schauerte, weil der Steinboden trotz des lodernden Feuers im Kamin so kalt war. Sie schloss die Augen, machte vorsichtig die Grundschritte, an die sie sich erinnerte. Tastend fand sie den von der Musik vorgegebenen Rhythmus. Schnell blinzelte sie noch einmal, ob sie wirklich allein war, denn ein wenig albern kam sie sich dann doch vor. Die Musik wurde lauter, sie wartete die Salida ab, und als die erste Strophe begann, fühlte es sich so an, als habe sie erst gestern die letzte Sevillana getanzt.

Lizzy wachte beim ersten Steinchen auf und schaltete umgehend das Licht an, um Drakon zu signalisieren, dass sie ihn gehört hatte. Wenn sie in der *Blauen Rose* übernachtete, was im Sommer öfter vorkam, schlief sie immer in diesem kleinen Zimmer, das als einziges sein Fenster auf den Müllhof hatte, weshalb sie es nicht vermieteten. Sie schlich die Treppe hinunter, runzelte die Stirn, als sie Musik aus dem Salon vernahm, huschte am Hotelbüro vorbei und öffnete die Hintertür.

Drakon hob sie hoch und drehte sich einmal mit ihr. »Madame la maman«, er stellte sie wieder auf den Boden, »wie geht es dir?«

»Leise«, zischte sie ihm zu.

»Wer ist da?«, flüsterte er, und als Lizzy nur die Schultern zuckte, schritt er durch die Halle, als sei er hier zu Hause, prüfte mit einem Blick, ob jemand auf der Treppe war, und öffnete geräuschlos die Salontür. Lizzy drängelte sich unter seinem Arm durch, um auch etwas sehen zu können.

Die Flammen aus dem Kamin tanzten auf Elisabeths hüftlangen Haaren. Sie war versunken in der Musik, führte routiniert ihre Tanzschritte aus, hob lasziv die Arme, sodass die Ärmel zurückrutschten und ihre weißen Arme freigaben.

»Sevillanas sind eindeutig schöner als ihre große Schwester Flamenco«, flüsterte Drakon voller Anerkennung, »die Erotik ist subtiler.«

Lizzy zog die Tür behutsam wieder zu.

»Sie ist wunderschön«, sagte Drakon mit einem schelmischen Lächeln.

»Lass es, Junge, du hast ihre Kragenweite nicht.«

»Ich meine nicht als Nutte.«

»Das Kinderkriegen hat sie hinter sich.«

»Aber Madame la maman!«

»Lass es, Drakon, ich warne dich.« Drohend hob sie den Zeigefinger.

»Sie tanzt die Sevillana wie 'ne Bezahlte.« Er kannte die für das ungeübte Auge nicht erkennbaren, aber aufreizenden Abwandlungen in den Pasadas.

»Wahrscheinlich hat Sam es ihr beigebracht.«

Er schmunzelte und antwortete: »Dann wundert es mich nicht.«

»Hast du eine Ahnung, wo Sam ist?«

»Nein, noch nicht. Aber die Gendarmerie Nationale, die Russen von La Ciotat und ich pokern zurzeit ein bisschen miteinander.«

»Du hast Sam verzockt?«

»Nein, nicht ganz. Sie war als Einsatz nicht geplant.«

»Sieh zu, dass du sie da rausholst!« Von Anfang an hatte sie Sam von diesem Umgang abgeraten, aber die Malerin hatte ja ihren eigenen Kopf haben müssen.

»Hör zu, Madame la maman, du gehst jetzt wieder ins Bett, ich unterhalte mich kurz mit der nordischen Schönheit und verschwinde dann wieder. Ich hab nicht viel Zeit. Aber ich melde mich – versprochen.« Er beugte sich zu ihr hinunter, küsste sie auf beide Wangen und machte mit unmissverständlicher Geste klar, dass er mit Elisabeth allein reden wollte. Noch bevor Lizzy die erste Stufe erreichte, rief er ihr nach: »Lass mir einen Schlüssel für die Hintertür in der Küche liegen.«

Drakon lauschte an der Tür zum Salon und hoffte, dass sie nicht aufgehört hatte zu tanzen. Er hörte die instrumentelle Einleitung für den dritten Teil. Sevillanas werden traditionell in einer Serie von vieren getanzt, eben war der gesungene Übergang zu hören. Als die erste der insgesamt drei Strophen begann, öffnete Drakon vorsichtig die Tür.

Elisabeth tanzte nahe am Kamin, ihr Haar schimmerte rotgolden. Der Gürtel ihres Morgenrocks hatte sich gelockert, sodass Drakon ihre Narben sehen konnte. Trotz dieser früheren Verletzungen wirkte sie auf ihn stark und unverwundbar.

Es gab noch einen zweiten, der Elisabeth ohne ihr Wissen beobachtete: Jérôme, der am Seitenfenster klebte und ungeduldig darauf wartete, dass sie endlich schlafen ging, damit er ins Haus konnte. Als er jede ihrer Bewegungen mit den Augen verfolgte, begriff er mit einem Mal, dass er rettungslos verloren war. Nicht er, sondern eine Frau war Samanthas einzige Liebe, diese tanzende Frau, die einen Zauber ausstrahlte, wie die Malerin ihn in ihren Bildern festgehalten hatte. Einmal mehr entsetzte ihn, wie sicher Samantha die Seele der Menschen entblößen konnte.

Drakon war fast bei Elisabeth, als er den Schatten hinter der Scheibe bemerkte. Er umfasste die Tänzerin beherzt, küsste sie, damit sie nicht schreien konnte, und drehte sie in der Sevillana so, dass auch sie das Seitenfenster sehen konnte. »Keine Angst, ich wollte nur vermeiden, dass der Dorfpolizist da draußen glaubt, er müsste die Waffe ziehen. Ich bin übrigens Drakon.« Er tanzte sie vom Kamin weg, bis ihre Gesichter im Dunklen lagen und Jérôme ihn nicht erkennen konnte. »Der Typ schleicht schon seit einer Stunde ums Hotel und hat sich an der Küchentür zu schaffen gemacht.«

Elisabeth war immer noch zu überrascht, um irgendetwas zu antworten.

»Wir können jetzt nicht viel reden, ich fürchte, dass die Hütte verwanzt ist.«

»Wir waren bei der Spurensicherung dabei und haben anschließend jeden Tisch herumgedreht. Hier sind keine Wanzen.«

Drakon lächelte sie leicht ironisch an. »Du hast eine schöne tiefe Stimme.« Er war versucht, sie wieder zu küssen.

Elisabeth spürte seine warme Hand auf ihrem Rücken und war seltsam elektrisiert von dem Gedanken, dass nur der dünne Seidenstoff des Morgenmantels ihre Haut von seiner trennte. Na warte, Lizzy, die Lüge über sein Aussehen zahl ich dir heim, dachte sie. Drakon hatte einen ähnlichen slawischen Einschlag wie Rosi: dunkle, struppige Augenbrauen, bis tief in die Stirn wachsende pechschwarze Haare, leicht schräge Augen, die so dunkel waren, dass man die Pupillen kaum erkennen konnte. Sein Mund war schmal, und vom Kinn lief eine Narbe bis in die Mitte der Unterlippe. Als er grinste, sah Elisabeth schneeweiße Zähne, auf dem linken oberen Eckzahn blitzte ein Diamant.

Der dritte Teil der Sevillana näherte sich seinem Ende. Drakon lotste sie beide in die dunkelste Ecke des Salons, links vom Seitenfenster, sodass Jérôme, sollte er noch immer draußen ausharren, sie nicht sehen konnte.

»Wo ist Samantha?«, flüsterte Elisabeth, als sie gemeinsam darauf warteten, dass die Musik wieder einsetzen würde.

»Ich weiß es noch nicht. Bei uns war sie zuletzt am vergangenen Freitag. – Party.«

»Wo, im Container?«

Wieder lachte er mit diesem ironischen Zug um die Lippen. »Darüber will ich mit dir hier nicht reden.«

Die instrumentale Einleitung der vierten Sevillana war vorbei, und Drakon nahm den unmittelbar folgenden Gesang zum Anlass, Elisabeth wieder geschickt zu umfassen und in die Mitte des Salons zu tanzen. Er drückte sich entschlossen gegen sie, und als Elisabeth sich lösen wollte, flüsterte er dicht an ihrem Ohr: »Wir wollen doch deinem Verehrer da draußen nicht das Gefühl geben, es gehe hier nicht mit rechten Dingen zu.« Er konnte nicht widerstehen und küsste sie noch einmal. Mit einer weiteren Pasada tanzte er sich und sie zur Salontür. »Ich melde mich, versprochen. Ein Auto holt dich ab und bringt dich zu mir, da können wir dann ungestört reden. Ich werde jetzt rückwärts zur Tür rausgleiten, und du tanzt bitte weiter, damit der Junge noch ein Weilchen am Fenster bleibt und mir nicht folgt.«

Schneller als sie etwas erwidern konnte, hatte er sich schon von ihr gelöst, sodass Elisabeth leicht ins Stolpern geriet, dann aber rückwärts zum Kamin weitertanzte. Sie zögerte lange, sich Richtung Fenster umzudrehen, lauschte angespannt in die Stille, als die Musik zu Ende war. Plötzlich hörte sie einen dumpfen Laut und lief zum Fenster. Genau in dem Streifen Licht, der aus dem Zimmer fiel, sah sie Jérôme auf dem Asphalt liegen. Gegen ihren Willen musste sie lachen.

»Ist er weg?«, fragte unvermittelt Lizzy hinter ihr.

»Ja. – Bring mal einen Eimer Wasser.«

Gemeinsam öffneten sie das alte verzogene Fenster, hievten den Eimer auf die Fensterbank und schütteten mit Schwung eiskaltes Wasser über Jérôme aus.

»Er bewegt sich nicht. Sollten wir vielleicht doch hinausgehen?«, fragte Elisabeth.

»Unsinn. Drakon weiß, wie er zuschlagen muss. Da, er wird wach.« Lizzy stemmte sich auf die Fensterbank, um besser sehen zu können, und rief: »Mach, dass du nach Hause kommst, du Rumtreiber!« Sie kicherten beide, als sie das Fenster mit vereinter Kraft wieder schlossen.

»Du hast mich belogen, Lizzy, er ist nicht klein, fett und hässlich.« Elisabeth ging zur Bar, goss zwei Gläser Whisky ein und kam damit zum Kamin, wo Lizzy sich die kalten Hände wärmte.

»Und Jungfrauen bevorzugt er wohl auch nicht?« Lizzy grinste. Die Kirchturmuhr schlug einsam zwei Stunden. »Was hat Jérôme hier am Haus zu schaffen?«, fragte sie und blickte Elisabeth über den Rand des Glases an.

»Ich habe keine Ahnung. Drakon sagt, Jérôme hat versucht, die Küchentür aufzubrechen. Irgendetwas muss immer noch hier im Haus sein, obwohl ich mir das kaum vorstellen kann, nach zwei gründlichen Durchsuchungen. Hat Sam irgendwo ein Geheimfach?«

Lizzy stellte das leere Glas auf dem Schachtisch ab, was Elisabeth veranlasste, gleich die ganze Flasche Whisky zu holen. »Nicht dass ich wüsste. Warum sollte sie auch? Was hat Drakon denn sonst noch gesagt?« Sie nahm Elisabeth die Flasche ab und goss sich reichlich nach.

»Nichts, wir sind nicht dazu gekommen.«

»Er hat gesagt, du tanzt die Sevillana gekonnt.«

»Ihr habt mir heimlich zugeschaut?«

»Ganz kurz.«

»Lizzy!«, drohte Elisabeth. »Warum hast du mich nicht gewarnt?«

Die alte Haushälterin trank einen großzügigen Schluck. »Drakon redet man besser nicht rein. Du kennst so etwas vielleicht nicht. Das ist eine ganz eigene Welt mit klaren Regeln.« Sie bedachte Elisabeth mit einem weiteren langen Blick. »Er hat dich geküsst, deshalb leuchtest du so.« Lachend klopfte sie sich auf die Schenkel.

»Keine Sorge, meine Messlatte für Männer liegt gnadenlos hoch. Das hat mich zeitlebens vor solchen Abenteuern bewahrt. Zum Glück.«

»Das kann man so und so sehen«, feixte Lizzy.

Elisabeth stellte das Gitter vor den Kamin, leerte ihr Glas in einem Zug und ging winkend davon. Als sie oben ihren Morgenmantel auszog, bemerkte sie, dass er an der Schulter nach dem Rasierwasser Drakons roch, eine Mischung aus Orange und Vanille. Zudem hatte die feine Seide dort etwas Schaden genommen durch sein unrasiertes Kinn. Was für ein Mann, war Elisabeths letzter Gedanke, bevor sie einschlief.

14

Auf dem unter der Woche leeren Kai von Cassis liefen am nächsten frühen Morgen ein paar Kinder umher, die aus den Fenstern immer wieder ermahnt wurden, ihre besten Sachen nicht zu beschmutzen, wenigstens nicht bis zur Messe um zehn. Der Himmel war dunkelblau, aber am Horizont türmten sich drohend Gewitterwolken. Je nachdem, wie der Wind in den nächsten Stunden drehte, entschiede es sich, ob es ein guter oder ein schlechter Tag für Cassis würde. Francis, bei dem sonntags drei Kellner mehr arbeiteten als an Werktagen, weil der ausgedehnte Aperitif der Kirchgänger sich anders nicht bewältigen ließ, trat vor die Tür und blickte auf die Wetterfront draußen auf dem Meer, denn sie würde bestimmen, ob er heute seine Terrasse besetzen könnte. Er sah zwei Männer in den Uniformen der Gendarmerie Nationale im Laufschritt über den Pier kommen und fragte sich, wohin sie wollten. Mit einem Mal unterbrachen vier Schüsse die geschäftige Stille des Sonntagvormittags. Aus allen Restaurants und auch aus *Francis' Bar* rannten die Leute auf die Straße, aufgeregte Mütter stürmten schreiend auf die Mole, um ihre Kinder in Sicherheit zu bringen.

Diese Schüsse baute Elisabeth in ihren Traum ein. Aber als kurze Zeit darauf heftig am Hauptportal geklopft wurde, kehrte sie in die Wirklichkeit zurück, nahm im Halbschlaf ihren Morgenmantel vom Bettpfosten, schlüpfte in ihre Holzpantinen und lief gähnend die Treppe hinunter. Aus der Küche zog bereits der Duft nach frischem Kaffee. Elisabeth wunderte sich, mit wie wenig Schlaf Lizzy auskam und warum sie das Klopfen jetzt nicht hörte. Da sie noch nicht angekleidet war, öffnete sie die Eingangstür nur einen Spaltbreit, um nachzusehen, wer da so heftig polterte.

Das schwere Portal wurde von außen aufgedrückt. Soizic stolperte, völlig außer Atem, in die Halle. Ihr Gesicht war noch blasser als sonst, ihre karottenroten Haare standen wie Draht zu allen Seiten. »Jérôme ist weg. – Er hat geschossen.«

Elisabeth schloss die Augen, versicherte sich, dass sie nicht mehr träumte. »Komm, erst mal einen Kaffee«, forderte sie dann die Polizeibeamtin auf.

Als sie in die Küche kamen, hing Lizzy, den Kopf auf die Arme gebettet, am Küchentisch und schnarchte leise. Auf dem Herd blubberte die Espressokanne vor sich hin, der überschäumende Kaffee verbrannte in der Gasflamme. Elisabeth gab Soizic grinsend ein Zeichen, sie möge schweigen, nahm zwei Topfdeckel und schlug sie dicht an Lizzys linkem Ohr zusammen. Die alte Haushälterin schreckte hoch, beinahe wäre sie vom Stuhl gefallen. Sie sprang auf, schnappte sich ein Küchentuch und machte Jagd auf Elisabeth, immer um den gekachelten Küchentisch herum.

Soizic starrte ratlos auf diese Szene. Ihrer Meinung nach passte sie zu Kleinkindern, jedoch nicht zu Frauen zwischen vierzig und achtzig.

»Das war die Rache für letzte Nacht«, keuchte Elisabeth und stellte Lizzy einen Stuhl in den Weg. Diese schob ihn schnell zur Seite, schlug noch einmal mit dem karierten Tuch nach der Flüchtenden, bevor sie aufgab und sich außer Atem am Herd zu schaffen machte. Sie zog die Espressokanne mit einem dicken Lederstück – Lizzy konnte normale Topflappen nicht leiden – von der Flamme und hielt sie unter kaltes Wasser.

Elisabeth fing Soizics verständnislosen Blick auf und erklärte: »Alterswahnsinn.« Sie ließ sich am Küchentisch nieder. »Setz dich und erzähl, was mit Jérôme passiert ist.«

Die verschlafene Bella kam herein, kuschelte sich auf Elisabeths Schoß in deren Arme und murmelte: »Ich habe eine totale Scheiße geträumt. Wir wurden beschossen.«

»Guten Morgen«, sagte Soizic irritiert, der es fremd war, wie die Frauen hier miteinander umgingen. »Leider hast du nicht geträumt, vor einer halben Stunde wurde tatsächlich geschossen und zwar auf Jérôme. Er ist auf der Flucht.«

»Wie bitte?« Bella rieb sich den Schlaf aus den Augen und rutschte auf den Stuhl neben Elisabeth. »Lebt er noch?«

»Ja, ich fürchte allerdings, nicht mehr lange. Thierry hat heute Morgen in der Dienststelle angerufen und gesagt, er muss mit Jérôme reden. Zoe und Davide hatten Frühdienst. Thierry kam wenig später mit einem Kollegen aus Marseille und hat erklärt, dass sie Jérômes Fingerabdrücke in Samanthas Auto und sein Blut bei der letzten Leiche gefunden haben.«

Lizzy stellte energisch frischen Kaffee auf den Tisch, heiße Milch, Zucker und Tassen. »So ein Quatsch. Der Junge ist ein Herumtreiber, ein Schwerenöter und Möchtegern-Mambo, aber doch kein Mörder!«

»Zoe hat Jérôme telefonisch gewarnt, sobald Thierry die Polizeistation verlassen hat. Ich glaube, Thierry und er haben noch eine Rechnung offen. Jérôme hat irgendwann mal ein paar Informationen unterschlagen, weswegen Thierry einige Tage in Haft war. Deshalb ist Jérôme hierher strafversetzt worden.«

Lizzy lehnte an der Anrichte, löste drei Löffel Zucker gewissenhaft in ihrer Tasse auf und sagte: »Als Bulle in den Bau, das ist kein Spaß. Ich kann verstehen, dass Jérôme lieber abhaut.«

»Aber er macht sich damit doch umso verdächtiger«, gab Elisabeth, ganz Anwältin, zu bedenken.

Rosi trat ein, setzte sich ebenfalls an den Tisch und nahm von Lizzy dankbar eine Schale mit heißem Kaffee an.

»Er hat sowieso keine Chance zu entkommen, die durchkämmen gerade ganz Cassis. Auf dem Place Baragnon steht ein Polizeiaufgebot mit Spezialkräften und Hundeführern, als ginge es um einen Terroristen«, berichtete Soizic.

»Aber wie kommt Jérômes Blut an die Leiche?«, fragte Elisabeth. »Wenn die von der Gendarmerie Nationale das manipuliert haben, muss dieser Thierry irgendwie drangekommen sein.«

»Wir von der Polizei geben regelmäßig Blut zur Routineuntersuchung ab«, erklärte Soizic.

»Und was geschieht danach mit diesen Blutproben?«, erkundigte sich Rosi mit rauer Stimme.

»Keine Ahnung, sie werden weggeworfen, nehme ich mal an.«

»Oder eingefroren?«

»Geht das?«, fragte Soizic.

»Klar, obwohl du bei Gericht damit nicht durchkommst. Ich kann der Blutprobe mit gewissen Tests schon auf die Schliche kommen, aber das dauert eben.«

»Und bis dahin hat der gute Jérôme im Bau längst einen wunden Arsch«, sagte Lizzy trocken.

»Was ist, wenn er wirklich etwas mit den Morden zu tun hat?«, wollte Elisabeth wissen.

Nach einer Weile des Schweigens zog Soizic aus ihrer Jackentasche eine Liste aller Gegenstände, die in der *Blauen Rose* sichergestellt worden waren, und zählte auf: mehrere Kleidungsstücke, Schuhe, Farbproben, Sams Mobiltelefon, Pinsel, insgesamt achtundzwanzig Bilder und sechzehn Radierungen, eine leere und eine präparierte Leinwand, Skizzenhefte, eine Kopie der Computerfestplatte, sieben Sicherungs-CDs, das Telefonregister.

Bella gähnte, nahm sich noch mal Kaffee und sagte: »Puh, keine Ahnung, ob da etwas fehlt. Mir scheint, die Liste ist vollständig.«

Elisabeth konzentrierte sich und ging im Geist durch jedes Stockwerk, jedes Zimmer des Hotels.

»Diese Sachen wurden komplett an die Marseiller Gendarmerie Nationale übergeben«, fuhr Soizic fort.

»Und wurde die Liste von euch oder von Thierry gemacht?«

»Von Thierry, er hat sie mir per E-Mail als Bestätigung geschickt.«

Elisabeth wurde hellhörig. »Wie ist das abgelaufen?«

Soizic errötete, weil sie ahnte, dass sie etwas falsch gemacht hatte. »Wir hatten alles in einer großen Plastikkiste verstaut, die Bilder natürlich extra. Thierry hat die Kiste genommen und gesagt: ›Ich schick dir eine Liste von dem, was da drin ist, dann müssen wir uns jetzt nicht doppelt Arbeit machen.‹«

Auf den Tisch gestützt, sah Elisabeth Soizic von unten her an und bat: »Lies noch einmal, aber ganz langsam, sodass ich jedes einzelne Teil visualisieren kann.« Sie schloss die Augen.

Als Soizic fertig war, forderte sie entschlossen: »Noch einmal.«

Erst beim sechsten Mal rief sie endlich: »Stopp! Ist angegeben, wie viele Skizzenhefte es sind?«

»Sechs.«

»Ich hab's«, rief Elisabeth aus. »Es waren sieben Skizzenhefte der letzten Jahre. Sechs lagen auf dem Boden, das vom letzten Jahr hatte ich gerade in der Hand, als sie hereinkamen. Nur die ersten Seiten waren gefüllt, aber genau in diesem Heft lag auch das Testament. Das fehlt in der Liste ebenfalls.«

Soizics routinierter Griff zu ihrem Stift ging ins Leere, und sie erinnerte sich wieder an Elisabeths Anweisung, nichts aufzuschreiben. »Keine Beweise dafür schaffen, dass du ohne Erlaubnis ermittelst!«, hatte sie ausdrücklich gesagt.

Lizzy stellte Croissants, Butter und verschiedene Marmeladen auf den Tisch. Wie immer griff Bella als Erste zu.

Um wieder ein wenig Boden zu gewinnen, sagte Soizic: »Der letzte Anruf von Mr Mills an Samantha war vor Weihnachten und dauerte dreißig Sekunden. Mr Mills hat uns eine E-Mail vorgelegt, in der sie den Termin in München bestätigte. Diese E-Mail gab es jedoch nicht auf Samanthas Computer. Mr Mills hat zudem ein Testament vorgelegt, das ihn auf jeden Fall begünstigt, egal unter welchen Umständen seine Exfrau stirbt.«

»Verstehe.« Elisabeth nickte. »Das wird das gleiche Testament sein, das er dem Notar in München vorgelegt hat zur Beglaubigung.«

»Damit macht Mr Mills sich verdächtig«, schlussfolgerte Bella zufrieden und zog das Croissant auseinander, um die Butter besser darauf verteilen zu können.

»Nein, er hat für alle relevanten Zeiten ein Alibi.«

»Da Großbritannien das Schengener Reiseabkommen nicht unterzeichnet hat, wäre bei ihm jede Reise innerhalb Europas nachweisbar«, resümierte Rosi.

Ihren Zopf um die Hand gewickelt, stand Elisabeth auf. »Wieso hatte Jérôme einen Schlüssel zum Hotel?«

Lizzy zog überrascht eine Augenbraue hoch. »Hatte er?«

»Ja, ich hab ihm den weggenommen. Aber er hatte ihn.«

»Ich glaube nicht, dass der von Sam war. Er muss heimlich einen Nachschlüssel gemacht haben.«

»Kriminelle Energien hat er also doch, und zum Teufel noch mal, ich will wissen, was er sucht«, sagte Elisabeth vor sich hin. Dann wandte sie sich an Soizic. »Ich geh duschen – oder hast du noch mehr?«

»Nein, auf die Passagierliste warte ich noch. Samanthas Bilder lagern bei einer Sicherheitsfirma, die im Industriehafen unterirdische Tresore hat. So leicht kommt man in die nicht rein.«

»Keiner hat gesagt, es würde leicht werden. Ich bin sicher, dir fällt was ein. Hast du für heute schon Pläne?«

»Nein«, gestand Soizic ein wenig verschämt und senkte den Blick.

»Dann bleib hier bei uns, wir freuen uns über deine Gesellschaft.«

»Stimmt«, bestätigte Bella. »Schließlich ist kaum ein Tag so voller Einsamkeit wie der Singlesonntag.« Als Elisabeth schon fast aus der Tür war, rief sie ihr nach: »Du bist doch eher der blasse nordische Typ. Wieso hast du heute Morgen schon so rosige Wangen?«

Die Tür schlug zu, und Lizzy fing verräterisch an zu pfeifen, als sie die ersten Vorbereitungen für ein ausgedehntes Mittagessen traf.

»Was läuft hier, Lizzy?«, fragte Bella.

»Ich weiß von nichts«, behauptete diese abgewandt.

»Lizzy!« Soizic war gerade jetzt erst aufgefallen, dass Samanthas Haushälterin ihrem Gespräch komplett gefolgt war. »Seit wann sprichst du denn Deutsch?«

»Noch einen Kaffee?«, wich Lizzy aus. Bella und Rosi rührten grinsend in ihren Tassen.

Lizzy machte sich daran, Knoblauch und Schalotten fürs Mittagessen scharf anzubraten, und schlug mit dem Geruch alle anderen in die Flucht. Im Salon fixierte Bella die Polizeibeamtin eine ganze Weile und fragte schließlich vorsichtig: »Hast du mal überlegt, was mit deinen Haaren zu machen?«

Soizic winkte ab. »Nein und ja, letztlich ist jeder Friseur daran gescheitert.«

»Vorsicht«, warnte Rosi, gab dann aber keine weitere Erklärung ab, sondern verabschiedete sich ebenfalls zum Duschen.

»Würdest du mich mal lassen?« Kaum hatte Soizic zaghaft genickt, stürzte Bella davon und lief nach oben, um ihren speziellen Erste-Hilfe-Koffer zu holen.

Als kurz darauf Lizzy in den Salon kam, um den Tisch einzudecken, saß Soizic mucksmäuschenstill und mit geschlossenen Augen auf einem Stuhl. An den Wimpern hatte sie Silberpapier, eine Paste auf den Augenbrauen. Bella – immer noch im Schlafanzug, denn Jérôme würde ja vorerst nicht auftauchen – bändigte den drahtigen roten Schopf mit immer neuen Schichten Seidengel, was Soizics Haare weich machen sollte, aber nicht verkleben.

»Sieht interessant aus«, bemerkte Lizzy.

»Ach komm«, maulte Bella, »der Kopf ist schon halb so groß wie sonst.« Als sie sah, dass Soizic errötete, streichelte sie ihr über die Schulter. »War nicht so gemeint. Du bist eine große Frau, aber deswegen musst du doch nicht mit so einem explodierten Kopf herumlaufen.«

»Ich wäre gern so wie Elisabeth«, bekannte Soizic leise. »Der müssen die Männer doch in Scharen hinterherlaufen. Ich wünschte, ich hätte wenigstens einen.«

Bella schnalzte mit der Zunge. »Also, jetzt hör mir mal zu: Wenn du Elisabeth vor Gericht erleben würdest, wie sie knallhart und mit messerscharfem Verstand einen Mandanten verteidigt, oder wenn Rosi einen ihrer Vorträge über Virologie hält, bunt und lebendig wie ein Krimi, dann würdest du zwar verstehen, warum so gut wie alle Männer diese beiden Frauen bewundern. Aber dir würde auch klar werden, dass erstens kaum einer gern mit einer Statue ins Bett geht und dass zweitens jeder Mann lediglich ein Mann an ihrer Seite sein kann und niemals der Lebensmittelpunkt.« Bella zerrte zwei weitere Strähnen nach hinten und befestigte sie mit einer Spange. »Der Haken ist dabei, dass die meisten Männer doch lieber im Zentrum einer Frau stehen wollen und nicht nur ihr schmückendes Beiwerk sein.« Mit einem Wattebausch, den sie vorher in eine Emulsion getaucht hatte, nahm sie die überschüssige Farbe von den Augenbrauen.

»Und wie ist das bei dir?«, fragte Soizic.

»Ach, bei mir ist das wie Bonbons essen. Ich finde Männer einfach lecker, und wenn sie das Gefühl brauchen, sie sind das Wichtigste in meinem Leben, dann gebe ich es ihnen eben. Ist ja vorübergehend. Mein Lebensmittelpunkt, das bin ich selber, ich und meine Kinder. Aber das sage ich den Männern nicht.«

»Klingt irgendwie verlogen.«

»Unsinn, in Fachkreisen nennt man das Strategie. – Augen noch zulassen!«, mahnte Bella und fuhr fort: »Ich bin einfach nicht so durch und durch grundsätzlich wie Elisabeth oder Rosi.« Geschickt löste sie die Alufolie, rieb mit Öl die letzte Farbe von den Wimpern und strahlte Soizic an. »Super, sieht schon ganz anders aus. Aber warte.« Sie bewaffnete sich mit Stiften, Puder, Wimperntusche und begann Soizic zu schminken.

»Wenn das meine Mutter sehen würde. Die würde schimpfen.«

»Warum? Hat sie was dagegen, wenn Frauen sich schön machen?«

»Sie hasst Schminke, das ist etwas für Nutten.«

»Lebt sie noch?«

»Nein, sie ist vor zwei Jahren gestorben.«

»Na, dann brauchst du dir darüber ja nun wirklich keine Gedanken mehr zu machen«, meinte Bella pragmatisch und zog mit sicherer Hand einen feinen Lidstrich.

»Wie heißt das noch«, murmelte Soizic, »sie würde sich im Grab herumdrehen?«

»Und wenn schon, vielleicht hat sie ja Glück und liegt danach sogar bequemer.«

Soizic kicherte unerwartet los und vermasselte den Lidstrich am linken Auge.

»Stillhalten, sonst werden wir nicht fertig.«

Als Bella den letzten Pinsel sinken ließ, strahlte sie ihr Gegenüber an. »Soizic, du bist schön.«

»Wow!« Rosi war in den Salon zurückgekehrt und bewunderte ausgiebig Bellas Werk: Die karottenroten Haare der Polizeibeamtin wirkten durch das Gel einen Tick dunkler und lagen eng am Kopf an. Sie waren im Nacken zu einem dicken Knoten gebunden, um den Bella ein schwarzes Tuch geschlungen hatte. Die gefärbten Augenbrauen bogen sich elegant wie Halbmonde und betonten jetzt die Herzform des Gesichts, die hellblauen Augen leuchteten, umrahmt von tiefschwarzen Wimpern, die Lippen glänzten.

»Hier.« Bella hielt Soizic einen Spiegel hin.

Diese studierte ihr völlig verändertes Gesicht. »Sie hat das wirklich wunderbar gemacht.«

»Es heißt, sie habe als Kind zu wenig mit Puppen spielen können«, bemerkte Rosi trocken. »Ihre Tochter flieht mittlerweile schreiend, wenn Bella den Koffer auspackt.«

»Ich bin froh, dass sie ihn dabeihat.« Mit einem Kloß im Hals sagte sie »Danke«, schaute unsicher von einer zur anderen und lächelte verhalten.

»Du kannst deine Gesichtsmuskulatur normal benutzen, da zerläuft nix«, sagte Bella. »Andere Klamotten wären auch noch geraten und auf keinen Fall was mit Schulterpolstern.« Spätestens seit dem dritten Kind hatte Bella in ihrem Wortschatz

›mein‹ und ›dein‹ durch ›unser aller‹ ersetzt und dehnte diesen Begriff mühelos auf Besitztümer aus, die eindeutig nicht ihrem Haushalt zuzuordnen waren. »Rosi und Elisabeth sind zwar zu klein, Lizzy und ich zu winzig, aber von Sam müsste dir was passen. Die ist genauso groß wie du.«

»Aber halb so dick«, wandte Soizic ein.

»Ich finde schon was. Ich meine, Sam hat verschiedene Tuniken, das sollte gehen. Bin gleich wieder da.«

Als Bella die Treppe hochlief, um Kleidung für Soizic zu suchen, hörte sie Elisabeth in ihrem Zimmer singen. In der vierten Etage angekommen, musste sie blinzeln, weil die tief stehende Wintersonne ihr direkt ins Gesicht schien. Das Atelier war leer bis auf zwei Pinsel, die einsam auf dem mit Farbspritzern übersäten Holzfußboden lagen. Trotzdem konnte Bella die Malerin spüren, als sei sie physisch anwesend. Direkt hinter dem Atelier befand sich das Ankleidezimmer. Ohne Scheu machte Bella sich an Sams Sachen zu schaffen. Der Wandschrank stand noch von der Hausdurchsuchung offen, deshalb fiel Bella sofort die grüne weite Tunika mit passender Hose ins Auge, an die sie gedacht hatte. Sie versuchte, den Bügel von der Garderobenstange zu lösen, was ihr aber nicht gelingen wollte, da sie zu klein war. Nachdem einiges Zerren und Hin- und Herschaukeln nicht geholfen hatte, streifte sie ihre Hausschuhe ab und kletterte in den Kleiderschrank. Mit einem Mal sackte der Boden unter ihren Füßen weg und Bella stand deutlich einige Zentimeter tiefer. »Scheiße.« Sams Sachen zu benutzen war eines, sie kaputt zu machen etwas anderes. Weil sie sich im Schreck an der Tunika festgehalten hatte, war der Bügel gebrochen, und sie hielt das Kleidungsstück nun in der Hand. Eilends hüpfte sie die Stufen hinunter.

Als sie an Elisabeths Tür vorbeikam und diese immer noch sang, legte sie die Tunika über das Treppengeländer und platzte ins Zimmer. »Du würdest eine gute Rapunzel abgeben«, sagte Bella bewundernd zu Elisabeth, die an der Kommode saß und ihre Haare kämmte. Bella trat hinter sie und schaute sie im Spiegel prüfend an. »Hast du eben was besonders Schönes geträumt?«

»Unsinn, ich mache mir Sorgen um Sam.«

»Schon klar – und deshalb singst du auch beim Kämmen.«

»Wenn wir schon mal dabei sind: Du siehst original so aus, als hättest du etwas angestellt.«

Bella legte ihr die Hände auf die Schultern und nickte. Nachdem sie berichtet hatte, was ihr mit Sams Kleiderschrank passiert war, erbot Elisabeth sich, den Schaden später zu begutachten.

»Super. Dann vollende ich jetzt die Verwandlung der schönen Soizic.« Die Tür flog zu.

Als Elisabeth wieder allein war, vergewisserte sie sich vom Treppenabsatz aus, ob jemand in der Halle war, und lief nach oben ins Atelier. Außer Atem schob sie die Kleidung im Schrank zur Seite und erkannte mit einem Blick, dass der Boden nicht durchgebrochen, sondern an einer Ecke aus der Verankerung gerissen war. Sie kniete sich davor und zog die Holzplatte wieder nach oben, bis sie zurückschnappte. Da wusste Elisabeth, dass sie das Geheimfach gefunden hatte. Ihr Herz raste. Sie drückte auf jede Ecke, und als sie in der hinten links angekommen war, drehte sich die Bodenplatte. Darunter wurde ein Hohlraum sichtbar. Elisabeth fand insgesamt fünf Papierrollen, wovon je zwei zusammengebunden waren und eine einzeln. Mit eiskalten Fingern öffnete sie eine Kordel und zog zitternd die Leinwand auseinander. Schon der erste Blick auf die Farben, die Technik der Schichten, ließ sie erkennen, dass es eindeutig Samanthas Bild war. Als sie auf einem anderen Bild einen blonden Haarschopf entdeckte, ließ sie die Leinwand gleich wieder los, die sich wie von selbst aufrollte. Elisabeth schlug die Hände vors Gesicht und zwang sich, ruhig weiterzuatmen. Nach einigen Sekunden band sie hektisch alle Bilder wieder zusammen, schloss den Schrankboden und brachte die Rollen in ihr Zimmer.

Die schreckliche Ahnung war zur Gewissheit geworden: Samantha hatte die Weihnachtsleichen ohne Gesichter gekannt, sie vor dem Tod gemalt und danach. Ratlos ging Elisabeth in ihrem Zimmer auf und ab. Sollte sie Soizic einweihen? Lizzy? Oder lieber keinen? Oder Drakon? War es das, wonach Jérôme gesucht hatte? Und wenn ja, wieso wusste er von diesen Bildern? Die Fragen jagten durch ihren Kopf. Wie konnte sie Sam am besten helfen? Die Spuren der dritten Frauenleiche in Sams Auto waren also nicht getürkt, was sie zunächst angenommen, nein gehofft hatte. »Ich muss mir diese Bilder ansehen«, zwang sie sich, sie werden eine Spur zu Samantha geben. Es gelang ihr nicht.

Schon das erste Mal hatten ihr Samanthas Todesbilder den Atem genommen, was sich angefühlt hatte wie das Schwindeln an einem Abgrund. Aber damals war ihre beste Freundin an ihrer Seite gewesen und hatte das Entsetzen durch Erläuterungen zur Maltechnik entschärfen können. Elisabeth hatte damals begriffen, dass die Malerin zwar ein Freigeist, wunderbar unkonventionell, intelligent, wach und liebevoll war – dass sie im gleichen Maße aber auch grausam sein konnte und nichts maßvoll tat. Wie sollte Elisabeth jetzt mit ihrem Fund alleine zurechtkommen?

Als sie Rosi von unten her ihren Namen rufen hörte, fand sie mit Mühe in den Sonntag zurück. Kaum auf den Flur getreten, roch sie köstlichen Küchenduft, spürte sie ihren Hunger und wusste es zu schätzen, mit welcher Treffsicherheit es Lizzy wieder einmal gelang, die Sinne zu bezaubern und von dramatischen Ereignissen abzulenken.

Das Essen nahm die Frauen voll in Anspruch, so bemerkte außer Lizzy keine Elisabeths nachdenkliches Gesicht. Bella plapperte unentwegt über Kosmetiktipps, verbreitete ihre Ansichten über Jérôme und erklärte Soizic, warum sie nicht so ganz an Samanthas Version von dessen hässlich-durchschnittlichem Schwanz glauben könne.

Nach der Steinpilzsuppe mit trüffelgefüllten Blätterteigtaschen gab es rosa gebratene Ente in einer Karamellsauce, die mit Orangenschale abgeschmeckt war. Rosi ließ sich wieder gutmütig davon überzeugen, dass diese Ente Geflügel und kein Fleisch sei und überdies vom Nachbarn geschossen worden war. Es folgten eine üppige Käseplatte und Apfelkuchen, danach verabschiedete sich eine sichtlich gut gelaunte Soizic. Auf den giftgrünen Schuhen aus Samanthas Bestand, mit denen Bella inzwischen ihre Erscheinung vervollständigt hatte, wackelte sie noch ein wenig, da es ihre ersten mit Absatz waren. Aber aller Protest half nichts. »Wenn du über eins achtzig bist, kommt es auf drei, vier Zentimeter mehr oder weniger wirklich nicht an. Und für einen lasziven Hüftschwung braucht es Absatz. Komm, wir üben.« Bella führte sie so lange durch den Salon, bis es klappte.

Dank des köstlichen Essens war es ihnen gelungen, Sam auszublenden, die jetzt schon den fünften Tag verschwunden war. Sie taten so, als sei die Welt in Ordnung. Zudem hatten Zeitungen, Radio und Fernsehsender ihr Interesse am Fall Samantha Mills bereits wieder eingebüßt und brachten Meldungen über sie höchstens im Zusammenhang mit der offensichtlichen Unfähigkeit des Präsidenten des Departements oder wenn eines ihrer Bilder für eine horrende Summe verkauft wurde. Das irritierte Elisabeth, denn Samantha galt normalerweise als Liebling der Presse, ihr Auftritte waren bekannt, ihre Skandale zahlreich. Es war ein bisschen so, als unterwerfe sich ganz Marseille einem Stillhalteabkommen.

Rosi verzog sich mit ihrem Fachbuch auf das Fell vor dem Kamin, Bella hatte das Sofa und den restlichen Apfelkuchen in Beschlag genommen, Elisabeth dagegen saß am gekachelten Küchentisch, rührte in ihrem dritten Espresso, rauchte einen Zigarillo und sah Lizzy bei ihrer routinierten Arbeit zu.

»Nun sag es schon«, sagte Lizzy nach einer Weile ungeduldig.

»Was?« Elisabeth setzte eine ahnungslose Miene auf.

»Du willst etwas von mir wissen und traust dich nicht zu fragen.«

»Unsinn.«

»Warum hängst du sonst hier in der Küche herum? Geht es um Drakon?« Lizzy warf das Geschirrtuch vor die Waschmaschine, wo bereits ein Berg aus Tischwäsche und weißen Handtüchern lag. »Also, er ist Mitte vierzig, keiner ist sich da so sicher, und ich fürchte, er selbst am wenigsten. Griechische Einwanderer, Kesselflicker. Wie viele Kinder er hat, weiß keiner außer ihm, aber es sind einige. Er lebt gut bewacht und allein in der Nähe von Marseille, auf der Ile Brescon, im Etang de Berre, in einem der bunten Häuser am Kanal St.-Sebastian. – Hörst du mir überhaupt zu?«

Elisabeth warf den Zigarillo in den Aschenbecher und stützte ihren Kopf in die Hände. »Wenn du etwas verstecken willst, was niemand sehen darf, wo würdest du das tun?«

»Wenn es ohnehin niemand sehen soll, würde ich es im Kamin verbrennen.«

»Das geht nicht«, flüsterte Elisabeth und sah Lizzy flehend an, die zur Waschmaschine ging, die Tücher in die Trommel stopfte und auf Start drückte. Sie setzte sich Elisabeth gegenüber und fragte: »Ist es gefährlich?«

»Ja.«

»Ist es eilig?«

»Unbedingt.«

»Und es soll nicht die Polizei sein?«

»Richtig.«

»Dann bleibt bloß noch Drakon. Aber seine Welt ist und bleibt eine Welt, in der du dich überhaupt nicht auskennst.«

Im gleichen Moment schellte das Telefon. Lizzy blickte Elisabeth fragend an, als diese aufstand und den Hörer vom Gerät an der Küchenwand nahm.

»Wir wollten Ihnen mitteilen, dass das von Ihnen bestellte Taxi sich ein wenig verspäten wird, so auf circa vier Uhr dreißig. Guten Tag, Madame.« Die Leitung wurde unterbrochen.

»Hast du ein Taxi bestellt?«, fragte Elisabeth.

Lizzy fluchte, denn sie wusste, was das zu bedeuten hatte. Drakon hatte sich verliebt, und das nächste Treffen war wie immer unaufschiebbar.

»Lizzy, rede!«

»Drakon wartet auf dich«, erklärte sie, »und wenn du schon auf dem Weg bist, kannst du auch gleich mitnehmen, was immer du von Samantha verstecken willst.« Sie stand auf und machte sich überflüssigerweise an der Spülmaschine zu schaffen.

»Was ist?«

»Du hast Drakons Eroberungsinstinkt geweckt.«

»Ich bin nicht neunundvierzig geworden, wenn ich mich von so was jemals hätte einschüchtern lassen.«

»Mädchen«, Lizzy drehte sich herum, und Elisabeth erkannte in ihren Augen echte Sorge, »das ist nicht deine Welt. Da sagt Frau nicht einfach Nein, wenn sie nicht will. Drakon kommt mit Zurückweisungen nicht gut zurecht.«

»Und wo fängt bei ihm die Zurückweisung an?«

»Wenn du in zwanzig Minuten nicht ins Auto steigst.«

»Guter Ratschlag.«

»Der einzige, den ich dir geben kann: Vergiss keine Sekunde, es ist wie in der Zwickmühle. Wann immer Drakon sich bewegt, nimmt er dir etwas weg.«

»Kann er uns helfen, Sam zu finden?«

»Wenn einer, dann er«, gab Lizzy ehrlich zu.

»Also ist es den Versuch wert. Sag den anderen, wenn sie fragen, ich habe mich oben hingelegt, Migräne. Vielleicht bin ich ja zurück, bevor es auffällt.«

Träum schön weiter, dachte Lizzy und räumte ihre Küche zu Ende auf.

Bevor Elisabeth sich auf den Weg machte, kam sie noch einmal zurück mit einer großen Tasche, und Lizzy vermutete ganz richtig, dass darin Bilder von Samantha sein mussten, die die Polizei, aus welchen Gründen auch immer, nicht gefunden hatte. Kurz darauf hörte sie die Kiesel im Müllhof knirschen, das Auto war da. »Pünktlich wie immer«, brummte Lizzy. Sie hätte Elisabeth gern umarmt, wollte ihr jedoch keine Angst machen. Sie warf einen verstohlenen Blick aus dem Fenster, doch durch die getönten Autoscheiben konnte sie nicht erkennen, wer die Limousine fuhr. Ich bin ohnehin zu lange raus, dachte Lizzy, der Ablauf dürfte sich allerdings nicht geändert haben. Wie von unsichtbarer Hand ging die hintere Wagentür auf, Elisabeth stieg mit ihrer Tasche ein, geräuschlos schloss sich die Tür, und der Wagen setzte zurück. Kaum war das Auto davongerollt, erschien Rosi in der Küche. »Oh, ich dachte, Elisabeth ist hier.«

»Nein, sie hat sich schon vor einer Weile hingelegt. Migräne, hat sie gesagt.«

»Dann geh ich mal nach ihr sehen.«

»Sie hat eine Tablette genommen und drum gebeten, nicht gestört zu werden.«

Rosi zögerte, doch dann beschloss sie, stattdessen ihr Laptop zu holen.

15

Soizic hielt auf halbem Weg zu ihrer Wohnung an, drehte wieder um und ging zum Leuchtturm. Sie mochte die Stille der französischen Sonntagnachmittage im Winter. Alle Restaurants hatten geschlossen, selbst Francis gönnte sich ein paar freie Stunden. In manchen Wohnungen und Häusern saß man noch zu Tisch, denn nicht selten dauerte ein Mittagessen am Sonntag bis in den frühen Abend. Man blieb unter sich: Nur Familienmitglieder, höchstens langjährige Freunde wurden dazu nach Hause eingeladen.

Die Gewitterwand hatte Cassis verschont, verdunkelte aber weiterhin den Horizont und schuf dieses besondere Licht, in dem die Farben der Häuser leuchten, als strahlten sie von innen. Soizic setzte sich auf die Plastiktüte mit ihren eigenen Schuhen und Kleidungsstücken, in denen sie morgens im Hotel erschienen war, um die Frauen über Jérômes Flucht zu informieren. Dieser Schönling aus Marseille! Der Mann, dem die Frauen bisher in Scharen hinterherrannten und dem alles zu gelingen schien, nahm in ihren Gedanken nach und nach völlig neue Gesichtszüge an. Er hatte stets so getan, als sei er aus freien Stücken von Marseille ins malerische Cassis gewechselt, doch in den letzten Tagen hatte sich nicht nur herausgestellt, dass er strafversetzt worden war, sondern auch, dass er Feinde hatte wie diesen Boxer Thierry, ein Verhältnis mit Samantha Mills sowie Kontakt mit deren Exmann.

Soizic hob ein paar Kiesel auf, rieb den Sand ab und ließ sie von einer Hand in die andere fallen. Als sie an sich heruntersah, überkam sie ein Lachen, tief aus dem Innersten. Sie konnte sich nicht erinnern, wann sie sich jemals so frei gefühlt hätte wie in diesem wunderbaren Augenblick. Sie dankte dem Wassergott, zu dem sie sich wegen ihres Sternzeichens Fische eine besondere Beziehung einbildete. Mit einem Mal sprang sie auf, schleuderte die Steinchen so weit sie konnte ins Meer und rief: »Hör mir gut zu, Poseidon. Heute ist der erste Tag in meinem neuen Leben!« Grinsend schaute sie sich um, ob sie wirklich allein war, und warf die Plastiktüte mit ihren Sachen den Kieseln hinterher. Nachdem sie abgewartet hatte, bis die weiße Plastiktüte untergegangen war, lief sie erleichtert nach Hause. Die ganze Zeit über sang sie dabei leise vor sich hin, dass heute der erste Tag ihres neues Leben sei.

Die Polizeibeamtin bewohnte ein winziges Appartement in der Altstadt von Cassis. Der Hinterhof war ein um seine Gleichschenkeligkeit gebrachtes Dreieck, in dem schräg eine schmale Steintreppe außen am Haus entlang zur Wohnung im dritten Stock führte. Terrakottakübel mit Kräutern und Blumen standen bunt durcheinander, unter der Treppe befand sich ein blauer Tisch mit zwei maroden Stühlen. Wenn sich im Sommer Touristen in diesen Hinterhof verirrten – was häufig geschah, denn im Vorderhaus befand sich ein bekanntes Fischrestaurant – fotografierten sie diese französische Postkartenromantik, die in jedem Reiseführer zu finden war, und ignorierten entschlossen die klappernden Klimaanlagenkästen, die kontinuierlich fettdurchsetzte Luft aus der Küche in den Hinterhof pumpten. Christine, ihre Nachbarin vom dritten Stock im Vorderhaus, zog gerade Wäsche auf die Außenleine, als Soizic gut gelaunt ankam.

»Hey, was ist denn mit dir passiert?« Sie pfiff laut. »Du siehst super aus! Verliebt?«

Soizic winkte und schüttelte gleichzeitig den Kopf. Als sie oben den dunklen Flur ihres Appartements betrat und verwundert das Licht anknipste, stellten sich ihr die Haare auf. Alle Türen standen offen, alle Vorhänge waren zugezogen. Hatte sie morgens nicht wie immer alle Fenster zum Lüften geöffnet? Oder vielleicht doch nicht, es waren ja Schüsse gefallen, und sie war dann sofort aus dem Haus gestürmt.

Sie nahm leise ihre Waffe aus der kleinen Kommode unter der Garderobe und schlich Richtung Wohnküche. Eine Holzdiele knirschte unter ihren Füßen, in der gleichen Sekunde drückte ihr jemand den Lauf einer Pistole in den Rücken und eine Hand vor den Mund.

»Keine Angst, ich bin's«, flüsterte Jérôme, »ich tu dir nichts. Aber schrei bloß nicht!« Er ließ sie los.

Soizic stolperte leicht nach vorn, drehte sich schwungvoll um und versetzte ihm eine schallende Ohrfeige. »Spinnst du, was willst du hier? Wie bist du überhaupt hier hereingekommen?«

Jérôme legte mit einem schiefen Grinsen seine Hand auf die brennende Wange und sagte anerkennend: »Wer oder was hat dich denn verwandelt?«

»Was willst du hier?«

»Wo sollte ich denn sonst hin?« Er ließ sich auf einen dreibeinigen Hocker fallen.

»Wie meinst du das?«

»Sie haben mich sicher überall gesucht, aber dass ich ausgerechnet beim … beim …« Er hob entschuldigend die Hände.

Soizic ging auf ihn zu.

»Sprich es ruhig aus, auf das eine Mal mehr kommt es wirklich nicht an. Sie würden dich bei jeder anderen Frau suchen, aber nicht beim roten Elefanten, richtig?« Mit voller Wut trat Soizic den Hocker unter ihm weg, und Jérôme landete schmerzhaft auf seinem Hinterteil. »Scheiße, was soll das?«, brüllte er, und sofort rief Christine von gegenüber: »Soizic, alles in Ordnung bei dir?«

»Bitte«, flüsterte Jérôme eindringlich.

»Bleib da unten«, befahl Soizic und öffnete erst die Vorhänge, dann das Fenster. »Ja, keine Sorge, mir ist nur etwas runtergefallen.« Sie winkte und schloss das Fenster wieder.

»Du siehst wirklich gut aus«, sagte Jérôme.

»Danke, mir gefällt es auch.«

»Ein paar Kilos weniger würden nicht schaden.«

»Dafür, dass du einen Unterschlupf brauchst, bist du ziemlich unverschämt.«

Jérôme wollte aufstehen, aber Soizic sagte: »Besser, du bleibst da unten, sonst sieht man dich gegenüber.«

»Wie eine Küchenschabe«, fluchte er. »Verdammt, Soizic, ich will nicht in den Knast, ich habe nichts getan.«

Mit dem Rücken an die Fensterbank gelehnt, schaute sie auf Jérôme hinunter, der mit ausgestreckten Beinen auf dem Holzboden saß. »Bist du dir da wirklich ganz sicher?«

»Du glaubst mir nicht?«

»Warum bist du in die *Blaue Rose* eingebrochen? – Ich will keine Lügen hören!«

»Ich wollte von Samantha was holen, das niemand sehen darf.«

»Aha, und was soll das sein?«

»Das hat sie mir nicht gesagt. Papierrollen. Aber die waren nicht im Atelier und nicht in ihrem Zimmer und auch nicht in irgendeinem anderen Zimmer.«

»Jérôme, was lügst du dir da zusammen? Wieso sollte Samantha Mills dir zwar sagen, dass die niemand sehen darf, dir dann aber nicht sagen, wo sie sind?«

Er zog die Knie hoch und stützte die Ellenbogen darauf.

»Sie hat gesagt, sie sind in irgendeinem Geheimfach. Ich habe das nicht ernst genommen und mir deshalb nicht gemerkt.«

»Klingt schon besser.«

»Der Boden ist kalt, außerdem habe ich einen Riesenhunger.«

Soizic drehte sich zum Hof und prüfte, ob Christine noch am Fenster war.

»Du kannst aufstehen.« Sie kam zum Tisch. »Wenn du willst, mache ich dir eine Omelette.«

»Ein bisschen Brot tut es auch.«

»Ich habe nur noch Reste von deutschem Brot, und das bekommt dir nicht.«

»Wieso?«

»Blähungen.«

Sie band sich eine Schürze um und musste plötzlich an Francis' Worte denken, dass Samantha manchmal für ihn gekocht hatte, als seien sie Mann und Frau. Als der Schneebesen gleichmäßig über den Boden der Holzschale kratzte, weil sie Eier mit geriebenem Käse und Speck mischte, sagte sie sich: Das ist das erste Mal, dass ich für einen Mann ein Essen zubereite. Irgendwie hat Poseidon das mit dem ersten Tag in meinem neuen Leben offenbar ernster genommen als ich. Sie war sich bewusst, dass Jérôme ihr zusah, aber sie ließ sich nicht aus der Ruhe bringen. Er würde keine Sprüche mehr machen, er brauchte sie schließlich. Als sie ihm den Teller mit der Omelette reichte, fragte sie: »Und wie stellst du dir das jetzt vor? Wie soll das weitergehen?«

»Hm, das ist köstlich«, sagte Jérôme dankbar. Sie verriet ihm nicht, dass Omelette mit Tomatensalat seit Jahren ihr Abendessen war und das Einzige, was sie zubereiten konnte. Soizic setzte sich ihm gegenüber.

»Du musst meine Unschuld beweisen. Ich habe mit den toten Frauen nichts zu tun!«

»Wieso sollte ich? Du reißt mich mit rein. Aber ich liebe meinen Beruf und will noch viel weiter nach oben.«

Jérôme ließ Messer und Gabel sinken. »Bitte, Soizic, ich kann nicht in den Knast. Hast du eine ungefähre Vorstellung davon, was dich da erwartet als Bulle?«

»Nein, und ich möchte es auch gar nicht wissen. Aber das Risiko, dass ich es erfahre, wenn ich dir helfe, ist unzulässig hoch.«

Schweigend aß er zu Ende, dann schob er den Teller in die Mitte des Tisches. »Kann ich wenigstens bis heute Nacht bleiben?«

»Ja, das geht.« Sie nahm den Teller und stellte ihn ins Spülbecken. »Wieso ist Blut von dir an der dritten Frauenleiche? Und Blut an irgendeinem Messer?«

Jérôme knackte mit den Fingern und berichtete ihr von dem Zusammenstoß mit Elisabeth, als er das erste Mal versucht hatte, im Hotel einzubrechen.

Soizic kicherte, wurde aber schnell wieder ernst. Selbst wenn Lizzys Messer geschrubbt und gespült worden war, konnte man mit speziellen Verfahren Jérômes Blut darauf immer noch nachweisen. Zudem hatte der Pathologe das Messer, mit dem die Fingerkuppen der ermordeten Frauen amputiert worden waren, von Schnittlänge und -tiefe her genau so beschrieben wie das aus dem Haushalt von Samantha Mills. Für die Abtrennung der Gesichtshaut musste der Täter seiner Meinung nach allerdings ein viel feineres Messer oder ein Skalpell benutzt haben. Soizic hatte kurz mit Davide darüber diskutiert, ob man davon ausgehen könne, dass der Weihnachtsmörder mehr als ein Messer mit sich geführt habe. Aber Davide hatte eingewendet, dass dieser ja für das Ziehen der Zähne und das Aushöhlen der Augen sowieso mehr als ein Werkzeug dabei gehabt haben müsse. Konnte Jérôme so etwas Grausames überhaupt einem Menschen antun?, fragte Soizic sich und trocknete Teller, Pfanne und Besteck. – »Nein«, sagte sie bestimmt, »ich traue dir diese Morde tatsächlich nicht zu.«

»Aber dann musst du mir helfen«, versuchte Jérôme es erneut, »nein, Entschuldigung, du musst natürlich nicht. Du könntest.«

Soizic entkorkte eine Flasche Rotwein, nahm zwei Wassergläser aus dem Schrank über der Spüle und kam damit zum Tisch. »Wir können es ja mal versuchen. Ich berichte dir jetzt, was ich alles herausgefunden habe, auch was in der grünen Mappe und auf meiner Festplatte war, die Thierry geklaut hat. Aber das ist keine Einbahnstraße, danach will ich alles von dir wissen: über dein Verhältnis mit Samantha Mills, warum ihr Exmann dich anruft, warum der den Präsidenten kennt und was du selbst in Marseille angestellt hast.«

»Versprochen«, sagte er so nachdrücklich wie eben möglich.

Mit dem Laptop kehrte Rosi in den Salon zurück, setzte sich zu Bellas Füßen auf das Sofa, schaltete das UMTS-Gerät und den Computer ein. Sie wartete, bis die Verbindung als gesichert bestätigt wurde und rief E-Mails ab.

»Meinst du, wir können Soizic nicht anvertrauen, dass wir das Laptop haben?«, fragte Bella kauend und stellte den Ton des Fernsehers leise.

»Ich finde nicht wichtig, dass sie es weiß. Warum sollten wir Soizic damit belasten?«

»Super, wie du so etwas formulieren kannst«, stichelte Bella. Sie drückte so lange auf die Fernbedienung, bis sie dem Film dank Ton wieder folgen konnte. »Ich liebe meine Kinder ja wirklich, aber mal nicht um das Programm streiten zu müssen, ist echt nicht zu verachten.«

»Hm«, sagte Rosi nur. »Mist, ich muss noch einmal neu starten. Die Verbindung wurde unterbrochen. – Fehlen sie dir denn gar nicht?«

»Doch, schon, ich ruf heute Abend mal an. Es gefällt mir jedoch auch, dass ihre Väter so ins Schwitzen kommen. – Und was ist mit deinem Sohn?«

Wieder gab Rosi auf der Tastatur Befehle ein, die buschigen Augenbrauen finster zusammengezogen. »Der ist im Internat und kommt erst Ostern wieder nach Hause.«

»Ob er dir fehlt, meinte ich. – Hallo?«

»Ja und nein. Wir haben eine schwierige Phase.« Rosi lehnte sich zurück, jedoch nicht, ohne den Bildschirm auf ihren Knien aus den Augen zu lassen. »Er wird seinem Vater immer ähnlicher, insbesondere im Charakter.«

»Siehst du, das ist auch ein Vorteil von vielen Liebhabern und Männern: Du kannst den einen oder anderen Missgriff gar nicht so lange bereuen.«

»Wie meinst du das?«

»Na ja«, Bella setzte sich gerade und zog die Füße unter ihren Po, »du schimpfst immer noch über den Vater deines Sohnes, aber die Geschichte mit ihm ist sechzehn Jahre her. Mein Patrick ist auch sechzehn, aber ich kann mich kaum erinnern, was ich mal für seinen Vater empfunden habe, ob ich sauer auf ihn war oder er mich betrogen hat. Er ist schlichtweg Nummer zwei von insgesamt sieben.«

Rosi lachte auf. »Sieben? Wer hat dir denn die Statistik schöngerechnet?«

»Eh, ich meinte«, Bella nahm ein Sofakissen und warf es nach Rosi, »insgesamt sieben Väter. Und sogar nur sechs davon leiblich. Ich habe vier Listen: Väter, Beziehungen, Liebhaber, große Lieben.«

Das Kissen flog zurück. »Wie sieht es mit den Schnittmengen aus?«

»Die sind zum Glück nicht so groß, ich kann die Männer gut auseinanderhalten.«

»Und in welcher Gruppe befinden sich die Einmaligen?«

»Wen interessiert das?«

»Hoppla«, Rosi pfiff anerkennend durch die Zähne, »hier ist eine E-Mail von Elisabeths Assistentin.«

Sehr geehrte Frau von Landau,
wir haben erfolgreich gegen das von Mills vorgelegte Testament Einspruch erhoben. Er hat eine Bestätigung der französischen Behörde vorgelegt, die beglaubigt, dass nicht mit absoluter Sicherheit festgestellt werden konnte, dass Samantha Mills nicht in jenem Flugzeug saß. Mr Mills hat aus diesem Grund Antrag gestellt, mit Berufung auf das deutsche Verschollenheitsgesetz vom 15.01.1951 (in der Fassung vom 27.06.2000 §§ 4 bis 7 Verschollenheit in Krieg, Luft, See und Gefahr,) Samantha Mills als beim Flugzeugabsturz tödlich verunglückt anzuerkennen. Das Aufgebotsverfahren (§§ 13ff.) wurde durch seinen Anwalt eingeleitet. Sie haben in mehreren deutschen Tageszeitungen das Aufgebot (laut §§ 19, 20) bekannt gemacht und Samantha Mills aufgefordert, sich innerhalb von sechs Wochen zu melden. Der Notar weigert sich, uns das Testament zur Prüfung zu überlassen. Ich treffe mich morgen mit seiner Assistentin, wir waren auf der gleichen Schule.
Der Detektiv G. Griffin aus UK hat sich heute Morgen gemeldet. Mr Mills verfügt über zwei gefälschte Pässe, mit denen er häufig auf Reisen geht. Laut Auskunft beim entsprechenden Amt ist er als Mr Mills in den letzten vier Jahren zu seinen diversen Hotels in Europa gereist, auch vergangenen Mittwoch war er als solcher eingebucht nach Deutschland.

Allerdings war er auch als Dominique Petrant und Sebastian Fernandez in den letzten Jahren ebenso aktiv in Europa und Amerika unterwegs. Brisant: Er ist vergangenen Sonntag als Dominique Petrant über Paris nach Frankreich eingereist, Mittwochmorgen als Sebastian Fernandez von Barcelona aus mit der Maschine um 06:20 Uhr nach London geflogen, dann weiter als Mr Mills von London nach München.
Des Weiteren hat Mr Mills nachweisbar seit zwei Jahren regelmäßig Kontakt mit dem obersten Mafiaboss von Marseille, Drakon Terras. Das meiste läuft über Mittelsmänner, selten gibt es persönlichen Kontakt. Graham Griffin bittet um Anweisung, ob er diesen Kontakt detaillierter prüfen soll, und will wissen, wie wir weiter verfahren möchten. Bitte schreiben Sie mir, von welchem Konto ich die 15.000 Pfund an Griffin überweisen soll.
Ich hoffe, Sie sind wohlauf und die Informationen helfen Ihnen weiter.
Herzlichst – Ihre Imogen

»Und was bedeutet jetzt das alles?«, fragte Bella, die zumindest so viel verstanden hatte, dass sie blass um die Nase geworden war.

»Die ganz kurze Fassung: Elisabeth darf sich auf gar keinen Fall mit diesem Drakon treffen, wenn der mit Mr Mills unter einer Decke steckt.« Rosi legte ihr Laptop zur Seite, ging zum Kamin und zündete sich einen Zigarillo an. »Darüber hinaus ist Mr Mills gefährlicher, als wir alle gedacht haben. Vordergründig plänkelt er mit Sam vor den deutschen Gerichten herum, während er im Hintergrund mit der französischen Mafia ins Bett geht.«

»15.000 Pfund«, wiederholte Bella und streckte ihre eingeschlafenen Beine aus, »das ist viel Geld für so ein bisschen Recherche. Ist das normal?«

Rosi schüttelte den Kopf und inhalierte tief, denn sie wusste, dass Elisabeth sich große Sorgen machen musste, wenn sie Graham Griffin engagierte. »Elisabeth hat mir mal erzählt, dass sie Griffin durch einen englischen Kollegen kennengelernt hat und seitdem immer dann einschaltet, wenn sie gar nicht weiterkommt. Der Typ war lange beim Britischen Geheimdienst und hat Spitzenkontakte. Das ist es, wofür du zahlst.«

»Junge, Junge«, entfuhr es Bella, »Elisabeth ist echt mit allen Wassern gewaschen. Kein Wunder, dass bei mir die Väter so anstandslos zahlen. Bei anderen Frauen läuft das nicht so glatt.«

»Kann ich mir denken«, antwortete Rosi, »und für die kostet der Rechtsbeistand auch noch was.«

Bella schnitt eine Grimasse und stand auf. »Ich finde jedenfalls, wir sollten Elisabeth informieren.«

»Sie hat sich hingelegt und schläft. Migräne. Wir können jetzt eh nichts machen. Lass uns lieber warten, bis sie wieder runterkommt.«

16

Die Limousine fuhr kreuz und quer durch die Landschaft rund um Marseille. Sie hatten längst die letzten Häuser hinter sich gelassen, es dämmerte bereits. Elisabeth konnte durch die getönten Scheiben kaum etwas erkennen, doch so viel war klar: Seit einigen Minuten fuhren sie immer tiefer in einen Wald hinein. Ob es wirklich eine gute Idee gewesen war, sich Drakon anzuvertrauen, ohne Rosi und Bella einzuweihen?, fragte sie sich immer wieder. In der Hektik, die Bilder zu verstauen, hatte sie auch ihr Handy liegen lassen.

Endlich hielt das Auto auf einem Plateau, der Fahrer, ein kleiner quadratischer Indio, stieg aus, riss ihre Tür auf und forderte sie mit einer ruckartigen Bewegung des Kopfes auf auszusteigen. Elisabeth kletterte, die Hand fest um den Griff der Tasche geschlossen, aus dem Wagen. In der Ferne glitzerten die Lichter von Marseille, weiter draußen leuchteten die Flutlichter des Industriehafens und warfen unheimliche Schatten auf das schwarze Meer.

»Wo sind wir?«, fragte sie den Chauffeur, doch der stieg wortlos wieder ein und brauste davon. Am liebsten wäre sie hinter dem Auto her gelaufen. Elisabeth fror, denn außer ihrem Handy hatte sie auch ihre Jacke vergessen. Sie zuckte zusammen, als unerwartet ein Lichtkegel vor ihre Füße fiel. Keine zwei Sekunden später hörte sie einen Hubschrauber über sich kreisen und zwang sich, ruhig stehen zu bleiben. Die Äste am Rand des Plateaus bogen sich raschelnd unter dem Luftstrom. Kaum hatte der Hubschrauber den Boden berührt, sprang ein Mann heraus, lief zu Elisabeth, schnappte sie an der Hand und zog sie hinter sich her. Sie wurde in einen Sitz geschoben, mit routinierten Griffen angeschnallt, und als sie schon abgehoben hatten, reichte er ihr einen Kopfhörer. Sie konnte sein Gesicht nicht erkennen, aber sie bemerkte seinen starken spanischen Akzent, als er sie ansprach:

»Entschuldigen Sie bitte, dass wir zwei Minuten zu spät waren. Wir werden das aufholen. Drakon kann Verspätungen nicht leiden. Entspannen Sie sich, wir sind gleich da.«

Elisabeth starrte aus dem großen Fenster zu ihrer Linken. Sie überflogen Marseille, denn die Umrisse der Kirche Notre Dame de la Garde waren kurz zu sehen. Dann ging es mit einem Schwung auf das offene Meer hinaus. Sie presste sich eine Hand in den Magen gegen die aufkommende Übelkeit. Bei ihrer Autofahrt mit Lizzy durch den Hafen hatte sie dessen Ausmaß schon beeindruckt, aber jetzt, von oben, war seine Größe atemberaubend. Kilometerlang stauten sich Container unterschiedlicher Größe und Farbe wie eine Ameisenkolonne, die geordnet eine Straße legt. Darauf folgte eine Landzunge kleiner Gebirge aus Kohle-, Eisen- oder Kalkhügeln. Elisabeth erkannte die Pipelines wieder, von denen Lizzy gesprochen hatte. »Eine Stadt in der Stadt«, hatte sie gesagt, »die einem eigenen Rhythmus folgt, und der hat vierundzwanzig Stunden.« Kräne pickten Container wie Hühner ihre Körner aus den Schiffen an Land. Schatten huschten durch das Dunkel ohne von oben erkennbare Ordnung in diesem Wirrwarr aus Landzungen, ein- und auslaufenden Schiffen, Maschinen und Lichtern. Alles folgte auf geheimnisvolle Weise einer festgelegten Choreografie.

Plötzlich sackte der Hubschrauber ab, und Elisabeth presste ihre linke Hand wieder fest auf den Magen, während ihre rechte die Tasche umklammerte. Sie schwitzte. Der Pilot landete mitten im Holzhafen. Mit einem routinierten Griff löste er Elisabeths Gurt, er öffnete die Seitentür für sie und hieß sie aussteigen. Mitten in diesem pulsierenden Hafen fühlte sie sich viel verlorener als noch vor wenigen Minuten oben auf dem Plateau. Sie fror jetzt wieder, denn ihre durchschwitzte Bluse lag wie ein eiskalter Lappen auf der Haut.

Als der Hubschrauber weg war, erkannte sie zwischen zwei Holzbergen eine kleine Laterne und ging darauf zu. Sie fragte sich, wer so leichtsinnig sein konnte, hier eine brennende

Kerze aufzustellen. Von weit her hörte sie jemanden Befehle brüllen, das Klirren von Metall auf Metall, das jammernde Quietschen rostiger Seilwinden, die das Abladen der Container begleiteten, bis die Ungetüme mit einem dumpfen Geräusch auf dem von Öl und Seetang verschmierten Asphalt aufprallten. Die Luft war durchsetzt vom intensiven Geruch nach Harz und chemisch behandelten Hölzern, die vier und fünf Meter hoch geschichtet und, so schien es Elisabeth, nur lose abgestützt waren.

Sie nahm die Laterne hoch und schritt durch den Gang zwischen den beiden Stapeln. Es war so eng, dass sie die Jahresringe der Baumstämme erkennen konnte. Zu ihrer Überraschung gelangte sie auf einen Platz, in dessen Mitte ein Feuer brannte. Elisabeth stockte der Atem. Dahinter stand ein Tisch, an dem jemand mit dem Rücken zu ihr saß, von irgendwoher kam die Musik einer Sevillana. Als sie den Tisch fast erreicht hatte, stand Drakon auf, nahm ihr die Laterne aus der Hand und sagte: »Darf ich bitten?«

Elisabeth sah ihn mit großen Augen an, ließ sich die Tasche wegnehmen und hätte in Anlehnung an Lizzys Bemerkung über einen Brand im Holzhafen fast gesagt: Sie spielen mit dem Feuer, Drakon. Sich inmitten gigantischer Holzstapel, die durch eine einfache Erschütterung auseinanderzubrechen drohten, neben ein Feuer zu stellen, von der ein paar auffliegende Funken ganz Marseille schmelzen lassen würden, das war zu viel für sie. Von ihren Ängsten überrollt, ließ sie sich in die einzelnen Tanzschritte führen, konzentrierte sie sich voll und ganz auf die Musik und verscheuchte mit äußerster Willenskraft alle Bilder von Feuer und Holz vor ihrem inneren Auge.

Nach der vierten Sevillana wechselte die Musik. Elisabeth hatte sich wieder so weit im Griff, dass sie sagen konnte: »Wozu wollen Sie mich so beeindrucken?«

Drakon lächelte, ging zum Tisch, zog aus einem Eiskühler eine Flasche Wodka und füllte zwei Gläser, die er ebenfalls aus dem Kühler nahm. Eines hielt er Elisabeth hin. »Hier. Erstens waren wir bereits beim du. Zweitens wollte ich dich nicht beeindrucken, ich habe das bereits getan. Drittens, ja, ich wollte gern wissen, wie viel Risiko du aushältst. Und viertens, ich muss zugeben, du hast mich beeindruckt. Ich glaube, nicht einmal Sam hätte sich hier kommentarlos zum Tanzen auffordern lassen. Sie würde wenigstens so etwas sagen wie: ›Können wir ein wenig mehr einheizen? Mir ist kalt.‹ Und dass sie es sagt, um ihre Angst zu überspielen, würde kaum einer bemerken.«

Elisabeth setzte sich auf den Stuhl, der dem Feuer zugewandt war, und nahm das Wodkaglas aus Drakons Händen.

»Du kennst Samantha gut.« Sie fragte sich, was ihre Freundin mit dem Mafiaboss von Marseille zu schaffen haben mochte. Sie stieß mit ihm an und leerte ihr Glas in einem Zug. Seit Elisabeth auch einige russische Mandanten betreute, beherrschte sie das Wodkatrinken, ohne zu husten oder sich zu verschlucken.

Drakon goss beiden wieder nach. »Sie ist eine imposante Frau und großartige Künstlerin.«

»Du interessierst dich für Kunst?«

»Für Samanthas Kunst.«

Elisabeth hätte ihn gern gefragt, wie er es schaffte, durch all die Sicherheitsvorkehrungen in den Holzhafen zu gelangen, warum er die Erlaubnis hatte, mit einem Hubschrauber über den Hafen zu fliegen, warum sie immer noch nicht von der Feuerwehr gestört wurden, die Marseille schützen wollte. Aber sie unterließ es, denn sie vertraute der Wärme in seinen nachtschwarzen Augen, deren Pupillen im schummrigen Kerzenlicht nicht zu erkennen waren. »Bist du der Oberlude von Marseille?«

Er zog aus dem Nichts eine Holzkiste hervor, öffnete sie mit einem Messer und stellte ein Brett mit Austern, Kaviar, Scheiben von rohem Thunfisch und Lachs auf den Tisch zwischen sie. »Ich dachte mir, dass du zum einen nicht so eine

Fischpissefrau bist und zum andern wahrscheinlich bei Madame la maman üppig zu Mittag gegessen hast. Roher Fisch und Austern passen gut zu Wodka, denn sollte doch mal eine von ihnen schlecht sein, killt der Wodka sie bestimmt.«

»Du verdienst daran, dass Frauen für Geld die Beine breit machen.«

Er seufzte, knackte geschickt eine Auster, löste sie und reichte ihr die halbe Muschel. »Du willst unbedingt mit mir darüber reden. Gut.– Aber ich nicht. Dieses Thema langweilt mich. Es ist mir lästig, verstehst du, den immer gleichen Text als Antwort auf die immer gleichen Vorurteile herunterzuleiern. Frag Madame la maman, die kann es dir erklären. Geht das?« Drakon nahm die nächste Auster, knackte sie, träufelte Zitronensaft hinein und schlürfte sie selbst.

Elisabeth drehte das Wodkaglas in ihren Händen. Sie fror immer noch, was Drakon bemerkte. »Das kommt davon, dass du den Stuhl gewählt hast, von dem aus du die Flammen im Auge behalten kannst. Du bist fast 45 Kilometer von Marseille entfernt, 8 Kilometer vom nächsten Terminal. Wenn es hier anfängt zu brennen, was glaubst du, wie weit du dann noch kommst?« Er stieß an ihr Glas und bot ihr mit einem überheblichen Grinsen seinen Stuhl dicht neben dem Feuer an. Sie wechselten die Plätze.

»Wie kannst du mir helfen, Sam zu finden?«

»Auf meine Weise, die dich nichts angeht.«

Elisabeth nahm ein Stück rohen Thunfisch, kaute zweimal darauf herum, spülte mit Wodka nach. Die Szene war so unwirklich. Der Feuerschein verschärfte die Furchen in Drakons Gesicht. Sie schloss die Augen und sagte: »Ich will Samantha finden. Aber ich kann es nicht allein. Eure Polizei spielt krumm, ich weiß nicht, warum. Wem kann ich vertrauen?«

»Ausgerechnet mir?« Drakon lachte, wobei sein Diamant den Feuerschein auffing und blitzte. »Was musst du wissen?«

»Welcher Art«, Elisabeth holte tief Luft, um das fragen zu können, was sie fragen musste, »welcher Art sind die Partys, die Sam bei dir besucht, wenn sie dafür speziell eingeladen ist?«

»Keine Details. Es geht um puren, unspektakulären Sex. Kein Schnickschnack wie Sadomaso oder Darkroom. Hafenarbeiter – schwere Jungs, die tagein, tagaus schuften – haben für einen Abend frei trinken und frei vögeln. Die Stimmung wird ein wenig angeheizt von professionellen Stripperinnen.«

»Warum tust du das?«

»Es sind meine besten und treuesten Kunden. Massengeschäft.«

»Was hat Sam da verloren?«

»Nicht verloren, gefunden: das Animalische. Sie hat großartige Bilder davon gemalt. Die meisten habe ich erworben und gewinnbringend weiterverkauft. Sie malt sie unter dem Pseudonym Ammaliatrice, das italienische Wort für Zauberin.«

»Beteiligt sie sich?«

»Was meinst du?«

»Du weißt schon.«

»Die Antwort musst du dir selbst geben. Oder sie fragen.«

Elisabeth ließ sich gegen ihre Stuhllehne fallen. Alle Angst war vergessen und sie spürte die angenehme Wärme des Feuers in ihrem Rücken. Drakon hatte recht, sie konnte sich die Antwort selbst geben: »Ihr Horizont ist weiter als alles, was wir denken können.«

»Eine treffende Beschreibung.«

»Kannst du sie finden?«

»Wir sind dabei.«

»Erklärst du mir, wie ihr das anstellen wollt?«

»Nein. Elisabeth, ich habe dich auch deshalb hier rausfliegen lassen, weil es wenige Orte gibt, an denen ich noch ungestört reden kann. Es ist gut möglich, dass schon morgen früh, wenn du zurück bist, die Gendarmerie Nationale dich abholt und verhören wird. Ich kann das Risiko nicht eingehen, dass du plauderst. So weißt du nicht mehr als sie, nämlich dass wir der Polizei auf den Fersen sind. Zu deiner Beruhigung: Ich weiß, dass sie noch lebt. Und dass die Frau, die als Samantha Mills ins Flugzeug gestiegen ist, nicht Samantha war.«

Elisabeth nahm einen Löffel Kaviar und füllte eigenständig Wodka nach. Sie tranken auf ex. »Wie willst du das wissen?«, fragte sie.

»Nun, weil die von der Gendarmerie Nationale selbst Samanthas Doppelgängerin ins Flugzeug geschickt haben.« Er legte ihr seine Hand auf den Unterarm. »Im Flugzeug waren zwei Russen, als Deutsche getarnt, die ein paar Kollegen von der Gendarmerie Nationale nicht mehr haben wollten. Da läuft im Moment ein Kräftemessen. Die von der Gendarmerie haben dann eine Samantha Mills ins Flugzeug geschickt, die die Bombe platzieren sollte. Da die Franzosen aber an ihren Frauen hängen, durfte die falsche Samantha wieder aussteigen.«

»So wie du das schilderst, klingt es wie Mensch-ärgere-dich-nicht mit neuen Regeln. Und wieso ausgerechnet Sam?«

Drakon stand auf, legte so vorsichtig, dass kein Funkenflug entstand, ein neues Stück Holz auf das Feuer und rückte seinen Stuhl neben Elisabeths. »Das weiß ich noch nicht. Aber verlass dich darauf, ich finde es heraus.« Er setzte sich. Er hätte ihr gern die Wahrheit gesagt, dass Samantha Mills zwar auf den Flug gebucht war, aber nie vorhatte einzusteigen, was die Gendarmerie Nationale offenbar auch gewusst hatte. »Ich nehme an, dass sie als Malerin mit der ihr eigenen Launenhaftigkeit einfach sehr prominent ist. Und bei einer prominenten Künstlerin schaut man nicht so genau hin. Sie ist bei uns als egozentrisch und exaltiert bekannt, deshalb wurde niemand misstrauisch, als sie ein- und nach einem Toilettenbesuch doch wieder ausgestiegen ist.«

»Das hat eine gewisse Logik. Kannst du mir erklären, warum ihr Exmann einen besonders engen Draht zum Präsidenten des Departements hier hat?«

»Hat er?«

»Ja, zumindest hat er ihn angerufen, um eine Hausdurchsuchung in der *Blauen Rose* zu erwirken.«

»Das ist das, was man euch gesagt hat.«

Elisabeth seufzte. Sie war komplizierteste Fälle gewohnt, aber hier schien wahrlich nichts so zu sein, wie der erste Eindruck glauben machte.

»Lizzy sagt, die dritte Frauenleiche hier im Hafen hätte Sam sein können. Was steckt dahinter?« Als Drakon den Arm um ihre Schulter legte, fand Elisabeth das zwar klassisch albern, aber sie ließ es einfach zu und lehnte sich gegen ihn.

»Das war eine Botschaft, die du nicht zu verstehen brauchst.«

»Dass Sam verschwunden ist, ist das auch eine Botschaft?«

»Jetzt ist Schluss mit Fragen. Hier«, er reichte ihr das gefüllte Wodkaglas, »wie wäre es, wenn du mal was erzählen würdest?«

Sie nahm das Glas, führte es an die Lippen, trank dann doch nicht und stellte es wieder auf den Tisch. »Auf der Liste der Gendarmerie Nationale fehlen Sachen von Sam, die die Leute definitiv mitgenommen haben.«

»Nämlich was?«

»Zwei Skizzenhefte, von letztem und diesem Jahr, und ein handschriftliches Testament.«

»Ich sehe, was ich tun kann.«

»Ihre Bilder lagern irgendwo in einem unterirdischen Bunker hier im Industriehafen, die müssen doch zu finden sein!« Elisabeth nahm eine Auster und das Messer, reichte Drakon beides, leerte dann ihr eigenes Glas und füllte beide neu.

»Hast du eine ungefähre Ahnung, wie groß der Hafen ist?«

»Nein.«

»Gut, dann darfst du so etwas sagen. Es handelt sich um 150 Quadratkilometer. Ich versuche die Bilder trotzdem zu finden.«

»Kann ich mitkommen?«

»Nein, ich hänge an der klassischen Rollenverteilung.« Er reichte ihr die Auster, nachdem er behutsam ein wenig Zitronensaft hineingeträufelt hatte.

»Kanntest du die Frauen? Die des Weihnachtsmörders.«

»Ja, es waren Huren aus La Ciotat, illegal aus Russland eingewandert. Schöne Frauen.«

»Warum wurden sie umgebracht?« Sie drehte sich etwas aus seiner Umarmung heraus, um sein Profil sehen zu können.

»Wenn der Tod auf den Markt geht, kauft er alles, nicht nur Sonderangebote.«

»Das verstehe ich nicht.«

»Liegt am Wodka. Denk morgen noch einmal darüber nach.«

Elisabeth rieb sich die kalten Hände, der nachtschwarze Himmel war wolkenverhangen, und sie hoffte, es würde nicht regen.

»Wenn Sam Freitagnacht bei dir war, wohin wollte sie dann in der Nacht vom Dienstag? Ich verstehe das nicht. Wir haben gegessen, viel getrunken, gefeiert. Sie hat mit keiner Silbe erwähnt, dass sie noch wegwollte. Lizzy sagt das auch. Verstehst du das?«

Drakon nahm ein Stück rohen Lachs und kaute, während er überlegte, wie weit er Elisabeth einweihen durfte. »Bist du mal auf die Idee gekommen, dass Samantha gar nicht selbst gefahren ist?«

»Wie bitte?«

»Na ja, dass sie entführt wurde. Und dass die erste und die zweite sehr gründliche Hausdurchsuchung nicht der Spurensicherung, sondern der Spurenvernichtung dienten.«

Elisabeth sank in sich zusammen, nahm mechanisch von Drakon die nächste Auster entgegen, hielt sie in der flachen Hand und fragte: »Wer ist denn jetzt die Mafia?«

»Ich sag's doch: immer die gleichen Vorurteile.« Er knackte auch für sich eine Auster und wechselte das Thema. »Wusstest du, dass Marseille 600 vor Christus von Griechen gegründet wurde? Es hieß damals Massalia.«

»Ja, ein Piratennest.«

»Madame, ein wenig vorsichtiger bitte mit meiner empfindlichen griechischen Seele.« Zum ersten Mal lachten sie miteinander. »Was hast du da in der Tasche?«

Sofort fiel ihr Lizzys Warnung wieder ein: Drakon ist wie eine Zwickmühle, wann immer er sich bewegt, nimmt er dir etwas weg. »Bilder von Samantha.«

»Hast du sie dir angesehen?«

»Nein.«

»Das ist gut. Ich werde sie behalten, bis Samantha wieder aufgetaucht ist.« Es blieb ihr gar nichts anderes übrig, denn die Bilder mit zurück ins Hotel zu nehmen, wäre viel zu gefährlich. Drakon zog aus einer weiteren Kiste eine große Decke, die auf einer Seite ein wärmendes Fell, auf der anderen Seite eine Schutzfolie hatte, und hüllte sie beide ein.

»Wann kommt der Hubschrauber zurück?«

»Morgen früh kurz nach Sonnenaufgang.«

»Und was tun wir so lange?«

»Reden?« Er lächelte spöttisch.

Wie auf Verabredung standen sie gleichzeitig auf, drehten ihre Stühle zum Feuer, setzten sich auf den einen Teil der riesigen Decke und wickelten sich gemeinsam in den anderen, um sich gegen die Kälte von unten und hinten zu schützen. Als Elisabeth merkte, dass ihm die Sache mit dem Reden ernst war, entspannte sie sich und antwortete bereitwillig auf seine Fragen nach ihrem Leben. Allmählich breitete sich der Wodka in ihren Adern aus. Kurz bevor sie an seiner Schulter einschlief, drängte sich ihr verschwommen die Frage auf, ob Drakon mit den Frauenmorden zu tun hatte.

Soizic hatte ihren knappen Bericht beendet und lauschte jetzt gespannt, was Jérôme zu sagen hatte:

»Na ja, ich wusste, dass Samantha Kontakt mit Drakon, diesem Mafiatypen, hat. Sie malt für ihn. Wahrscheinlich schläft sie auch mit ihm«, ergänzte er bitter. »Sie hat für ihn Hafenszenen festgehalten. Irgendwie kann sie Seelen malen, es ist absolut unheimlich. Jedenfalls ist sie dahintergekommen, dass ich mit ihrem Exmann Kontakt habe.«

»Wie ist sie dahintergekommen?« Soizic schaute ihn prüfend an.

»Sie hat gemalt und es dadurch entdeckt.«

»So ein Quatsch!« Ärgerlich schob sie den Stuhl zurück, ging ans Fenster und starrte in den Innenhof. Es war kurz vor Mitternacht, jeden Augenblick würde die automatische Zeitschaltuhr die Hofbeleuchtung ausschalten und mit einem lauten Knacken, das Soizic als Wecker diente, um fünf Uhr dreißig wieder angehen.

Jérôme stand ebenfalls auf und trat zu ihr. »Ich weiß, es klingt verrückt, aber ich schwöre dir, dass es so ist. Sie hat mir gesagt, dass sie die toten Frauen gemalt und auf diese Weise ihre Gesichter gefunden hat.«

»Vielleicht auch noch ihren Mörder?«, fragte Soizic verärgert.

Versöhnlich legte er ihr die Hand auf die Schulter. »Ja, höchstwahrscheinlich auch den.« Er dachte: Ich muss diese verteufelten Bilder finden, bevor es ein anderer tut. Doch er fürchtete, dass Thierry – oder noch schlimmer, einer von den Russen – sie längst gefunden hatte.

»Was stand in dem Telegramm, das spurlos verschwunden ist?«

Jérôme ging zurück zum Tisch, leerte den Rest Wein in Soizics und sein Glas, kam damit zurück zum Fenster und schrak zusammen, als mit einem lauten Klack das Hoflicht ausging und Soizic neben ihm ein Schatten wurde. Als sie das Glas von ihm entgegennahm, berührten sich kurz ihre Hände. »Das Telegramm habe ich unserem Postmann Jacques diktiert. Ich hatte bei ihm noch etwas gut.«

»Wozu sollte das denn gut sein?«

»Samantha und ich hatten Streit Montagnacht. Sie wusste lange vor mir, dass ich mich in sie verliebt hatte, und sagte, wenn sie Lust hätte, würde sie schon Dienstagnacht wieder nach Marseille verschwinden und ich könnte sie mit nichts in der Welt davon abbringen. Niemals mir, aber ihren Freundinnen zuliebe würde sie eventuell nicht in den Industriehafen gehen. Sie wollte die drei nicht mit hineinziehen.«

»In was mit hineinziehen?«, fragte Soizic ungeduldig.

»Ich weiß es nicht. Es muss so was, ja, so was wie ein Spiel zwischen ihr und dem Mörder gewesen sein, dem sie mit jedem Pinselstrich näherkam.«

Er stellte sein leeres Glas auf die Fensterbank und drehte sich Richtung Zimmer. »Du hättest ihre Bilder von mir sehen sollen. Sie hat alles in mir gefunden: meine Verbissenheit, meine Angst, ewig Dorfbulle zu bleiben, meine Lügen, einfach alles.«

»Was stand in dem Telegramm?«

»Ich hatte es in Drakons Namen geschrieben«, er lachte, »unser guter Postmann hat fast einen Herzinfarkt bekommen. Ich habe geschrieben: Bleib, wo du bist, wenn dir das Leben deiner Freundinnen lieb ist.«

»Hm. – Und was hast du mit Samanthas Exmann zu schaffen?«

»Er bessert mein Gehalt auf, dafür, dass ich ihm regelmäßig Informationen über seine Exfrau liefere.«

»Hast du deshalb was mit ihr angefangen?«

»Ja, zunächst, ja.«

Soizic ging an den Spülstein, drehte den Wasserhahn auf und füllte ihr Glas. »Und das hat sie nicht gemalt?«, fragte sie ironisch. »Ich meine, deinen Kontakt mit Mr Mills.«

»Doch, ich habe es aber lange nicht erkannt. In sämtlichen Bildern, in denen sie meine Seele entblättert hat, laufen Ratten zu meinen Füßen.« Jérôme war erleichtert, endlich einmal über all das sprechen zu können, von dem er bisher annehmen musste, er würde sich damit lächerlich machen. Samantha hatte einmal behauptet, in jedem Menschen ruhe ein Monster. Seines hatte sie gefunden.

»Wo ist das Telegramm jetzt?«

»Ich habe es geklaut, am Tag der Hausdurchsuchung, und verbrannt.«

»Und die Bilder von den toten Frauen und deren Mörder hast du nicht gefunden? Du nicht und auch nicht Thierry?«

Jérôme ging zurück zum Tisch, zündete die Kerze darauf an und antwortete wahrheitsgemäß: »Nein. Und als ich Mittwochmorgen von dem dritten Frauenmord im Industriehafen gehört habe, wollte ich wissen, wo Sam ist.«

»Du meinst?« Soizic kam ebenfalls zum Tisch und stützte ihre Hände auf.

»Seit dem Tag bin ich mir nicht mehr sicher, ob nicht vielleicht sie diese Morde begeht. Samantha hat für keinen Zeitpunkt ein Alibi, sie wohnt im Winter allein in der *Blauen Rose*, Lizzy schläft normalerweise zu Hause. – Hast du Zigaretten?«

Sie schüttelte den Kopf und setzte sich zu ihm. »Warum sollte sie diese Frauen ermorden? Ihnen die Fingerkuppen abtrennen, die Augen aushöhlen, die Zähne ziehen? Das ist absurd.« Andererseits, wie sollte Samantha Mills etwas malen können, das sie nicht selbst gesehen hatte?

»Du hast ja keine Ahnung, wie besessen sie sein kann. Für ihre Kunst würde sie alles tun.«

Soizic trommelte mit den Fingern auf die Tischplatte. »Und du hast diese Bilder nie gesehen?«

»Doch, eines, ganz zu Anfang. Ich bin einfach ins Atelier geplatzt. Sie war stinksauer.«

»Und?«

»Sie hat den Tatort so detailliert gemalt, dass ich sicher war, sie muss da gewesen sein.« Er machte eine Pause. »Und zwar vorher.«

Soizic schwirrte der Kopf, die Gedanken überschlugen sich: War Samantha Mills nun Opfer oder Täterin oder beides? Vergnügten sich hier Psychopathen in einem Spiel, dessen Einsatz Menschen waren? Über diesen Drakon von Marseille hatte sie Schlimmes gehört. Es hieß, er beherrsche den Industriehafen und von dort aus die gesamte Provinz.

»Du hast auch kein Alibi für die fraglichen Nächte.«

»Das hast du überprüft?«

»Hab ich so in der Polizeischule gelernt: Prüfe als Erste die, mit denen du arbeitest, um sicher sein zu können, dass deren Hände sauber sind.«

»Aber was gehen dich die Morde im Industriehafen von Marseille an?«

»Ach komm, wir haben doch alle darüber gerätselt, weil sonst nichts los war. Es ist Winter in Cassis, schon vergessen?« Soizic reckte sich und gähnte. »Nur der Vollständigkeit halber: Was hast du mit Thierry laufen?«

»Der Typ ist einfach zum Kotzen. Wir wollten beide den gleichen Job, da habe ich ein wenig manipuliert. Thierrys Ruf wurde ruiniert, ich bekam die Stelle, er musste in den Bau. Den Rest kennst du. Es flog auf, und ich wurde hierher strafversetzt.«

»Wo willst du jetzt hin?«

Er sah sie bittend an. »Ich würde gern hierbleiben.«

»Mensch, Jérôme, du hast so viel Dreck am Stecken, das reicht für ein ganzes Polizistenleben.«

»Ich bin kein Mörder!«

»Gut, sehen wir morgen weiter. Aber ich warne dich, keine krummen Sachen mit mir. – Eins noch: Wieso ruft der Präsident dich an?«

Jérôme machte ein gequältes Gesicht. »Eine Hand wäscht die andere. Er hat mir damals Cassis verschafft. Anstatt Bau.«

»Wieso macht er so etwas?«

»Er weiß, wie nützlich ein Netz aus Handlangern ist, die ihm etwas schulden.«

Soizic sah ihn prüfend an, irgendetwas an dieser Version stimmte nicht. »Du bist doch ein kleines Würstchen für den. Also: Warum hat er dir geholfen?«

»Die Gendarmerie Nationale ist dem Verteidigungsministerium unterstellt, und an gehobener Stelle sitzt ein Onkel von mir.«

»Aha.« Soizic räumte den Tisch ab, zerrte eine Matratze unter ihrem Bett hervor und legte sie auf den Küchenboden für Jérôme, den Mann ihrer Träume. Jetzt war ausgeträumt. Sie warf ihm ein Kissen und eine Decke zu, wünschte eine gute Nacht und verzog sich in ihr Schlafzimmer.

17

Elisabeth wurde wach, weil ihr der Duft von Kaffee in die Nase stieg. Ihre Zunge fühlte sich pelzig und geschwollen an, selbst die Augen zu bewegen tat weh. Sie richtete sich so langsam wie möglich auf, nahm von Drakon den Plastikbecher mit heißem, süßem Kaffee und trank schweigend. Es herrschte dieses fahle Licht kurz vor Sonnenaufgang, seltsam hell, aber noch nicht vergoldet. Der Tisch, die Kiste, die Stühle, das Feuer, ihre Tasche mit Samanthas Bildern, all das war verschwunden, als wäre es nie da gewesen. »Bist du schon lange wach?«

»Ich schlafe selten mehr als drei oder vier Stunden. Steh auf, ich will dir noch etwas zeigen, bevor der Hubschrauber kommt.« Er reichte ihr die Hand und zog sie hoch.

Elisabeth stöhnte. Sie bemerkte, dass sich ihr Haar gelöst hatte. Mechanisch flocht sie es zu einem Zopf, während sie Drakon folgte. Ihr Weg führte sie mitten durch die meterhohen Holzstöße, die ihr jetzt – ohne Wodka – wieder sehr bedrohlich erschienen. Als sie zwei Stapel hinter sich gelassen hatten, stand sie völlig unerwartet vor dem Meer.

»Du hättest vor dem Feuer fliehen können, wenn du in diese Richtung gelaufen wärst«, erklärte Drakon trocken.

Nichts war zwischen ihnen passiert in dieser Nacht, aber Elisabeth sehnte sich nach seiner Umarmung und empfand es seltsam kränkend, dass er sie nicht berührte. Als der erste Sonnenstrahl über den Horizont glitt, sah sie, warum er sie hierher gebracht hatte: eine Kolonie weißer und rosafarbener Flamingos. Manche schliefen, andere staksten umher, wieder andere breiteten ihre Flügel aus, sodass die Wassertropfen auf ihren Federn glitzerten.

»Unwirklich«, flüsterte Elisabeth, weil sie fürchtete, die Tiere aufzuschrecken.

»Die äußere Welt ist nie Ursache, sondern immer Wirkung«, sagte Drakon und machte ihr ein Zeichen, ihm zu folgen. Sie wusste, warum, sie hatte den Hubschrauber auch gesehen. Drakon sprach kein Wort mehr. Er half ihr beim Einsteigen, schnallte sie an, reichte ihr den Kopfhörer, machte dem Piloten ein Zeichen, schloss die Tür. Als sie abhoben, versuchte sie irgendwo unter sich ein Auto zu finden, eine Jacht oder wenigstens ein Motorrad, mit dem Drakon gekommen sein konnte, aber sie entdeckte nichts.

Sie schwebte eben über die Flamingos hinweg, da erklärte ihr der Pilot unaufgefordert: »Im Hafenwasser hier lebt kein Fisch mehr, deshalb lieben die Flamingos diesen Ort. Fische sind ihre Nahrungskonkurrenten.« Der Hubschrauber legte sich auf die Seite, und mit einem schwungvollen Bogen flogen sie über die Altstadt von Marseille, die noch schlief. Eine Frage drängte sich Elisabeth auf: Warum hatte Drakon sie gefragt, ob sie die Bilder angesehen hatte? Und warum hatte er ›gut‹ gesagt, als sie das verneinte? »Scheiß Wodka«, murmelte sie vor sich hin. Als sie den Landeplatz auf dem Plateau erreichten, stand bereits die schwarze Limousine dort. Sie versuchte gar nicht erst mit dem Fahrer Konversation zu machen, zu deutlich hatte er bereits auf der Hinfahrt signalisiert, dass er nicht reden wollte. Als sie Marseille passierten, war die Sicht klar, Elisabeth konnte die Ausmaße des Hafens erkennen. Von hier bis zum Bassin von Fos zogen sich unendlich viele Kilometer. Sie schüttelte den Kopf über sich selbst, weil sie naiv davon ausgegangen war, es könne nicht so schwer sein, die Bilder von Samantha zu finden.

Auch Cassis schlief noch, als der Fahrer in den Müllhof der *Blauen Rose* einbog, sie aussteigen ließ und grußlos davonfuhr. Elisabeth öffnete leise die Hintertür und beschloss, ihrer Lust auf einen Milchkaffee nicht sofort nachzugeben, sondern erst einmal zu duschen und etwas gegen die Kopfschmerzen zu nehmen. Als sie an dem Spiegel im Salon vorbeikam, stöhnte sie auf. Wimperntusche klebte ihr unter den Augen, die in dunklen Schatten lagen. Ihre Haare waren struppig, die Lippen rissig. »Wie eine Pennerin«, sagte sie voller Verachtung für sich selbst. Auf der letzten Treppenstufe angekommen, blieb sie stehen. Sie schloss und öffnete mehrmals die Augen, um ganz sicher zu gehen, dass sie sah, was sie sah: Vor der Tür zu Rosis und Bellas Zimmer lag Lizzy, eines ihrer handlichen Fleischermesser in der linken Hand, und schnarchte. Elisabeth wusste nicht, was diese Szene zu bedeuten hatte, aber sie lachte so laut los, dass Lizzy sofort wach wurde und sich aufsetzte. Die alte Haushälterin blinzelte sie mit gerunzelter Stirn an. »Schon gut, Ma'am, ich weiß, ich sehe schrecklich aus«, murmelte Elisabeth schuldbewusst.

Lizzy erhob sich, strich ihr geblümtes Kleid glatt, kam auf Elisabeth zu. Sie schaute ihr von unten in die Augen und sagte bissig: »Wer mit Straßenkatern zu Bett liegt, wacht nicht selten in der Gosse auf.« Sie ging an ihr vorbei. »Ich erwarte dich unten, sobald du dich entlaust hast.«

Elisabeth duschte, bis ihre Haut krebsrot war, und putzte sich ausgiebig die Zähne. Als sie einigermaßen wiederhergestellt war, traute sie sich in die Küche, wo ein heißes Croissant und Milchkaffee auf sie warteten. »Warum hast du vor Rosis und Bellas Zimmertür geschlafen?«

»Nun …«, Lizzy löste umständlich drei Löffel Zucker in ihrer kleinen Tasse, »die haben gestern eine E-Mail bekommen von deiner Mitarbeiterin, und als sie am späten Abend festgestellt haben, dass du gar nicht da bist, wollten sie auf eigene Faust in den Hafen fahren und dich suchen.«

»Mich retten.« Elisabeth lächelte.

»Ich habe ihnen erklärt, dass sie die Zufahrt sowieso nicht finden, dass es außerdem viel zu gefährlich für sie ist und erst recht mit eurem teuren Mietwagen.«

»Du wusstest, dass Drakon mir nichts tun würde?« Sie tunkte die eine Hälfte des Croissants in ihren Milchkaffee und biss gierig hinein.

»Sicher, sonst hätte ich dich doch gar nicht gehen lassen.« Lizzys Augen flatterten. Beide wussten, dass das so nicht stimmte.

»Und als sie sich gar nicht überzeugen lassen wollten, habe ich sie mit dem Messer in ihr Zimmer gejagt, zugesperrt und zur Sicherheit vor ihrer Tür geschlafen. Wir spielen hier doch nicht die Reise nach Jerusalem!« Sie goss sich Kaffee aus der Silberkanne nach, die auf dem Gasherd stand, und kam zu Elisabeth an den Tisch. »Was hat er gesagt?«

»Dass er keine Lust hat mir zu erklären, was daran in Ordnung ist, wenn Frauen für Geld die Beine breit machen und er daran verdient.«

»Du hast ein Händchen für die richtigen Themen. Verdammt, Elisabeth, das alles ist ein großes Geschäft. Das verstehst du nicht.«

»Erklär es mir.«

»Drakon ist fair. Die Frauen werden von ihm gut geschützt. Er versichert sie sogar von dem Geld, das sie ihm geben.«

»Rührend, krankenversichert vom Schutzgeld.«

»Wenn er es nicht macht, macht es ein anderer. Das liegt in der Natur der Sache.«

»Die Mädchen im Container waren höchstens siebzehn oder achtzehn.«

»Du zahlst erst ab zwanzig.«

»Wie großzügig.« Elisabeth stand auf. Sie schob vier weitere Croissants in den Ofen, stellte Saft und Gläser auf ein Tablett und kochte frischen Kaffee. Sie fragte sich, ob sie früher nicht doch einmal Sams Aufforderung hätte folgen sollen, mit ihr der anderen, dunkleren Seite des Lebens einen Besuch abzustatten.

»Wenn du dir Drakon schlechtreden musst, bitte, ich werde dir dabei nicht helfen«, knurrte Lizzy, die sehr wohl begriffen hatte, was mit Elisabeth geschehen war. »Eine erfolgreiche, glücklich verheiratete Anwältin und ein Straßenkater aus Marseille! Das passt dir nicht in den Kram, was?« Da Elisabeth nicht reagierte, denn sie bewachte den Milchtopf auf dem Herd, fügte Lizzy hinzu: »Von dem würde ich an deiner Stelle auch die Finger lassen, der ist schließlich ständig von jungem

Gemüse umgeben. Was willst du dich ihm auch noch an den Hals schmirgeln.«

»Schmeißen.«

»Was?«

»Es heißt ›an den Hals schmeißen‹, sagte Elisabeth, noch immer abgewandt. Sie konnte den aufkommenden Lachkrampf kaum bändigen und dachte: Ich werde langsam hysterisch. Ihr fiel ein Satz von Drakon wieder ein. Sie nahm die Milch von der Flamme, füllte sie in die zwei großen Tassen auf dem Tablett und wandte sich zu Lizzy, die sich am Tisch eine Zigarette drehte. »›Wenn der Tod auf den Markt geht, kauft er nicht nur Sonderangebote.‹ Was heißt das?«

»Wenn es Stress gibt, nimmt der eine dem anderen die besten Mädels weg und nicht die, die freiwillig wechseln.«

Elisabeth runzelte die Stirn. »Und wenn ich nicht wechseln will?«

»Ich habe dir schon gestern gesagt, das ist eine Welt mit festen Regeln. Da sagt niemand so leicht ›Nein‹.«

Die Espressokanne hinter ihr am Herd zischte. Sie goss den Kaffee in die bereitgestellten Tassen mit heißer Milch, holte die Croissants aus dem Ofen und nahm das Tablett. »Heute gibt es mal Frühstück im Bett. Hältst du mir die Tür auf?« Als sie an Lizzy vorbeiging, grinste diese so breit, dass Elisabeth ihr die Zunge herausstreckte.

Die Stehuhr in der Halle schlug gerade sieben, als sie die Treppe hochging. Vorsichtig öffnete sie die Tür und dachte: Groß kann die Sorge ja nicht gewesen sein, wenn sie so tief und fest schlafen. Elisabeth stellte das Tablett an Bellas Fußende, strich ihr liebevoll die Haare aus dem Gesicht und flüsterte ihren Namen. Rosi wachte als Erste auf, setzte sich ruckartig hoch, stopfte ihr Kissen in den Rücken und sagte: »Gott sei Dank, du bist zurück. Ich habe die ganze Nacht von dir geträumt. Es war schrecklich.«

Bella zog ihre Decke bis unters Kinn und gähnte herzhaft. »Ich wusste es. Habe ich es nicht gesagt, Rosi? Sie kommt bestimmt wieder.«

Elisabeth schob das Tablett zwischen die beiden Frauen im Bett und nahm von Rosi das Laptop entgegen.

»Lies mal, was deine Imogen schreibt, dann wirst du verstehen, warum ich so in Sorge war. Ich habe die E-Mail auf dem Desktop gespeichert, einschalten reicht«.

Elisabeth ahnte, dass das, was in dieser Nachricht stand, ihr nicht gefallen würde, und gönnte sich noch ein paar Minuten der Unwissenheit. Bella und Rosi bombardierten sie mit Fragen. Elisabeth erzählte ihnen ausgiebig vom Hafen, von Drakon, dem Feuer, den Austern, dem Wodka und den Flamingos.

»Flamingos, so, so«, sagte Bella. »Ich glaube, so gut hat mich noch kein Mann gevögelt, dass ich Flamingos gesehen habe.«

»Ich habe nicht mit ihm geschlafen.«

»Wenn er so gut küssen kann, dass du Flamingos siehst, dann möchte ich nicht wissen, welche Erscheinungen du hast, wenn er zur Sache kommt.«

Elisabeth winkte lachend ab. »Ich weiß, für dich ist der Gedanke absurd, eine Nacht mit Reden zu verbringen. Aber so war es, großes Ehrenwort.«

»Schon klar.« Bella leckte ihre Finger ab und fuhr fort: »Frau sollte ja auch wirklich erst dann mit einem Mann schlafen, wenn sie weiß, dass sie ihn liebt, und auf keinen Fall, um es herauszufinden.«

»Bella – hallo?«, mischte Rosi sich ein.

»Ich weiß, späte Einsicht, aber immerhin. Ich finde, es klingt gut, oder etwa nicht? Ich dachte, beim nächsten Mann versuche ich es mal so herum.«

Rosi stellte ihre Tasse auf den Nachttisch, nahm Elisabeth das Laptop ab, öffnete die E-Mail und reichte ihr das Laptop zurück. »Hier. Ich mache deinem Liebestaumel wirklich ungern den Garaus, aber bitte lies das!«

Seufzend blickte Elisabeth auf den Bildschirm. Rosi sollte recht behalten, ihre Gefühle kühlten schlagartig ab, als sie die Zeilen ihrer Assistentin überflog.

Sehr geehrte Frau von Landau … Des Weiteren hat Mr Mills nachweisbar seit zwei Jahren regelmäßig Kontakt mit dem obersten Mafiaboss von Marseille, Drakon Terras. Das meiste läuft über Mittelsmänner, selten gibt es persönlichen Kontakt …

Elisabeth hielt inne. Besonders der letzte Satz fühlte sich an wie eine Ohrfeige. Und ich habe ihm die Bilder gegeben, dachte sie bitter. Wie um sich selbst zu beschwichtigen, berichtete sie Rosi und Bella, was Drakon ihr erzählt hatte: dass Samantha möglicherweise unfreiwillig das Hotel verlassen hatte und dass die Frau, die die Bombe im Flugzeug platziert hatte, gar nicht Samantha war, sondern nur wie sie ausgesehen hatte. Als Elisabeth etwas atemlos endete, meinte Rosi unbeeindruckt: »Wenn er dir das alles erzählt hat, warum hat er dann den Kontakt mit Mr Mills unterschlagen?«

»Vielleicht kennt er ihn unter falschem Namen.«

»Elisabeth?«

»Schon gut. Du hast ja recht.«

»Was wolltest du eigentlich bei ihm?«

»Ich habe gehofft, dass er uns helfen kann, Sam zu finden. Er hat gesagt, sie lebt noch, das weiß er mit Sicherheit.«

»Woher?«

»Das hat er nicht gesagt.«

»Und was hast du ihm erzählt?«

»Alles.«

»Alles was?«

»Dass zwei Skizzenhefte fehlen und das Testament, dass Jérôme hier eingebrochen ist, eben all das.«

Rosi beugte sich nach vorn und blickte Elisabeth fest in die Augen. »Und warum warst du sonst noch da?«

»Na«, mischte Bella sich ein, der die Stimmung schon lange zu frostig war. »Warum wohl? Weil sie ihn interessant findet. Überleg doch mal, wie viele Typen dich mit dem Hubschrauber abgeholt haben, um zwischen Bergen von abgelagertem Holz ein Feuer für dich zu machen, dir frische Austern zu knacken und Wodka zu servieren. Finde ich total romantisch!«

»Warum warst du sonst noch da?«, insistierte Rosi.

Elisabeth stand auf, stellte sich ans Fenster, blickte auf die bunten Boote im Hafenbecken. Mit dem Rücken zu den beiden anderen berichtete sie ihnen von den Bildern, die sie nach Bellas Missgeschick mit Samanthas Schrank dort im Geheimfach gefunden hatte.

»Und was ist darauf, dass wir sie weder hier im Haus behalten konnten noch der Polizei übergeben?«, fragte Rosi.

Elisabeth verschränkte ihre Finger so fest ineinander, dass es ihr weh tat. »Ich glaube, die ermordeten Frauen«, flüsterte sie.

Bella biss in ihre Hand, um einen Schrei zu unterdrücken.

»Verdammt«, sagte Rosi. »Wie war das noch mal, Elisabeth? *Unser Leben ist das, wozu wir es machen*?«

Elisabeth drehte sich herum. »Marc Aurel. In dem Fall eine besonders schwachsinnige Anmerkung!«

»Ach kommt, jetzt bitte keine eurer Grundsatzdiskussionen. Elisabeth hat sich verknallt und ausnahmsweise mal etwas vermasselt«, versuchte Bella zu schlichten.

Rosi seufzte und streckte Elisabeth die Hand hin. Diese setzte sich aufs Bett und erzählte ihnen von der Nacht davor: dass sie im Salon getanzt hatte, so wie früher, wenn sie den Kopf frei bekommen wollte … dass plötzlich dieser Drakon vor ihr gestanden, sie umfasst und mit ihr die dritte Sevillana getanzt hatte, während sich am Fenster Jérôme die Nase platt drückte … dass Drakon ihn später mit einem gezielten Schlag außer Gefecht gesetzt hatte. »Und ganz ehrlich«, endete sie, »deshalb glaube ich nicht, dass Drakon mit Sams Verschwinden was zu tun hat.«

»Oh, das glaube ich für dich mit«, sagte Rosi, »Die Frage ist nur, ob er bei den guten oder den bösen Buben mitspielt.«

»Traust du meinem Instinkt so wenig?«

»Seit ein paar Tagen lieber weniger.« Rosi rückte ihr Kissen zurecht und fügte hinzu: »Mir war nie klar, wie mühelos du lügen kannst und wie leichtfertig du dich mit Kriminellen einlässt.«

Seufzend legte Elisabeth ihre Hände auf die Bettdecke, betrachtete sie und sagte leise, aber sehr bestimmt: »Ich will Samantha finden, und dafür würde ich noch ganz andere Sachen machen.«

Rosi legte ihre linke Hand auf Elisabeths. Sie wusste, dass nichts und niemand wichtiger für sie war als Sam. »Soizic wollte heute zum Mittagessen kommen und die Passagierliste des abgestürzten Flugzeugs mitbringen. Hat dieser Drakon gesagt, wann er sich wieder meldet?«

Elisabeth schüttelte schuldbewusst den Kopf.

Rosi blickte sie verständnislos an, und Bella rief aus: »Oh Mann, ist das romantisch.«

Mit dem Laptop unter dem Arm stand Elisabeth auf. »Ich beantworte die E-Mail an Imogen und warte unten im Salon auf euch.«

»Elisabeth?«, fragte Rosi.

»Hm.«

»Hast du dich in diesen Mafiatypen verknallt?«

»Unsinn«, antwortete sie und öffnete energisch die Zimmertür.

»Wurden die ermordeten Frauen nicht auch im Holzhafen gefunden?«, fragte Rosi weiter.

»Bis gleich.« Elisabeth zog die Tür hinter sich zu.

Bella grinste. »Und ob die sich verknallt hat.« Sie knuffte vergnügt ihr Kissen. »Ich würde sagen, es hat sie eiskalt erwischt. Jetzt weiß ich auch, warum sie gestern so vor sich hin geleuchtet hat.«

»Sorgst du dich eigentlich auch um Sam?«, fragte Rosi und stand auf.

»Klar, trotzdem freue ich mich für Elisabeth«, antwortete Bella leichthin.

»Das kann nicht dein Ernst sein.« Rosi stellte sich vor das Bett und sah mit gefurchter Stirn auf Bella hinunter. »Du freust dich, dass sie sich in einen Mafiatypen verknallt hat? In einen, der Frauen auf den Strich schickt und daran verdient? Der möglicherweise – oder besser, sehr wahrscheinlich – einige Morde auf dem Kerbholz hat? Der vielleicht unsere Freundin Sam in seiner Gewalt hat?«

Bella verschränkte die Arme vor der Brust. »Wenn er sich in Elisabeth verliebt hat, und das hat er so sicher, wie jeden Tag die Sonne aufgeht, und wenn er Sam hat, dann rückt er die ja vielleicht wieder heraus. Und wenn er Sam nicht hat, gibt er sich mehr Mühe, sie zu finden, weil er Elisabeth beeindrucken will.«

»Wie praktisch.«

»Nicht wahr?« Bella lächelte und Rosi kapitulierte wie schon so oft vor Bellas Fähigkeit, das Leben von der pragmatischen und vor allem heiteren Seite zu nehmen.

»Ich fänd's klasse, wenn Elisabeth endlich mal einen Mann auf Augenhöhe hätte.«

Rosi schüttelte den Kopf. »Einen Mafiaboss und Mörder? Passt super zusammen.«

Bella blickte hoch, weil die Badezimmertür mit Schwung ins Schloss knallte, zuckte grinsend mit den Schultern und beschloss, da das Bad ohnehin belegt war, noch ein wenig im Bett zu bleiben.

Elisabeth versorgte das Laptop im Salon mit Strom und schrieb an ihre Assistentin, von welchem Konto sie den Detektiv bezahlen sollte. Weiterhin bat sie, Griffin möge herausfinden, woher Mr Mills seine gefälschten Pässe hatte, seit wann er darüber verfügte und mit wem er noch Kontakt hatte. Ihr kam es absurd vor, Mr Thomas Mills könne mit der Mafia oder anderen dubiosen Leuten krumme Geschäfte machen, denn dieser überkorrekte, wohl erzogene Engländer zeichnete sich nach ihrer Einschätzung eher durch Langeweile aus. »Unsinn«, sagte sie dann aber vor sich hin, »wenn er Kontakt mit Drakon hat, belegt das genug.« Sie sann darüber nach, ob

Samanthas Exmann nicht auch Verbindungen zu einem Geheimdienst haben könnte. Aus einem Fall, den ihre Kanzlei vor einigen Jahren betreut hatte, wusste sie, wie die Hierarchien dort funktionierten und auf welche Weise V-Leute gewonnen wurden. Was würde Mr Mills tun, um seine geliebte *Blaue Rose* zurückzubekommen? »Einiges«, gab Elisabeth sich selbst die Antwort. Warum dieses Hotel für Sam so wichtig war, verstand sie gut. Aber warum Mr Mills, der weltweit unzählige Hotels besaß und den seine Exfrau großzügig hatte abfinden wollen, die *Blaue Rose* unbedingt besitzen wollte, das kapierte sie nicht. Zum Agenten taugt er nicht, überlegte sie weiter, denn Agenten leben im Verborgenen, sorgen dafür, dass es weder Fotos noch Informationen von ihnen gibt. Ihre Enttarnung ist mit Gefahren für Leib und Leben verbunden, nicht selten auch mit politischen Verwicklungen. »Vielleicht ist er ein V-Mann, unser guter Mr Mills, ein Lockvogel«, murmelte sie vor sich hin.

Rosi, die gerade den Salon betrat, schnappte Elisabeths letzten Satz auf. Sie konnte sich keinen Reim darauf machen und fragte nach.

»V-Leute werden hauptsächlich in Bereichen eingesetzt, in denen regelmäßig Straftaten begangen werden, wie zum Beispiel bei rechts- oder linksextremen Gruppen oder der organisierten Kriminalität.« Elisabeth klappte das Laptop zu und wickelte sorgfältig sein Kabel auf, bevor sie hinzufügte: »Wenigstens in Deutschland ist das so.«

»Und warum sollte irgendein Geheimdienst, egal ob der von England oder von Frankreich, Mr Mills anwerben?«

»Als Lockvogel für Sam?«

»Aber warum denn?«

»Warum kauft und verkauft Mr Mills weltweit Hotels, aber die *Blaue Rose* will er unbedingt behalten bzw. wiederhaben?«

»Du suchst nach einem Weg, deinen Drakon zu rehabilitieren«, stellte Rosi mit einem scharfen Unterton fest. »Willst du ihn nicht warnen?«

»Das ist zumindest eine mögliche Erklärung dafür, warum Drakon Kontakt hat mit Mr Mills oder Dominique Petrant oder Sebastian Fernandez. Das ist alles, was ich damit sagen will.«

»Du meinst, wenn er ihn als Mr Mills kennt, ist Drakon ein böser Bube, kennt er ihn als Dominique Petrant oder Sebastian Fernandez, ist er ein guter Bube. So in etwa?« Rosi ging zum Kamin und nahm ihre Zigarillos vom Sims. Sie trug eine rote Marlene-Hose mit einem eng anliegenden Rollkragenpullover, ihre schwarzen, nach hinten gekämmten Haare glänzten. Elisabeth betrachtete sie und dachte wieder einmal, dass Rosi eine sehr eigenwillige Schönheit besaß. Der schwarze Pullover betonte ihre blasse Haut, den roten Mund und die dunklen Augen.

»Wie willst du herausfinden, ob Drakon mit Mr Mills zu tun hat?«

Lizzy betrat den Salon und deckte den Tisch fürs Mittagessen ein. Als sie erst rechts von Elisabeth Messer und Serviette, dann links von ihr die Gabel und den Brotteller platzierte, zischte sie ihr zu: »Drakon steckt nicht mit Mr Mills unter einem Kissen.« Elisabeth rückte das Besteck zurecht und folgte Lizzy mit den Augen, die einmal um den ganzen Tisch herumging. »Es heißt ›unter einer Decke‹«, antwortete Elisabeth lächelnd: »Lizzy, Drakon hat zu mir gesagt, ich bräuchte nicht zu verstehen, dass die dritte ermordete Frau Samantha ähnlich sieht. Was meint er damit?«

Rosi rollte mit den Augen und dachte: Jetzt kenne ich diese Frau seit über zwanzig Jahren und doch immer noch nicht wirklich. Es war ihr fremd, wie routiniert Elisabeth einerseits einen hochkarätigen Detektiv einschaltete, mit dem Mafiaboss von Marseille anbandelte oder wichtiges Beweismaterial verschwinden ließ. Andererseits hatte Elisabeth sich, wann immer es zu vermeiden war, noch nie mit der zweiten Klasse abgegeben, egal ob es sich dabei um Sitzplätze im Zug, die Passage auf einem Kreuzfahrtschiff oder wie hier um Menschen handelte.

»Weiß ich nicht, was Drakon meint«, log Lizzy und verließ mürrisch den Salon.

Das Telefon klingelte. Hoffnungsvoll nahm Elisabeth ab.

»Hallo, Soizic hier.« Die Polizeibeamtin sprach so laut, dass Rosi mühelos mithören konnte. »Würdet ihr bitte alle drei in die Rue Pasteur kommen? Dort ist ein kleines Fischrestaurant, *La sardine folle*. Sagen wir, in einer halben Stunde?«

»Warum? Du wolltest doch hierherkommen.«

»Bitte. Und sag Bella, sie soll ihren Koffer mitbringen.«

Elisabeth ließ den Hörer langsam auf die Gabel sinken und schaute Rosi ratlos an. »Was ist denn jetzt los? Wieso will Soizic nicht hierherkommen, und warum soll Bella ihren Koffer mitbringen?«

Rosi zuckte mit den Schultern, warf den Zigarillo in den frisch gefegten Kamin und antwortete: »Ich gehe rauf und sage Bescheid. Wenigstens bekomme ich dann zum Mittagessen heute kein Fleisch, das als Geflügel deklariert wird.« Überraschenderweise knallte dieses Mal Rosi die Salontür hinter sich zu.

»Na gut«, sagte Elisabeth vor sich hin, »Rosi ist schon sauer. Da macht es auch nichts mehr aus, Lizzy zu verärgern.« Sie marschierte in die Küche, in der es nach feuchtem Sand und Seetang roch. Im Spülstein lagen Miesmuscheln, auf dem Herd kochten Lorbeer, Petersilie, Chili und Schalotten in Weißwein ein. »Könnten wir das auch heute Abend essen?«

»Von mir aus«, antwortete Lizzy brüsk und bürstete die Muscheln frei von Sand und Algen. Elisabeth erklärte ihr, dass Soizic sie eben erst ins Restaurant gebeten hätte, und fragte schließlich: »Wieso bist du so wütend? Auf mich?« Sie stellte sich neben Lizzy und nahm eine Muschel aus dem weißen Keramikbecken.

»Wenn du Drakon misstraust, lässt du dich besser nicht mehr bei ihm blicken.«

»Darf ich das bitte selbst entscheiden?«

»Du kennst dich in seiner Welt nicht aus.«

»Dafür habe ich ja dich.«

Lizzy warf wütend die Bürste ins Spülbecken. »Ich bin zu lange raus.«

»Den Eindruck hatte ich nicht, als wir im Container waren.«

»Bist du immer so stur?«

»Wenn ich meine Fälle gewinnen will, ja.« Sie legte die Muschel vorsichtig zurück und blickte auf Lizzy hinunter. »Drakon hat mich gefragt, ob ich mir die Bilder angesehen habe, die ich dabeihatte. Ich habe ›Nein‹ gesagt. Er hat geantwortet, das ist gut. Was wäre passiert, wenn ich ›Ja‹ gesagt hätte?«

»Hängt davon ab, was auf den Bildern drauf ist«, wich Lizzy aus.

»Jetzt komm schon!« Sie fasste Lizzy an den Schultern und zwang sie, ihr in die Augen zu sehen. »Wenn es Äpfel in einer Obstschale gewesen wären, hätte er wohl kaum gefragt.«

»Also gut.« Lizzy machte sich von Elisabeth los und nahm ihre Arbeit wieder auf. »Wenn du es unbedingt wissen willst: Je nachdem wärst du heute Morgen nach Hause gekommen oder eben nicht.«

Elisabeth atmete dreimal tief aus und ein, dann sagte sie: »Du meinst …«

»Ja. Ich meine genau das.« Sie warf eine geputzte Muschel so vehement in das Becken zurück, dass die schwarze Schale brach. »Selbst wenn Drakon sich in dich verliebt hätte, würde er nicht zögern, dich umzubringen, sollte es notwendig sein.«

»Aber …«

»Kein ›aber‹«, sagte Lizzy aufgebracht und fuchtelte mit der Muschelbürste unter Elisabeths Nase herum, »bei ihm gelten andere Regeln!«

»Das sagtest du bereits«, erwiderte Elisabeth spitz und setzte sich an den Tisch.

»Ja, und so langsam kapierst du, was das bedeutet. Der Industriehafen von Marseille ist kein Kinderspielplatz.« Sie drehte sich Elisabeth zu, lehnte sich an das Keramikbecken und nahm ihren Tabakbeutel aus der Küchenschürze.

Elisabeth setzte neu an: »Was ich sagen wollte, ist … Es könnte doch sein, dass Samantha etwas gemalt hat, das Drakon belastet.«

»Möglich«, antwortete Lizzy ungerührt.

»Und ich habe ihm, dumm wie ein Schaf, genau das überlassen. Das könnte auch bedeuten, dass er Samantha in seiner Gewalt hat. Woher sonst soll er wissen, dass sie noch lebt?« Ihr wurde flau im Magen.

»Vielleicht schützt er sie ja auch und hat Beweismaterial in Verwahrung genommen, das sie eindeutig belasten würde. Du weißt es nicht.«

»Oje, Lizzy, ich hoffe es. Es wäre entsetzlich, wenn ich bei dem Versuch, ihr zu helfen, den größten Schaden angerichtet habe.«

Die Tür ging auf, und Bella strahlte beide an. »Lizzy, kannst du mir bitte eine scharfe Schere leihen? Ich glaube, ich überzeuge Soizic heute von einem neuen Haarschnitt.«

Wortlos reichte ihr die alte Haushälterin das Gewünschte, drehte sich zum Spülbecken und wartete darauf, dass die Frauen aus ihrer Küche verschwanden. Als sie die drei über den Kai gehen sah, deckte sie die Muscheln mit einem feuchten Tuch ab, befreite sich von ihrer Schürze und stürzte aus der *Blauen Rose.* Sie stieg in ihren im Hinterhof geparkten Fiat 500 und verließ Cassis.

18

»Da hinten ist es«, rief Rosi, denn sie hatten sich bereits zweimal verlaufen. »*La Sardine folle*, die verrückte Sardine, das ist ein netter Name.«

Sie fanden Soizic im hintersten Bereich des Restaurants, unter einem Fischernetz direkt neben dem Eingang zur Küche. Ihre Haare waren zwar schon wieder etwas struppiger, aber sie sah unverändert hübsch aus.

»Warum wolltest du nicht zu uns kommen?«, fragte Rosi misstrauisch.

»Das erkläre ich gleich. Setzt euch erst einmal. Es gibt hier jeden Tag nur ein Gericht, heute Dorade. Ich hoffe, es ist euch recht.«

Die drei Frauen nickten wie auf Kommando alle gleichzeitig, quetschten sich an den kleinen Holztisch und blickten Soizic gespannt an.

»Also, ich will nicht, dass Davide oder Francis oder Zoe sehen, dass ich ständig bei euch ein- und ausgehe. Außerdem habe ich eine Woche Urlaub eingereicht, damit ich ungestört arbeiten kann.«

»Wir haben auch ein paar Neuigkeiten«, flötete Bella und kassierte unter dem Tisch einen Tritt. Soizic sah Elisabeth prüfend an, die mit den Schultern zuckte und für sich entschied, wenigstens einen Teil der Informationen sofort zu geben. »Wir haben herausgefunden, dass Mr Mills vergangenen Sonntag über Paris nach Frankreich eingereist ist, und zwar als Dominique Petrant, und dass er von Barcelona Mittwochmorgen als Sebastian Fernandez mit der Maschine um 06:20 Uhr nach London geflogen ist, um dann als Mr Mills von London nach München zu fliegen.«

Staunend fragte Soizic: »Woher kommt die Information?«

»Sie hat einen Detektiv beauftragt«, verkündete Bella stolz.

»Vielleicht sollten wir gemeinsam ein Ermittlungsbüro aufmachen, wenn ich bei der Polizei rausfliege«, schlug Soizic halb im Scherz vor, da sie einmal mehr dachte, dass sie gern so wie Elisabeth wäre.

»Dafür brauchst du aber gute Kunden, der Typ hat für diese Infos 15.000 Pfund kassiert«, plapperte Bella weiter.

»Wie lange braucht man von Marseille nach Barcelona?«, wechselte Elisabeth das Thema.

Der Kellner kam mit Besteck, Servietten, Salz und Pfeffer, einem kleinen Korb Brot und einer Schale mit Zitronenhälften. Die Türglocke bimmelte, weitere Gäste traten ins Lokal und belegten zwei Tische vorn am Fenster, sodass die Frauen unter sich blieben.

»Es sind so um die 500 Kilometer. Wenn du sie nachts fährst und ohne Stau, ist die Strecke durchaus in vier Stunden zu schaffen.«

»Wann wurde die dritte Frau ermordet?«, fragte Rosi.

»Todeszeitpunkt war gegen zwei Uhr morgens. Das Abtrennen der Gesichtshaut, Aushöhlen der Augen, Ziehen der Zähne, Amputieren der Fingerkuppen, was eindeutig post mortem geschah, hat laut Pathologe noch einmal zwei Stunden in Anspruch genommen.«

Elisabeth stützte den Kopf in die Hände. Sie sagte: »Damit scheidet Mr Mills eindeutig aus«, und dachte weiter: Sam wird umso verdächtiger. Je öfter sie sich den Dienstagabend ins Gedächtnis rief, desto sicherer wurde sie, dass sie alle relativ kurz, nachdem Lizzy sich um Mitternacht verabschiedet hatte, schlafen gegangen waren. Sie hatten die Champagnerflasche nicht mehr leer getrunken.

»Und wenn er mit dem Hubschrauber nach Barcelona geflogen wurde?« Bella lächelte Elisabeth listig an.

»Wieso Hubschrauber?«, fragte Soizic irritiert.

Bevor Bella antworten konnte, erhielt sie einen weiteren Tritt unter dem Tisch und sagte nebenhin: »Ach, war nur so eine Idee.«

»Ein Flugzeug braucht weniger als eine Stunde. Ein Hubschrauber hat in der Regel eine Reisegeschwindigkeit von 200 bis 250 Kilometer pro Stunde.«

»In dem Fall wäre es also zu schaffen gewesen«, errechnete Rosi zügig.

Soizic blickte in die Runde. »Ihr haltet Samanthas Exmann für verdächtig?«

Alle drei hoben die Schultern und machten möglichst ausdruckslose Gesichter.

»Ich war heute Morgen übrigens am Flughafen von Marseille mit einem Foto von Samantha Mills. Ich konnte nicht alle befragen, die vergangene Woche mit der Abfertigung des Unglücksflugs zu tun hatten. Aber bei allen, die mir Auskunft geben konnten, war es das Gleiche: Eine große, aufsehenerregende Frau hatten sie gesehen, das ja – aber sobald ich ihnen das Foto von Samantha hinhielt, hieß es, nein, die war es bestimmt nicht.« Es machte sie stutzig, dass die drei Frauen diese Information ohne weiteren Kommentar hinnahmen. »Mich hat zudem gewundert, dass von der Gendarmerie Nationale noch niemand dort war, um Befragungen oder Untersuchungen durchzuführen. Warum ermitteln die nicht?«

»Vielleicht haben die kein Interesse an der Aufklärung«, mutmaßte Rosi.

»Und warum nicht? Die müssen doch wissen wollen, warum jemand ein Flugzeug in die Luft sprengt und warum Samantha Mills weg ist und was es mit den toten Frauen ohne Gesicht auf sich hat.« Soizic wurde ärgerlich.

»Vielleicht weiß die gute Gendarmerie Nationale schon alles und braucht es gar nicht mehr herauszufinden«, überlegte Elisabeth laut.

»Thierry muss doch damit rechnen, dass das auffliegt!«

»Wieso? Er hat dir verboten, weiter zu ermitteln. Und so, wie man dich bisher kannte, durfte er fest davon ausgehen, dass du diese Anweisung befolgen wirst.«

»Achtung, bitte«, rief der Keller und platzierte ein großes Holzbrett in die Mitte des Tisches, auf dem sich das weiße feste Fleisch mehrerer Doraden türmte samt gesäuertem, gebratenem Knoblauch und Olivenöl. Eine Schüssel mit grünem Salat folgte und ein Stapel Teller, den er neben Bella abstellte.

»Ist etwas bodenständiger hier«, sagte Soizic entschuldigend, »ich wohne hier im Hinterhaus, gehöre also ein wenig zur Familie.«

Sie verteilten Teller, Fisch, Salat und aßen eine Weile schweigend.

»Ich habe übrigens die Passagierliste«, sagte Soizic.

»Das ist gut. Ist dir daran irgendetwas aufgefallen?«

»Nein, ich kenne niemanden außer Samantha Mills. Auf den ersten Blick eine eher übliche Mischung aus Geschäftsreisenden verschiedener Sparten und Länder. Es ist ja keine Urlaubszeit. Apropos: Als ich heute Morgen meinen Urlaub eingereicht habe, war Davide im Büro. Ich habe ihm gesagt, dass meiner Meinung nach Thierry Sachen von Sam versenkt hat. Davide war ziemlich irritiert, weil ich wusste, dass es das handschriftliche Testament und die Skizzenhefte waren.«

»Meinst du, er steckt mit Thierry unter einer Decke?«, fragte Elisabeth.

Soizic zog ein paar Gräten aus dem Fischfilet, nahm ihre Gabel, ließ sie wieder sinken und fuhr erst dann fort: »Nein. Aber auf meinen Vorschlag hin, Thierry anzurufen, stutzte er und sagte: ›Mädel, sei vorsichtig, die Gendarmerie Nationale hat es nicht so gern, wenn man ihr in die Suppe spuckt.‹«

»Du warst sehr fleißig«, sagte Elisabeth anerkennend, »und effektiv.«

Alle drei Frauen spürten, dass Soizic noch etwas sagen oder fragen wollte, aber nicht wusste, wie. Sie hantierte umständlich mit ihrem Fisch, füllte in alle Gläser Wasser nach, zog ihre Schultern zusammen und fragte schließlich: »Elisabeth, du hast erzählt, dass du mit Lizzy im Hafen warst und dich später mit einem bestimmten Herrn treffen wolltest. War der mittlerweile bei dir?«

Bella und Rosi guckten auf ihre Teller, Elisabeth hingegen fixierte Soizic, die ihr gegenübersaß. »Wie kommst du darauf?«

»Was meinst du?«, fragte Soizic errötend zurück.

»Es war nie die Rede davon, dass er zu mir kommen wollte. Ich habe lediglich erzählt, dass wir ihm die Nachricht hinterlassen haben, er solle sich melden.«

»Hüte dich vor Anwälten«, sagte Rosi, »sie hören ätzend genau zu.«

»Also, woher? Du hast mit Jérôme gesprochen?«

Soizic legte zögernd ihr Besteck neben den Teller, hob langsam den Kopf, sah Elisabeth an und sagte leise: »Er ist bei mir in der Wohnung.«

»Wow«, rutschte es Bella heraus, »hier ist sie, die neue Mata Hari.«

»Scht«, wies Elisabeth sie zurecht.

»Also war Drakon der Mann, mit dem Jérôme dich hat tanzen sehen?«

»Ja«, gab Elisabeth schließlich zu. »Aber der weiß auch nichts Genaueres, außer dass angeblich etwas Großes läuft.«

»Wir müssen Jérôme helfen, aus Cassis zu verschwinden, damit er so lange untertauchen kann, bis alles geklärt ist.«

»Dann ist es aber aus mit seiner Polizeilaufbahn, oder?«, fragte Rosi.

»Ja, aber das ist es so oder so. Also kann er auch abhauen, damit er nicht in den Bau muss.«

»Wieso sollten wir ihm überhaupt helfen? Er hat uns bis heute nicht erzählt, warum er versucht hat, in die *Blaue Rose* einzubrechen«, wandte Elisabeth nüchtern ein.

»Er hat gesagt, Samantha hätte ihn beauftragt, Bilder von ihr aus irgendeinem Geheimfach zu verstecken, sollte ihr jemals etwas zustoßen.«

»Glaubst du ihm das?«, fragte Rosi.

»Ja. Ich meine, ich kenne Samantha nicht und weiß nicht, ob sie so etwas tun würde. Aber von Jérômes Seite aus: Ja, ich glaube ihm.«

Ich glaube eher, dass der gute Jérôme Sam beobachtet hat und deshalb weiß, was auf den Bildern ist, dachte Elisabeth. Und dass er sie nicht auftreiben konnte und deshalb annimmt, dass es irgendwo ein Geheimfach gibt. Sie fragte Soizic: »Hast du sonst noch etwas herausgefunden?«

»Ich habe die Liebhaber, insbesondere Guy, den Sohn des Bürgermeisters, und Paul, den Metzger, vorsichtig befragt. Paul schläft schon seit fünf Jahren mit Samantha Mills. Aber irgendwie kennt keiner sie wirklich. Sie hat so viele Seiten. Wüsste ich es nicht besser, könnte ich nicht glauben, dass Paul, Francis, Jérôme und Guy wirklich über ein und dieselbe Frau gesprochen haben. Woran liegt das?« Sie schob ihren Teller zur Seite, presste eine Zitronenhälfte erst über der einen, dann über der anderen Hand aus und trocknete sich mit der Serviette ab.

»Samantha hat erstens viele Facetten, zweitens benutzt sie die Männer für unterschiedliche Ziele«, gab Elisabeth knapp zur Antwort und tat es Soizic gleich. Sie wusste, wonach die Polizistin suchte: nach einer Erklärung, warum die attraktivsten Männer sich alle auf diese eine Frau einließen, die obendrein noch als hässlich galt. Dass Sam sich den Männern wie eine leere Leinwand näherte, auf die sie malen durften, was sie begehrten oder ersehnten, war schwer zu erklären und doch wieder ganz leicht: Welcher Mann träumte nicht von einer Frau ohne Tabus, die auch die seltsamsten Wünsche nicht erschrecken konnten?

Als der Kellner kam, um den Tisch abzuräumen, fragte er: »Möchten Sie Kaffee oder ein Dessert?«

»Nein, danke, Philippe, ich würde gern zahlen.«

»Ich schreib's auf, machen wir am Monatsende.«

»Sehr gut. Trinken wir den Kaffee also bei mir?«

Als Elisabeth hinter Bella, Rosi und Soizic die Steinstufen zum Appartement erklomm, versuchte sie sich vorzustellen, dass Mr Mills die Frauen umgebracht hatte und die Morde seiner Exfrau in die Schuhe schieben wollte, um endlich an sein heiß geliebtes Hotel zu kommen. Was hatte es damit auf sich, dass die beiden um die *Blaue Rose* stritten wie andere um Unterhalt? Warum wollte Mr Mills kein Geld? War es das, was sie nach Drakons Einschätzung nicht zu verstehen bräuchte?

»Wir sind es«, rief Soizic in die Dunkelheit ihrer Küche. Die Frauen brauchten ein paar Minuten, bis sie sich an das dämmerige Licht gewöhnt hatten, und traten eine nach der anderen ein. Mit einem Blick erkannte Elisabeth, dass es Jérôme nicht gut ging. »Du hast dich ja ganz schön in die Scheiße geritten«, sagte sie trocken und selten unfreundlich.

Mit geballten Fäusten erwiderte er: »Danke für das Verständnis.«

»Bitte«, griff Soizic beschwichtigend ein. »Ich mache jetzt Kaffee und du, Bella, wäre schön, wenn du Jérôme ein neues Aussehen verpassen würdest, damit er von hier verschwinden kann.«

»Du willst ihn wirklich loswerden?«, fragte Bella mit großen Augen und stellte ihren Koffer auf den Küchentisch. Soizic ließ das unbeantwortet. »Ich schlage vor, wir schneiden ihm einen Igel und färben die Haare schwarz. Aus dem Dreitagebart machen wir einen Oberlippenbart, ebenfalls schwarz, und wenn er Kontaktlinsen vertragen kann, zumindest bis er aus Cassis raus ist, hätte ich Dunkelbraun anzubieten. Würdest du das bitte übersetzen, Soizic?«

Jérôme hob ergeben die Schultern. Keine der Frauen hier, dachte er bitter, hat eine blasse Ahnung davon, wie ernst meine Lage ist. Soizic reichte Bella ein großes Handtuch, das sie ihm um die Schultern band. Ein beherzter Schnitt – schon war er seinen Zopf und sein Johnny-Depp-Image los. Als die Haare ohnehin schon ziemlich kurz waren, holte Bella einen elektrischen Rasierer aus ihrem Koffer, grinste Jérôme frech an und stellte auf vier Millimeter.

»Kannst du dir erklären, warum im Auto von Samantha Mills Spuren der zuletzt ermordeten Frau gefunden wurden?«, fragte Soizic ihren Kollegen. Sie stellte die Kaffeekanne neben Bellas Koffer ab und nahm die Tassen vom Haken über dem Spültisch. Erst dann blickte sie Jérôme ins Gesicht.

»Ja, das ist sicher genauso gefälscht wie mein Blut an der dritten Leiche.«

»Ihr habt die Frauen zusammen umgelegt. Hat es danach aussehen sollen?«, fragte Soizic schon wieder im Gehen, holte Milch aus dem Kühlschrank und Zucker aus dem Schrank daneben.

»Keine Ahnung, vielleicht.«

»Wieso bist du überzeugt davon, dass das Blut im Auto gefälscht ist?«, mischte Elisabeth sich ein.

»Bin ich doch gar nicht«, antwortete er aggressiv, »ich nehme es an.«

»Färb ihm die Haare grün«, bat Elisabeth die immer noch emsige Bella. Sie lächelte Jérôme übertrieben freundlich an, dachte aber: Ich kann ihn einfach nicht ausstehen. »Welche Kontakte hat dieser Thierry?«, fragte Elisabeth weiter.

»Überallhin, das war ja damals mein Fehler«, gab Jérôme zu. »Er ist vor ein paar Jahren von Algerien gekommen, deshalb habe ich mich schwer im Vorteil gefühlt. Die Gendarmerie Nationale ist ein ziemlich autarker Haufen, sie gehört zu den Streitkräften. Die kontrolliert keiner. Es heißt, Thierry hat Kontakte zum DST.«

»Was bedeutet DST?«, fragte Elisabeth.

»Das ist der französische Geheimdienst für innere Sicherheit«, half Soizic aus, die die ganze Geschichte schon letzte Nacht gehört hatte.

»Stillhalten«, mahnte Bella, die gerade Farbe auftrug. Soizic übersetzte schnell. Der beißende Geruch des chemischen Färbemittels mischte sich mit Kaffeeduft.

»Ich habe zwar einen Onkel bei der Gendarmerie Nationale, aber Thierry scheint ganz andere Leute zu kennen. Und die waren stinksauer, dass ich ausgerechnet ihm was am Zeug geflickt habe.«

»Was obendrein ja noch gelogen war«, gab Soizic zu bedenken.

Bella färbte Augenbrauen und Bart ein und legte die Kontaktlinsen in eine Emulsion. Rosi, die die ganze Zeit über wortlos zugehört hatte, fragte jetzt auf Deutsch: »Was hat das alles mit Samantha zu tun?«

Elisabeth stand auf und ging, die Hände hinter dem Rücken verschränkt, vor der Küchenzeile auf und ab. »Wir brauchen ihre Bilder«, sagte sie leise, »es geht einfach nicht anders. So langsam habe ich den Verdacht, dass das organisierte Verbrechen von Marseille und die Gendarmerie Nationale Krieg miteinander führen und Sam zwischen die Fronten geraten ist.«

»Sollte selbst ihr mal etwas eine Nummer zu groß sein?«, fragte Rosi verwundert. In ihrer Gedankenwelt hatte Samantha bisher ausschließlich unverletzbar existiert. Plötzlich überkam sie die Angst, dass ihre Freundin – unverrückbarer Mittelpunkt in ihrer aller Leben – wirklich in Gefahr war.

Soizic sah Elisabeth an. »Wenn deine Annahme stimmt, lege ich sofort meine Ermittlung nieder. Denn die Gendarmerie Nationale und die Mafia, das ist mir mehr als eine Nummer zu groß, das ist der totale Irrsinn!«

»*In einer irrsinnigen Welt vernünftig sein zu wollen, ist schon wieder ein Irrsinn für sich*«, zitierte Elisabeth lächelnd.

Was ihre Belesenheit anging, waren sie ein ebenso eingespieltes Team wie beim Schach, deshalb erwiderte Rosi ihr automatisch: »Ja, aber der gute Voltaire hat auch gesagt: *Je öfter eine Dummheit wiederholt wird, desto mehr bekommt sie den Anschein der Klugheit.*«

»Und bleibt doch eine Dummheit, ja, ja, ich weiß«, gab Elisabeth zu, setzte sich Soizic gegenüber und legte ihre Hände offen auf den Tisch.

»Du lässt Samantha und uns also im Stich – ist es das, was du sagen willst?«

Soizic wich ihrem Blick aus, schielte zu Jérôme und dachte: Nein, aber ich will auch nicht so enden wie er.

Elisabeth war ihrem Blick gefolgt und konnte sie verstehen. »Du wirst nicht so enden wie er!«

»Woher nimmst du diese Sicherheit?«

»Du bist eine Frau.« Elisabeth erhob sich und ging Richtung Tür. »Denk einfach darüber nach und melde dich wieder bei mir. Ich gehe jetzt ins Hotel. Was ist mit Jérôme?«

»Der will heute Nacht abhauen, wenn er es über die Grenze schafft«, antwortete Soizic. »Würdest du meine Entscheidung denn respektieren?«

Im Durchgang zum Flur drehte Elisabeth sich noch einmal zu ihr um: »Nein. Respekt hat etwas mit Hochachtung zu tun. Schau mal in den Spiegel und frag dich selbst, ob du dich für diese Entscheidung achten kannst.« Sie öffnete die Tür und zog sie langsam und leise hinter sich zu. Soizics Gesicht glühte, als hätte sie Fieber.

»Was hat sie gesagt?«, fragte Jérôme, den es ärgerte, dass er den Gesprächen nicht folgen konnte. Soizic ignorierte seine Frage und blickte Hilfe suchend Rosi und Bella an, die jedoch hartnäckig schwiegen.

»Ist sie immer so hart?«, jammerte Soizic, den Tränen nahe. Sie hatte einfach Angst, und diese deutschen Frauen verstanden offenbar nicht im Geringsten, was es bedeutete, sich mit der Mafia anzulegen.

»Mich nimmt sie halt nicht besonders ernst«, sagte Bella fröhlich und zog Jérôme zum Spülstein, um ihm die Haare auszuwaschen, »das ist auf jeden Fall leichter.« Und genau da liegt das Problem, dachte Rosi. Elisabeth hat es mal wieder geschafft: Soizic will unbedingt ihre Anerkennung, aber die bekommt sie erst, wenn sie mutig ist.

»Von mir würde sie so etwas gar nicht erst verlangen«, schwatzte Bella weiter, während sie Jérômes Kopf unter den Wasserhahn zwängte. »Sie hätte große Angst, dass ich etwas falsch mache, mich verplappere oder einfach doof anstelle. So gesehen, ist es echt ein Kompliment an dich.«

»Au«, brüllte Jérôme, das Wasser verbrühte ihm beinahe die Kopfhaut.

»Hör mal, Soizic«, sagte Rosi mit weicher Stimme, »meine

Großmutter hat mir einmal einen klugen Rat gegeben, den ich schon oft in meinem Leben befolgt habe. Sie hat gesagt: ›Lebe dein Leben so, wie du am Ende gern davon reden würdest. Und jedes Mal, wenn du in einer Situation überhaupt nicht weißt, wie du dich verhalten sollst, dann überlege dir, was du hinterher gern erzählen würdest.‹«

Nachdem Bella Jérômes Kopf trocken gerubbelt hatte, verpasste sie ihm die Kontaktlinsen und hielt ihm schließlich triumphierend den Spiegel hin.

»Kompliment«, sagte Soizic, beeindruckt von der Verwandlung.

»Tja«, seufzte Bella, »schade, dass er jetzt nicht mal mehr halb so attraktiv aussieht. – Also doch kein siebtes Kind.«

Überraschend küsste Jérôme sie auf beide Wangen, so erleichtert war er über sein völlig gewandeltes Aussehen.

Irgendetwas in der Küche irritierte Elisabeth.

»Ist was?«, fragte Lizzy patzig vom Spülbecken her. Elisabeth erkannte mit einem Blick, dass die Muscheln darin genauso lagen wie vor drei Stunden. Sie war sich sicher, weil die zerbrochene immer noch obenauf lag. »Das wüsste ich gern von dir.« Elisabeth hielt die Hand an den Kochtopf, er war kalt. »Wo bist du gewesen?«, fragte sie aufs Geratewohl.

»Wie war das Mittagessen?«, fragte Lizzy zurück, als ob nichts wäre.

Um die Situation zu entspannen, berichtete Elisabeth ihr von Soizic und Jérôme, vom Geheimdienst, von dem, was sie über Mr Mills herausgefunden hatten. Sie endete mit den Worten: »Ich glaube ja, dass Jérôme Samantha liebt. Aber dass er nichts Besseres vorhat, als erst einmal seinen süßen Arsch zu retten, finde ich widerlich.«

»Der hat einfach keine Eier in der Hose«, brummte Lizzy.

»Absolut zutreffend. – Also, wo warst du, Lizzy? Mach mir nicht vor, dass du die ganze Zeit hier warst. Spätestens wenn ich rausgehe und meine Hand auf die Motorhaube deines Autos lege, weiß ich, dass du lügst.«

Lizzy warf schwungvoll das Messer zu den Muscheln, nahm eine Flasche Wodka aus dem Kühlschrank und knallte sie mitsamt zwei Gläsern auf den Tisch. »Na, woran erinnert dich das Etikett?«

Elisabeths Augen leuchteten auf.

»Richtig, Schätzchen. In meinem Auto liegt unter der Rückbank eine Kiste für dich, die du erst bei Dunkelheit herausholen und vor Sonnenaufgang dort wieder verstauen sollst.« Mit einer gekonnten Drehung öffnete sie die Flasche und füllte die Gläser. Lizzy kippte ihren Wodka hinunter, ohne Elisabeth aus den Augen zu lassen.

»Was ist denn hier los?«, fragte Rosi, verwundert über die frostige Stimmung und den Alkohol am frühen Nachmittag. »Bist du gestern Nacht auf den Geschmack gekommen?«

»Dank meiner russischen Mandanten kann eher von Gewöhnung die Rede sein. Wo ist Bella?«

»Die wollte ihr Werk vollenden und dann Soizic noch einmal zu Leibe rücken. Sie meint, wir hätten ja sonst nichts zu tun.« Rosi nahm Elisabeths Glas, roch vorsichtig daran und nippte. »Uh, auch wenn ich Whisky liebe, das ist mir zu hart.«

Elisabeth holte sich ihr Glas zurück und trank es aus. Lächelnd schmeckte sie, dass es der gleiche Wodka war wie Drakons im Industriehafen.

»Ich geh mal E-Mails abrufen«, kündigte Rosi an und verließ die Küche wieder.

Elisabeth goss sich nach, betrachtete nachdenklich Lizzys Rücken, der beim Muschelputzen im Takt der Bürste hin und her wippte. Sie ist eine außerordentliche Person, dachte sie, Samantha hat guten Grund, sie zu behalten. Selbst von hinten, die Schürze um den schmalen Körper gewickelt, die Haare wie immer unter einem blauen Kopftuch verborgen, strahlte sie etwas unglaublich Zähes aus. »Lizzy?«

»Hm.« Die alte Haushälterin drehte Wasser auf, zog den Schlauch aus der Armatur und brauste die Muscheln ab, während sie mit der Hand hindurchfuhr, um die zu finden, deren Schalen sich nicht geschlossen hatten.

»Wenn ich ihn sehen wollte, was müsste ich dafür tun?«

»Willst du ihn oder willst du eine Nacht?«, fragte Lizzy zurück.

»Ihn, glaube ich.«

»Dann tu nichts. Drakon weiß, dass du ihn durch mich erreichen kannst. Darauf wartet er. Tu ihm den Gefallen nicht.«

»Verstehe ich nicht.«

Lizzy schob den Schlauch zurück, rieb ihre Hände an der Schürze trocken, drehte sich zu Elisabeth um. »Er ist ein Spieler«, seufzte sie. »Also spiel mit ihm und lass dich nicht einwickeln.« Sie warf einen Blick auf die Uhr über der Spüle. »Nach dem Abendessen helfe ich dir, die Kiste aus dem Auto in dein Zimmer zu schaffen. Zieh schon mal die Vorhänge zu, dann fällt es später nicht so auf.«

Als Elisabeth die große Treppe hochging, kamen ihr wieder Drakons Worte in den Sinn: »Die äußere Welt ist nie Ursache, sondern immer Wirkung.« Wenn Samanthas Verschwinden die Wirkung war, was war dann die Ursache? Angeblich profitierten sie, ihre drei Freundinnen, am meisten, sollte Samantha Mills nie wieder auftauchen. Aber weder Elisabeth noch Bella oder Rosi waren der wahre Grund. Wem nutzte Samanthas Verschwinden also sonst am meisten? Irgendwie musste die Antwort darauf mit den Bilderrollen zusammenhängen. Elisabeth bereute es inzwischen, dass sie aus Feigheit versäumt hatte, genauer hinzusehen. Die Antwort liegt in den Details, dachte sie. Für wen war also der Umstand, dass die dritte ermordete Frau Ähnlichkeit mit der Malerin hatte, eine Botschaft?

Elisabeth drückte die Klinke herunter und stellte überrascht fest, dass die Vorhänge bereits zugezogen waren. Sie schob die Tür ganz auf, um Licht aus dem Flur ins Zimmer zu lassen, tastete an der Wand entlang und knipste die Deckenbeleuchtung an. Mitten auf ihrem großen Bett lag eine schwarze Schachtel, wie sie für sehr teure Dessous Verwendung finden, umwickelt mit einer violetten glänzenden Schleife.

»Hallo, ist hier jemand?«, fragte sie so selbstsicher wie möglich. Ihr Herz schlug bis zum Hals. Sie drehte auf dem Absatz um, stürzte die Treppe hinunter und stolperte in die Küche. »Lizzy«, fragte sie atemlos, »hast du in meinem Zimmer die Vorhänge zugezogen und mir etwas aufs Bett gelegt?«

Die Antwort bestand darin, dass Lizzy ihre selbst gedrehte Zigarette in die Spüle warf, das größte Messer aus dem Holzblock zog und sagte: »Komm.«

Zur Sicherheit nahm Elisabeth sich auch ein Messer und folgte ihr. Misstrauisch betrachteten sie die Schachtel mitten auf der Bettdecke. »Wie lange warst du weg?«

»Knapp drei Stunden.«

»Wir haben, verdammt noch mal, neue Schlösser einbauen lassen. Bist du ganz sicher, dass du alle Türen verschlossen hast, bevor du weggefahren bist?«

»Ja.« Lizzy öffnete die Schränke, ging mutig ins Bad, überprüfte die Vorhänge, bückte sich, um unter das Bett sehen zu können, und sagte knapp: »Niemand da.«

»Nicht mehr da«, korrigierte sie Elisabeth.

Mit einer gekonnten Bewegung durchschnitt Lizzy die Schleife, hob mit der Messerspitze den Deckel der Schachtel an und schleuderte sie zur Seite. »Zum Teufel!« Lizzy ließ das Messer sinken und sich selbst auf das Bett fallen.

»Was ist?« Elisabeth starrte in die Schachtel. Auf violettem Seidenpapier lag, wiederum mit einer Schleife versehen, eine Haarsträhne von Samantha.

»Wir haben keine neuen E-Mails«, sagte Rosi, die unvermittelt in der Tür stand. – »Was ist denn hier los?« Sie blickte über Lizzys Schulter hinweg in die glänzende Schachtel. Jeder, der Samantha einmal gesehen hatte, würde ihr strohiges blondes Haar mühelos wiedererkennen. »Wir müssen die Polizei holen«, schlug Rosi vor.

»Und wenn die alle unter einer Decke stecken? Davide hat hier neue Schlösser einsetzen lassen, und wer auch immer das hier deponiert hat, ist mit dem Schlüssel hereingekommen. Mit einem Sicherheitsschlüssel, den kannst du nicht einfach nachmachen, dafür brauchst du einen Schein.«

Schuldbewusst dachte Lizzy daran, dass sie Drakon einen Schlüssel gegeben hatte. Andererseits fragte sie sich: Waren wirklich alle Türen verschlossen, als ich ging?

»Dann hole ich wenigstens Soizic. Irgendjemand von der Polizei müssen wir einweihen«, beharrte Rosi.

Mit der Haarsträhne in der Hand schaute Elisabeth zu ihr hoch. »Ja, und sag Soizic, sie soll die Passagierliste des Flugzeugs mitbringen, die haben wir vorhin vergessen.«

Unvermittelt peitschte Regen gegen die Fensterscheiben, alle drei zuckten zusammen. Ihre Nerven lagen blank, denn mit dieser Haarsträhne hatte sich die Verletzbarkeit der unverwundbar scheinenden Samantha gezeigt. Elisabeth streichelte mit der linken Hand behutsam das Büschel in ihrer Rechten. »Moment mal.« Sie rieb vorsichtig weiter. »Da ist ein seltsamer Staub dran. Los, mach schon, Rosi, lauf zu Soizic. Vielleicht kennt die jemanden, der die Strähne analysieren kann. Wenn wir Glück haben, ist der Staub hier spezifisch.«

»Yes, Ma'am«, antwortete Rosi, holte ihren Regenmantel und machte sich schleunigst auf den Weg, während Lizzy und Elisabeth mit den Messern bewaffnet alle Zimmer überprüften.

19

Da aufgrund des massiven Regens niemand auf dem Kai war, hielt Rosi es nicht für nötig, einen Umweg zu nehmen, sondern lief geradewegs zu Soizics Haus in der Altstadt. Ganz Cassis ähnelte einer einzigen Pfütze, in der sich das Wasser sammelte. Eine schwarze Gewitterwand schob sich drohend von der Steilküste auf das Dorf zu. Vereinzelt schlug ein nicht befestigter Fensterladen gegen eine Hauswand, selbst die Tür zu *Francis' Bar* war geschlossen. Der Himmel war schwefelgelb, die bunten Farben der Häuser waren eine Nuance dunkler als sonst. In Soizics Hinterhof hatte sich das Wasser bereits knöcheltief gestaut, der Kanal der schmalen Gasse vor dem Restaurant ließ sprudelnd den Dreck der Kanalisation frei. Blitze zerfetzten die Luft und Donnergrollen hallte vielfach von der Steilküste wider. Trotzdem war es seltsam schwül. Rosi schwitzte unter ihrem Regenmantel und hatte patschnasse Füße.

Auf den Stufen zu Soizics Wohnung glitt sie einmal fast aus. Sie klopfte. Als niemand antwortete, nahm sie an, dass es drinnen keiner gehört hatte. Sie drückte die Klinke herunter und betrat den dunklen Flur. »Hallo?«, rief sie Richtung Küche. Da sie immer noch keine Antwort erhielt, wollte sie wieder gehen. Bella und Soizic waren vielleicht schon auf einem anderen Weg zur *Blauen Rose* gelaufen.

Plötzlich hörte sie etwas, das wie ein gedämpftes Gurgeln klang. Sie schaltete das Licht ein. Mit einem lauten Knall verkohlte der Glühdraht in der Birne. »Typischer Fall von Überspannung«, murmelte Rosi vor sich hin und tastete sich im Dunkeln zur Küche vor. Am Eingang stolperte sie über ein Bündel am Boden und schlug geradewegs auf den Küchenboden. »Was für ein …«

Ihre Augen gewöhnten sich an die Dunkelheit, da erkannte sie eine seltsam zusammengefaltete Soizic. Die Hände der

Polizeibeamtin waren auf dem Rücken gefesselt, ihre Beine überkreuzt und die Fußknöchel mit ihren Handgelenken verbunden. Sie lag wie ein Paket auf dem Küchenboden und hatte ein Handtuch im Mund. Rosi richtete sich auf. Sie suchte in den Schubladen nach einem Messer, schnitt eilig die Fesseln durch und nahm vorsichtig den Knebel aus dem Mund.

Soizic schluchzte auf, als sie vorsichtig die Glieder wieder streckte »Dieser Scheißkerl«, stieß sie unter Tränen hervor, »er hat uns alle betrogen!«

Rosi hielt ihr das Knebeltuch hin, damit sie sich die Tränen trocknen konnte. Dabei rauschte ihr selbst das Blut so laut in den Ohren, dass sie das Gefühl hatte, taub zu sein. Bella, bitte nicht Bella, flehte sie in Gedanken und fasste sich ans Herz, denn das Atmen fiel ihr schwer. Ausgerechnet Bella, ihr durfte einfach nichts passieren. »Komm, wir gehen ins Hotel zurück, und dort berichtest du uns alles ganz genau.« Sie zerrte die immer noch schluchzende Soizic höflich, aber unmissverständlich hoch.

Elisabeth öffnete ihnen das Hauptportal. Für einen Atemzug schien es ihr, als würde der Boden unter ihr nachgeben. Sie nahm den beiden die Mäntel ab und schob sie zu Lizzy in die Küche. Jetzt erst bemerkte Rosi, dass Soizic ein schillerndes blaues Auge hatte. Bei einem starken Kaffee und dem Wodka von Drakon erfuhren sie, was sich in Soizics Küche abgespielt hatte, nachdem auch Rosi gegangen war. Bella hatte ausführlich von Elisabeth erzählt, wie lange sie sich schon kannten, dass sie ein bisschen wie große und kleine Schwester wären, wie unglaublich mutig Elisabeth sei. Soizic hatte alles für Jérôme übersetzt, leider auch Bellas Bericht, wie Elisabeth Samanthas Bilder von den Weihnachtsleichen und deren Mördern im Schrank gefunden hatte.

»Und dann?«

»Dann ist er ins Bad. Und als er wieder in die Küche kam, hatte er seine Pistole in der Hand und schnappte sich Bella. Er hat mich gezwungen, ihm den Schlüssel und die Papiere für mein Auto zu geben. Als er sie an sich nehmen wollte, hat Bella ihm in die Eier getreten.«

»Und ich war sicher, der hat keine«, warf Lizzy ein.

»Er hat sich gekrümmt vor Schmerzen, da habe ich ihm die Pistole aus der Hand geschlagen. Es hat ein ziemliches Gerangel gegeben, und dann bin ich k.o. gegangen.« Sie zeigte auf ihr geschwollenes Auge. – »Ich nehme an, dass er Bella als Geisel mitgenommen hat. Ich verstehe das nicht. Wir haben ihm doch geholfen, wir wollten ihn auch nicht verpfeifen. Eine Geisel nimmt man, wenn man etwas erpressen will.«

»Hier«, Lizzy reichte ihr einen Beutel mit Eis, »ich glaube zwar nicht, dass das noch gegen die Schwellung hilft, aber versuchen solltest du es trotzdem, auch gegen die Schmerzen.«

»Jérôme muss die Bilder kennen«, sagte Rosi, nahm mit einem fragenden Blick Lizzys Tabakbeutel und drehte sich eine Zigarette.

»Er hat mir davon erzählt.« Soizic presste das Eis auf ihr Auge, das Pochen ließ augenblicklich nach. »Er hat gesagt, er ist einmal ins Atelier gekommen, als Samantha daran malte.«

Elisabeth klaute Rosi die Zigarette, zog und inhalierte tief. »Dieser Jérôme lügt offenbar, sobald er das Maul aufmacht. Er hat von Anfang an von diesen Bildern gewusst. Aber weiß er wirklich, was darauf zu sehen ist? Und wo können wir verdammt noch einmal Bella finden? Wenn doch er der Mörder ist … oder wenn …«

»Du meinst, er weiß, wer die Frauen und ihre Mörder sind?«, unterbrach Rosi sie. Elisabeth nickte.

Das schmelzende Eiswasser lief an Soizics Arm herunter und tropfte auf ihre Hose. »Er hat gesagt, Samantha kann die Seele eines Menschen malen. Sie hat so die Gesichter der toten Frauen gefunden und ihre Mörder. Gleichzeitig hat er aber auch versucht, mich davon zu überzeugen, dass sie selbst diese Morde begangen hat.«

»Der ist ja ziemlich aus der Spur«, warf ärgerlich Lizzy ein.

»Außerdem hat Jérôme gesagt, dass er von Mr Mills bezahlt wurde, damit er seine Exfrau aushorcht. Deshalb hat er was mit Samantha angefangen und sich dann verliebt.«

»Unser guter Mr Mills«, sagte Rosi anerkennend, »so langsam verstehe ich, warum er nicht hierher kommen will: nicht, weil er Angst vor uns hat, sondern weil ihm wahrscheinlich der Kittel brennt, jetzt, wo Jérôme auf der Flucht ist und vielleicht verhaftet wird.«

»Was will Jérôme bloß mit Bella?«, fragte Elisabeth besorgt. »Ist sie ein Joker für ihn? Hoffentlich kann sie ein Mal den Mund halten!« Sie alle kannten Bellas nicht zu bremsenden Redeschwall, besonders, wenn sie nervös war. Was für ein Glück, dachte Elisabeth, dass sie kein Französisch spricht.

»Was vor allem hat Jérôme selbst mit den toten Frauen zu tun, wenn allein die Befürchtung, Samanthas Bilder könnten gefunden worden sein, ihn zu so einer kopflosen Aktion verleitet?«, gab Rosi zu bedenken.

Elisabeth fiel Drakons Satz wieder ein, dass die beiden Durchsuchungen der *Blauen Rose* möglicherweise gar nicht der Spurensicherung, sondern der Spurenvernichtung gedient haben könnten. »Ach ja, noch etwas: Weiß jemand, was eigentlich aus dem Telegramm geworden ist, das Sam am Dienstagabend erhalten hat?«

Soizic berichtete von Jérômes Trick mit dem Postboten.

»Kann ja wohl nicht wahr sein!« Rosi stützte entrüstet ihre Ellenbogen auf den Tisch. »Und wie war das mit dem Anruf des Polizeipräsidenten, der auf Mr Mills' Wunsch hin angeblich die Hausdurchsuchung angeordnet hat?«

»Du meinst …?«, fragte Soizic nach.

»Ja. Wie ist das abgelaufen an dem Morgen?«

»Freitagmorgen – ich hatte frei bis elf – hat der Polizeipräsident hier in Cassis in der Station angerufen und ist bei Zoe auf der Hauptleitung gelandet. Er wollte weder Davide noch mich sprechen, sondern ausschließlich Jérôme.«

»Und was ist dann passiert?«, drängte Elisabeth.

»Er hat Jérôme mit einer sofortigen Hausdurchsuchung beauftragt und gesagt, eine Truppe aus Marseille zur Unterstützung ist bereits unterwegs. Dann kam ein Fax, das Jérôme sich geschnappt hat. Damit ist er sofort in die *Blaue Rose* gerannt.«

»Keiner hat also je überprüft, ob Mittwochmorgen Mr Mills wirklich Jérôme angerufen hat, weil er sich Sorgen um Samantha gemacht hat. Auch nicht, ob der Polizeipräsident den Auftrag für eine Hausdurchsuchung gegeben hat oder ob das Fax wirklich ein Befehl zur Hausdurchsuchung war. Ist das so richtig?«, hakte Elisabeth nach.

Soizic nickte, erschrocken über ihre eigene Naivität. »Verdammt, und auch Davide hat die notwendigen Formalitäten unterschrieben, ohne zuvor ein Schreiben des Polizeipräsidenten zu lesen.« Die Schuld an Bellas Verschwinden lastete schwer auf der Polizeibeamtin, und zu allem Übel musste sie es Elisabeth und Rosi überlassen, trotz spürbarer Angst logisch zu denken und zu entscheiden. Wahrscheinlich kommt Frau nur so nach ganz oben, dachte sie: indem einem Hysterie fremd wird und bleibt.

Lizzy stand den beiden deutschen Frauen indes in nichts nach, denn sie schenkte Wodka in die Gläser und fragte: »Und wem erzählen wir jetzt davon?«

»Gute Frage.« Elisabeth leerte ihr Glas mit einem Schluck. »Wenn Davide mit Thierry …«

»Unsinn«, fiel Soizic ihr ins Wort, »Davide ist ein durch und durch lieber Mensch, der würde da nie mitmachen.«

»Schätzchen«, Lizzy legte ihre dunkle Hand auf Soizics weißen, sommersprossigen Arm, »wenn das hier mal alles vorbei ist, gebe ich dir einen Blitzkurs über die Abgründe der Menschen im Allgemeinen und der Spezies Mann im Besonderen. Sonst wird das ja nie was mit deiner Polizeikarriere.«

»Ja«, Elisabeth nickte, »das sehe ich auch so. Davide muss ja kein Schlechter sein, aber er hat vielleicht seine baldige Pension im Auge und denkt: Wozu sich jetzt noch Ärger einhandeln?

Das Risiko, ihn außen vor zu lassen, ist einfach zu groß, auch wenn wir ihm damit unrecht tun.«

»Aber ich mache mich strafbar, wenn ich für die Ermittlung wichtige Informationen nicht an die Kollegen gebe.« Soizics Magen rebellierte.

»Hast du dich nicht selbst heute beim Mittagessen gewundert, dass von der Gendarmerie Nationale offenbar niemand ermittelt? Am Flughafen zum Beispiel?«

Soizic leerte das kleine Glas in der Hoffnung, es würde helfen gegen die aufkommende Übelkeit. »Aber wem von der Polizei sollte ich all das anvertrauen, was wir jetzt wissen? Jérôme ist weg, Davide fällt aus, Thierry steckt irgendwie mit drin.«

»Mir fällt keiner ein außer …« Lizzy ließ den Satz in der Schwebe und schenkte Soizic nach.

»Genau«, sagte Elisabeth und schob ihr Glas zu Lizzy, denn sie hatte das sichere Gefühl, das alles nur noch betrunken ertragen zu können, »das meine ich auch.«

»Und das ist wer?«, fragte Soizic ärgerlich nach. Sie ließ ihren Arm von der Tischkante sinken, sodass ihr blaugrün schimmerndes Auge sichtbar wurde.

»Drakon«, half Rosi ihr auf die Sprünge.

»Nein!« Soizic sprang auf, die Wodkaflasche schwankte bedrohlich, Lizzy fing sie geschickt auf und wischte mit der Schürze den verschütteten Schnaps auf. »Das geht jetzt wirklich zu weit. Alle reden bei der Polizei hinter vorgehaltener Hand davon, dass die Weihnachtsleichen auf Drakons Konto gehen, weil sich ein paar Russen in La Ciotat ausbreiten und er sich dafür rächen will, dass die ihm das Geschäft verderben. Die Russen bringen ihre schönen Frauen illegal hierher. Von Moskau fliegen sie nach Algerien, und von dort kommen sie mit dem Schiff nach Marseille. Aber keiner sagt das laut, selbst die Zeitungen halten sich raus, weil alle Angst vor diesem Drakon haben. Und ausgerechnet dem soll ich meine Informationen geben?«

»Willst du stillhalten wie Davide?«, fragte Elisabeth heftig, die ihre Angst um Bella kaum noch beherrschen konnte. Sam kam alleine immer irgendwie durch – aber Bella? Die brauchte ständig jemanden, der auf sie aufpasste.

»Das ist doch etwas ganz anderes!« Soizic warf den Eisbeutel in den Spülstein.

»Inwiefern?« Elisabeth zog eine Augenbraue hoch.

Soizic schlug die Hände vors Gesicht und fing bitterlich an zu schluchzen. Rosi, Lizzy und Elisabeth tauschten einen Blick, der besagte: Lass sie sich erst einmal ausweinen. Lizzy zog ein paar Tücher von der Küchenrolle, trat neben Soizic und hielt sie ihr hin, während Rosi neue Zigaretten für sich und Elisabeth drehte.

Direkt über der *Blauen Rose* teilte ein Blitz die Luft, von dem unmittelbar folgenden Donner vibrierten die Gewürzbehälter im Regal. Ein paar Sekunden blieb der Strom weg, kam kurz wieder, und mit einem Knall war ganz Cassis dunkel. Lizzy bückte sich und tastete unter der Spüle nach Kerzen. »Das passiert öfter bei diesen Wintergewittern. Kann sein, dass wir bis morgen keinen Strom mehr haben. Deshalb haben wir hier in Cassis unsere Kühlschränke und Gefriertruhen auf Gas umgestellt.«

»Wie kannst du jetzt über so einen Unsinn reden!«, rief Soizic weinend aus. Lizzy baute sich vor ihr auf, stützte ihre Hände in die Seiten, blickte zu ihr hoch und sagte: »Wenn ich eines gelernt habe in meinen achtzig Jahren, dann das: dass das Leben immer weitergeht, egal was sonst so los ist. Immer! Es nutzt weder Sam noch Bella, wenn du hier rumjammerst und aus den Pantinen kippst, weil du nicht ordentlich isst. Und aus diesem Grund werde ich jetzt das Essen zubereiten. Du machst dich augenblicklich nützlich und deckst im Salon den Tisch und heizt den Kamin an. Wird's bald!« Sie knuffte Soizic in die Seite.

»Komm, ich helfe dir.« Rosi wusste, dass Lizzy recht hatte. Jetzt in einen blinden Aktionismus zu verfallen, würde niemandem, am wenigsten Bella, nützen. Sie mussten in Ruhe nachdenken, einen logischen Weg finden, den es ihrer Meinung nach immer gab. Der würde sie dann zu Bella und hoffentlich auch endlich zu Sam führen. Sosehr sie Drakon auch verabscheute, hoffte sie doch insgeheim, er könne ihnen wie schon bei Sam die Information zukommen lassen, dass Bella noch lebte. Rosi stiegen Tränen in die Augen, und sie schob Soizic energisch vor sich her.

Als die beiden aus der Küche waren, machte Lizzy mit dem Kopf eine Geste zur Hintertür, die Elisabeth sofort verstand. In ganz Cassis kein Strom, zudem Blitz, Donner und heftige Regenschauer: Keiner würde sich auf der Straße herumtreiben und sie beobachten. Das Auto stand so dicht an der Hauswand, dass sie kaum nass wurden, als sie die Kiste unter der Rückbank hervorzogen. Eilig liefen sie damit durch die Halle, die Treppe hinauf und schoben die schwarze Kiste unter Elisabeths Bett.

»Ich will nicht wissen, was drin ist, und du stellst dir bitte den Wecker, damit die Kiste vor Sonnenaufgang wieder da ist, wo sie hingehört. Weck mich, wenn du es allein nicht schaffst.«

»Meinst du, ich könnte …«

»Nein, wir dürfen nicht riskieren, dass Soizic etwas mitbekommt. Ich schlage vor, wir füllen sie beim Abendessen ordentlich ab, und wenn sie schläft, kannst du dich ungestört mit dem Inhalt beschäftigen.«

Auf der Treppe hielt Elisabeth an. »Lizzy, du mit deiner Menschenkenntnis, meinst du, Jérôme tut Bella etwas an?«

Lizzy ging zwei Stufen wieder hoch, um Elisabeth in die Augen sehen zu können. »Jérôme ist ein Angsthase und ein Schwächling, aber nicht gewalttätig. Aber wie das so mit Schwächlingen ist: Er ist gefährlich, weil beeinflussbar.«

»Du meinst, nicht Jérôme selbst ist die Gefahr, sondern der Einfluss, unter dem er steht?«

»Ja. Andererseits nutzen sowohl Bella als auch Sam nur, wenn sie leben. Wir können froh sein, dass die beiden keine Nutten sind.«

»Du meinst, Nutten sind wiederbeschaffbare Ware und deshalb bei diesem grausamen Poker nichts wert? Sam und Bella können aber durch niemanden ersetzt werden, sie taugen also nur als Spielgeld, solange sie am Leben sind.«

Lizzy nickte und ging hinunter. Aus dem Salon klang Musik, durch die halb offen stehende Tür konnten sie das Feuer im Kamin sehen. Soizic und Rosi hatten sich Sessel davor hingerückt, beide hielten sie ein Glas in der Hand und starrten in die Flammen. Lizzy bog ab in die Küche, Elisabeth betrat den Salon und setzte sich bei Rosi auf die Lehne. So zynisch es auch sein mochte: Lizzys Worte über die toten Nutten im Poker um die Vorherrschaft im Industriehafen von Marseille und die große Wahrscheinlichkeit, dass Sam und Bella dagegen noch am Leben waren, hatten Elisabeth beruhigt.

Soizic zog unter der Tunika einen Brustbeutel hervor und zerrte ein Blatt Papier aus dem Leder.« Hier, die Passagierliste.«

Mit gerunzelter Stirn ging Elisabeth die Namen durch. »Es gibt hier lediglich zwei deutsche Namen, Klaus Schwarz und Wolfram Klinster. Das macht die Sache weniger kompliziert. – Wo ist das Laptop? Dann schicke ich gleich eine E-Mail an Imogen.«

»Ihr habt einen Computer mit Internetzugang?«, staunte Soizic und schielte Elisabeth mitleiderregend mit ihrem blauen Auge an. »Ich glaube, ich bin mein ganzes Leben lang in Summe nicht so oft belogen worden wie in dieser einen Woche.« Allerdings hat mich meine Mutter früher jahrelang über Deutschland und die deutschen Frauen belogen, dachte sie voller Selbstmitleid.

Noch bevor Rosi oder Elisabeth etwas erwidern konnten, trug Lizzy eine immense Pfanne herein, die sie mitten auf dem Tisch platzierte. Der Duft nach Weißwein, Thymian und Zitronenschale erfüllte sofort den Salon. Die Frauen nahmen eilends Platz, und kurz darauf war nichts als das leise Klacken der Muschelschalen zu hören, wenn diese geleert in die dafür vorgesehene Schüssel fielen. So richtig gelang es ihnen jedoch nicht, Lizzys köstliches Essen zu genießen, die Sorge um Bella beherrschte die Gedanken, auch das Gefühl von Ohnmacht, weil sie nichts für ihre Freundin tun konnten. An wen, wenn nicht an Drakon, sollten wir uns auch wenden?, dachte Rosi, vielleicht doch an die Polizei? Ihre Freundinnen waren in einem System verloren gegangen, dessen Labyrinth sie alle nicht kannten, so wenig wie die Regeln und Mechanismen, die es zu bedienen galt.

Elisabeth unterbrach das drückende Schweigen und berichtete, wie sie Sams Haarsträhne in ihrem Zimmer gefunden hatte. Sie schlug vor, auch diese Drakon zu übergeben, denn wem auch immer Soizic sie bei der Polizei aushändigen würde, es bestünde immer die Gefahr, dass diese Person jemanden von der Gendarmerie Nationale oder gleich Thierry informieren würde. Soizic schüttelte ratlos den Kopf und trank gehorsam ein Weinglas nach dem anderen leer, das Lizzy oder Elisabeth abwechselnd nachfüllten. Am Ende des Essens lallte sie bereits bedenklich. Lizzy verabreichte ihr noch ein Schmerzmittel und brachte sie schließlich nach oben in das Zimmer, das zwischen Elisabeths und ihrem eigenen zum Hinterhof hinaus lag. Sie blieb so lange bei der Polizeibeamtin, bis diese tief und fest eingeschlafen war. Lizzy betrachtete das deformierte Gesicht und strich Soizic behutsam das rote Haar aus der Stirn. Weil sie wusste, wie schwer es war, wenn man als Frau, aus welchen Gründen auch immer, aus dem üblichen Rahmen fiel, empfand sie Mitleid. Soizics offensichtliches Unglück kam ihr vor wie ein altbekannter Ort, an den man nach unendlich vielen Jahren zurückkehrt, an dem man aber von Neuem feststellt, dass sich nichts verändert hat. Die Welt war nicht toleranter geworden gegenüber Außenseitern. Aber sie selbst, Lizzy, war toleranter gegenüber denen geworden, die das Fremde, Suspekte und Andersartige gern ausschlossen. Die alte Haushälterin lächelte. Denn sooft sie Samantha hochnahm, weil diese mit braven Spießern ins Bett ging, antwortete ihr die Malerin stets: »Lizzy, ich sorge einfach dafür, dass die nicht plötzlich die Spielregeln ändern. Es wäre mir ausgesprochen lästig und langweilig, wenn sie anfangen würden, sich an mich zu gewöhnen, oder wenn sie sogar meinen würden, sie könnten mich kennen, verstehen und mich am Ende mögen. Deshalb verwirre ich lieber ein paar von ihnen gründlich – und alles bleibt beim Alten.« Sam hatte immer schon viele Verehrer, so wie Lizzy auch, aber Soizic?, fragte sich die Alte. Sorgsam deckte sie die Schlafende zu.

Unten prüfte sie alle Fenster und Türen noch einmal, unter deren Klinken sie zur Sicherheit Stuhllehnen geklemmt hatten. Durch den Türspalt sah sie Rosi und Elisabeth vor dem Kamin Schach spielen. Sie wusste, dass die beiden sich damit an den letzten Rest Normalität klammerten, der ihnen geblieben war. Links und rechts von den Figuren hatten sie Kerzen auf das Schieferbrett gestellt, deren Licht ihre Köpfe in verzerrten Schatten an die Wand über dem Kamin warf. Lizzy zögerte einzutreten, weil diese Szene eine ähnliche Intimität hatte wie damals, als sie Sam und Elisabeth im Atelier unfreiwillig beobachtet hatte. Elisabeth spürte ihre Anwesenheit, drehte sich zur Tür und rief: »Komm doch rein, Lizzy, und trink noch ein Glas mit uns.«

Die Haushälterin trat ein und rückte einen der hochlehnigen Stühle vom Esstisch zum Kamin. Da ihre Füße den Boden im Sitzen nicht berührten, die Lehne zudem weit über ihren Kopf ragte, wirkte sie noch winziger, als sie in Wirklichkeit war.

»Was möchtest du trinken?«, fragte Rosi und ging zur Bar, wo eine weitere Kerze stand.

»Am liebsten Champagner. In der Küche ist noch welcher im Kühlschrank.«

Rosi nickte, nahm den Kerzenleuchter vom Tisch und verschwand Richtung Küche.

»Soizic schläft. Das Schmerzmittel, das ich ihr beim Essen gegeben habe, ist ziemlich stark, sie sollte also vor morgen früh nicht wieder aufwachen. Vergiss nicht, dir den Wecker zu stellen«, mahnte sie Elisabeth ein weiteres Mal. – »Weiß Rosi von den Bildern?«

»Nein, sie würde die Sache auch sicher nicht gutheißen.«

»Dann sollte ich ihr vielleicht auch eine Pille in den Whisky schmuggeln?« Lizzy kicherte.

Rosi kam mit der Flasche und drei Gläsern zurück und fragte in den Raum hinein: »Ist es ein gutes oder ein schlechtes Zeichen, dass Jérôme sich nicht meldet und irgendwas haben will?«

Mit den Beinen schaukelnd, nahm Lizzy das Glas in Empfang, trank ein Schlückchen, wackelte mit den Kopf und antwortete: »Weder – noch. Zunächst einmal zeigt es, dass das nichts mit uns zu tun hat. Jérôme hat Bella nicht mitgenommen, weil er Geld von euch will. Er braucht sie als Pfand für etwas anderes. Und wir sollten schnell herausfinden, für was.«

Im Kamin fiel ein Holz in sich zusammen, Funken flogen auf die Steinplatte davor und verglimmten.

»Hast du Kontakt mit Drakon aufgenommen?«, fragte Rosi zu Elisabeths Überraschung, und Lizzy nickte zurückhaltend, weil sie nicht wusste, wie Rosi darauf reagieren würde.

»Wann meldet er sich?«

»In solchen Fällen, sobald er kann.« Lizzy legte ihr eine Hand auf den Arm. »Ich weiß, du findest das nicht richtig. Aber er ist ohne jeden Zweifel der Einzige, der uns jetzt helfen kann.«

»Es ist nur …«

»Ja, aber glaube mir, solange das Poker läuft, bleiben Bella und Sam am Leben. Sie werden es nicht besonders komfortabel haben, aber sie bekommen Essen und Trinken und ein Bett.«

»Und was passiert, wenn das Spiel aus ist?«

»Das hängt davon ab, welche Seite gewinnt. Es ist schwer, aber glaub mir, das Beste ist im Moment stillzuhalten, damit nicht der Falsche über unsere Füße stolpert.« Lizzy leerte das

Glas, wünschte den beiden eine gute Nacht und ging nach oben.

»Die ist ziemlich lebensklug, nicht wahr?«, meinte Rosi, während sie einen Springer auf dem Brett verschob.

»Hm«, Elisabeth zog nach und sprang plötzlich auf. »Ich hole das Laptop.«

Ein paar Minuten später saßen sie gemeinsam davor und studierten im Internet, was es über den Geheimdienst gab, wie die französische Polizei aufgebaut war und was die Presse über den Präsidenten des Departement Bouches-du-Rhône hetzte. Die wahren Namen der im Flugzeug umgekommenen Russen mit deutschem Namen, Klaus Schwarz und Wolfram Klinster, fanden sie nicht. Elisabeth schrieb eine weitere E-Mail an ihre Assistentin, Griffin möge zu diesen Namen ebenfalls herausfinden, was auch immer herauszufinden war, und gab zu bedenken, dass hinter den deutschen Namen sehr wahrscheinlich russische Staatsbürger steckten.

»Das kostet dich ein Vermögen«, stöhnte Rosi.

»Unsere Bilder von Sam sind mittlerweile das Zehnfache wert. Dann ist das hier doch das Mindeste, was wir für sie tun können, oder?« Nebenher las sie eine Nachricht von Fred, ihrem Mann, der von Imogen die E-Mail-Adresse erfragt hatte.

»Sicher«, gab Rosi zu, »tut mir leid. Ich komme langsam um vor Sorge. Bis heute Morgen habe ich irgendwie noch geglaubt, es ist alles ein Spiel, aber mittlerweile fühle ich mich wie in einem Riesenkomplott.«

Als der Rechner meldete, dass der Akku gleich leer sei, fuhr Elisabeth ihn herunter und ließ ihn, da inzwischen alle von ihm wussten, auf dem kleinen Schreibtisch unter dem Seitenfenster stehen. »Bella ist mit allen Wassern gewaschen, die wird diesen Jérôme schon um den Finger wickeln«, beschwichtigte Elisabeth vor allem sich selbst.

»Was wollte Fred?«

»Er würde gern herkommen, weil er mich so schrecklich vermisst und uns helfen will.« Sie seufzte.

»Ist dir überhaupt klar, wie großartig das ist, nach über 28 Jahren Ehe?«

»Ich werde versuchen zu schlafen. Gute Nacht.« Sie umarmte Rosi, eine selten zärtliche Geste zwischen ihnen.

20

Elisabeth ging hinauf in ihr Zimmer, wo sie erst die Tageskleidung gegen den Morgenmantel tauschte, dann den Wecker auf vier Uhr stellte und Kerzen anzündete. Schließlich holte sie die schwarze Kiste unter ihrem Bett hervor. Mit einem tiefen Atemzug ließ sie die Verschlüsse an den Seiten aufschnappen und schob den Deckel zur Seite. Sie erkannte sofort, dass es sich wie erwartet um Bilder von Samantha handelte, aber nicht um die, die sie Drakon gegeben hatte. Das Papier war auf deren Rückseite schwarzbraun gewesen.

Elisabeth entrollte das erste Bild: ein Porträt von ihr. Dieses heftete sie mit Stecknadeln an die Tür. Es folgten Bilder, die auf den ersten Blick malerische Fenster zeigten, auf den zweiten Blick aber jeweils ein Gesicht hinter der Scheibe freigaben. Ob Samantha wohl angefangen hatte, Geister zu sehen? Denn es gab auch drei Bilder mit Türen, auf deren Klinken eine fast unsichtbare Hand lag. Weiter fand Elisabeth fünf Bilder von Jérôme, das älteste war das größte. Er hatte darauf fast eine Art Erhabenheit und einen spöttischen Zug um die vollen Lippen. Auf dem nächsten Bild war dieses Lächeln verschwunden, in seinen Augen lag eine gewisse Leere, die den Betrachter erschreckte, ohne dass er sofort bemerken konnte, woher dieser Schrecken rührte. Auf dem folgenden Bild waren Jérômes Lippen blutleer, die Hände umkrallten etwas Unsichtbares und der maskenhaft verzerrte Mund beherrschte das gesamte Gesicht. Das vierte Bild war schwarz-weiß und zeigte ihn als Schatten, der sich auflöste. Als sie das letzte Bild dieser Serie entrollte, konnte Elisabeth einen Aufschrei nicht unterdrücken. Jérôme fehlte das Gesicht, doch die Körperhaltung zeigte, dass er wie ein Tier in der Falle saß. Elisabeth heftete auch diese Bilder an die roten Wände ihres Zimmers. Es folgte ein weiteres Porträt von ihr selbst, das sie nicht kannte. Darauf kletterte eine Pflanze an ihren Narben entlang, und durch die dargestellte Gestik wurde klar, dass sie ein willkommener Schutz für sie war. Als vorletztes Bild hatte Samantha eine große, muskulöse Frau gemalt, deren Haut tiefschwarz war und schimmerte. Sie stand nackt auf einem Löwenfell, lasziv, wollüstig, einladend, erotisch. Ihre Augen glänzten in demselben Goldton wie das Fell zu ihren Füßen. Schließlich hängte Elisabeth auch noch das Bild vom Marseiller Industriehafen auf. Am Boden der Kiste lagen die Notizhefte von Samantha aus den letzten beiden Jahren.

Elisabeth war so vertieft in die Betrachtung, dass sie nicht hörte, wie ihre Zimmertür leise geöffnet wurde. Soizic schauderte angesichts dieser unwirklichen Szene, in die sie, benommen vom ungewohnten Alkohol und dem Schmerzmittel, gestolpert war, weil Elisabeths Schrei sie geweckt hatte. Das Rot der Wände fing das Kerzenlicht so perfekt auf, dass es ihr vorkam, als brenne dieser Raum und mittendrin stehe Elisabeth, der das offene Haar schimmernd über den Rücken floss. Hinter ihr war ein riesiges Bild zu sehen, das überfüllt war mit Schiffen, Kränen, Autos, Fenstern, Türen, gemalt auf den immensen Bug eines den Hafen überragenden Ozeandampfers.

»Woher hast du diese Bilder?«, flüsterte Soizic.

Elisabeth fuhr zusammen, fasste sich aber schnell wieder. »Ich finde nicht wichtig, woher sie kommen, sondern dass sie da sind.«

»Aber das sind nicht alle, die wir mitgenommen haben.« Soizic rieb sich die Augen und ging zur Wand gegenüber dem Fenster, wo die Bilder von Jérôme hingen. »Und die hier waren nie bei uns, das weiß ich.«

Elisabeth trat neben sie. »Ich nehme an, die hat Jérôme, als er Mittwochmorgen das erste Mal hier ins Hotel geplatzt ist, irgendwo im Haus deponiert, wo er sie später abholen wollte.«

»Der vermasselte erste Einbruch, die erste Hausdurchsuchung …«, fuhr Soizic fort. »Wahrscheinlich bin ich zu schnell dazugekommen, und er hatte gerade noch Zeit, das

Telegramm verschwinden zu lassen, aber nicht mehr genug, um die Bilder zu verstecken.«

»Ja«, sagte Elisabeth trocken, »so in etwa stelle ich mir das auch vor.«

»Und Thierry hat sie bei der zweiten und viel gründlicheren Hausdurchsuchung gefunden und mitgenommen.« Soizic ging an den fünf Bildern entlang. »Jérôme hat mir erzählt, dass Samantha alle seine Charakterzüge entdeckt hat. Wenn er wirklich so ist wie auf ihren Bildern, dann ist das entsetzlich.« Sie bemerkte auf dem dritten Bild seine geballten Fäuste, die sie oft gesehen hatte, wenn er wütend war. »Kann es denn wirklich sein, dass man sich von seiner Schönheit so blenden lässt, dass man seine Hässlichkeit nicht sieht?«

»Sam hat sie gesehen«, sagte Elisabeth und stellte sich neben Soizic. »Sie vertritt die Meinung, dass in jedem Menschen ein Monster steckt.«

»Hat sie Jérômes Monster geweckt oder erkannt?« Soizic trat näher an die Bilder heran. »Er hat mir letzte Nacht erzählt, dass auf den Bildern Ratten zu seinen Füßen sind, aber das stimmt gar nicht, es ist Scheiße«, sagte sie angeekelt. Sie stellte fest, dass die Bilder im Format immer kleiner wurden und dass darauf seine Beine immer tiefer im Unrat standen.

»Wenn Sam sein Monster geweckt hätte, hätte er sich gegen sie gerichtet. Hat er aber nicht, sondern sich in sie verliebt. Weil sie ihn erkannt hat«, Elisabeth zeigte auf das erste Bild, »sie hat schließlich auch seine Schönheit gesehen.« Sie wusste, wie Jérôme geschehen war: Samantha hatte ihn wie alle Menschen so gesehen, wie er wirklich war, und dadurch eine sehr hohe Qualität an Nähe erzeugt. Aber wie alle, die Sam für ihre Kunst benutzte und früher oder später wieder fortschickte, war er fortan diesem Gefühl von Nähe hinterher gejagt, getrieben von der Sehnsucht, mit einem anderen Menschen eins zu sein. Samantha beherrschte es virtuos, dieses Gefühl zu erwecken, weil sie selbst ganz und gar bereit war, sich auf ihr Gegenüber einzulassen und jeden so anzunehmen, wie er nun einmal war. Zog sie sich zurück, weil sie bekommen hatte, was sie wollte – die Seele des anderen –, hinterließ sie jedes Mal eine Leere erschreckenden Ausmaßes.

»Wenn in jedem Menschen ein Monster steckt, wie ist es dann mit der Schönheit?«

Elisabeth nahm Soizic am Arm und zog sie vor das Bild mit der schwarzen Frau. »Das ist eines ihrer Selbstporträts, ihr Spiegel, den alle begehren.«

Staunend studierte Soizic diese Frau und konnte nicht glauben, dass die unansehnliche Samantha Mills sich so wunderschön malen konnte. »Aber sie ist in Wirklichkeit so hässlich wie ich.«

Elisabeth lachte leise und legte ihren Arm um Soizics Schulter. »Nein, sie ist die schönste Frau, die ich kenne. Erotik und Schönheit haben nichts mit Kilos, Oberweiten oder festem Fleisch zu tun, sondern mit Authentizität.«

»Aber ihre großen Hände, die großen Füße, das Stroh auf dem Kopf …«

»Nein! Ihre laszive und doch kühne Art sich zu bewegen, die jeden Mann wahnsinnig macht, ihr Blick in die Seele der Menschen, der eine Nähe erzeugt, dass mancher zu weinen anfängt. Ihre Stimme von einer Zärtlichkeit, die selbst wilde Katzen zum Schnurren bringt und Männer um den Verstand. – Hast du schon einmal eine Frau berührt?«

Instinktiv rückte Soizic von ihr ab.

Elisabeth schüttelte den Kopf. »Keine Angst, ich will dir nicht an die Wäsche, komm her!« Sie nahm Soizics Hand und legte sie auf die Brust der schwarzen Frau. Das Bild war so lebensecht, dass Soizic glaubte, die glatte, schwarze Haut zu fühlen, kühl und fest. »Samantha nennt das die geheimen Mythen der Frauen. Jede Frau, die du begehrst, ist wie ein Spiegel deiner selbst.«

Soizic zog die Hand zurück und blickte Elisabeth verwirrt an.

»Wenn du eine Frau begehrst, begehrst du auch immer dich selbst. So wie Samantha.«

Soizic ging dicht an das Bild heran und sagte: »Du liebst sie sehr, nicht wahr?«

Elisabeth antwortete nicht sofort, sondern hob die Skizzenhefte aus der Kiste und legte sie auf ihren Schoß. »Sie ist die wirklich große Liebe meines Lebens. Es gibt keinen Menschen, der mir wichtiger ist als Sam.«

Soizic drehte sich langsam zu ihr herum. »Das muss ein wunderschönes Gefühl sein, so zu lieben und«, sie zeigte auf das Bild von Elisabeth mit der Pflanze, »so geliebt zu werden.«

»Ja, und es ist zugleich das Verbrechen an meinen Töchtern. Sie hatten nie eine Chance gegen Sam. Sie haben sie von klein auf instinktiv gehasst. Schon als Kleinkinder haben sie gespürt, dass mein Herz bereits vergeben ist. Fred, mein Mann, wusste es von Anfang an und konnte seine Entscheidung treffen, aber sie hatten diese Wahl nicht.« Elisabeth stand auf. »Schluss damit. Bist du noch fit oder willst du lieber zurück ins Bett?«

»Ich bin wach.«

»Gut, ich gehe nach unten und mache Kaffee, und du betrachtest das Hafenbild. Irgendein Gefühl sagt mir, dass da etwas drauf ist, das uns weiterhelfen kann, Sam zu finden.«

Als Elisabeth mit einem Tablett wiederkam, fand sie Soizic vor dem Akt mit den Ranken. »Gibt es diese Narben wirklich?«

»Ja, aber das erzähle ich dir ein anderes Mal.« Sie goss Kaffee ein, erinnerte sich, dass Soizic Zucker, aber keine Milch nahm, und reichte ihr einen Becher. Mit einem Kerzenleuchter in der linken Hand und dem Kaffeebecher in der rechten trat sie vor das mannshohe Hafenbild. »Aus einem gewissen Abstand heraus wirkt es wie ein Hundertwasser-Gemälde. Ein wenig wie die *Blutenden Häuser* von 1952.« Doch hinter Samanthas Fenstern, neben denen Miniaturflaggen aller Nationen flatterten, befanden sich wie in einem Setzkasten kleine Geschichten. Elisabeth hielt den Leuchter dicht davor. Ihr Zeigefinger glitt an den Fenstern entlang. Menschen stritten oder schlugen sich, schliefen allein oder miteinander, kochten, räumten um, bügelten, telefonierten. »Halt mal.« Sie reichte Soizic die Kerze, holte die Skizzenhefte und fand tatsächlich einzelne Szenen wieder. »Das Bild zeigt im Ganzen den Schmelztiegel der Welt, einen Hafen. Aber irgendwo versteckt muss noch etwas anderes sein.«

»Wieso bist du dir da so sicher?« Soizic starrte auf das bunte Bild und hatte schon Schwierigkeiten, die einzelnen Fenster zu deuten.

»Ein Hafen als solcher würde Samantha nie interessieren, es sei denn, dieses Konglomerat bietet Schutz für etwas anderes.«

»Nämlich was?«

»Ein Verbrechen. Glaubst du denn, irgendeine Polizei weiß, was sich in einem Hafen der Größe Marseilles oder Rotterdams wirklich abspielt? Ich halte das für unmöglich.«

Soizic nickte und stellte ihren Kerzenleuchter vor dem Bild ab.

»Die ermordeten Frauen wurden im Holzhafen gefunden. Ein ungewöhnlicher Ort, wo zudem nicht jeder so einfach hinkommt. Wie hat die Polizei von den Leichen erfahren?«

»Unserer internen Datenbank zufolge ging ein anonymer Hinweis ein.«

Elisabeth legte den Kopf schräg und verglich weiterhin die Zeichnungen aus dem Skizzenheft mit den Szenen hinter den Fenstern.

»Hätte nun jemand die Leichen entsorgt und das Holz, auf dem sie aufgebahrt waren, verschifft nach irgendwohin …«

»… hätte keiner je davon erfahren.«

»Also wollte jemand, dass es bekannt wird. Wem schaden diese Morde am meisten?«

»Dem Präsidenten, wenn sie nicht aufgeklärt werden. Er hat zwar noch Zeit bis zur nächsten Wahl, aber da er die Verbrechensbekämpfung als sein ganz persönliches Anliegen publik gemacht hat, trifft ihn das besonders.«

»Ja«, sagte Elisabeth leise, »seine bisherigen Erfolge vergisst die Öffentlichkeit schnell anlässlich solch grausamer Morde an jungen, schönen, hilflosen Frauen. Und wenn er die nicht klären kann, demonstriert das auch, dass er und die zuständige Polizei den Hafen nicht im Griff haben.« Sie ging wieder ganz nah an das Bild heran. Im Schein der fast heruntergebrannten Kerzen sah sie sich die Szene genauer an, die sich zu Füßen des immensen Bugs abspielte. Eine Pokerrunde. »Erkennst du die Zeichen hier?«

Soizic beugte sich nach vorne und stöhnte auf, weil ihr Auge schmerzte. »Das da«, sie zeigte auf den Rücken einer Person, »das sind die Initialen der Gendarmerie Nationale, und das hier ist das Siegel der russischen Mafia, ihre Nutten tragen Silberketten um den Hals mit diesem Zeichen.«

Elisabeth blätterte noch einmal durch das letzte Skizzenheft.

»Ich kann nicht mehr«, stöhnte Soizic, »mein Kopf platzt gleich.«

Elisabeth holte ein Röhrchen mit Tabletten aus der Schublade ihres Nachttisches. »Hier, das hilft gegen die Schmerzen, und du schläfst gut davon.«

Soizic ließ sich eine Tablette in die Hand legen und spülte sie mit dem Rest Kaffee hinunter. Schon fast an der Tür, seufzte sie: »Elisabeth, wie schaffst du das, so ruhig zu bleiben?«

»Gar nicht. Aber wem nutzt es, wenn ich jetzt weine oder mich mit Selbstvorwürfen malträtiere?«

»Ich schäme mich so, dass ich Bella in diese gefährliche Situation gebracht habe.«

Damit kann ich mich jetzt nicht auch noch beschäftigen, dachte Elisabeth. Sie schob Soizic sanft zur Tür hinaus und sagte: »Auch damit wird man irgendwann fertig. Schlaf jetzt erst einmal.«

Poker, ging es ihr durch den Kopf, als sie wieder allein war und das Hafenbild aufs Neue inspizierte. Aber Poker um was? Und warum spielen sowohl die Russen als auch die Gendarmerie Nationale im Hafen, der doch angeblich fest in Drakons

Händen ist? Elisabeths Augen brannten. Die Kerzen neigten sich ihrem Ende zu. Da ging sie noch einmal an jedem Bild vorüber, um es mit in die Träume zu nehmen, und kroch frierend unter die Decke.

21

Sie wurde wach, weil eine einzelne Diele in ihrem Zimmer knarrte, was in dem nachtstillen Haus gut zu hören war. Dann blieb es ruhig, und Elisabeth hoffte, sie habe sich das Geräusch eingebildet, aber irgendetwas hielt sie davon ab, sich zu bewegen. Ball deine Hand zur Faust und spür deine Kraft, flüsterte Samantha ihr von irgendwoher zu. Langsam krümmte sie die Finger ihrer rechten Hand, schob den Arm nach rechts aus der Bettdecke und winkelte ihn so an, dass sie zuschlagen konnte. Ein herber Geruch stieg ihr in die Nase. Das Färbemittel von Jérôme? Sie spürte die Anwesenheit des Menschen links von ihrem Bett. Wenn sie ihren eigenen Atem anhielt, konnte sie den seinen hören, der langsam und gleichmäßig ging. Die Matratze gab ein wenig nach, wo er sich darauf stützte. Jetzt!, und Elisabeth ließ ihre Faust in diese Richtung schnellen. Aber ihr nächtlicher Besucher fing sie ab, umfasste ihr Handgelenk, drückte ihren Arm zurück auf die Matratze. Bevor sie schreien konnte, hörte sie ein leises Lachen und fühlte sie seine festen Lippen auf ihren. Drakon glitt unter ihre Decke, wand Elisabeth aus ihrem Morgenrock und bedeckte sie mit seinem großen, schweren, muskulösen Körper. Die Anspannung der letzten Tage fiel schmerzhaft von ihr ab, und sie gab sich ihm hin in der vollkommenen Dunkelheit dieses Zimmers wie noch nie einem Mann zuvor. Mehrfach legte Drakon ihr die Hand auf den Mund, um ihre Schreie zu ersticken, und als er sie endlich erlöste, biss sie in diese Hand hinein, um es aushalten zu können.

Als ihr Atem sich wieder beruhigt hatte, zog Drakon die Hand weg, griff über Elisabeth hinweg und zündete die Kerze auf ihrem Nachttisch an. »Ich dachte schon, der rote Elefant geht gar nicht mehr zu Bett.«

Elisabeth erschrak, wie klar und laut seine Stimme in der durchdringenden Stille des Hotels klang. »Nenn sie nicht so, ihr Name ist Soizic«, sagte sie leise, aber bestimmt.

Drakon zog sie an sich, wickelte ihre langen Haare um seine rechte Hand und betrachtete ihr klar geschnittenes, vom Schlafmangel gezeichnetes Gesicht. »Was haben die Bilder dir erzählt?«

»Hast du sie mir deshalb gebracht?«

»Ja. Sam hat einmal gesagt, dass du die einzige Person bist, die ihre Bilder wirklich durchdringt. Und du hast gesagt, dass du die Bilder brauchst, um herauszufinden, wo sie ist. Also: Ich höre.« Er hob ihr Gesicht dicht an seines und blitzte sie aus dunklen Augen an.

Elisabeth löste sich von ihm, rollte zur anderen Seite des Bettes, zog ihren Morgenrock wieder an, nahm den Kerzenleuchter vom Nachttisch und machte mit dem Kopf eine Geste, dass er aufstehen solle. Sie stellte sich vor das Hafenbild. »Hier, siehst du das da unten? Das zeigt eine Pokerrunde, und ich nehme an, dass es um den Hafen von Marseille geht. So lächerlich klein dieser Pokertisch auch ist, an dem die Gendarmerie Nationale und die Russen Platz genommen haben, so effektiv blockiert er doch, wenn du genau hinsiehst, das ganze immense Schiff.« Sie stellte den Kerzenleuchter auf dem Boden ab und richtete sich zu ihrer vollen Größe auf. »Was ich aber nicht verstehe: Warum bist du nicht dabei? Ich habe gehört, der gesamte Hafen ist fest in deiner Hand. Wenn das so ist – wieso ist dir davon nichts bekannt?«

Er stellte sich hinter sie, umfasste ihre Taille und legte seinen Kopf auf ihre Schulter.

»Wo ist Sam?«, setzte sie nach.

»Gut, ich sage dir jetzt, was ich weiß, auch auf die Gefahr hin, dass es dein Verderben ist. Den Russen ist La Ciotat zu klein geworden, sie möchten gern expandieren.«

Elisabeth machte sich von ihm frei, drehte sich herum und blickte ihn verärgert an. »Rede nicht davon, als ob es sich da um ein normales Unternehmen handeln würde.«

Besänftigend legte er ihr die Hand auf die Wange. »Es funktioniert aber auf die gleiche Art und Weise. Willst du mir nun zuhören oder willst du mich kritisieren?«

Elisabeth drehte resignierend ihre Handinnenflächen nach außen.

»Da mit mir nicht zu reden war, haben sich die Russen an die Gendarmerie Nationale gewandt, mit der ich schon lange ein Stillhalteabkommen hatte.« Er nahm ihre linke Hand und drehte Elisabeth zu dem Bild um. »Du siehst, der Kuchen, um den es da geht – das Schiff – ist relativ groß. Also wollten sie mich rausschmeißen und anschließend alles untereinander aufteilen.«

Die Kirchturmuhr verkündete dem in Dunkelheit gehüllten Cassis die volle dritte Stunde des neuen Tages. Drakon nahm seine Lederjacke vom Bettpfosten, holte eine Flasche Bordeaux, Château Palmer 2002, hervor, reichte sie Elisabeth und kam mit zwei Gläsern und einem Flaschenöffner zum Bild zurück. Als hätte er alle Zeit der Welt und sei ohnehin nur zum Weintrinken gekommen, öffnete er die Flasche, roch an dem Korken, goss den ersten Schluck in sein Glas und füllte behutsam Elisabeths, die ihre Ungeduld kaum beherrschen konnte. »Trink, das beruhigt die Nerven.« Er schob ihre Hand mit dem Glas an die Lippen. Der Duft nach Veilchen und Schwarzen Johannisbeeren verbreitete sich im Zimmer, auf der Zunge fühlte der Wein sich an wie Samt.

»48 Prozent Cabernet Sauvignon, 46 Prozent Merlot und 6 Prozent Petit Verdot. Ich habe ihn vor einem Monat aufgekauft.« Drakon trank mit geschlossenen Augen. »Als ich davon Wind bekommen habe, dass die Gendarmerie fremdgeht, habe ich deren neue Geliebte, die Russen, zu mir geholt und ihnen angeboten, dass sie ohne großes Theater ein Drittel des Kuchens haben können. Sie sind darauf eingegangen, ich zum Schein ebenfalls, habe sie aber hingehalten, bis unsere Vereinbarung bei der Gendarmerie durchgesickert war und die wiederum angefangen haben, den Russen das Leben in La Ciotat schwer zu machen.«

»Divide et impera«, murmelte Elisabeth vor sich hin.

»Jetzt waren die zwei Parteien miteinander beschäftigt, und ich hatte meine Ruhe. Bis sie mir die faulen Eier ins Nest gelegt haben.«

»Die Frauenleichen?«

»Ja, weil Morde bei mir sehr selten sind. Ganz Marseille ist klar: Eine Leiche im Holzhafen muss von mir kommen. Damit war das Misstrauen unter meinen Leuten gesät.«

»Was hat das alles verdammt noch mal mit Samantha zu tun?«

Drakon nahm die Flasche und ging zurück zum Bett. »Sie war gerade bei mir, als die erste Leiche entdeckt wurde, und war fasziniert von diesem Ritualmord. Ich weiß nicht, ob du verstehen kannst, wie schlimm dieser Gedanke für ein Mädchen ist: ohne Identität zu sterben. Keiner, der dich beerdigt, keiner, der überhaupt von deinem Unglück erfährt und dich beweint.«

Es irritierte Elisabeth, von Drakon solche Überlegungen zu hören. Sie fand solche Gedanken zynisch bei einem Zuhälter, gerade so zynisch, wie mit einem mordenden Zuhälter ins Bett zu gehen.

»Als die Sitten noch etwas rauer waren«, fuhr er fort, »wurde auf diese Weise ein Exempel statuiert.«

Elisabeth kam zum Fußende des Bettes, lehnte sich gegen den Pfosten. »Und heute?«

»Heute haben wir andere, modernere Methoden.«

»Gibt es dafür ein Managementtraining?«

Blitzartig schoss seine Hand vor, umfasste ihr Gelenk und zog sie aufs Bett. »Hör mir mal gut zu, Elisabeth von Landau! Es mag sein, dass du andere Männer mit deiner Ironie kleinkriegst, aber bei mir lässt du das besser. Damit wir uns richtig verstehen: Ich will Sam genauso finden wie du.«

»Warum? Weil sie Beweise gegen dich hat?«

Mit einer wegwerfenden Geste seiner linken Hand ließ er sie los. Einen Augenblick fürchtete sie, er würde ihr gleich Wein ins Gesicht schütten. »Warum hast du mir das alles nicht schon Sonntagnacht erzählt? Wir hatten weiß Gott genug Zeit.«

»Weil ich nicht sicher war, ob Sams Verschwinden mit meinem Krieg im Hafen von Marseille zu tun hat.«

»Deinem Krieg?«, fragte Elisabeth spöttisch, was Drakon jedoch ignorierte.

»So nennen wir das hier, ja: Krieg im Hurenmilieu.«

»Willkommen in diesem Jahrhundert. Die Zeit der antiken Feldzüge ist lange vorbei.«

»Aber nicht der Raub wertvoller Frauen, um ein Königreich zu besiegen.«

»Geht das etwas klarer?«

Drakon lehnte sich leicht nach vorn, blickte Elisabeth von unten in die Augen und flüsterte: »Sam ist meine einzige wunde Stelle.«

»Was heißt das?«

»In meiner Position ist es besser, keine Freundin, keine Familie, keine Kinder zu haben, sie machen unnötig angreifbar. Meine Freundinnen und gezeugten Kinder sind so zahlreich, dass niemand weiß, wer von ihnen zu mir gehört und wer nicht. Das geschieht zu ihrer aller Schutz. Wenn du eine von ihnen entführst, kannst du einfach nicht sicher sein, dass diese mir auch etwas bedeutet.«

Wie rücksichtsvoll, wollte Elisabeth sagen, biss sich aber auf die Zunge.

»Aber Sam, verstehst du«, er füllte die Gläser wieder, »Sam war eine Offenbarung. Eine Frau auf Augenhöhe! Gierig, kaltblütig, intelligent, genusssüchtig, mutig.«

Schläft sie mit ihm?, ging es Elisabeth durch den Kopf. Sie spürte einen leichten Stich im Herzen.

»Ich wurde süchtig danach, mit ihr zu reden, zu streiten, zu diskutieren. Was für ein Weib! Sie urteilt nicht, schaut genau hin, staunt, fragt, versucht zu begreifen! Und vor allem«, er lachte, »Sam kennt kaum Angst. Schließlich habe ich mich auch in ihre Bilder verliebt, ihre Kunst, weil die genauso gnadenlos wie sie selbst ist.« Er unterbrach sich, trank einen Schluck und blickte Elisabeth über den Rand des Glases an.

»Sie war oft bei mir im Hafen, kam zu den Partys, so was spricht sich herum, klar. Also wussten sowohl die Russen als auch die Gendarmerie Nationale davon, doch ich habe das ignoriert. Sie hat mich gebeten, die Leiche ansehen zu können, und mich gefragt, ob es mich stört, wenn sie die Frau malt.«

»Ja, das klingt alles sehr nach ihr«, gab Elisabeth zu und dachte, dass es für Sam wunderbar sein musste, in Drakon, so fragwürdig diese Freundschaft auch war, ihresgleichen gefunden zu haben: einen Menschen, extrem und kompromisslos wie sie selbst. Die Kerze vor dem Bild flackerte noch einmal auf, warf Elisabeths Schatten auf die Wand hinter Drakon und verlosch. Die folgenden Worte klangen in der Dunkelheit noch schärfer. »Was geschah dann?«

»Sie hat tagelang an den Frauenbildern gemalt, und irgendwann sind die Visionen gekommen, die Hoffnung, ihre Gesichter wiederfinden zu können. Wir haben uns gefragt, ob ein Pathologe vielleicht die Leichen so zugerichtet hat, denn es muss ein Fachmann gewesen sein. Der Mörder gehört entweder zu Thierrys Zuarbeitern oder zu den Russen und hat verständlicherweise überhaupt kein Interesse daran, dass das jemand anhand der Bilder herausfindet. Sam hat von den Frauen geträumt, ihre Augenfarbe gefunden, ihre Gesichtszüge. Zur gleichen Zeit hat sie diesen Jérôme gemalt, mit dem sie seit einigen Monaten schläft. Vielleicht haben sich da die Visionen überlagert, jedenfalls hat er in ihren Bildern seine Schönheit verloren, am Ende auch sein Gesicht.«

Unerwartet krachte ein Donner über dem Haus. Elisabeth erschrak so sehr, dass sie ihr Glas fallen ließ.

Drakon nahm aus seiner Jacke zwei Kerzen heraus, die er anzündete und auf den Nachttisch klebte. »Alles in Ordnung?«

»Ja, danke, das Glas ist zum Glück nicht zerbrochen.«

Er zog sie an sich und küsste sie intensiv. »Du schmeckst gut«, sagte er lächelnd, ließ sich auf dem Bett zurückfallen und zog sie mit sich. »Jedenfalls hat dieser Schönling irgendwann die Bilder gesehen und es mit der Angst zu tun bekommen.

Und er hat, ob nun aus Absicht oder nicht, den falschen Leuten davon erzählt. – Hast du Zigaretten?«

»Nein, hier nicht, unten liegen Zigarillos oder Lizzys Tabak, was ist dir lieber?«

»Tabak.«

Sie löste eine Kerze vom Nachttisch und ging mit nackten Füßen die Treppe hinunter in die Küche. Ein Blitz erhellte draußen für eine Sekunde das Hafenbecken von Cassis, dem folgte kurz darauf ein ohrenbetäubender Donner. Elisabeth hoffte, dass niemand davon aufwachte. Als sie mit eiskalten Füßen ins Zimmer zurückkehrte, war Drakon bereits angezogen. Er hatte alle Bilder bis auf das Hafenbild von der Wand genommen, wieder aufgerollt und in die schwarze Kiste gelegt.

»Du willst weg?«

»Gleich.« Er nahm sie in die Arme, hob sie schwungvoll auf, legte sie aufs Bett. Als er sie sorgfältig zugedeckt hatte, setzte er sich ans Fußende und schob ihre kalten Füße unter sein Hemd. Während er sich eine Zigarette drehte, erzählte er weiter. »Ich bin mir sicher, dass die ermordeten Frauen von den Russen stammen.«

»Warum vermisst die niemand? Die anderen Huren zum Beispiel?«

»Weil du denen in so einem Fall einfach erzählst, die arbeiten jetzt an der Côte d'Azur, und dann lässt du von dort eine Postkarte mit Foto ankommen. Ende. Wenn es jedoch Sam wirklich gelungen ist, sie zu malen …«

»Dann haben sowohl die Russen als auch die von der Gendarmerie Nationale ein Problem. Ergo versuchen sie Sam zu entsorgen.«

»Richtig, das war Plan der Gendarmerie Nationale. Mr Mills, dem sie die *Blaue Rose* versprochen haben, hat Sam mit einer verlockenden Scheidungsvereinbarung nach München geködert, gebucht auf die gleiche Maschine, die sowieso in die Luft gesprengt werden sollte.«

»Warum hat sie mir davon nichts erzählt?«

»Weil sie nie vorhatte zu fliegen. Sie wusste von mir, dass das Flugzeug explodieren würde.«

Elisabeth schüttelte fassungslos den Kopf. Es entsetzte sie, dass ihre Freundin offenbar nichts unternommen hatte, um die Menschen in dem Flugzeug zu retten. Wie hatte Drakon sie eben erst bezeichnet? Kaltblütig? Und er selbst? Lizzy hatte keinen Zweifel daran gelassen, dass Drakon, wenn nötig, auch sie, Elisabeth, umbringen würde. – Was aber, wenn alles ganz anders war und die Russen Samantha vor Drakon schützten? Mr Mills hat ausgesagt, er kommt nicht nach Cassis, weil er Angst vor uns hat, dachte Elisabeth, dabei hat er allen Grund, vor Drakon und der Gendarmerie Angst zu haben.

»Womit wir alle nicht gerechnet haben,«, sagte Drakon in ihre Gedanken hinein, »ist, dass auch die Russen davon erfahren haben. Sie sind davon ausgegangen, dass Sam sich aus dem Staub machen will, und haben sich gedacht, da rauben sie die Malerin dieser Bilder und behalten sie als Pfand gegen mich und gegen die Gendarmerie. Darauf hast du mich jetzt gebracht mit der Pokerrunde«, schloss er anerkennend. Er schob ihre Füße unter die Decke, erhob sich vom Bett und ging wieder zu dem Hafenbild. »Hier, die Russen halten die Bank, die die Gendarmerie haben will, und wahrscheinlich feilschen sie über den Preis. Denn das Praktische an Sam ist, dass sie ihr den Flugzeugabsturz und wenigstens den dritten Mord in die Schuhe schieben können.«

»Hatte deshalb die dritte Leiche mit Sam Ähnlichkeit?«

Drakon seufzte und rollte auch dieses Bild zusammen. »Ja, das war die klare Botschaft an mich: dass sie Sam haben.«

Ein bohrender Kopfschmerz breitete sich hinter Elisabeths Stirn aus, sie konnte es kaum ertragen, dass jemand eine Hure suchte, die Sam ähnlich sah, und diese dann umbrachte, um Drakon eine Botschaft zu übermitteln. »Ist damit bewiesen, dass die Gendarmerie Nationale die Morde begangen hat?«

»Nicht unbedingt. Bei den Leichen handelt es sich um russische Mädchen. Aber solange der Mythos besteht, Sam habe auf ihren Bildern die Mörder gefunden, muss die Gendarmerie, wenn sie mit drinsteckt, mehr Angst haben als die Russen. Deshalb denke ich, die Gendarmerie wollte den Russen auf diese Weise zeigen, dass sie leicht an ihre besten Huren kommt, und mir unter die Nase reiben, dass ich nicht alles im Hafen unter Kontrolle habe.« Drakon drehte sich eine weitere Zigarette, leckte das Papier an. »Der Holzhafen ist der am besten bewachte Teil rund um Marseille, er ist das Herzstück meines Terrains, der am schwierigsten zu erreichende Teil des ganzen Kuchens.« Er zündete die Zigarette an und zog zweimal, bevor er fortfuhr: »Die dritte Leiche, also die Botschaft an mich, kommt mit Sicherheit von den Russen. Die haben sich einfach drangehängt.«

Elisabeth stöhnte innerlich auf. Sie fühlte sich, als würde sie jetzt selbst Poker spielen und alles auf eine Karte setzen, obwohl sie nicht wissen konnte, ob das Wagnis aufgehen würde. Sie griff unters Bett und holte die Schachtel mit Sams Haarsträhne hervor. Knisternd entlud sich ein Blitz direkt über dem Hotel. Als das Donnergrollen abgeklungen war, kam ihr zunächst eine andere Frage in den Sinn: »Kennst du die Bilder von den Leichen?«

Drakon drehte sich zum Fenster. sagte leise: »Ja, ich kenne sie«, sagte er leise. »Samantha ist es tatsächlich gelungen, die Gesichter der ermordeten Frauen zu finden. Damit hat sie den Huren ihre Identität zurückgegeben.«

»Sagst du mir, was auf den Bildern zu sehen ist?«

»Nein. Wenn Sam sie dir zeigen will, bitte. Aber von mir bekommst du sie nicht. Zudem sind sie im Augenblick als Spielgeld im Poker um Samantha unterwegs.«

Einen Atemzug lang verspürte Elisabeth das Bedürfnis zu schreien, seinen Sarkasmus ertrug sie kaum. Gleichzeitig gestand sie sich ein, gar nicht wissen zu wollen, was da abgebildet worden war. Wo Samantha Grenzen setzte, waren ihre eigenen längst überschritten. »Ehe du gehst, solltest du noch zwei Dinge wissen. Das hier«, sie reichte ihm die Schachtel, »lag heute Nachmittag plötzlich auf meinem Bett.«

Drakon öffnete die Schachtel, nahm die Haarsträhne heraus und schnupperte daran. Er schloss die Augen, konzentrierte sich, zerrieb sie mit den Fingern und sagte: »Entweder ist sie in einer Ölraffinerie oder ganz in der Nähe davon. Daher kommt auch der klebrige Staub in den Haaren.«

»Wie viele Ölraffinerien gibt es im Hafen?«

»Unzählige«, er lachte, »aber keine einzige in russischer Hand. Ich werde mal ein paar Leute nach La Ciotat schicken.« Er gab ihr die Haarsträhne zurück.

»Meinst du, sie lebt noch?«

»Auf jeden Fall. Solange die Russen die Bilder nicht haben, die sie für ihr Poker mit der Gendarmerie brauchen, muss Sam am Leben bleiben. Trotzdem eilt es, denn es kann gut sein, dass die Russen schon mit der Gendarmerie um Sam verhandeln.« Dass diese ihm Sam bereits angeboten hatten gegen die Hälfte des Industriehafens von Marseille, verschwieg er Elisabeth wohlweislich.

»Die Russen glauben also, dass Sam die Frauen richtig gemalt hat?«

»Oh ja, Russen sind für so etwas sehr empfänglich. Deshalb war es gut, dass du mir die Bilder gegeben hast. Sie wissen mittlerweile, dass sie bei mir sind und dass sie an mir nicht vorbeikommen.«

Ein Frösteln durchlief Elisabeth, weil sie sich wieder einmal fragte, ob Drakon der Mörder sein könnte, den Sam gemalt hatte. War es deshalb so wichtig für ihn, dass sie, Elisabeth, die Bilder nicht angesehen hatte?

Drakon verstaute das Hafenbild bei den anderen, legte den Deckel auf die Kiste und ließ die Verschlüsse zuschnappen. »Was war das Zweite?«

»Jérôme ist verschwunden, mit Bella als Geisel.«

Drakon setzte sich noch einmal zur ihr aufs Bett, nahm ihre Hand, streichelte mit dem Zeigefinger sanft darüber und sagte leise: »Nein. Nicht mehr.«

»Was sagst du da?« Elisabeth kam nah an sein Gesicht heran.

»Ich nehme an, eure Bella ist jetzt bei Sam. Die Russen haben Jérôme an der Grenze nach Andorra abgefangen. Es war zu simpel vorherzusehen, wohin er verschwinden würde.«

»Und wo ist Jérôme jetzt?«

»Willst du es wirklich wissen?«

»Ja.« Sie lehnte sich zurück und hielt seine Hand fest.

»Ich gehe davon aus, dass er die nächste Leiche in meinem Reich sein wird. Sobald die Polizei ihn eingesammelt hat, wird sie ihn mit Spuren präparieren, die auf Samantha verweisen. Eine weitere Möglichkeit, die Jagd auf sie von Neuem anzufeuern.«

»Und je mehr Morde auf Sams Konto gehen, desto weniger wert ist sie für die Russen, weil ihren Bildern niemand mehr glaubt.«

»Hast du denen das verdrehte ›Nachher-Vorher-Nachher‹ denn abgenommen?«

»Nein«, Elisabeth schüttelte wie zur Entschuldigung den Kopf, »ich habe gedacht, sie hat die Frauen vorher gesehen und war selber dabei, als sie umgebracht wurden.«

Drakon nickte zustimmend, legte seine linke Hand in ihren Nacken, zog sie ein wenig zu sich heran und küsste sie.

Unter seinem Kuss murmelte sie: »Aber wie ist Jérôme in all den Mist geraten?«

»Er ist eine männliche Nutte, durch und durch käuflich, und eine billige dazu. Er hat gedacht, es merkt keiner, wenn er sich von vielen Händen bezahlen lässt.«

»Mr Mills hat ihm auch Geld gegeben. – Was hast du mit Mills zu tun?«

Drakon drehte sein Gesicht weg, sodass sie nicht darin lesen konnte. »Jérôme stand auf einigen und auch auf Mills' Gehaltslisten. Auf Sams Wunsch hin hatte auch ich Kontakt zu Mr Mills. Mills hat Sam nicht zugetraut, dass sie mich kennt. Pech für ihn.« Er grinste.

»Du hast Jérôme im Auftrag von Mr Mills bezahlt, damit er Sam aushorcht?«

»So ungefähr. Es war ein Spiel für Sam und mich. Sie wollte wissen, wie Jérôme es anstellt.«

Elisabeth kroch aus dem Bett. »Ich bringe dich hinunter.«

»Nein, lieber nicht. Gibst du mir die Haarsträhne?«

Zögernd nahm sie das glänzende Päckchen vom Bett. Ihr Kopf dröhnte von all den neuen Informationen, von denen sie nicht wusste, ob sie korrekt waren. Wenn doch Drakon Sam in seiner Gewalt hatte? Seine schwarzen Augen gaben ihr zu verstehen, dass er wusste, was in ihr vorging. Fordernd streckte er die Hand aus. »Wenn du den Fehler machst und diese Strähne bei der Polizei analysieren lässt, bringst du die Gendarmerie Nationale auf eine gute Spur, und die ist vielleicht schneller als ich.« Er hielt seine Hand geöffnet.

Elisabeth legte die Schachtel hinein, denn dieser Gedanke war ihr selbst schon gekommen.

»Ich werde ab morgen ein paar Gäste bei euch einquartieren. Sag Lizzy Bescheid, dass sie vier Zimmer zurechtmacht.«

»Warum?«

»Frau Anwalt, was glaubst du, warum die Russen euch die Haarsträhne geschickt haben? Sie glauben jetzt, dass ihr wisst, wo die Bilder sind, und werden euch, das halte ich für ziemlich wahrscheinlich, bald einen Besuch abstatten. Wir müssen uns beeilen, Sam zu finden, die werden langsam nervös. Zum Glück ist Sam zäh, ist es diese Bella auch?«

Plötzlich war ganz Cassis erleuchtet. Durch den Spalt zwischen den Vorhängen drang grelles Licht herein. Sie hörten Holzbalken bersten, Glas splittern, gellende Schreie: Feuer, Feuer!

Drakon stürzte ans Fenster. »*Francis' Bar* brennt. Zeit, dass ich verschwinde. Mal sehen, wie bald die Gendarmerie merkt, dass ich ihre geheimen Asservatenkeller im Hafen kenne.« Er küsste sie und war so schnell und lautlos aus der Tür, dass Elisabeth nicht mehr fragen konnte, wann er sich wieder melden würde. Sie lachte hysterisch auf: als ob es hier um ein normales Daten ginge!

22

Sirenen sprangen an und brüllten um die Wette mit dem Donnergrollen, das unaufhörlich von der Steilküste in das kleine Cassis herunterrollte. Funken stoben in den Himmel, Menschen rannten durcheinander, die Feuerwehr erkämpfte sich einen Platz, zwei Krankenwagen erreichten den Kai. Irgendwo in diesem Gewühl, dachte Elisabeth am Fenster, verschwindet gerade Drakon mit den besten und letzten Beweisen. Sie wusste, dass die plappernde Bella Sam eher in Gefahr bringen würde als ihr eine Hilfe sein. Ich muss das alles jemandem erzählen, sagte sie sich, und als sie noch überlegte, wem, ging hinter ihr die Tür auf und Rosi und Lizzy kamen ins Zimmer. Vor der Bar wurden gerade die ersten Verletzten in die Krankenwagen geschoben.

»Küche?«, schlug Elisabeth vor und errötete leicht, weil sie ahnte, dass beide ihr die Liebesnacht ansahen.

Während Rosi und Elisabeth frierend am Küchentisch saßen und heißen Kaffee tranken, kochte Lizzy literweise Kaffee für die Feuerwehrleute. Immer wieder kam einer von den Einsatzkräften zur Hintertür, holte neue Plastikbecher und die frisch gefüllten Thermoskannen ab. Nachdem Elisabeth alles erzählt hatte, was es zu Drakons nächtlichem Besuch zu sagen gab, und dankbar war, dass Rosi das Wiederverschwinden der Bilder und Skizzenhefte unkommentiert gelassen hatte, kam Soizic gerade in die Küche.

Rosi fragte noch schnell: »Und sonst?«

»Nichts sonst.«

»Meine liebe Freundin, ich selbst hatte das letzte Mal solche Augenränder wie du jetzt, als ich defloriert wurde. Also erzähl mir keinen Mist. Du schläfst mit dem Mafiaboss von Marseille!«

»Guten Morgen, Soizic«, grüßte Elisabeth gedehnt.

»Was ist mit dem Mafiaboss von Marseille? Und was ist denn da draußen los?«

»*Francis' Bar* ist vom Blitz getroffen worden. Die Feuerwehrleute sagen, zwei Gasflaschen im Haus sind deswegen explodiert und haben das Dach weggesprengt.« Mit dieser Information gelang es Lizzy, das für Elisabeth kritische Thema zu wechseln.

Der Regen hatte nachgelassen, das Wintergewitter entließ Cassis aus seinen Klauen. Soizic war zwar noch etwas benommen von den Schlaftabletten, und ihr Kopf fühlte sich heiß an, aber sie wäre nicht zur Polizei gegangen, hätte sie nicht von Natur aus gewisse Instinkte. Also fragte sie nach: »Was war das jetzt mit diesem Mafiaboss?«

Elisabeth entschied, ihr die Wahrheit zu sagen, und berichtete, was Drakon herausgefunden hatte: »Samantha ist in russischen Händen, irgendwo in La Ciotat in einer Art Schutzhaft. Sowohl die Russen als auch die von der Gendarmerie wollen unbedingt ihre Bilder. Jérôme wird irgendwann als Leiche auftauchen. Und Bella ist sehr wahrscheinlich dort, wo auch Sam zu finden ist.« Als sie geendet hatte, zog Elisabeth den Kopf ein, denn sie erwartete einen Wutausbruch von Soizic, aber sie täuschte sich. Die Polizistin hatte trotz Alkohol und Schlafmitteln die halbe Nacht wach gelegen und darüber nachgedacht, was dieses neue Leben, für das sie sich am Sonntag entschieden hatte, konkret für sie bedeutete. Dabei war ihr eines besonders klar geworden: Sie wollte nicht mehr nach den Regeln der anderen leben, mit akribischer Kleinarbeit um deren Anerkennung betteln, sich enttäuscht zurückziehen, wenn es ihr nicht gelang, sich gegen einen Jérôme oder eine Zoe durchzusetzen. Es erfüllte sie mit Stolz, dass Elisabeth ihr Mut genug zutraute, sich mit der Russenmafia oder der Gendarmerie Nationale anzulegen. »Jetzt verstehe ich, warum Thierry so misstrauisch war. Er hat mehrmals den Verdacht geäußert, dass Jérôme Beweismaterial unterschlagen haben könnte.«

»Ja«, sagte Elisabeth, »du hast recht. Thierry wollte uns bestimmt aus der *Blauen Rose* raushaben, weil sie bei der

Hausdurchsuchung die Bilder nicht finden konnten.« Sie wickelte aufgeregt ihren langen Zopf um die linke Hand.

»Und sie wollten Jérôme verhaften, weil sie gedacht haben, er hat die Bilder«, ergänzte Lizzy vom Herd her, wo die Milch für den nächsten Kaffee überschäumte und zischend in die Gasflamme floss.

Soizic trat neben Lizzy, ließ sich ihre Tasse mit Kaffee und Milch auffüllen, drehte sich zum Tisch und sagte: »Wir müssen uns dringend was einfallen lassen, wie wir Samantha schützen. Denn sicher ist, dass die Gendarmerie sie als Mörderin verhaften wird, sobald sie frei ist. Und wir werden dann keine Chance haben, sie wieder frei zu bekommen.«

»Es gibt doch auch in Frankreich Anwälte«, wandte Elisabeth ein.

Lizzy huschte aus der Tür, die Kirchturmuhr hatte gerade das Sechs-Uhr-dreißig-Morgenläuten beendet, die Bäckerei würde jetzt öffnen, Feuer hin oder her.

»Wenn Samantha in der Zelle nach einer offiziellen Version Selbstmord begeht, hilft ihr kein Anwalt mehr«, seufzte Soizic. »Sie ist in einer Zwickmühle. Egal wie – sie verliert. Gibt Drakon die Bilder den Russen, schlägt die Gendarmerie zu. Gibt er die Bilder der Gendarmerie, ermorden die Russen Samantha.«

Alle drei rührten in ihren Tassen und suchten nach einer Lösung, ohne zu erkennen, dass der beste Schlüssel dafür Drakon selbst war.

Als Lizzy zurückkam, füllte der Duft nach frischen Croissants die Küche. »Die Bar ist hin, Francis steht davor und weint. Zum Glück hat es nur Leichtverletzte gegeben. Sie bauen schon an einem Stand vor der Bar, damit der Betrieb weitergehen kann«, berichtete Lizzy. Soizic nahm sich ein Hörnchen, strich Butter auf die Spitze und sprach weiter mit vollem Mund: »Wenn die Gendarmerie mit drinhängt, heißt das, Thierry hat seine Hände im Spiel. Wir müssen ihn irgendwie erpressen.«

Lizzy, Elisabeth und Rosi starrten sie entgeistert an, aber Soizic aß unbekümmert weiter. »Wenn ich richtig zugehört habe, bist du es, Lizzy, die Kontakt zu Drakon herstellen kann. Informiere ihn über das, was ich vorhabe: Ich will gegen Thierry verwenden, dass aus der geheimen Asservatenkammer im Hafen wichtiges Beweismaterial verschwunden ist. Wir bitten ihn hierher, indem wir ihm erzählen, dass wir etwas Wichtiges für ihn haben.«

»Und dann?«, fragte Rosi. Sie konnte es nicht fassen, wie schnell die kriminelle Energie von dieser Soizic, die vor drei Tagen noch die Naivität in Person war, Besitz genommen hatte.

»Wir jubeln Jérôme einen Abschiedsbrief unter. Darin gesteht er die bestialischen Morde. Und weil Samantha ihm auf die Schliche gekommen ist, nimmt er sich das Leben. Kein Polizist will in den Bau, das ist die Hölle pur, vor allem, wenn du eine schöne Frau umgebracht hast.«

»Das ist abgeschmackt«, entrüstete sich Rosi.

»Ich finde es ausgesprochen pragmatisch«, wandte Lizzy ein und drehte sich eine Zigarette. »Wenn Jérôme sowieso schon tot ist, wie Drakon vermutet, gehen die Morde besser auf sein Konto als auf das der quicklebendigen Samantha.«

»Und der wahre Mörder? Ich meine den, der die Frauen wirklich umgebracht hat, ihnen die Augen ausgehöhlt hat, die Zähne gezogen …« Rosi wehrte die Geste ab, mit der Elisabeth ihren Redefluss unterbrechen wollte.

»Um den kümmere ich mich, wenn Samantha und Bella frei sind. Versprochen!« Soizic legte nun Rosi eine Hand auf den Unterarm und sah ihr fest in die Augen.

»Und Thierry? Der Typ ist nicht blöd. Traust du dir das zu?«, fragte Elisabeth zögernd. Auch ihr war Soizics plötzliche Wandlung unheimlich.

»Ich werde Davide und Zoe einbinden müssen.« Die Polizeibeamtin stand auf. »Am besten gehe ich jetzt gleich rüber. Davide ist bestimmt schon da, und Zoe kommt so gegen acht. Sie muss Jérômes Abschiedsbrief schreiben.«

»Wieso die?«, fragte Lizzy.

»Die fälscht sehr gekonnt Schriften. Ich habe sie mal erwischt, wie sie sich mangels echter guter Zeugnisse selbst welche ausgestellt hat. Absolut echt. – Ich melde mich später.« Soizic stopfte den Rest Croissant in den Mund, holte ihre Jacke aus dem Zimmer im ersten Stock, wo sie sich eine Minute zum Durchatmen gönnte, und machte sich auf den Weg zur Polizeistation, nicht ohne an den Resten der Bar anzuhalten und Francis sowie seiner Frau Violett kurz die Hand zu drücken.

»Lizzy, würdest du bitte vier Zimmer fertig machen?«, bat Elisabeth, als Soizic gegangen war. »Wir bekommen heute Gäste.«

Völlig unvermittelt fing Rosi schallend an zu lachen. Ihr liefen die Tränen aus den Augen, und jedes Mal, wenn sie sich anscheinend beruhigte, holte ein neuer Lachkrampf sie ein.

»Klarer Fall von Überspannung«, brummte Lizzy, »ich geh mal die Zimmer herrichten. Das verspricht ja ein reizender Tag zu werden.«

Die Flucht mit Jérôme hatte Bella ja erst noch spannend gefunden, wenn ihr auch Soizic leidtat, als sie bewusstlos zu Boden ging. Aber jetzt kauerte sie seit vier Stunden gefesselt an Händen und Füßen auf der Rückbank eines Autos.

Kurz vor der Grenze nach Andorra wurde der Fluchtwagen von einem Lkw gerammt und Riichtung Graben gedrängt. Bella schrie auf in Todesangst. Das Auto überschlug sich und blieb auf dem Dach liegen. Kopfüber hing Bella in ihrem Sicherheitsgurt und konnte sich nicht rühren. Jérôme lag seltsam gekrümmt auf dem Lenkrad. Plötzlich leuchteten Taschenlampen ins Auto, jemand riss die Fahrertür auf, zerrte den vor Schmerzen brüllenden Jérôme aus dem Auto. Dem Stimmengewirr folgte Stille.

Endlose Minuten fürchtete Bella, man habe sie vergessen oder gar nicht erst gesehen, dass sie auch im Auto war. Unter der Motorhaube zischte es, als würde dort gleich etwas explodieren. Bella versuchte verzweifelt, mit den Zähnen ihren Gurt aus der Schnalle zu lösen, was aber nicht gelang, da sie mit ihrem gesamten Körpergewicht darauf lastete. Ein Schatten lief mit einem Kanister in der Hand um das Auto herum, und der Geruch nach Benzin wurde immer intensiver. Ihr klebte die Zunge wie gelähmt am Gaumen, sie versuchte zu gähnen, um den Mund zu entspannen, aber sie würgte, als säße ein Frosch in ihrem Hals. Bella schüttelte wild den Kopf, endlich löste sich ihre trockene Zunge, und sie schrie um ihr Leben. Ein Lichtkegel fiel ins Auto. Männer riefen sich etwas auf Russisch zu, jemand riss die Beifahrertür auf, durchtrennte mit einem Messer ihren Gurt, zog Bella an den Haaren aus dem Auto und stellte sie unsanft auf die Füße. Bevor sie auch nur Luft holen konnte, zerrte der Mann sie ein Stück weit ins Dunkle, drückte ihr einen mit Chloroform getränkten Lappen aufs Gesicht. Das Letzte, was sie sah, war der in Flammen aufgehende Wagen, dann lud der Mann sie wie ein Stück Vieh über die Schulter.

Als sie wieder zu sich kam, saß sie auf der Rückbank eines anderen Autos, ihr Hals brannte und ihre Knochen schmerzten. Sie hätte gern um einen Schluck Wasser gebeten, aber sie traute sich nicht erkennen zu geben, dass sie wieder wach war. Drei verschiedene Stimmen konnte sie unterscheiden. Die Männer sprachen eine eigentümliche Mischung aus Französisch und Russisch. Hinter der Augenbinde, die sie ihr inzwischen verpasst hatten, schimmerten vereinzelt Lichter. Bella rätselte, in welcher Stadt sie angekommen sein mochten, da zog der neben ihr sitzende Mann ihren Kopf zu sich und zwang ihr Gesicht auf seinen Oberschenkel, sodass der raue Stoff seiner Hose an ihren heißen Wangen rieb. Seine Hand lag schwer auf ihrem Kopf, sie hatte Mühe zu atmen. Die Lichter wurden wieder weniger, die Straße schlechter, das Auto hüpfte. Der Mann neben ihr hielt ihren Kopf an den Haaren fest, was sie absurderweise an früher erinnerte, als sie ihre Puppen an den Haaren hinter sich hergezerrt hatte. Das Auto hielt unvermittelt, Bella prallte an den Vordersitz, der Mann zog sie zurück. Vorn stieg jemand aus, die Innenbeleuchtung ging kurz an, dann wieder aus und wieder an, Zigarettenrauch füllte das Auto. Bella versuchte krampfhaft ein Husten zu unterdrücken, aber ihre Kehle war so trocken, dass sie es nicht verhindern konnte. Eine große Hand schlug ihr auf den Rücken, sie würgte verzweifelt an ihrem Knebel, bis der Mann neben ihr sie erlöste. Gierig schnappte sie nach Luft, hustete, verschluckte sich. Schließlich gelang es ihr, sich aufrecht hinzusetzen. Mit den gefesselten Händen strich sie mehrmals am Kopf entlang, so konnte sie am Ende die Augenbinde lösen. Trotz der minimalen Innenbeleuchtung des Autos blinzelte sie. Die Männer lachten und sagten etwas zu ihr, das sie nicht verstand, sie zuckte entschuldigend mit den Schultern. Der Mann neben ihr war riesig und hatte ein kantiges Gesicht. Mit dem Springmesser, das sie eindeutig als Samanthas Messer identifizierte, begann er, ihr die Fesseln aufzuschneiden. Der Fahrer, riesig und massig wie der Mann neben ihr, kehrte zum Auto zurück, öffnete die Tür, umfasste ihren Oberarm, und mit einem gekonnten Griff landete sie wieder auf seiner Schulter. Er tappte ein paar Schritte durch die dunkle Nacht, trat dann eine Holztür auf und wechselte wenige Worte mit zwei Männern, die drinnen an einem kleinen Holztisch mit einer Petroleumlampe saßen. Die spielen Poker, erkannte Bella, als sie an ihnen vorbeigetragen wurde. Es folgte eine weitere Holztür, dann ein Gewölbegang, der alle paar Meter von einer nackten Glühbirne erleuchtet wurde. Die verwitterten Steine glänzten ölig. Gasgeruch schlug ihr auf den Magen. Der Mann entriegelte eine Tür, bückte sich, um unter dem Sturz durchzupassen, stellte dahinter Bella auf die Füße. Er warf die Tür von außen zu und verschwand.

Sie stöhnte: »Herr, wenn du mich hier wieder rausholst …«

»Bella?«

»Sam, oh mein Gott! Sam – bist du das?« Ihr schossen Tränen in die Augen, sie zitterte am ganzen Körper. Da tauchte ein Schatten aus der Dunkelheit und schloss sie fest in die Arme.

Bella schluchzte wie ein Kind.

Samantha, durch die vielen Tage an das minimale Licht gewöhnt, führte Bella zu ihrer Schlafecke, strich ihr immer wieder beruhigend über den Rücken, füllte irgendwann aus einer Flasche etwas Wasser in einen Holzbecher und reichte ihn ihr.

Als Bella sich ein wenig beruhigt hatte, fragte sie: »Wo sind wir? Das stinkt erbärmlich hier.«

»In einem alten Ölturm. Was du riechst, sind die von Petrol durchtränkten Steine. Solche Türme wie der hier wurden im letzten Jahrhundert benutzt, wenn Öl zwischengelagert werden musste, weil das Schiff zum Weitertransport Verspätung hatte. Heute stehen sie leer, weil alles über Pipelines gepumpt wird oder in moderne Tanks kommt.«

Bella trocknete ihre Tränen, trank gierig den ganzen Becher leer, ließ sich gleich wieder nachfüllen. Anschließend sprudelte alles aus ihr heraus, was in der Woche seit Sams Verschwinden passiert war. Obwohl Samantha wusste, wie aussichtslos ihre eigene Lage im Moment war, lachte sie bei der einen oder anderen Geschichte aus vollem Herzen.

Draußen wurde es langsam Tag, und zwei kleine Öffnungen im oberen Teil des konisch zulaufenden Turms erhellten minimal den Boden, auf dem Bella und Sam saßen. Als sie zum Ende gekommen war, fragte Bella: »Hättest du damit gerechnet, dass Jérôme so eine feige Ratte ist?«

Sam schloss ihre Freundin noch einmal in die Arme, sie hatte nicht gehofft, eine von ihnen wiederzusehen, am wenigsten Bella.

»Ja, ich habe es gewusst und damit gespielt. Er sollte Informationen für meinen Exmann sammeln, also habe ich ihm häppchenweise gegeben, was mir gefiel.«

»Und jetzt?« Bella schaute sich um. Ihr Blick streifte Sam, die ein schmutziges Gesicht hatte und schwarze Fingernägel und völlig verdreckte Kleidung trug.

»Auch wenn ich nicht geglaubt habe, dass sie mich wirklich danach freilassen würden, habe ich ihnen gestern verraten, wo meine Bilder mit den Frauenleichen versteckt waren. Sie haben eine Haarsträhne von mir mitgenommen und waren ziemlich sauer, als sie feststellen mussten, dass diese Bilder nicht im Schrank waren. Außerdem hat Drakon ihnen zu verstehen gegeben, dass er die Bilder hat, was ich zunächst nicht glauben konnte. Aber nach dem, was du mir gerade erzählt hast, muss es wohl stimmen. Wir sind alle ein bisschen zu weit gegangen, schätze ich.«

Bella stand auf und lief im Kreis an den Turmwänden entlang. Die meisten Steine waren tatsächlich schwarz und glatt, nur einzelne waren grob behauen und standen ein wenig vor. »Was ist mit denen?«, fragte Bella und zeigte darauf.

Sam seufzte. Sie wusste, sie konnte ihr die Wahrheit nicht vorenthalten, und erklärte: »Heute um Mitternacht läuft das Ultimatum ab, das sie Drakon gestellt haben.«

»Was für ein Ultimatum?«

»Sie verlangen, dass er die Bilder herausrückt.«

»Aber er hat sie doch – also wird er sie ihnen bringen, oder?«

»Ja, sicher«, log Samantha.

»Du verheimlichst mir was.«

Sam kam zu ihr und umarmte sie wieder. Nur mit Mühe konnte sie sich beherrschen. »Es ist fraglich, ob sie mich dann freilassen, eher nicht. Außerdem geht es hier um ein Kräftemessen, bei dem ich nur als Unterpfand diene. Die Russen wollen von Drakon mindestens den halben Hafen, und das kann er nicht machen.«

»Ich denke, er ist dein Freund. Was ist, wenn das Ultimatum verstreicht?«

»Dann läuft dieser Turm hier langsam voll Öl.« Sie hielt Bella fest, der die Knie wegsackten. »Aber die Tür! Die hält doch den Druck gar nicht aus.«

»Die wird heute Mittag zugemauert, ab zwanzig Uhr läuft das Öl ein.«

»Weiß Drakon davon?«

»Ich nehme es an, sonst hätte die Drohung kaum Sinn.«

»Liebt Drakon dich?«

»Sei nicht so hoffnungslos romantisch, Bella, das habe ich dir immer schon gesagt.« Samantha drehte ihre zitternde Freundin Richtung Mauer und zeigte auf die Steine, die an unterschiedlichen Stellen vorstanden. »Das sind Trittsteine. Ich habe sie ein wenig herausgezogen und mit einem Stab von meinem Eisenbett aufgeraut, damit ich hochklettern und vielleicht noch ein wenig Zeit schinden kann, wenn der Ölpegel steigt. Wir müssen uns was ausdenken, dass wir beide da raufkönnen.«

»Himmel, Sam, Drakon wird uns doch finden!?«

»Vielleicht. Aber er sucht uns sicher in La Ciotat – und wir sind hier mitten in seinem eigenen Reich, wo er uns am wenigsten suchen wird.«

Samantha und Bella befanden sich einem der fünf Öltürme von Port de Bouc, einem der ältesten Viertel des Hafens, in dem niemand mehr Ratten bekämpfte, weil schon lange keine Waren mehr umgeschlagen wurden. Mittendrin parkte ein hochmoderner Tanklaster ohne Werbung, ohne Aufschrift, ohne Kennzeichen – ein perfekter Anachronismus.

Einige Lagerhallen hatten zwar den Wettereinflüssen getrotzt, doch mit ihren zerbrochenen Fensterscheiben trieb der Wind ein listiges Spiel. An ihren zahllosen Ecken und Kanten entlockte er den verlassenen Gebäuden etwas, das wie ein schmerzvolles Stöhnen klang. Kein Wunder, dass die Russen es gar nicht abwarten konnten, dieses für sie durch und durch unheimliche Viertel so bald wie möglich wieder zu verlassen.

23

Davide hatte Rußspuren im Gesicht und vom Funkenflug versengte Haare. Er schrubbte sich gerade die Fingernägel im Waschbecken, das in die hintere linke Ecke gequetscht war, als gleichzeitig das Telefon klingelte und Soizic den Raum betrat. Mit nassen Händen langte er nach dem Hörer, zog fragend die Brauen hoch, als er Soizics blaues Auge sah, und meldete sich mit dem Standardtext: »Leitung Polizei Cassis, Davide Rocone.«

Schlagartig wich alle Farbe aus seinem Gesicht, er tastete hinter sich nach einem Stuhl, ließ sich fallen und behielt den Hörer, aus dem das Freizeichen bereits wieder ertönte, in der Hand.

»Jérôme wurde als Leiche irgendwo im Hafen gefunden«, vermutete Soizic.

»Woher …« Davide legte den Hörer zurück auf die Gabel, schloss für ein paar Atemzüge die Augen, bis er sich ganz sicher war: Ja, es ist Dienstagmorgen so gegen acht. In *Francis' Bar* hat es gebrannt. Mein Kollege Jérôme wurde ermordet. Meine Kollegin Soizic steht mit einem ordentlichen Veilchen vor mir und weiß offenbar mehr als ich.

»Davide, wir müssen reden, und zwar sofort!« Soizic verschloss die Tür nach draußen und rollte ihren Stuhl heran. »Also, hör mir gut zu: Die Frauen …« Soizic berichtete ihrem Vorgesetzten alles so chronologisch wie möglich und ließ nichts aus, denn im Gegensatz zu Elisabeth vertraute sie ihm. Sie sprach über Drakon, die Russen, die verschwundenen Bilder, den Holzhafen, ihren Verdacht gegen die Gendarmerie Nationale. Erst ganz am Schluss zerstörte sie seine gute Meinung über ihren gemeinsamen Kollegen und unterbreitete Davide Rosis Vorschlag, Jérôme im Nachhinein einen Abschiedsbrief unterzujubeln, in dem er die bestialischen Morde gesteht und seinen Selbstmord ankündigt, weil Samantha ihm auf die Schliche gekommen sei. Außerdem sollte Thierry unter einem Vorwand ins Polizeirevier gelockt werden.

Davides Gesichtsfarbe wechselte mehrfach, er nestelte an seinem Jackett herum, malte mit dem Stift Kreise. Schließlich stand er auf. »Gib mir eine halbe Stunde. Ich muss einmal um den Block laufen und das alles erst verdauen. Geht das?«

»Sicher. Was sage ich Zoe, wenn sie kommt?«

»Zumindest schon mal was über den Mord an Jérôme, dann kann sie sich ausweinen, bis ich wieder da bin.« Er legte ihr kopfschüttelnd die Hand auf die Schulter. »Wie ist Jérôme denn ermordet worden?«

»Davon hat Thierry nichts gesagt. Aber er hat gesagt, dass es beinahe ein Feuer im Holzhafen gegeben hat und dass die Gendarmerie Nationale mit sieben Hundertschaften die ganze Gegend durchkämmt, um Samantha Mills zu finden.«

»Hast du nun mit ihm geschlafen oder nicht?«, wollte Rosi endlich wissen.

»Ja, habe ich, und ich weiß, wie verwerflich du das findest.«

»Elisabeth, was ist in dich gefahren? Du bist eine der bekanntesten Anwältinnen in Deutschland, deine Kanzlei setzt Millionen um, du bist mit der Politik verbandelt, die Presse hat dir nie was am Zeug flicken können – und jetzt das? Einer von der Mafia, nein der Boss der Mafia von ganz Südfrankreich in deinem Bett?«

Elisabeth zog eine Grimasse, Rosis Worte trafen sie im Innersten. Ja, sie setzte mit Drakon nicht nur ihre Ehe aufs Spiel, sondern auch ihre Existenz und damit auch die ihrer 50 Mitarbeiter.

Rosi war noch nicht fertig. »Und dieser wunderbare Fred, um den dich alle beneiden, diese respektvolle Liebe zwischen euch beiden?«

»Drakon hat nichts mit meiner Ehe und mit Fred zu tun!«

»Klar, das versteht sich von selbst. Was willst du tun, wenn Drakon in deinem Leben der viel zitierte fünfte Mann ist?«

»Unsinn! Ich liebe Fred immer noch.«

Rosi schüttelte den Kopf und nahm über den Tisch hinweg Elisabeths Hand. »Eine sehr kluge Frau hat zu mir einmal gesagt: Zwischen lieben und immer noch lieben besteht ein großer Unterschied.«

Elisabeth lächelte gequält. »Ich schäme mich dafür, ehrlich«, gab sie zu.

»Das ist auch Unsinn. Bella würde dich um ihn beneiden. Ein Mafiaboss fehlt ihr noch in ihrem illustren Kreis.«

Mit Schwung flog die Küchentür auf. Lizzy verkündete aufgeregt: »Die Gendarmerie Nationale durchkämmt den Industriehafen. Sie haben im Radio nicht gesagt, warum. Angeblich eine Razzia.«

»Hoffentlich kommt Soizic denen und damit Thierry zuvor.«

»Ja, und zwar, bevor sie Sam gefunden haben.« Elisabeth lief unruhig um den Tisch herum. Würde die Gendarmerie Nationale Sam und Bella finden, wäre das deren sicheres Todesurteil. Elisabeths Hände wurden eiskalt. Sie musste sich zwingen, tief ein- und auszuatmen, denn in ihrem Inneren formierte sich ein unendlicher Schrei der Angst.

Rosi holte sie mit ihrer strengen Logik zurück in die reale Welt. »Wieso suchen die im Industriehafen, wenn doch die Russen Sam haben? Verstehst du das, Lizzy?«

Die alte Haushälterin zog ihre Stirn kraus. »Nein, du hast recht, das ergibt überhaupt keinen Sinn.«

»Es sei denn, die Gendarmerie weiß, wo Sam ist«, widersprach ihr Elisabeth. »Und zwar da, wo Drakon sie am wenigsten vermuten wird: in seinen eigenen Reihen. Lizzy, du musst unbedingt versuchen, Drakon zu erreichen!«

Diese schüttelte resigniert den Kopf. »Das geht jetzt nicht. Drakon ist hoffentlich rechtzeitig auf Tauchstation gegangen.«

»Verdammter Mist!«

»Elisabeth, noch einmal: Seine Welt hat andere Regeln. Trotzdem wird er das natürlich alles mitbekommen. Aber ob er es wagen kann, Sam zu suchen, solange an die siebenhundert Polizisten sich durch den Hafen kämpfen, halte ich für fraglich. Das ist auch für ihn höchst gefährlich, immerhin ist er der meistgesuchte Kriminelle von Marseille.«

Elisabeth setzte sich, sprang aber sofort wieder auf. »Was machen wir jetzt?«

Rosi antwortete ihr knapp: »Auf Soizic warten und Daumen halten, dass wenigstens dieser Davide – wie sagtest du gestern, Lizzy? – Eier in der Hose hat.«

»Ja, und ich sorge fürs Mittagessen. Ich muss mir was einfallen lassen, was ich auch auf dem Feuerofen zubereiten kann.«

Nebeneinander schritten Rosi und Elisabeth die Treppe hoch, es gab so viel zu besprechen und doch wieder nichts. Elisabeth kämpfte mit ihren Gefühlen, die ihr wie ein hoffnungslos verknotetes Wollknäuel vorkamen. Zu der Sorge um Sam und Bella mischte sich gnadenlos die um Drakon. Bei jedem Schritt erinnerte sie ihr Körper an die letzte Nacht, sie wusste nicht, wann sie das letzte Mal ein solches Begehren gefühlt hatte.

»Der Strom ist wieder da!«, rief Lizzy aus der Küche, und wie auf Kommando kehrten beide wortlos um.

Elisabeth schürte ein Feuer im Salon, während Rosi ihr Laptop mit Strom und den notwendigen Passwörtern versorgte. »Komm, hier ist eine E-Mail von Imogen!«

Sehr geehrte Frau von Landau,
ich habe die Sekretärin des Notars, bei dem Mills ist, gestern auf einen Kaffee getroffen. Sie konnte mir das Dokument nicht geben, aber Mills hat sowohl den Antrag darauf, dass Samantha Mills verschollen gilt, als auch das Testament bis auf Weiteres zurückgezogen.
Griffin sagt, Mills hat die Pässe von der Mafiaorganisation dieses Drakon erhalten. Warum die Russen unter deutschen Namen gereist sind, weiß er nicht (oder will er nicht wissen?). Komisch, dass Griffin sich abgemeldet hat: Er ist im Urlaub und die nächsten zwei Wochen nicht zu erreichen.
Ihre Imogen
PS: Ich habe Ihrem Mann die E-Mail-Adresse gegeben. Hoffe, das war in Ordnung.

»Hm«, grübelte Elisabeth, »ist es jetzt ein gutes oder ein schlechtes Zeichen, dass Mr Mills Sam nicht mehr für tot erklären lassen will?«

»Ich denke, der zieht den Schwanz ein. Hat Drakon die Pässe erwähnt?«, fragte Rosi vorsichtig nach.

»Nein, hat er nicht«, war die ärgerliche Antwort, »ich gehe jetzt erst einmal duschen.«

»Wie gut kennst du diesen Griffin?«

»Gut genug. Er ist nicht im Urlaub, er wird einen anderen Auftrag haben. Das ist seine Art, seinen Klienten zu sagen, dass er nicht erreichbar ist.«

Das Telefon schrillte. Elisabeth sah bittend Rosi an, die abnahm. »Hallo Fred, wie geht es dir?« Sie lauschte, »Nein, sie ist duschen«, und fuhr nickend fort: »Ja, die Mail ist angekommen. Hier geht alles drunter und drüber, und am Telefon möchte ich lieber nicht darüber reden. Ich sag ihr, dass du angerufen hast. Bis dann.« Langsam hängte sie den Hörer auf.

»Sag nichts!«

»Nein, wozu auch. Komm, gehen wir uns endlich anziehen.«

Davide schritt am Hafen entlang. Es würde ein schöner Tag werden, die Fenster von *Francis' Bar* standen alle offen. Drinnen wurde mit vereinten Kräften die Kaffeemaschine geschrubbt, mehrere Frauen sortierten und spülten von Hand die Tassen. Noch vor 10 Uhr, da war Davide sicher, würde es wieder Kaffee geben, als wäre nichts gewesen. Das Haus strahlte noch eine gewisse Wärme ab, aber da es aus Stein gebaut war, hatten nur die hölzerne Theke und die Stühle gebrannt. Davide winkte hinein, ohne einen Bestimmten grüßen zu wollen, und nahm wieder Kurs auf sein kleines Polizeirevier.

Dort angekommen, bot sich ihm ein absurdes Bild: Zoe saß schluchzend an ihrem Schreibtisch, und dahinter stand – wie eine Lehrerin, die die Rechtschreibung ihrer Schülerin überprüft – Soizic mit strengem Gesicht und reichte ihr eben ein frisches Taschentuch, damit keine Träne auf das Blatt Papier tropfte. Davide blieb vor dem Schreibtisch stehen, sah erst die Polizeibeamtin an, blickte dann auf die Sekretärin hinunter und seufzte schließlich: »Gut, Soizic, ich habe mir deinen Vorschlag von vorhin durch den Kopf gehen lassen. Wir machen es. Ich rufe jetzt Thierry an und sage ihm, wir hätten da so ein paar Bilder gefunden, aber er solle bitte allein kommen, denn uns wären ein paar Ungereimtheiten aufgefallen. Er tippte auf das Papier vor Zoe. »Wenn er kommt, präsentieren wir ihm Jérômes Abschiedsbrief inklusive Geständnis. – Aber was tun wir, wenn er nicht darauf eingeht? Oder die Bilder sehen will?«

Lächelnd gab Soizic zur Antwort: »Dann sagen wir ihm, dass die Bilder in sicherer Verwahrung sind, dass ich sie mir angeschaut habe und dass tatsächlich die Frauen mit ihren Gesichtern und ihren Mördern zu sehen sind. Und dann sagen wir, dass er die Bilder haben kann, sobald Samantha Mills wohlbehalten und von aller Schuld frei wieder in der *Blauen Rose* ist.«

»Das ist hoch gepokert.«

»Gefahrlos lässt sich Gefahr niemals überwinden«, murmelte Soizic, der wieder ein Sinnspruch ihrer Mutter einfiel. »Wir müssen es einfach riskieren. Ich will verhindern, dass noch eine Unschuldige der Gendarmerie Nationale in die Hände fällt.«

»Zoe«, Davide prüfte in ihren Augen, ob sie ihr vertrauen durften, »können wir uns auf dich verlassen?«

»Ja«, murmelte sie unter Tränen, »Jérôme hätte es bestimmt so gewollt.«

»Kommst du mal bitte, Soizic?«

Sie folgte ihm in den Besprechungsraum.

»Was hast du Zoe erzählt?«

»Die halbe Wahrheit, ich muss ihr doch nicht sagen, was für ein jämmerlicher Lappen ihr großer Schwarm war. Das habe ich nicht übers Herz gebracht. Außerdem macht sie sich gut als seine Geliebte, die den Abschiedsbrief gefunden hat.«

»Irgendwie haben die deutschen Frauen einen merkwürdigen Einfluss auf dich.«

Sie lachte so frei und herzlich, wie Davide es gar nicht von ihr kannte und was er unter den gegebenen Umständen auch sehr befremdlich fand.

»Nicht merkwürdig, einen guten Einfluss. Vielleicht sind das aber auch nur die deutschen Gene, die sich jetzt bemerkbar machen.«

»Lassen wir das. Also, los geht es. Der fingierte Abschiedsbrief ist fertig?«

»Jawohl, Sir.«

»Was steht drin?«

»Dass Jérôme von Kindesbeinen an Mordfantasien hatte … dass er versucht hat, diese mit dem Polizeijob zu kompensieren … dass er, seit er Zoe so begehrt und liebt, auf Nutten ausgewichen ist, um sie zu schützen … bla bla bla … dass Samantha Mills ihm auf die Schliche gekommen ist und Zoe gewarnt hat … Sobald Thierry zu Ende gelesen hat, klingelt dein Telefon und du tust so, als wäre jemand vom Fernsehsender France 3 dran. Du bedankst dich für den Rückruf, notierst seine Faxnummer, um ihm den Abschiedsbrief senden zu können, und sagst ihm zu, dass er die Geschichte exklusiv haben kann. Vergiss nicht zu erwähnen, dass das alles der Gendarmerie Nationale zu verdanken ist, und da vor allem Thierry Peret.«

»Mädchen, Mädchen.« Davide schüttelte den Kopf, doch er konnte eine gewisse Anerkennung nicht verbergen.

»Wir schlagen Thierry mit seinen eigenen Waffen. Das ist alles. Außerdem kann er so überleben. Er bekommt vielleicht intern ein wenig Ärger, aber seine Chefs haben keinen Grund, ihn ans Messer zu liefern.«

Die Türklinke schon in der Hand, fragte Davide: »Was ist mit dem wahren Mörder?«

»Ich tippe, den wird Thierry uns vielleicht nennen, vielleicht aber auch nicht. Auf den, der den Flugzeugabsturz in Auftrag gegeben hat, werden wir allerdings verzichten müssen.«

»Thierry selbst?«

»Davon gehe ich aus.«

Gemeinsam kehrten sie zu Zoe zurück, die gerade versuchte, ihre zerlaufene Wimperntusche zu restaurieren.

»Nein, bitte lass das so«, rief Soizic, »es soll doch total echt aussehen!« Zoe schluchzte erneut auf, was Soizic befriedigt zur Kenntnis nahm. Sie nickte Davide zu, er solle zur Tat schreiten.

Kaum hatte er den Hörer aufgelegt, schielten sie alle drei zur Uhr. Mehr als dreißig Minuten würde Thierry nicht brauchen. Sie stimmten sich innerlich darauf ein und simulierten einen ganz normalen Wintertag in der kleinen Polizeistation von Cassis.

Als die Dorfkirche die volle elfte Stunde läutete, stürmte Thierry mit rotem Kopf in die Polizeistation und baute sich vor Davides Schreibtisch auf. »Wir müssen ungestört reden. Komm.« Er machte eine gebieterische Geste mit dem Kopf und öffnete die Tür zum Konferenzraum.

Mist, dachte Soizic, ich will das auch miterleben. Sie starrte Davide an, ob er klein beigeben würde.

»Thierry«, begann ihr Vorgesetzter auch tatsächlich, »hier wissen alle Bescheid. Die arme Zoe«, er zeigte auf die schluchzende Frau rechts von ihm, »war die letzte Freundin von Jérôme. Sie hat heute Morgen diesen Abschiedsbrief auf ihrem Schreibtisch gefunden.«

»Hier, bitte.« Zoe stieß einen Seufzer aus, hielt den Brief Thierry hin, der ihn aus ihrer Hand riss. Mit zusammengekniffenen Augen las er, während Zoe unter dem Schreibtisch ihre eigene Büronummer in ihr Handy tippte.

»Was soll dieser bescheuerte Brief? Für so eine Scheiße lasst ihr mich hier antanzen! Ihr Dorfsheriffs seid doch …«

Zoes Telefon klingelte, sie hob ab und platzte mitten in Thierrys Wortschwall: »Da ist schon wieder France 3. Es geht um Jérômes Abschiedsbrief, kann ich durchstellen?« Sie schniefte geräuschvoll und klimperte mit ihren langen

Fingernägeln auf ihrem Telefonapparat herum, bis es auf Davides Schreibtisch läutete.

»Ja, ach ja, guten Tag … Ja, die Weihnachtsmorde wurden geklärt, da sind Sie richtig informiert … Wie bitte? … Sicher können Sie die Story exklusiv haben, sobald unsere Kollegen von der Gendarmerie Nationale ihr Okay gegeben haben. Insbesondere ein ehemaliger Kollege des Frauenmörders, Thierry Peret, hat erheblich zur Aufklärung beigetragen.« Davide schwieg und tat so, als ob er zuhören würde, nickte ein paarmal, lächelte und sagte dann: »Ja, bitte, ich notiere mir Ihre Faxnummer. Den Abschiedsbrief, der zugleich Geständnis ist, können Sie schon mal vorab haben … Wie bitte? Für Ihre Grafologen? Sehr gute Idee, die werden sicher erkennen, was für ein labiler Charakter Jérôme Bonefis war. Danke und bis bald.«

Thierry stand mit geballten Fäusten vor Davides Schreibtisch. »Wo sind die Bilder?«

»In sicherer Verwahrung«, sagte Soizic in aller Ruhe.

Thierry schnellte herum. »Was soll das heißen? Ihr habt sie gar nicht?« Er stürzte zu ihrem Schreibtisch, stützte sich dort mit seinen kräftigen Händen auf der Platte ab, atmete schwer durch seine eingedrückte Nase und knirschte mit den Zähnen.

Soizic drehte beharrlich einen Stift im Kreis. »Thierry, nachdem du schon einmal Beweise unterschlagen hast, wollte ich vermeiden, dass so etwas wieder geschieht. Aber sei dir sicher, ich habe Samantha Mills' Bilder von den Weihnachtsleichen gesehen. Mit denen sollten wir in kürzester Zeit die Identität der Frauen klären können.« Sie drehte ihren Stift ein weiteres Mal im Kreis. »Ja, und der Mörder ist auch darauf zu sehen, wie er gerade sein Werk beginnt. Nicht so schön, wenn ich ehrlich bin.«

»Damit kommst du nicht durch, du rote Schlange«, presste Thierry zwischen seinen Zähnen heraus.

»Wetten doch?«

Er richtete sich auf und fingerte sein Handy aus der Tasche. »Ich werde dafür sorgen, dass ihr hier einkassiert werdet. Und zwar alle drei. Wegen Betrugs, Fälschung von Beweismaterial und Behinderung von Ermittlungen.« Er blickte Soizic, dann Zoe, schließlich Davide an und tippte eine Telefonnummer.

»Vor diesem Anruf solltest du vielleicht noch einen anderen tätigen«, bemerkte Soizic kühl.

»Ach, was …«

»Ruf doch mal in der angeblich so geheimen Asservatenkammer im Hafen an und frag nach den Bildern und Skizzenheften, die du auf der offiziellen Liste unterschlagen hast. Wollen wir wetten, dass sie fehlen?«

»Du redest wirr.« Er drückte auf die grüne Taste, um die Verbindung herzustellen.

Plötzlich erhielt Soizic von unerwarteter Seite Hilfe. »Ich würde es an Ihrer Stelle nicht darauf ankommen lassen«, hörte sie Zoe. »Hat Ihnen niemand gesagt, dass Soizic heute Morgen bereits vom Selbstmord meines Verlobten wusste, bevor Sie hier angerufen haben, um mitzuteilen, dass Jérôme im Hafenbecken gefunden wurde?«

Thierry trennte den Verbindungsaufbau, wählte neu und verzog sich in den Konferenzraum.

Soizic betete, dass Drakon die Bilder, die nachts bei Elisabeth im Zimmer gewesen sein mussten, noch nicht wieder zurückgebracht hatte. Sie lächelte Zoe zu und war trotz der angespannten Situation überrascht, dass diese zurücklächelte. Die Tür flog auf, und Soizic atmete erleichtert auf: Sie hatten gewonnen. Thierrys viereckiges Gesicht war rot, und von der Stirn tropfte Schweiß auf sein Hemd. »Wo sind die Bilder?«

»Die bekommst du, sobald Samantha Mills wohlbehalten in ihrem Hotel zurück ist.«

»Du wagst dich …«

Soizic hatte Mut getankt. »Oh ja, und wenn du nicht bald kleinere Brötchen backst, wage ich noch viel mehr. Dann kriege ich dich dran für den Flugzeugabsturz und für die Morde, denn wer immer die verübt hat, hat es in deinem Auftrag getan.«

»Was hast du mit dieser Samantha Mills zu schaffen?«

»Sie ist es uns wert und eine Zierde für Cassis«, schaltete Davide sich ein.

Soizics Stift rollte über den Schreibtisch. Sie stand auf und stellte sich in ihrer vollen Größe vor Thierry, der zu ihrer Überraschung kleiner war als sie. »Du wirst jetzt eine Kopie des Abschiedsbriefs an die Pressestelle der Gendarmerie Nationale geben. Ich will, dass er samt einer Erklärung von euch innerhalb der nächsten Stunde in jeder einschlägigen Zeitung steht.«

»Du Miststück.«

»Sei nicht so undankbar, dir tut ja keiner was. Du wirst deinen Job behalten, obwohl du ihn gar nicht verdienst. Also?« Soizic spürte, dass sie ihn am Wickel hatte, und lächelte.

»Wir haben Samantha Mills nicht.«

»Dann gehst du eben zu den Russen und sagst ihnen, dass du die Bilder hast.«

Thierry setzte sich auf die Kante von Zoes Schreibtisch und streckte seine leeren Hände vor. »Das interessiert die Russen nicht.«

»Warum nicht?«, fragte Davide interessiert.

»Weil die ja wissen, dass sie die Frauen nicht umgebracht haben. Die Bilder taugen, um uns zu erpressen, aber nicht die Russen.«

Soizic wollte sich nicht ablenken lassen. »Bevor wir weiterreden, rufst du jetzt bei der Gendarmerie Nationale an. Du berichtest deinen Kollegen von Jérômes Geständnis und ordnest an, dass sie weiter intensiv nach Samantha Mills suchen, allerdings nicht, weil sie von dir als Mörderin verdächtigt wird, sondern weil sie selbst ein Opfer ist. – Zoe, würdest du bitte die Verbindung herstellen? Schalt den Lautsprecher ein, wir wollen mithören.« Und jetzt?, besagte Davides Blick, als sie zu ihm hinüberschaute. Sie wusste es selber nicht und wusste es doch ganz genau: Die Russen würden Samantha bestimmt gegen den halben Hafen eintauschen.

»Nein, die Suche wird nicht unterbrochen, sie geht weiter unter neuen Vorzeichen. Informieren Sie bitte die Männer da draußen und die Presse«, schloss Thierry. Er gab Zoe den Hörer zurück, drehte sich zu Soizic um. »Woher hast du die ganzen Informationen?«

»Das geht nur mich was an. Am besten fährst du zurück nach Marseille, hilfst deinen Leuten und achtest peinlich genau darauf, dass sie Samantha kein Haar krümmen. Mich interessiert nämlich nicht, ob den Russen die Bilder egal sind. Sorg lieber dafür, dass Samantha wieder auftaucht, zusammen mit ihrer Freundin Bella.«

»Bella?«, fragte Thierry. Soizic schien seine Überraschung echt. Trotzdem meinte sie: »Tu nicht so scheinheilig. Sie war bei Jérôme im Auto.«

Thierry dämmerte es, dass es Russen gewesen sein mussten, die ihnen eine Zeit lang gefolgt waren. Aber kurz bevor sie selbst Jérôme von der Straße gedrängt hatten – war da noch ein Auto hinter ihnen gewesen? Ich muss also mindestens einen Mitarbeiter aussortieren, dachte er jetzt gallig, denn nachdem seine Leute Jérôme herausgezerrt und Soizics Wagen nach den Bildern durchsucht hatten, war kein Sterbenswörtchen von einer Frau gefallen. Und als sie mit dem schreienden Jérôme auf der hinteren Pritsche ihres Wagens wieder Richtung Marseille gefahren waren, hatte er mit eigenen Augen gesehen, dass Jérômes Fluchtauto brannte. Dabei hatte er, Thierry, darin extra ein paar Spuren von ihm für die Polizei hinterlegen lassen.

Soizic riss ihn aus seinen Gedanken. »Ich hoffe, dass wir uns nie wieder sehen.«

Thierry wandte sich zum Gehen. Die Tür schon in der Hand, drehte er sich noch einmal um. »Man trifft sich immer zweimal im Leben.«

»Sicher«, antwortete sie selbstbewusst. »Das hier und heute war bereits das zweite Mal, auf ein drittes Mal würde ich es an deiner Stelle nicht ankommen lassen.« Als die Tür ins Schloss fiel, sackte Soizic auf ihrem Schreibtischstuhl zusammen, ihre schweißnassen Hände zitterten.

»Du warst großartig«, sagte Zoe andächtig, stand auf und bereitete freiwillig Kaffee zu.

»Ja, da hat sie recht, Soizic. Hut ab.«

»Aber wir haben unser Ziel doch noch gar nicht erreicht: Samantha.«

»Stimmt, aber manchmal gehört Glück dazu. Vielleicht finden die Hundertschaften sie ja.«

»Glaubst du das wirklich? Thierry wird noch nicht aus Cassis raus gewesen sein, da hat er schon telefoniert und die Suche abgeblasen. Das ist jetzt eine Sache zwischen der russischen und der französischen Mafia. Die Gendarmerie wird sich heraushalten.« Sie sprang auf. »Ich laufe rüber in die *Blaue Rose* und informiere Rosi und Elisabeth. Zoe, bitte sende diesen Brief an alle Zeitungen, deren Faxnummer du finden kannst. Wir wollen Thierry noch ein wenig in der Spur halten. Bis gleich.« Die Jacke erst halb angezogen, rannte sie hinaus.

Als sie an *Francis' Bar* vorüberstürmte, sah sie, dass bereits eine provisorische Außenbar errichtet worden war, und grinste. Für einen Franzosen, das wusste sie, war ein Tag ohne seinen Kaffee in der Bar einfach undenkbar. Und damit es gar nicht erst so weit kam, tat man einiges, über das man sonst lieber hinwegsah.

Elisabeth hatte eben erst das Eingangsportal hinter Soizic geschlossen, da redete die Polizeibeamtin schon drauflos: »Samantha und Bella müssen in Drakons Reich sein. Die Gendarmerie hat sich Jérôme geschnappt und im Holzhafen deponiert, wo ihn die normale Polizei finden sollte. Aber Bella haben sie nicht.« Rosi und Lizzy kamen in die Halle gelaufen.

»Sie sind auf keinen Fall in La Ciotat«, sprach Soizic aufgeregt weiter. »Rosi, lass uns im Internet nach Plänen vom Industriehafen suchen. Lizzy, du musst uns sagen, welche Teile davon fest in Drakons Hand sind. Irgendwo muss eine

Schwachstelle sein, und die müssen wir so schnell wie möglich finden.«

Während sie vereint vor dem kleinen Bildschirm von Rosis Laptop saßen und in die Suchmaschinen die unterschiedlichsten Schlüsselwörter eingaben, erzählte Soizic stolz, wie sie Thierry kastriert hatte.

»Jetzt hast du einen Feind fürs Leben«, meinte Lizzy trocken.

Die Frauen rückten dicht aneinander, und Elisabeth las das meiste laut vor, da Lizzy nicht lesen konnte. Website um Website studierten sie, dann gingen sie mitsamt dem Laptop in Samanthas Büro und druckten alle Pläne aus, die sie finden konnten. Anschließend klebten sie diese an die Wand in der Hotelhalle. Stunde um Stunde gingen die Freundinnen dann an den Plänen entlang und hefteten kleine Zettel hinzu, wenn sie eine von Lizzys kargen Informationen einem Hafenbecken zuordnen konnten. Die alte Haushälterin war jedoch keine große Hilfe, da ihrer Meinung nach der gesamte Industriehafen von Drakon kontrolliert wurde und die Russen dort sicher nichts verloren hatten, außer sie wären lebensmüde. Stattdessen versorgte sie die Frauen immer wieder mit Gemüsesuppe und frischem Kaffee. Wenn Elisabeth verzweifelte, half Rosi ihr, bei der Sache zu bleiben, und umgekehrt.

Erst als Lizzy das Licht im Salon einschaltete, bemerkten die Frauen, dass bereits die Dämmerung eingesetzt hatte. Die meisten stillgelegten Hafenbecken hatten sie einzeichnen können.

Elisabeth rieb sich die roten Augen. »Drakon hat gesagt, die Haarsträhne riecht nach Öl.«

»Überall in einem Hafen riecht es nach Öl«, antwortete Rosi und klebte ein Bild von Hugo d'Alesi an die Wand.

Lizzy stellte sich davor und betrachtete aufmerksam das Hafengemälde aus dem Jahre 1886. »Anfang 1920 wurde das Öl noch in Port de Bouc gelagert. Später ist dieser Teil stillgelegt worden, und die großen Ölkonzerne haben ihre Terminals bei Lavera gebaut, wo heute noch das Öl umgeschlagen wird.«

Rosi zog einen weiteren roten Kreis im Hauptplan des Hafens.

Elisabeth stellte sich ans Fenster und blickte hinüber zu *Francis' Bar*. Der Geruch nach verbranntem Holz überlagerte hartnäckig die frische Brise, die vom Meer kam. Der Himmel war, wie oft nach einem Gewitter, tagsüber von einem intensiven Dunkelblau gewesen, jetzt war er tiefschwarz, und kein noch so fernes Donnergrollen erinnerte an den Gewittersturm, der noch letzte Nacht gewütet hatte. »Lizzy, wir fahren in den Hafen.«

»Nein, Elisabeth, das ist der pure Wahnsinn. Hast du eine Idee, was da los ist?«, fragte Soizic aufgebracht. Rosi nickte, wohl wissend, dass nichts und niemand ihre Freundin jetzt aufhalten würde.

Im gleichen Moment wurde unten am Portal geklopft. »Die Gäste«, sagte Lizzy und lief los. Die anderen folgten ihr. Zu ihrer aller Erstaunen standen draußen zwei griechische Paare mit jeweils zwei Kindern und behaupteten, es sei für sie reserviert worden.

Soizic blickte auf die kleine Straße vor dem Hotel und tatsächlich: Dort standen zwei Autos mit griechischem Kennzeichen. »Bring die eine Familie bitte in die zweite Etage, Lizzy, in das Zimmer neben Rosi und Bella, und die andere in die dritte Etage, in das Zimmer über dem von Elisabeth.« Auf diese Weise hatten sie einen perfekten Rundumblick auf Cassis.

Als Lizzy anschließend ins Büro lief, fragte Elisabeth: »Wo steht dein Auto?«

»An den Mülltonnen.«

»Ich komme mit«, rief Rosi.

»Das geht nicht. Du fällst zu sehr auf. Außerdem passen in Lizzys Auto nicht mehr als zwei.« Elisabeth holte eine Regenjacke und band sich einen Schal um den Kopf. Lizzy brachte, praktisch wie immer, einen kleinen Korb mit Lebensmitteln an, der für alle das Zeichen war, dass es dauern könnte, bis sie zurückkämen. »Wünsch uns Glück«, murmelte Elisabeth an Rosis Schulter, als sie ihre Freundin zum Abschied umarmte. »Wir werden es sicher brauchen.«

Rosi gab ihr den zusammengefalteten Plan. Schweren Herzens schloss sie die Tür, kaum dass Lizzy gestartet hatte. Sie fühlte sich schrecklich einsam. Es bedrückte sie der Gedanke, sie könnte die Letzte sein, die übrig bliebe bei diesem Poker.

24

Als Lizzy auf dem bekannten Schleichweg Cassis bereits verließ, klingelte Davide an der *Blauen Rose*. Er war kaum zu beruhigen, als er hörte, dass die beiden auf eigene Faust Samantha Mills und Bella suchen wollten. »Sind sie wenigstens bewaffnet?«

Soizic griff mechanisch nach ihrem Pistolenhalfter – ins Leere. »Ja, ich glaube schon.«

»Die sind doch wahnsinnig.«

»Ganz ehrlich, Davide, wenn irgendwer eine Chance hat, dann sind es diese zwei, weil sie unauffällig sind. Lizzy kennt den Hafen zudem besser als jeder von uns. Was macht die Presse?«

»Läuft. Thierry hat bisher nicht gewagt, die Hundertschaften zurückzuziehen. Ob die allerdings wirklich suchen oder nur so tun als ob, kann dir niemand sagen.«

Soizic nickte. Thierry würde den Teufel tun und den Russen ihren Trumpf wegnehmen. Denn Gendarmerie Nationale hin oder her, wenn die Russen je auf die Idee kämen, an Thierry Rache nehmen zu wollen, konnte er sein Testament machen, egal wie lieb die Gendarmerie Nationale ihn auch hatte.

Dieser Gedanke kam auch Lizzy, als sie an einer Ampel auf Grün wartete und den Polizeifunk einschaltete.

»Du hast die Frequenz von denen?«

»Hat jeder, der nicht so ganz auf legalen Wegen wandelt. Außerdem weiß die Polizei das und redet nur über Sachen, die jeder wissen darf.«

»Warum machst du es dann an?« Elisabeth war nervös, das Knistern zerrte an ihren Nerven, der Schlafmangel machte sich bemerkbar, ihre Hände waren schmerzhaft ineinander verhakt.

Lizzy tätschelte ihr Knie. »Schätzchen, Thierry wird genau über diesen Sender die Russen wissen lassen, wo er mit seinen Hundertschaften rumlungert, weil er um jeden Preis vermeiden will, dass er ihnen in die Quere kommt.«

Elisabeths Gesicht hellte sich auf. »Und darum erfahren wir auf diese Weise, wo wir auf keinen Fall suchen müssen. Richtig?«

»Richtig.«

»Lizzy?«

»Mmh.«

»Wie hast du deine Führerscheinprüfung geschafft, wenn du doch gar nicht lesen kannst?«

»Ich habe nie eine Prüfung gemacht.« Sie bog ab, und Elisabeth stellte fest, dass sie von jetzt an eine andere Route nahmen als das letzte Mal.

»Ich glaube, es ist besser, wenn wir von Fos aus nach Port de Bouc fahren, wir müssen also einmal ganz um den Hafen herum.« An der Zahlstation warf Lizzy geschickt zwei Euro in den dafür vorgesehenen Korb, die Schranke öffnete sich, und sie fädelten sich in den Verkehr auf der Stadtautobahn ein. Niemand folgte ihnen, das prüfte Lizzy immer wieder mit einem Blick in den Rückspiegel.

Bella brauchte alle Kraft, um still liegen zu bleiben, ruhig und gleichmäßig zu atmen, ihre Kräfte zu schonen. In Samanthas Gegenwart konnte sie sich nicht gehen lassen. Immer wieder versuchte sie, ihre Atmung der von Sam anzupassen. Den ganzen Nachmittag wurde sie von den Geräuschen vor der Tür gequält: Stein um Stein wurde dort aufeinandergesetzt. Das Kratzen der Kelle, ab und an ein russischer Fluch, das würde Bella nie wieder vergessen. Stundenlang starrte sie die Tür an und schätzte anhand der Geräusche draußen ab, wie hoch die Mauer bereits war. Sie wussten nicht, an welcher Stelle und wie schnell das Öl einlaufen würde, zudem hatte Samantha ihr die Illusion genommen, die Leitung mit Dreck verstopfen zu können. Wieder blickte sie sehnsüchtig zu den kleinen Öffnungen hoch. Bella wusste, es war ausgeschlossen, dass sie es bis dorthin schaffen würden. Außerdem waren die Öffnungen mit massiven Gitterstäben versehen, durch die nicht einmal die magere Samantha passen würde.

»Schläfst du?«

»Nein, jetzt nicht mehr.«

»Sam, es wird doch gut gehen?«

»Kommt immer darauf an, von welcher Seite aus du etwas betrachtest.«

»Das hast du schon einmal zu mir gesagt.« Bella lächelte in Erinnerung an diese Situation. Vor ein paar Jahren, kurz nach Sams Trennung von Mr Mills, hatten sie, Elisabeth und Rosi Samantha besucht. Sie selbst hatte gerade ihren ersten Altersfrust geschoben. Von den deutschen Medien hatte sie sich einreden lassen, dass eine Frau ab vierzig abgemeldet sei; die junge Generation rücke nach: knackiger, jünger, frivoler. Bei einem ihrer Abendessen hatte sie einen Zeitungsartikel zitiert, der sie besonders aufregte: Die Wahrscheinlichkeit, als Frau über vierzig noch einen Mann kennenzulernen, hieß es da, sei genauso hoch wie die, von einem wilden Tier angefallen zu werden. Und Samantha hatte gekontert: Es kommt darauf an, von welcher Seite aus du das siehst. Als Buschafrikanerin über vierzig solltest du dich dann ja vor Männern kaum noch retten können.

Aber half ihr das jetzt? Bella heftete wieder ihre Augen auf das letzte Stück Dämmerung, das durch die Fenster drang. »Ich finde, ich hatte ein schönes Leben, Sam, und du?«

»Gib nicht so früh auf. Du könntest jetzt Sachen sagen, die du später vielleicht bereust.«

Bella hörte, dass Samantha sich aufrichtete. Sie drehte ihr den Kopf zu und erkannte im schwachen Schimmer, dass ihre Augen tief in den Höhlen lagen und die Wangenknochen spitz darunter standen, ihre großen Hände lagen wie Pranken auf den Knien. Aber ihr Haar fing wie ein Zauber das letzte

Tageslicht ein. Bella kannte keine Frau, die so hässlich und zugleich so wunderschön war wie sie.

»Bella, achte darauf, dass deine Hände nicht mit dem Öl in Verbindung kommen, du wirst es sonst schwer haben, dich an den vorstehenden Steinen festzuhalten.«

»Können wir nicht schwimmen im Öl? Ich meine, so auf dem Rücken treiben.«

»Je mehr von deinem Körper mit Öl bedeckt ist, desto weniger Sauerstoff hast du zur Verfügung und desto schneller schläfst du ein.«

»Ich dachte immer, Öl ist gut für die Haut und hält sie jung.«

»Dieses hier verklebt deine Poren. Und wie du weißt, muss auch die Haut atmen können.«

»Mhm.«

»Gott bietet den stärksten Charakteren die größten Herausforderungen, behauptet Lizzy immer. Nehmen wir es also sportlich und als Kompliment des Chefs. Vielleicht bessert er ja noch ein wenig nach.«

»Samantha Mills, so redest du sonst nicht. Du hast genauso Angst wie ich.«

»Es wird schon.«

Bella setzte sich ebenfalls auf und starrte in die Dunkelheit. »Ich kann Kinder kriegen, damit kenne ich mich gut aus. Und durch meine Erfahrungen mit Männern ebenso mit dem Gefühl, wenn etwas echt schiefläuft. Und dieses Gefühl habe ich jetzt gerade.«

»Lizzy hat mir das mit dem Nachbessern einmal so erklärt: Gott hat mich an einem Tag erschaffen, an dem er etwas unkonzentriert war. Aber er ist für Lizzy ein Wesen mit allen menschlichen Fehlern, ergänzt um die Fähigkeit, diese wieder gutzumachen. Er hat mir also fälschlicherweise das Gen des Jägers und Sammlers eingepflanzt und sich bei der Weiblichkeit zurückgehalten. Erschreckt über das Resultat hat er dann aber versucht, diesen Mangel mit meiner Kunst wieder auszugleichen.«

Bella lachte trotz ihrer Angst. Sie verstand genau, was Lizzy damals gemeint haben musste: Wenn Samantha malte – eins wurde mit den Farben und mit jedem Pinselstrich ein Stück von sich selbst hergab –, erkannte bis jetzt noch jeder, dass er eine ungewöhnliche Person vor sich hatte, und verliebte sich unrettbar in sie.

Sie hörten das Gluckern gleichzeitig, es klang so, als habe sich hinter der Mauer jemand verschluckt.

»Da ist es«, flüsterte Bella fassungslos, die bis zu diesem Zeitpunkt gehofft hatte, alles käme doch noch anders.

»Warten wir also, bis es die Bettpfosten erreicht.«

Sie hatten den Tag genutzt, um die bestmögliche Strategie zu finden, und schließlich das Eisenbett an die Wand geschoben, wo die Steine aus der Mauer herausgehauen waren. Wortlos kippten sie es jetzt hochkant. Sam hievte Bella auf das Kopfteil, wartete, bis sie ihre Balance gefunden hatte, kletterte dann an der Wand hoch und rutschte Zentimeter für Zentimeter neben sie. Das Gestell knarrte, schwankte ein wenig und stand endlich still.

»Jetzt haben wir noch einmal Zeit gewonnen.« Sam schmiegte sich an die Steine und hoffte, ihr Herz würde sich beruhigen.

»Wie viel?«, fragte Bella leise und zwang sich, nicht nach unten zu sehen.

Wie lange es dauern würde, bis das Öl ihre Füße umspielen würde, konnten sie beide nicht erkennen. Sie hörten das Öl, rochen es, konnten aber nicht sehen, wie schnell es tatsächlich in den alten Turm floss.

»Erzählst du mir was?«

»Was?« Samantha hörte die Angst in Bellas Stimme und wusste selbst nicht, wie sie die eigene Angst bändigen sollte. Ein Leben lang hatte sie sich vor nichts und niemandem gefürchtet: so, wie ihre Mutter es ihr beigebracht hatte. Aber hier konnte sie nicht zuschlagen, kein Messer ziehen, keine Diskussion starten. Wie lange würde es dauern, bis sie erstickten?

Denn von den Gasen, die sich entwickeln würden, hatte sie Bella nichts gesagt. Samantha hob ihren Kopf und fixierte das Ende des Turmes hoch über ihren Köpfen. Sie betete, dass die Fenster zur Belüftung ausreichen würden.

»Erzähl mir, wie du Elisabeth kennengelernt hast!«

»Das kennst du doch alles schon.«

»Ja, aber es ist eine Geschichte, bei der jeder ein Happy End erwartet, vielleicht hilft das ja.« Bella zog abwechselnd ihre Füße hoch.

»Warte damit, bis es nötig ist«, forderte Sam sie auf.

»Bitte erzähl!«

»Als ich damals mit meiner Mutter nach Regensburg zog, traf ich eines Tages an der Bushaltestelle Elisabeth, die zwar älter war als ich, aber sehr verängstigt in die Welt schaute. Wie du weißt, war ich ein rebellisches Kind und kam mit dreizehn, nach dem fünften Rausschmiss, auf dasselbe Gymnasium wie sie. Ich war aufgrund meiner eigenwilligen Erscheinung sofort bekannt wie ein bunter Hund. Wenige Tage später warteten Elisabeth und ich nach der letzten Schulstunde an der Straßenbahnhaltestelle, als Tom, ein Junge aus ihrer Abiturklasse, dazukam. Er rempelte mich an und zischte: ›Mach Platz, du hässliche Bohnenstange.‹«

»Ja«, rief Bella, »Elisabeth hat oft erzählt, dass noch bevor Tom den Satz zu Ende gesprochen hatte, deine geballte Faust in seinen Schritt geschnellt ist und es sich so angehört hat, als ob jemand Luft aus einem zu prall gefüllten Reifen lassen würde.«

»Genau. Tom sank zu Boden und wäre beinahe vor die ankommende Straßenbahn gefallen, hätte ich ihn nicht an den Haaren zur anderen Seite gezogen, wo er gekrümmt liegen blieb, bis die Bahn abfuhr. Elisabeth war nicht eingestiegen, sie trat neben mich und fragte ohne Umschweife: ›Woher kannst du das?‹ Ich erklärte ihr: ›Da, wo meine Mutter herkommt, kann man das noch besser. Außerdem wohnen wir auf dem Sülter Hof, die haben vier Jungs. Wenn ich das nicht gelernt hätte, wäre ich jetzt schon schwanger.«« Samantha lächelte bei der Erinnerung. »Elisabeth sah mich fassungslos an. ›Ah, ja?‹, war alles, was sie sagen konnte. Und als ich sie fragte, ob sie das stört, stammelte sie nur: ›Nein‹.«

»Und dann hast du es ihr beigebracht. Ach, Sam, du hast uns allen so viel beigebracht, was wäre wohl ohne dich aus uns geworden?«

»Unsinn.«

»Erzähl weiter!«

»Noch am selben Tag zeigte ich ihr in der Scheune ein paar Tricks. Wir kippten mehrfach zusammen in das schützende Stroh. Dabei rutschte ihr Kleid hoch, und ich entdeckte die Narben auf ihren Beinen.«

»Elisabeth hat gesagt, sie war so froh, dass es dazu gekommen ist, denn zum ersten Mal hat sie sich nicht geschämt für die vielen Narben von dem Glasdach, durch das sie als Kleinkind gefallen ist. Aber wie bist du auf die Idee gekommen, sie anzumalen?«

»Ich habe damals ihre Schönheit gesehen.« Samantha erinnerte sich genau daran, wie sie Narbe um Narbe in ein Kunstwerk verwandelt und dabei die Seele ihrer ersten Freundin entdeckt hatte. Dieser Tag, diese Nähe hatte sie und Elisabeth für immer verbunden.

»Und fortan wollten alle Jungs was von ihr, auch die, die sie vorher verschmäht hatten. Das ist meine Lieblingsstelle«, plapperte Bella weiter. – »Wir haben so viel überstanden, Sam, es kann doch nicht sein, dass wir das hier nicht schaffen.«

Sam legte vorsichtig ihren Arm um Bellas Schulter. »Natürlich schaffen wir das!«

Lizzy hatte recht: In diesem Teil des Hafens befand sich nicht ein einziger Polizist. Die alten Scheinwerfer ihres Fiat 500 beleuchteten die kaputten Straßen so wenig, dass sie sehr langsam fahren mussten, um nicht in einem Schlagloch zu enden. Die Backsteingebäude waren verwahrlost, die Fensterscheiben, wenn nicht eingeschlagen, blind. Vereinzelt erhellte eine Straßenlaterne den Weg, als hätte man vergessen, das Stromkabel zu kappen.

Die beiden Frauen sprachen kein Wort, sie hatten die Fensterscheiben heruntergekurbelt und lauschten, soweit möglich, in die Nacht. Elisabeth hätte gern gewusst, woher Lizzy diesen Teil des Hafens kannte, sie beschloss aber, die Frage auf später zu verschieben. Diese Alte war voll unerwarteter Geschichten. Auf der Stadtautobahn hatte sie vorhin freimütig erzählt, wie sie zu ihrem Führerschein gekommen war: Als der französische Staat sie nach dem Kriegsende in Schutzhaft genommen hatte, um sie eventuell abzuschieben, war eine Zellengenossin am Tag ihrer geplanten Entlassung gestorben. Lizzy hatte sich an die Geschichte des Grafen von Monte Christo erinnert und war dann zwar nicht samt Leichensack im Meer gelandet, sondern als Lizzy Tackle in Freiheit. Die Zellengenossin, Mademoiselle Tackle, hatte zum Glück alle notwendigen Papiere bei sich behalten, unter anderem einen Führerschein aus dem Jahr 1944, den ihr die französischen Streitkräfte in Algerien ausgestellt hatten. Aus diesem Grund konnte Lizzy von da an zweimal jährlich Geburtstag feiern und war überdies, wie sie Elisabeth stolz verkündete, in Wirklichkeit zwei Jahre jünger, nämlich erst 79 Jahre alt.

»Puh, diese leeren Hafenbecken sind wirklich unheimlich«, murmelte Elisabeth, denn Lizzy fuhr, um sicherzugehen, in jedes Hafenbecken ganz hinein und setzte anschließend rückwärts wieder heraus, trotz des defekten Rückscheinwerfers.

»Nach dem hier kommt noch eins. Wenn sie da nicht sind, weiß ich es auch nicht.«

Es war der unheimlichste Ort, den Elisabeth jemals gesehen hatte. Der volle Mond ließ noch auf sich warten. Schwarze Schatten drohten aus der Dunkelheit, holprige Straßen mit unerwarteten Löchern. Hier und da flatterte eine verschmutzte Plane, die sich in den lose herumliegenden Ziegelsteinen verfangen hatte. Fledermäuse zischten vor dem spärlichen

Licht des Autos her und wurden von der schwarzen Nacht wieder verschluckt.

Lizzy hielt vor einem verwitterten Schild, auf dem noch das Wort ›Öl‹ zu lesen war. Sie stieg aus und ging vor bis an die Abzweigung, beugte sich zum Boden und suchte dort etwas. Elisabeth wollte ihr gerade folgen, als sie zum Auto zurückkam. »Frische Reifenspuren.« Sie schaltete die Scheinwerfer aus und wartete, bis ihre Augen sich ein wenig an die Dunkelheit gewöhnt hatten. Meter für Meter, die Nerven zum Bersten angespannt, ließ sie dann den Wagen den Weg hinunterrollen, bis sie ein schwaches Licht erkannten. Lizzy hielt an. »Das muss es sein.«

»Bist du ganz sicher?«

»Ich kenne meine Russen. Das ist nach ihrem Geschmack, glaub mir.« Lizzy hielt in sicherer Distanz zu einem Backsteinhaus an. »Falls etwas ist: Ich lass den Schlüssel stecken. – Komm.« Sie nahm eine Taschenlampe, die neben der Tücherbox lag, öffnete so leise wie möglich ihre Tür und wartete vor dem Auto auf Elisabeth. »Die Rattenpopulation ist hier extrem hoch. Damit du keiner auf den Schwanz trittst, ziehst du besser die Füße schlurfend über den Boden. So bemerkst du auch andere Gegenstände sofort.«

Hand in Hand schlichen sie flach atmend auf das mit Moos bewachsene Gebäude zu. Links von dem Haus war ein Hafenbecken, dessen Wasser so schwarz war wie die Nacht. Rechts ging eine Böschung hoch, die Elisabeth und Lizzy nur als Schatten erahnen konnten. Sie mussten gar nicht dicht herangehen, um durch die verdreckten Fenster Russen zu erkennen, die beim Licht einer träge über dem niedrigen Tisch hängenden Gaslampe Poker spielten. Elisabeth, deren Ehemann begeisterter Kartenspieler war, erkannte auf einen Blick, dass die Männer *Texas Hold'em Poker* spielten, denn es befanden sich fünf Karten aufgedeckt auf dem Tisch.

Lizzy zog Elisabeth um das modrig-ölig riechende Haus herum. Geduckt schlichen sie an den einzelnen Fenstern vorbei.

Einer der Männer schlug wütend mit der Hand auf den kleinen Tisch. Es krachte. Als sie an einer Hausseite entlanggestolpert waren, stießen sie fast gleichzeitig gegen eine Wand. Lizzy schaltete die Taschenlampe ein. Sie standen vor einer weißen, glatten Fläche, und erst als sie einen Schritt zurückgingen, erkannten sie, dass sie zu einem Tankwagen gehörte. Elisabeth wollte gerade etwas flüstern, als sie hinter sich ein Knarren hörten: die Haustür! Sie duckten sich unter den Tankwagen. Ein Mann kam heraus, spuckte geräuschvoll, dann plätscherte es laut und anhaltend. Er ging ein paar Schritte weiter, rief etwas nach drinnen, von wo augenblicklich ein grölendes Lachen als Antwort kam.

Als die Tür sich wieder hinter ihm schloss, drückte Lizzy Elisabeth etwas Metallisches in die Hand. »Hier, halt das mal.«

»Was ist das?«

»Soizics Pistole. Eine Automatic, sie hat sieben Schuss, wenn das Magazin noch voll ist.«

Im kleinen Kegel Licht, der ihre Taschenlampe bot, erkundeten sie die Umgebung. Sie erreichten das hintere Ende des Tankwagens und hörten ein Surren.

»Was kann das sein?«

»Klingt wie eine Pumpe.« Lizzy, an allerlei schlimme Geschichten gewöhnt, ahnte gleich, was das zu bedeuten hatte. Dreimal liefen sie um den Tankwagen herum, aber nirgendwo fanden sie eine Pumpe. Seine Türen waren fest verschlossen, und eine Scheibe einzuschlagen wagten sie nicht. Schließlich folgten sie dem schwarzen Schlauch, der vom Wagen aus zu dem Turm hinter dem Backsteinhaus führte. Eine Ratte, die Elisabeth mit ihrem Fuß angestoßen hatte, lief quiekend davon. Dann raschelte es in allen Büschen. »Das war ihr Warnruf«, flüsterte Lizzy, die bemerkt hatte, dass Elisabeth wie angewurzelt stehen geblieben war, »jetzt sind erst einmal alle weg, keine Sorge.« Sie zog die Anwältin mit sich, und gemeinsam umkreisten sie den Turm.

»Hier«, Lizzy leuchtete mit der Taschenlampe, »ist der Turm mit dem Vorderhaus verbunden.«

Sie ging einmal halb um ihn herum, Elisabeth stets an der Hand, und schickte immer wieder einen Lichtstrahl an der Mauer entlang nach oben. Schließlich hielt sie vor schmalen, senkrecht übereinander stehenden Eisenstreben.

»Bist du schwindelfrei?«

»Ja.«

»Dann klettere da rauf, es müsste so zwanzig bis dreißig Meter in die Höhe gehen. Zur Belüftung dieser Türme befinden sich an der Spitze Öffnungen. Leuchte mit der Taschenlampe hinein und finde raus, ob Sam und Bella da drin sind.« Lizzy nahm Elisabeth die Pistole ab, klemmte die Taschenlampe unter deren Gürtel, schickte ein Gebet in den Himmel und gab ihr mit einer Kopfbewegung zu verstehen, dass sie starten sollte. Sie selbst blieb am Fuße des Turms zurück. Sie würde zur Beruhigung Zigaretten drehen, eine nach der anderen, bis sie wieder da wäre.

Tritt um Tritt erklomm Elisabeth den von Flechten überzogenen Ölturm, der ihrem Gefühl nach im Himmel enden mochte. Aufgeschreckte Spinnen krabbelten über ihre suchenden Hände, Kletten zeckten sich in ihren Pullover. Sie hörte das wilde Schlagen ihres eigenen Herzens und flüsterte sich selbst Mut zu. Unvermittelt tat sie einen Griff ins Leere, rutschte ein wenig ab, einzelne Blätter flatterten zu Boden und ließen Lizzy wissen, dass ganz oben etwas nicht stimmte. Die Alte traute sich nicht zu rufen und trat einen Schritt zur Seite für den Fall, dass Elisabeth gleich folgen würde.

Diese aber schmiegte ihr Gesicht an die Mauer und wartete, bis das Rauschen in ihren Ohren nachließ. Sie ging eine Stufe zurück, zog die Taschenlampe aus ihrem Gürtel und leuchtete nach oben, so gut es ging. Etwa einen Meter über ihrem Kopf erkannte sie die Öffnung. Sie musste also auch noch auf die letzte Eisenverstrebung treten. Sie klammerte sich mit den Fingern an das Mauerwerk, drückte sich gegen den Turm und arbeitete sich Zentimeter für Zentimeter in eine aufrechte Position, panisch darauf bedacht, dass sie nicht nach hinten kippte. Ihre Finger fanden die Öffnung und krallten sich an ihre Gitterstäbe. Elisabeth atmete den beißenden Geruch von Öl ein. »Hallo!«, rief sie hinunter. Und noch ein zweites Mal: »Hallo«, doch diesmal deutlich leiser, denn plötzlich kam ihr in den Sinn, dass da unten auch Russen sitzen könnten. So schnell, wie die draußen wären, käme sie niemals die Eisenstiegen wieder hinunter. *Niemand hätte jemals den Ozean überquert, hätte er die Möglichkeit gehabt, bei Sturm das Schiff zu verlassen*, kamen ihr ausgerechnet jetzt Ketterings Worte in den Sinn. Elisabeth holte tief Luft und rief noch einmal: »Hallo?« Sie hielt sich mit der linken Hand fest und fingerte mit der rechten die Taschenlampe hervor, leuchtete in die Schwärze des Turms, konnte aber nichts erkennen, da das Licht irgendwo auf halbem Weg in die Tiefe verschluckt wurde.

»Elisabeth?«, drang es zähe Sekunden später zu ihr herauf. Ihr schossen Tränen in die Augen, als sie hörte: »Wir sind beide hier. Der Turm läuft langsam voll Öl, und das so lange, bis Drakon seinen Arsch hierher bewegt. Tut irgendwas, aber tut es, und zwar schnell!« Wie durch einen Nebel war Samanthas Stimme zu erkennen. Zitternd klemmte Elisabeth die Taschenlampe wieder in ihren Gürtel. Den linken Fuß auf der höchsten Strebe, suchte ihr rechter Fuß die nächsttiefere Stiege. Es dauerte eine Ewigkeit, in der ihr Fuß sich am Mauerwerk entlangtastete, Stein für Stein, erst ein wenig nach links, dann wieder nach oben, nach rechts und wieder zurück. Sie hätte schreien mögen vor Ungeduld. Endlich fand sie die Stiege, sie schloss die Augen mit dem Mut der Verzweiflung und kletterte rhythmisch – linke Hand und rechtes Bein, rechte Hand und linkes Bein – in die Dunkelheit zurück in der Hoffnung, dort möge immer noch Lizzy auf sie warten und nicht ein Russe.

25

Als sie das Rascheln näherkommen hörte, löste Lizzy sich aus ihrem Versteck im Gebüsch, verstaute die gedrehten Zigaretten, es waren zwanzig, und legte Elisabeth sacht ihre Hand auf den Rücken, um sie nicht zu erschrecken.

»Lizzy, sie sind da drin!« Elisabeth umarmte die kleine, zähe Alte. »Aber der Turm läuft voll Öl.«

»Dann gehen wir jetzt und knallen die Russen ab.«

»Das schaffen wir nicht. Es sind acht Leute, ich habe sie vorhin gezählt. Wir haben höchstens sieben Schuss, und alle müssten treffen. Schaffst du das?«

»Nein. Was dann?«

Was würde jetzt Sam tun?, fragte Elisabeth sich. »Wir müssen den Ölschlauch abklemmen. Komm mit.«

Obwohl sie mit vereinten Kräften an der Eisenschnalle zogen, ließ sich der Schlauch nicht lösen. Wütend trat Lizzy vor den Reifen. Gleich darauf hörten sie Schritte, und blitzschnell kauerten sie sich auf den Boden. Elisabeth hoffte auf ihr Glück, dass die Nacht immer noch von ausreichend tiefer Schwärze war. Ein Russe ging einen Meter entfernt an ihnen vorbei und überprüfte den Ölschlauch. Auch er pinkelte mit einem Seufzer der Erleichterung, allerdings gegen das hintere Rad des Tankwagens, hinter dem Lizzy sich verbarg.

Elisabeth konnte seinen Atem spüren – und schon war der Russe bei ihr, drehte ihr den Arm schmerzhaft auf den Rücken. »Wen haben wir denn da?«

»Drakons Geliebte.«

»Bist du allein?«

»Ja.«

Er hielt Elisabeth fest umklammert, leuchtete unter den Tankwagen, hier und da in die Gegend und den Weg entlang.

»Dein Auto?«, fragte er, als er den alten Fiat 500 entdeckte.

»Ja.«

»Ganz schön geizig, dein Stecher.« Er zerrte Elisabeth hinter sich her, stieß die Holztür des Backsteingebäudes auf und schubste sie in den Innenraum.

Sofort sprang ein anderer Russe auf, stellte sich mit einem Maschinengewehr im Anschlag hinter sie und drückte ihr den Lauf zwischen die Schulterblätter.

»Drakon wird sich bald bei eurem Chef melden«, log sie und hasste sich für die Aufregung in ihrer Stimme. Ihr Herz flatterte, aber ihre Augen blickten nach und nach jedem Einzelnen in diesem verrauchten, schlecht beleuchteten Raum ins Gesicht.

»Wie hast du uns gefunden?«, fragte ein drahtiger Mann, der am Pokertisch saß.

»Weibliche Intuition. Ihr hättet die Haarsträhne vorher reinigen lassen sollen.« Sie trat einen Schritt weiter in den Raum und hob ihre geöffneten Hände zum Zeichen, dass sie unbewaffnet war.

»Unser Boss wartet in La Ciotat auf Drakon, aber der hat sich bisher nicht bei ihm gemeldet.«

Hoffentlich weiß Drakon das, dachte Elisabeth. »Er ist aufgehalten worden, weil die Gendarmerie Nationale mit einigen Hundertschaften den Hafen durchkämmt. Aber er wird Samantha und ihre Freundin mit Sicherheit auslösen. Behaltet mich so lange als weiteres Pfand hier.« Sie hatte die Lehne des freien Stuhls am Pokertisch erreicht und legte ihre Hände darauf, um ihr Zittern zu unterdrücken. Ob Lizzy es schaffen würde, zum Auto zurückzulaufen und Drakon rechtzeitig zu finden?

»Weiß Drakon, dass du hier bist?«

»Natürlich nicht. Er hat mir verboten zu suchen.«

»Wie bist du hergekommen?«

»Mit dem Auto. Steht draußen.«

»Dimitri, geh nachsehen!«

Ein großer Russe mit kantigem Gesicht öffnete die schwere Tür, die wieder mit einem dumpfen Geräusch über den Boden schleifte und Lizzy hoffentlich warnen würde. Elisabeth betete, dass er zu faul sein würde, den ganzen Weg abzusuchen. Die langen Minuten, bis Dimitri zurück war, sprach keiner ein Wort.

Sieben Paar Augen ruhten auf ihr. Piotre, der kleine Drahtige am Pokertisch, mochte mutige, eigensinnige Frauen, aber diese da war ihm suspekt – und reizte ihn, da sie zu Drakon gehörte. Gleichzeitig machte sie aber auch genau das unantastbar, zumindest wenn einem das Leben lieb war. Elisabeth nutzte die Zeit des stummen Wartens, um herauszufinden, wer von dieser Truppe der Chef sein mochte, und tippte auf Piotre wegen seiner Ausstrahlung eines Napoleon. Typisch kleiner Mann, dachte sie. Dimitri polterte in den verrauchten Raum und bestätigte, dass draußen ein Auto stand. Elisabeth tat einen tiefen Atemzug, denn er hatte keinen Schlüssel in der Hand. »Da ist sonst niemand, außer Ratten in den Büschen.« Er spuckte auf den Boden.

»Wer bist du?«, fragte Piotre.

»Drakons Geliebte und die Freundin von Samantha und Bella.« Sie bemerkte den gierigen Glanz in seinen Augen, als er meinte, mit ihr auf billige Weise an einen großen Fisch gekommen zu sein. Jetzt musste sie Zeit schinden, bis Lizzy Drakon gefunden hatte – wenn sie ihn denn finden würde.

»Anstatt uns weitere Gespielinnen vor die Füße zu legen, sollte Drakon lieber sein halbes Reich rausrücken, dann kann er auch die Malerin zurückhaben.«

Das war für Elisabeth wie ein Schlag in den Magen. Hier ging es tatsächlich um ein Pokerspiel: um die Macht im Industriehafen und Samantha Mills als Einsatz. »Dreht das Öl ab. Ich verspreche euch, dass Drakon in La Ciotat aufkreuzt, sobald die Gendarmerie aus dem Hafen raus ist.«

Piotre starrte sie an, leckte sich über seine rissigen Lippen. »Warum sollten wir das tun?«

»Weil euer Boss es sicher nicht begrüßen würde, wenn Drakon kommt und Samantha Mills tot ist. In dem Fall ist es ganz bestimmt aus mit dem geteilten Hafen.«

»In dem Fall haben wir ja immer noch dich.« Er grinste böse und entblößte eine fast schwarze Zahnreihe.

»Überschätzt mich nicht. Ich bin nur eine von seinen Geliebten und ersetzbar. Euer wertvolles Pfand sitzt da drin.« Sie machte mit der Hand eine Geste zu der vermauerten Tür. »Natürlich reißt dir dein Boss den Kopf ab, wenn du seine Anweisungen nicht befolgst. Aber überleg mal, wie glücklich er sein wird, wenn Drakon zum Beispiel erst morgen früh auftaucht und das Tauschobjekt Samantha Mills noch lebt.« Sie spürte, dass es ihr gelungen war, Zweifel zu säen.

»Ja, aber Drohungen sollte man nur aussprechen, wenn man sie auch wahr macht.« Piotre zeigte nacheinander auf sechs Männer, die ihn sofort verstanden, ihre Waffen nahmen und den Raum verließen. Dimitri blieb mit dem Maschinengewehr da. »Die Kollegen werden jetzt erst einmal überprüfen, ob da draußen wirklich keiner mehr ist. – Spielst du Poker?«

»Ja.«

»Verträgst du Wodka?«

»Auch das.«

»Spielen wir.«

»Warum sollte ich?«

»Weil du deine Freundinnen retten willst.«

Er kam ganz nah an sie heran und legte ihr eine Hand auf die Schulter. Elisabeth musste sich zwingen, sie nicht abzuschütteln, der Mann stank wie ein Mülleimer.

Piotre zwang ihr einen Kuss auf die Lippen, der nach verfaulten Zähnen schmeckte. Einer der Männer kam zurück. »Da draußen ist wirklich keiner. Die Jungs haben zur Sicherheit Position bezogen. Hauptsächlich hinter den Türmen, keiner wird so blöd wie das Weib sein und den Weg entlangkommen. Eher durchs Hafenbecken, das ist wahrscheinlicher.«

»Gut.« Piotre ging auf die andere Seite des Pokertischs zurück. »Spielen wir also. Ich will dir auch sagen, um was: Jede Partie, die du gewinnst, stellen wir den Ölzulauf so lange ab, bis ich die nächste Partie gewonnen habe. Dann läuft das Öl wieder so lange weiter, bis du das nächste Mal gewinnst. Je nachdem, wie gut du spielst, überleben deine Freundinnen Mitternacht, wenn das Ultimatum abläuft. Kommt bis zum Morgengrauen keine Nachricht, dass Drakon in La Ciotat aufgetaucht ist, gehörst du mir und meinen Leuten hier.«

»Und wenn ich nicht spiele?«

»Dann läuft das Öl eben weiter.« Er blickte prüfend auf seine Armbanduhr. »Samantha und die andere sind in circa zwei bis drei Stunden tot, je nachdem, wie lange sie schwimmen können. Jedes Mal, wenn du gewinnst, dauert es bis zu ihrem Ende etwas länger.«

»Wie garantierst du mir das?« Sie hätte zu gern mit Rosis mathematischer Genauigkeit das Volumen des konisch zulaufenden Turms, den Anteil des vom Mauerwerk verschluckten Öls und die Fließgeschwindigkeit berechnet. Vielleicht ist es aber auch besser, wenn ich nicht weiß, wie schnell es geht, dachte Elisabeth.

»Ich gehe selbst mit dir hinaus, stelle die Pumpe ab und überlasse dir den Schlüssel.« Er zerrte einen Schlüssel, der an einem Lederband hing, aus seinem verschwitzten Hemd und legte ihn auf den Pokertisch. Gewiss, dass sie annehmen würde, zog er ein neues Kartendeck aus seiner Jacke und reichte es ihr.

Dimitri brachte eine Flasche Wodka und zwei kleine Gläser, füllte diese und setzte sich hinter Elisabeth.

»*Texas Hold'em*, bist du damit einverstanden?«

»Nein«, sie blickte ihm fest in die Augen, »das ist was für Anfänger und Glücksspieler.«

»Ich bin Russe, Schätzchen. Was willst du?«

»*Chinese Poker*, nur wenn die Backhand nicht entscheidet, zählt die Middlehand.« Elisabeth betete im Stillen, er möge sich darauf einlassen, denn diese Variante hatte mehr mit Intelligenz denn mit Glück zu tun. Sie hoffte, gleich die erste Runde für sich entscheiden zu können und ihren Freundinnen sowie Drakon auf diese Weise Zeit, überlebensnotwendige Zeit zu verschaffen.

Piotre legte den Kopf schräg, grinste, spuckte aus und nickte.

Elisabeth zog das Plastik vom Kartendeck, prüfte alles so genau wie möglich, ohne Piotre zu verstimmen. Sie strich die Karten auf dem Tisch aus, schob sie wieder zusammen, mischte und sagte: »Wenn ich bis zum Morgen die meisten Partien gewonnen habe, läuft das Öl ab und wir drei können gehen. Dein Preis muss so hoch sein wie meiner.«

»Du hältst ja große Stücke auf dich, dass ein Fick mit dir den gleichen Wert besitzt wie mein Ärger mit dem Boss.«

»Wenn du gut genug spielst, stellt sich die Frage nicht. Ich denke immer noch, dass dein Boss dir dankbar sein wird und dich gut entlohnen für deine Weitsichtigkeit.«

»Gib das Schlauschwätzen dran und teil aus.«

Als die Russen hinter dem Backsteingebäude am Hafenbecken eine kleine Laterne anzündeten, ein noch eingeschweißtes Kartenspiel auf eine Holzkiste legten und sich Zigaretten anzündeten, traute Lizzy sich aus ihrem Versteck heraus und glitt durch die Dunkelheit zu ihrem Auto. Bevor sie startete, schickte sie ein Stoßgebet in den Himmel, niemand möge das Motorengeräusch hören. Als sie rückwärts und ohne Scheinwerferlicht das Hafenbecken verließ, schickte sie zwei weitere Gebete hinterher mit der Bitte um Schutz für die Frauen bei den Russen und eine Eingebung, wo sie Drakon finden würde.

Kaum hatte sie das alte Hafengelände verlassen, schaltete sie die Warnblinkanlage an und holte alles aus dem alten Fiat heraus, was er an PS zur Verfügung hatte. Als Erstes steuerte sie *Trockendock 13* an in der Hoffnung, dass wie zu ihren Zeiten immer noch unter der Kasse an der Theke die Telefonnummer klebte, unter der Drakon in Ausnahmefällen zu erreichen war. Gabelstapler wichen dem kleinen Auto aus, so gut es ging, und kamen ins Schlingern, zweimal verfuhr sie sich fluchend zwischen den Containerreihen. Die konnten zwar jeden Tag anders stehen, hatten aber ihre eigene Ordnung. Man musste sie nur lesen können, und Lizzy war ein bisschen raus. Sie fuhr, als sie *Trockendock 13* erreichte, direkt bis vor den Eingang, ließ den Motor laufen, stieß mit all ihrer zur Verfügung stehenden Kraft die Tür auf – und blieb wie angewurzelt stehen. Rund 120 Uniformierte der Gendarmerie Nationale lungerten an den Tischen herum, genau in der Mitte saß Drakon und pokerte mit Thierry. Lizzy nahm an, sie pokerten um Sams Bilder, die in Drakons Besitz waren und den Russen Thierry als Mörder präsentieren würden. Sie fing einen Blick von Drakon auf, der ihr alles sagte.

»Na, Jungs, habe ich es euch nicht gesagt? Mit Speck fängt man Mäuse, und das hier ist die erste«, prahlte Thierry. »Ma'am, darf ich Sie an unseren Tisch bitten? Da haben Sie es ein wenig bequemer, bis der Rest der Mischpoke auch noch auftaucht.« Er trat einen Stuhl ein Stück zurück und wies mit der Hand darauf.

Lizzy ging langsam auf den Tisch zu, so langsam, dass die meisten Uniformierten dieses Schauspiels überdrüssig wurden und sich wieder ihren Kumpels zudrehten. Selbst Thierry konzentrierte sich erneut auf seine Karten.

Im ersten Moment war er versucht, eine Hand hochzunehmen, als er das kalte Stück in seinem Nacken fühlte.

»Schön sitzen bleiben und nicht bewegen, du Scheißer.«

Es wurde schlagartig still im *Trockendock 13*. Da sagte Lizzy: »Jungs, ich habe in meinem Alter nichts mehr zu verlieren. Deshalb seid euch ganz sicher, wenn nur einer von euch zu laut atmet, knall ich euren Boss ab.«

Drakon stand lächelnd auf, trat hinter Lizzy, nahm ihr geschickt die Pistole aus der Hand und flüsterte ihr zu, schon mal zum Auto zu laufen. Sie ging gemächlich zur Tür und blieb dort abwartend stehen. Sie wusste, was als Nächstes passieren würde, und wollte sicherstellen, dass auch Drakon es schaffte hinauszukommen.

Rückwärts, Thierry als Schutzschild vor sich, kam er auf sie zu. Sie wusste, was jetzt passieren würde und wollte sicherstellen, dass Drakon es schaffte hinauszukommen. Als er nahe bei ihr war, griff sie von hinten in seinen Gürtel. »Schieß ihm die Eier ab«, forderte sie ihn auf.

Drakon schubste Thierry nach vorn und schoss im selben Moment in den Sicherungskasten.

Eine Sekunde lang war es totenstill und stockdunkel, dann setzten die Alarmsirene und die Sprinkleranlage ein, die Drakon schon früher mit Tränengas versehen hatte. Gemeinsam zerrten sie draußen einen dicken Balken vor die Eingangstür und rannten die wenigen Meter zum Auto. »Fahr los, Lizzy! Erzähl mir alles unterwegs.«

Kaum hatten sie das Trockendock umrundet, fuhren sie geradewegs in eine Polizeisperre hinein. »Fahr ganz langsam direkt darauf zu, im allerletzten Moment biegst du nach links ab, ich hoffe, dein Auto ist schmal genug für den Seitengang.« Drakon machte sich so klein wie möglich. Lizzy betätigte die Lichthupe und winkte aus dem Fenster, um den Polizisten zu verstehen zu geben, sie habe sie gesehen und werde anhalten. Beim Haken nach links in die Seitengasse verlor sie zwar ihre hintere Stoßstange, aber das Auto passte genau durch. »Licht aus«, kommandierte Drakon, »und jetzt das Lenkrad einfach nur festhalten und keinen Millimeter bewegen.« Noch ehe die Polizei sich hatte entschließen können, auf ein winziges Auto mit einer winzigen Frau zu schießen, war sie vor ihren Augen verschwunden.

Lizzy fuhr blindlings weiter, während sie Drakon in knappen Worten unterrichtete. Dieser gab sodann in sein Mobiltelefon Befehle auf Griechisch, denn seine engsten Vertrauten waren immer Griechen geblieben.

Piotre grinste. Er liebte Poker, und anhand der chinesischen Variante mit dieser Frau versprach es eine kurzweilige Nacht zu werden. Da er nicht davon ausging, dass Frauen wirklich gut im Poker waren, hatte er seine Karten nur nachlässig geordnet und legte seine drei Stapel hintereinander.

Elisabeth ließ sich etwas mehr Zeit, um ihn in Sicherheit zu wiegen. Dann legte auch sie ihre Stapel ab.

»Du hast den Vortritt.« Piotre zündete sich lässig eine Zigarette an.

Sie schloss die Augen und überlegte, womit sie diesen Russen, von dem sie nicht wusste, wie gut oder schlecht er spielte, am besten verunsichern könnte. Selbst wenn sie die erste Partie nicht gewinnen würde, musste sie Piotre davon überzeugen, dass sie eine viel versiertere Spielerin war, als es der Wahrheit entsprach. Sie drehte ihren ersten Stapel und machte sich nicht die Mühe, alle Karten nebeneinanderzulegen: Sie hatte ein Flush Karo.

Piotre spuckte, legte seine Karten aus. Er hatte zwar eine Straße, aber Elisabeths Blatt lag genau einen Punkt darüber.

Gemeinsam gingen sie das erste Mal hinaus, und Piotre schaltete wie ausgemacht die Pumpe ab. Elisabeth legte ihre Hand auf den Schlauch, um zu fühlen, ob das Öl wirklich nicht weiterlief. Mittlerweile kletterte der Mond dunkelgelb und voll am Horizont herauf, doch Elisabeth wünschte sich dicke Wolken davor für den Fall, dass Drakon sie befreien käme.

Samantha und Bella stellten sich gegenseitig unablässig Fragen, um sich wach zu halten. Die entstandenen Gase machten das Atmen schwer, aber noch mussten sie keine zusätzliche Kraft aufwenden, um sich ans Mauerwerk zu klammern. Sie wunderten sich, als sie im schwachen Mondschein zu erkennen glaubten, dass der Ölsee um ihr hochkant stehendes Bett nicht größer wurde.

Piotre mischte und goss Wodka nach. »Trink, Schätzchen, sonst macht es keinen Spaß.« Gehorsam leerte sie das Glas und prostete ihm zu. In der zweiten Runde hatten sie beide in der Backhand ein Königsdoppel und die Sieben als höchste Beikarte. In der Middlehand lag Elisabeth wieder genau vier Punkte über Piotre, denn sie hatten beide dort nichts zu bieten, dafür war ihre höchste Karte das Ass und seine die Zehn. Der kleine Russe begann ihre Fähigkeiten zu fürchten und dachte viel länger als nötig über seine nächsten Kombinationen nach, was Sam und Bella wertvolle Zeit verschaffte.

Zwischendrin kam einer der draußen positionierten Männer und machte Meldung.

Die dritte Partie gewann Piotre.

Nein, sie mussten sich getäuscht haben. Das Öl lief weiter und weiter, erreichte bereits die obere Kante des Betts. Mit schweren Knochen kletterten Bella und Samantha in die Wand. Beide wussten, dass sie dort nicht lange durchhalten würden. Aber das sagten sie nicht, stattdessen fuhren sie unablässig fort mit Fragen:

»Deine Lieblingsfarbe?«

»Rot.«

»Dein Lieblingsauto?«

»Alpha Romeo.«

»Dein Lieblingsdesigner?«

Keine Antwort.

»Bella, bist du wach? – Bella!«

»Ja. Sam. Ich muss dir etwas gestehen: Ich habe dir meine Kinder vererbt. Für den Fall, dass du hier lebend herauskommst. Nur so, damit du Bescheid weißt.«

»Bist du verrückt?«

»Du hast am meisten Geld und am wenigsten Grundsätze. Außerdem lernen sie seit Jahren die Sprachen der Länder, in denen du dich aufhältst. Französisch können sie echt gut.«

»Bella!«

»Sie sind wirklich nett.«

»Hör auf damit!«

»Schon gut.«

»Weiter: Dein Lieblingsdesigner?«

»Armani.«
»Elisabeths Geburtstag?«

Die vierte und fünfte Partie gewann wieder Piotre. Elisabeth marterte ihren Kopf auf der Suche nach dem, was Fred ihr alles zur Chinesischen Pokervariante erklärt hatte. Piotre bemerkte vermutlich nicht einmal, dass er die Flasche Wodka fast allein leerte, aber Elisabeth wusste zu genau, dass so mancher Russe noch gerade stehen kann, wenn der durchschnittliche Europäer längst auf der Nase liegt.

Der Mann mit dem Maschinengewehr schnarchte hinter ihr.

Sie signalisierte durch Mimik und Gestik Müdigkeit, teilte aber aufs Neue aus. Piotre griff gierig zu. Ihr Herz machte einen Sprung: Die Karten boten ihr einen Straight Flush in Herz an. »Hör auf nachzudenken, du hast keine Chance.« So lässig wie möglich blätterte sie ihre Backhand auf den Pokertisch. Piotre kniff die Augen zusammen, lächelte und legte als Erstes das Pikass aus, dann die Dame, dann den König. Elisabeth hielt die Luft an. Ob er mit dem Royal Flush ernst machen würde? Aber dann lachte er schallend, warf seine Karten auf den Tisch. »Schätzchen, du hättest es mir fast geglaubt, oder?«

Elisabeth erhob sich mit schweren Gliedern. Sie wusste, dass sie die Nacht so nicht würde durchhalten und ihre Freundinnen nicht würde retten können. Piotre stand mit ihr auf, nahm den Schlüssel für die Pumpe vom Tisch. »Dann verschaffen wir deinen Ladys mal eine kleine Verschnaufpause.« Er lachte gemein. »Wenn sie noch leben.«

Elisabeth sog die frische Luft in ihre Lungen, denn Dimitri, wenn er nicht gerade schnarchte, und Piotre rauchten ohne Unterlass. Wieder musste sie sich beherrschen, nicht den Weg hinaufzublicken. Wenn einem der Russen auffiele, dass das Auto verschwunden war, wäre das ihr aller sicheres Ende. Sie sah aber auch deshalb nicht in diese Richtung, weil es ihr die letzte Hoffnung auf Rettung genommen hätte, wenn der Fiat noch immer dort stünde. Das leise Surren der Pumpe erstarb, die Stille der Nacht wurde hörbar.

Im selben Moment fiel Bella aus der Wand und verschwand mit einem kurzen Gluckern im Öl. Samantha zögerte den Bruchteil einer Sekunde, dann ließ sie sich mit einem gellenden Schrei in das Öl fallen. Sie wusste, dass das für sie beide den Tod bedeuten konnte, denn so dicht an der Oberfläche war die Gasentwicklung besonders stark. Sie fand Bella, zog sie hoch, schwamm mit ihr zurück an die Wand, griff nach den glitschigen Steinen und ohrfeigte Bella.

»Scheint, deine Freundinnen haben mächtig Spaß da drinnen«, sagte Piotre lachend. Elisabeth schnellte herum und schlug ihm ihre Faust in die Eier. Es hörte sich fast an wie damals, wie bei dem Jungen an der Straßenbahnhaltestelle. Und wie dieser taumelte Piotre und sackte leicht nach vorn.

»Alles okay?«, rief Dimitri von drinnen

»Ja, er kotzt ein bisschen,« antwortete ihm Elisabeth und trat Piotre noch einmal in den Schritt, als er sich ein wenig aufrichten wollte. Mit einem »Pff« sank er zu Boden. Wie im Traum hatte sie plötzlich einen Ziegelstein in der Hand und schlug ihm damit ins Genick, das mit einem leisen Knacken nachgab. Elisabeth hob den Stein wieder hoch und haute ihn mit Wucht auf die Eisenspange des Ölschlauchs, noch einmal und immer wieder, bis diese endlich aufsprang. Der Schlauch löste sich. Öl plätscherte auf die Erde. Als Elisabeth knöcheltief in der zähen Flüssigkeit stand, rief sie laut: »Eh, Leute, Zigaretten und Lampen aus! Der Ölschlauch ist geplatzt!«

Seltsamerweise kam Dimitri als Einziger herbeigerannt. Doch er rutschte so unglücklich aus, dass er mit dem Hinterkopf aufschlug. Vorsichtig schlitterte Elisabeth durch das Öl zu ihm, griff ihm auf einer Seite unter Schulter und Becken und drehte ihn um, Gesicht nach unten. Sollte er noch nicht tot sein, konnte er so bequem ersticken. Sie nahm das

Maschinengewehr an sich, das Dimitri bei seinem Sturz nach hinten geschleudert hatte, und lief den Weg hoch, den sie mit dem Auto gekommen waren. Als sie glaubte, weit genug weg zu sein von den anderen Russen hinter dem Backsteinhaus, rief sie: »Ja, Drakon, hier sind wir!« und ballerte in die Luft, »zwei sind schon tot, die anderen Ratten kriegen wir auch noch!«. Tränen liefen ihr die Wangen hinunter, ein schmerzhaftes Schluchzen kam aus ihrer Kehle. Noch immer hielt sie das Maschinengewehr umklammert und leerte das halbe Magazin in den Himmel. Mit einem Mal brüllte sie los wie ein Tier, als sie von hinten umfasst wurde. Alles vorbei, alles umsonst!

Mit der flachen Hand strich Drakon ihr über das Gesicht und flüsterte: »Wie viele sind es?«

»Noch sechs, wenn sie nicht schon abgehauen sind.«

»Hoffen wir, dass keiner von denen Mumm genug hat, das Öl anzuzünden.«

»Der würde sich ja selber umbringen. Das Öl müsste mittlerweile schon ins Hafenbecken gelaufen sein«, schluchzte sie.

Drakon gab Leuten, die Elisabeth nicht sehen konnte, ein Zeichen. Er schob sie an den Rand des Weges und setzte sie in das hohe Gras der Böschung. »Rühr dich nicht, egal was du hörst oder siehst, bis ich wieder da bin oder Lizzy kommt. Hast du das verstanden?«

Statt einer Antwort legte sie ihre Stirn auf die Knie und verkrallte die Hände in den Nacken.

Was jetzt kam, war eine rasche Folge von dumpfen Schlägen, leisen Zurufen auf Griechisch, Knarren. Dann plumpste mehrmals etwas ins Hafenbecken. Stille. Schließlich hörte sie Ziegeln bersten und dass Drakon nach Samantha rief.

»Hoffentlich lebt sie noch«, stöhnte Elisabeth.

»Bestimmt«, flüsterte unvermittelt Lizzy neben ihr. »Hör sofort auf zu weinen, Drakon mag keine heulenden Frauen.«

»Verdammt, Lizzy, als ob es darauf jetzt ankäme.«

Die Alte tätschelte ihr den Arm: »Du hast gar keinen Grund zu flennen, du warst sehr mutig.« Sie zögerte einen Moment. »Und du spielst offenbar auch ein ganz passables Poker.«

»Ich habe zwei Menschen umgebracht«, stöhnte Elisabeth weiter, fassungslos, dass sie es wirklich getan hatte.

»Der Todestag der Schweine freut den Metzger und bringt uns fette Schinken. Außerdem hast du zwei Menschen dadurch gerettet, macht also zwei zu zwei. Da haben andere viel schlechtere Bilanzen aufzuweisen.«

»Du hast eine komische Art zu trösten.« Elisabeth spürte, wie Hysterie von ihr Besitz nahm. Sie wollte aufstehen.

Doch Lizzy hielt sie zurück. »Sitzen bleiben, hat Drakon gesagt. Und wenn er etwas sagt, dann meint er das auch so, gewöhn dich schon mal daran.«

Elisabeth blieb nichts anderes übrig als auszuharren und zu warten.

Endlich, endlich hörten sie die aufgeregten Stimmen von Bella und Samantha. Die beiden stolperten ölverschmutzt und hustend den Weg herauf, direkt auf Elisabeth und Lizzy zu. Samantha und Elisabeth fielen einander in die Arme. Lizzy drückte jeder eine kleine Flasche Schnaps in die Hand. »Trinkt, das hilft, die verklebten Härchen in euren Luftröhren wieder auf Trab zu bringen.«

»Lizzy?« Das war Drakons Stimme. Im fahlen Licht des Mondes stand er bis zur Hüfte im Öl. Er machte eine Geste, die ›Abflug‹ hieß.

»Kommt«, sagte die Alte zu den Freundinnen, »wir sollen verschwinden.«

Sie mussten Bella stützen, die immer noch nach Luft rang. Elisabeth zwängte sich mit ihr auf die winzige Rückbank des Fiat 500, wo Bella sich an sie klammerte, als wollte sie nie wieder loslassen.

Nachdem sie das Hafenbecken hinter sich gelassen hatten, sahen sie von einer lang gezogenen Kurve aus, dass es dort lichterloh brannte. Sie hörten die Sirenen der ersten

Feuerwehrfahrzeuge, die ihnen bald darauf entgegenkamen. Samantha saß vorn, den Blick stur geradeaus gerichtet, die großen schmutzigen Hände auf den Knien. Ihre Körperhaltung ließ alle im Auto schweigen. Erst als sie das Ortsschild von Cassis passiert hatten, sagte Sam plötzlich: »Lizzy, ich weiß ausnahmsweise mal nicht, was jetzt zu tun ist.«

»Du ziehst dich noch in der Küche aus, gehst unter die Dusche, von dort aus ins Bett. Elisabeth serviert dir eine Schale Gemüsesuppe, und dann schläfst du einfach zwei, drei Tage.«

»Und wann ermorden wir Mr Mills?«

»Danach.«

Lizzy verabschiedete Drakons Leute, die beiden griechischen Familien, die in der *Blauen Rose* zum Schutz der Freundinnen einquartiert worden waren. Zumindest in den nächsten Wochen würden sich weder die Russen noch die Gendarmerie Nationale an einer der Frauen vergreifen.

Radio und Fernsehen berichteten ununterbrochen über den dramatischen Brand im alten Hafenbecken. Doch nach wie vor war in ihren Sendungen genauso wenig wie in den unzähligen Zeitungsartikeln die Rede von dem, an das auch jetzt wieder alle dachten: Krieg im Hurenmilieu. Dieses Mal hatte Drakon ihn für sich entschieden, er hatte den Russen Samanthas Bilder gezeigt und damit den Mörder ihrer Huren. Daraufhin hatten die Russen sich kleinlaut nach La Ciotat zurückgezogen, aber nicht, ohne ihre Frauen zu rächen und Thierry zu ermorden.

Rosi, Elisabeth, Bella und Samantha saßen in Schlafanzug und Morgenrock vor dem Kamin und warteten darauf, dass Lizzy das späte Mittagessen servieren würde. So sturmerprobt sie alles gemeistert hatten, fiel es ihnen jetzt doch schwer, zu ihrer alten Heiterkeit zurückzukehren.

Davide und Soizic kamen vorbei, um die Frauen zu beglückwünschen und sich selbst beglückwünschen zu lassen. Ohne ein Wort nahm Soizic von Lizzy ihre Waffe entgegen und ersetzte noch in der Küche die fehlenden Kugeln. Davide verabschiedete sich von den Frauen, die am nächsten Tag nach Deutschland abreisen würden, und meinte zu Elisabeth mit einem kleinen Seufzer: »Sie kommen bestimmt nächstes Jahr wieder? Dann gehen wir mal gemeinsam essen!«

Samanthas Gesicht wirkte durch die Auszehrung noch kantiger als sonst. Das Öl hatte ihrem Haar offenbar gut getan, denn es stand nicht mehr wie Stroh in alle Richtungen, sondern glänzte. Soizic war erstaunt, wie sympathisch die Malerin war, sobald man ihr mit einem gewissen Selbstvertrauen begegnete. »Ihr reist wirklich morgen schon ab?«, fragte sie, als ihr Chef gegangen war. Sie würde die deutschen Frauen schrecklich vermissen.

»Ich muss unbedingt zurück an die Uni,« antwortete Rosi. »Ich habe dem Prof zwar gesagt, ich arbeite hier weiter – aber daraus ist ja nicht viel geworden.«

»Meine Kinder vermissen mich natürlich auch«, sagte Bella, die nach nur einer Nacht schon wieder ihre alte Form zurückhatte. »Und diesen Ben muss ich zum Teufel schicken. Wann ist deine nächste Mandantenparty, Elisabeth?«

Elisabeth war sehr still. Das fiel allen auf, und jede wusste, woran es lag: Drakon.

Lizzy brachte ein riesiges Tablett mit Meeresfrüchten auf gestoßenem Eis in den Salon und stellte es in die Mitte des Tisches. »Das spendieren euch die Fischer, sie haben es heute Morgen gebracht. Ich fürchte«, sie tätschelte Samanthas Schulter, »sie mögen dich ab jetzt.«

»Und dabei habe ich so viel getan, damit sie die Regeln nicht ändern.«

Elisabeth lächelte. »Lasst uns essen, ich habe nämlich Riesenhunger. – Lizzy?« Sie wies auf den freien Stuhl am Tisch.

»Ich werde die Regeln nicht ändern«, murmelte die alte Haushälterin und schlurfte in die Küche.

Die Frauen aßen, redeten, lachten, immer wieder gingen sie durch, wer in der dramatischen Nacht wo gewesen war, was empfunden, was gedacht hatte. Soizic fühlte sich so glücklich wie noch nie in ihrem Leben, zum ersten Mal hatte sie Freundinnen, und nicht irgendwelche, sondern diese tollen Frauen. Irgendwann kam Lizzy herein und blickte kurz in die Runde. Als Elisabeth bemerkte, dass die Alte Sam die Schulter drückte – Zeichen, dass sie jetzt gehen würde –, folgte sie ihr in die Küche. »Sehen wir uns morgen noch?«

»Abschiede sind nicht so meins. Nimm es mir nicht übel.«

»Meinst du …«, Elisabeth setzte sich an den gekachelten Küchentisch, strich mit der Hand mehrmals darüber. »Meinst du, er kommt noch? Lebt noch?«

Lizzy schaltete den Backofen aus, packte den Tabakbeutel ein, holte eine Flasche Kirschwasser vom Regal und setzte sich zu Elisabeth. »Zum Wohl. Er lebt bestimmt noch, ob er allerdings noch kommt, weiß ich nicht.«

»Sag jetzt bloß nicht, er lebt in seiner ganz eigenen Welt.«

»Du hast eine Ehe, die seit vielen Jahren funktioniert, willst du die wirklich aufs Spiel setzen?«

»Das fragst du doch nicht im Ernst?«

»Nein.« Lizzy fummelte den Tabakbeutel wieder aus der Tasche, nahm ihr Kopftuch ab, drehte eine Zigarette und sagte: »Das habe ich aus dem Fernsehen, von diesen Sendungen zur Eheberatung. Die sagen so Sachen, und es klingt immer sehr ernst und klug.« Sie grinste.

»Also – ich höre?«

»Schätzchen«, und das war nicht herablassend gemeint, sondern als Kosewort, »ich kann dein Leben nicht leben und du nicht meins. Du musst deine Entscheidung für dich treffen.«

»Was würdest du an meiner Stelle tun?«

»Ich bin nicht 81 geworden …«

»79.«

»Auch gut, ich bin nicht 79 geworden, weil ich darauf gehört habe, was andere an meiner Stelle getan hätten.« Sie reichte die gedrehte Zigarette Elisabeth, gab ihr Feuer und stand auf. »Ich habe mich auch nicht danach gerichtet, was gesetzmäßig oder in den Augen der anderen richtig gewesen wäre. Dann hätte ich heute noch keinen Führerschein.«

»Du hättest einfach lesen und schreiben lernen können.«

»Das wäre im Vergleich aber sehr umwegig gewesen.«

»Umständlich heißt das.«

»Ma'am! Bis bald oder morgen oder nächstes Jahr.« Sie drückte Elisabeths Schulter, die kurz die Hand der Alten festhielt. Schon verschwand Lizzy durch die Hintertür.

Kurz vor Sonnenuntergang verabschiedete sich Soizic herzlich von allen, sie hatte sich ihre Adressen aufgeschrieben. »Warte«, sagte Samantha, als sie schon fast aus der Tür war, und reichte ihr ein großes, flaches Paket. »Das ist das Porträt von Elisabeth, ich glaube, du solltest es haben.« Soizic machte eine abwehrende Geste, doch Sam lächelte. »Das ist keine Bestechung, auch keine Bezahlung. Nenn es Netzwerkarbeit. Wenn du mal Lust hast auf einen Kaffee, komm einfach rüber. Lizzy wollte dir ja auch noch Nachhilfe geben, oder?« Soizic umarmte die Malerin und trug das Bild nach Hause, obwohl sie eigentlich vorgehabt hatte, zum Leuchtturm zu laufen und sich bei Poseidon zu bedanken.

Als Rosi und Bella sich für die Nacht verabschiedeten, weil sie noch packen wollten, blieben Elisabeth und Sam vor dem Kamin sitzen.

»Du hast viel zu malen jetzt.«

»Oh ja, das wird sich lohnen. – Und du, was willst du jetzt tun?«

»Du meinst?«

»Na was wohl?« Samantha lächelte ihre älteste Freundin an. Sie würde auch Elisabeths Wandlung viele Bilder widmen müssen, um genau verstehen zu können, was mit ihr passiert war. Einerseits wirkte sie gebrochen, andererseits strahlte sie eine Sehnsucht aus, die neu war an ihr.

»Die Nacht mit ihm war eine Offenbarung.«

»Ich denke, ich weiß, was du meinst.« Sam schenkte Champagner nach.

»Schläfst du mit ihm?«

»Gott bewahre, das wäre ja wie Inzest. Nein, mach dir darüber mal keine Sorgen. Dennoch bist du sehr wahrscheinlich nicht die Einzige, mit der er schläft.«

»Das ist mir egal.« Elisabeth schlug die Hand vor den Mund. »Oh Gott, Sam, was rede ich da für einen Unsinn. Aber er hat was in mir berührt, das ich vorher nie gespürt habe.«

»Und was ist mit der Gewalt, der Kriminalität, den Drogen, den Huren? Ist dir das alles auch egal?«

»William James, der Vater der amerikanischen Psychologie, sagt: *Der Mensch kann sich ändern, wenn er seine Geisteshaltung ändert.*«

Samantha lachte leise. »Gott bewahre auch hier, dass das passiert. Denn das hieße, dass Drakon nicht mehr Drakon ist. Sein Leben, wie er es nach seinen eigenen Regeln lebt, so streitbar sie auch sind, würde mir schrecklich fehlen. Er wäre nicht mehr der Mann, denn du jetzt so sehr begehrst.«

»Ich fürchte, ich verstehe zu gut, was du mir sagen willst.« Elisabeth trank in einem Zug ihr Glas leer, stand auf und legte Holz nach. Sie wusste, dass sie diese Nacht nicht schlafen würde. »Glaubst du, er kommt noch mal her?«

»Ich weiß es nicht. Vielleicht wird er aufgehalten.«

»Ach Sam, du weißt doch, wie ich über das Schicksal denke. Wen klagt die Anwältin an, wenn das Leben nicht hält, was es versprochen hat?«

»Sei nicht so streng, es kann immer etwas sein. Mach es nicht zum Maß der Liebe, ob er kommt oder nicht. Es kann beides bedeuten. Auch, dass er dich liebt.«

»Wie selbstgerecht: Er entscheidet, ob es besser ist für mich zu gehen?«

Samantha trat zu ihr und legte in gewohnter Weise ihren Arm um Elisabeths Schulter. »Manchmal ist das so, dass andere besser wissen, was richtig ist.«

»Und du?«

»Ich bin ich, und ich gehe jetzt mit dieser Flasche Champagner und vier Gläsern rauf zu Rosi und Bella und betrinke mich mit ihnen. Wir hatten diesmal ja nicht so richtig viel voneinander. Komm dazu, wann immer du willst.«

Die Tür zum Salon war gerade ins Schloss gefallen, da erklang schon spanische Musik. Es war die erste Sevillana, die sich ankündigte. Mit nackten Füßen stand Elisabeth auf dem kalten Steinfußboden und blickte zur Uhr. In acht Stunden würden sie abreisen. Aber erst letzte Nacht hatte sie gelernt, dass sich in nur wenigen Minuten eine ganze Welt ändern konnte, deshalb dachte sie nicht schon, sondern erst in acht Stunden.

Sie tanzte eine Sevillana nach der anderen. Ihr Kopf wurde leer, Musik bewegte ihre Muskeln, Melodien zogen an ihrem Herzen. Sie musste und wollte jetzt jeden Wunsch frei lassen, sich hingeben. Was immer am nächsten Morgen passieren würde, sollte das Richtige sein.

Sie tanzte noch, als die Sevillanas längst vom Tango abgelöst worden waren. Zeit, dachte Elisabeth, als sie endlich auf einen der Stühle sank, ist wahrlich relativ. Und es ist weniger als ein Augenblick, der entscheiden kann zwischen Glück und Unglück, tot und lebendig, lachen und weinen.

Sie war irgendwann eingeschlafen. Das Knarren der Tür hinter ihr weckte sie auf. Sie gönnte sich ein paar Sekunden der Hoffnung, dann war sie fast sicher, dass es nur Samantha sein könnte, um sie vor der Abreise zu trösten.

Anhang

Rezepte zu dem französischen Menü, das Lizzy für Samantha und ihre Freundinnen zubereitet.*

Lachstatar

Zutaten für 2 Personen:
- 160 – 180 g frischen Lachs
- 2 Tl Sesamöl
- 1 El Sojasauce
- 1 Tl schwarze Sesamsamen
- Frische Korianderblätter nach Belieben
- Zesten von einer Limette (oder hauchdünn geschnittene Kaffir Zitronenblätter)
- Chili entkernt und in sehr feine Ringe geschnitten
- 1 bis 2 El Weißweinessig

Den Essig in einer kleinen Kasserolle kurz aufkochen, Essig ein wenig verdampfen lassen, die feingeschnittenen Chili hineingeben, abseihen.
Aus Sesamöl, Sojasauce, Sesamsamen, Koriander, Zesten und Chili eine Sauce rühren. Beiseitestellen.
Lachstück enthäuten und den Lachs in möglichst kleine Würfel schneiden. Kurz vor dem Servieren mit der Sauce vermischen und abschmecken.
Lässt sich gut auf einem Salatnest servieren. Mit hauchdünn geschnittenen und gerösteten Brotscheiben reichen.

* Siehe Seite 20 resp. Seite 61 (Wachteln)

Flambierte Gambas auf lauwarmen, karamellisierten Möhrenspänen

Zutaten für 2 Personen:

- 8 Gambas, Größe 8/12
- 1 mittelgroße Möhre, geschält und gehobelt
- Olivenöl
- Butter
- 1 Zweig Rosmarin
- Salz und Pfeffer
- 1 El Cognac
- Fleur de Sel

Gambas schälen, Kopf und Darm entfernen, waschen.
Die Butter auf mittlerer Stufe in einer Pfanne zergehen lassen, Rosmarinzweig und die Möhrenspäne dazugeben. Langsam ca. 15 Minuten garen, durch den Zuckergehalt der Möhren entsteht ein leichter Karamell. Wenn es so weit ist, salzen und pfeffern. Warm stehen lassen.
Olivenöl für die Gambas in einer Pfanne erhitzen, die Gambas von allen Seiten kurz anbraten. Cognac auf einen Esslöffel geben, mit dem Feuerzeug anzünden und in die Pfanne geben. Einmal durchrütteln. Die Pfanne an die Seite ziehen und 3 bis 4 Minuten stehen lassen, die Gambas nicht mehr braten, damit sie glasig bleiben und nicht zu trocken werden.
Die Möhrenspäne auf vorgewärmten Tellern anrichten. Die Gambas daraufstellen, sachte mit ein wenig Fleur de Sel bestreuen.

Marinierte Wachteln mit Erbsenestragonpüree

Zutaten für 2 Personen:

- 2 Wachteln, ausgenommen, halbiert
- 2 Gläser Weißwein (kräftig und nicht zu sauer)
- 5 Schalotten
- 1 Lorbeerblatt
- 2 El vom Stil gezupfte Estragonblätter (von frischem, französischem Estragon), fein geschnitten
- 2 Zweige Estragon extra
- 1 Zweig Thymian
- ½ Becher Sahne, geschlagen
- ½ Becher Sahne für die Wachtelsauce
- Gute Gemüsebrühe (Reformhaus), ca. 1 Tasse
- 250 – 300 Gramm frische oder Tiefkühlerbsen
- Olivenöl und 1 El Butter
- Salz und Pfeffer

4 Schalotten mit einem großen Messer platt drücken (in der Schale lassen) und zusammen mit dem Lorbeerblatt und den halbierten Wachteln in eine Schüssel geben und mit dem Wein übergießen. Mindestens 2, besser 6 Stunden marinieren lassen. Die Erbsen pulen oder die frischen Erbsen aus der Packung nehmen.

1 Schalotte fein hacken, in der Butter anschwitzen. Erbsen dazugeben, Gemüsebrühe angießen, gerade so, dass die Erbsen bedeckt sind. Die Estragonzweige dazu. Ca. 15 Minuten auf kleiner Flamme köcheln lassen.

Währenddessen die Wachteln aus dem Wein nehmen, mit Küchenkrepp trocknen. Olivenöl in einer Pfanne erhitzen. Backofen auf 150 Grad vorheizen (keine Heißluft).

Wachteln auf der Hautseite bei mittlerer Temperatur anbraten, einmal wenden. Die ganzen geschälten Schalotten und einen Schuss von der Marinade dazugeben. Der Boden sollte von dem Wein bedeckt sein, aber die Wachteln sollten nicht schwimmen. In den Backofen auf mittlerer Schiene. Den halben Becher Sahne steif schlagen.

Den restlichen Wein der Marinade in einer Kasserolle einkochen lassen, mit dem Thymianzweig, Salz und Pfeffer würzen. Wenn die Erbsen gar sind, Brühe abgießen, aber noch nicht wegschütten, die Erbsen mit dem Pürierstab pürieren, die Masse durch ein Haarsieb pressen, mit ein wenig der Gemüsebrühe glatt rühren. Auf die Warmhalteplatte, nicht mehr kochen, vorsichtig die geschlagene Sahne mit den Estragonblättern unterheben.

Ofen kurz auf Oberhitze umschalten und die Haut der Wachteln leicht anbräunen.

Ofen ausschalten und Tür halb offen lassen.

Die Weißweinsauce weiter reduzieren, je nach Wein mit einer Prise Zucker abschmecken. Thymianzweig entfernen. Vom Herd ziehen, ein kleines Stück Butter dareingeben und glattrühren, Sahne dazu. Nach Lust und Laune Erbsenpüree und Wachtelhälften auf einem vorgewärmten Teller anrichten, mit der Sauce verzieren.

Zabaione mit in Weißwein eingekochten Aprikosen

Zutaten für 2 Personen:

- 4 Eier, davon das Eigelb
- 3 El Puderzucker
- 65 ml Marsala (süßer italienischer Wein)
- 4 Aprikosen, halbiert und entkernt
- 300 ml Weißwein
- 100 g Zucker
- 1 Sternanis
- 2 Nelken und ein halbes Lorbeerblatt
- 2 Tl frische Pistazien

Weißwein mit Zucker, Anis, Lorbeerblatt und Nelke aufkochen lassen.
Dann die halbierten und entkernten Aprikosen einlegen, vom Herd ziehen und ca. 20 Minuten stehen lassen.
Das Eigelb mit dem Zucker im heißen Wasserbad (es darf nie kochen) schaumig schlagen. Es muss wirklich völlig schaumig und aufgelöst sein. Dann langsam den Marsala dazugeben. Aus dem Wasserbad nehmen, weiter schlagen, bis es kühler geworden ist. Im Wasserbad mit Eiswürfeln kalt schlagen.
Pistazien im Küchentuch mit einem Löffel zerkleinern.
Aprikosen mit der Zabaione anrichten und mit den zerstoßenen Pistazien bestreuen.

Rezepte von Stefanie Koch, gekocht zur Buchpräsentation am 21.4.2012 von Sven Ruhr, Chef de Cuisine im Radisson Blu Media Harbour Hotel, Düsseldorf

Radisson BLU
MEDIA HARBOUR HOTEL
DÜSSELDORF

Ein Drahtseilakt für Lavalle

Stefanie Koch
Die Stunde der Artisten
Kriminalroman
Klappenbroschur, 326 Seiten
ISBN 978-3-89716-983-8

Lavalles dritter Fall

Henri Lavalle, der Düsseldorfer Kommissar mit französischen Wurzeln, bekommt gleich eine ganze Reihe von Problemen: Zwei seiner vier Töchter beschließen, bei ihm einzuziehen, was seine Freundin Ann Stahl nicht gerade erfreut. Dann hat ihn seine neue Vorgesetzte ganz offensichtlich auf dem Kieker. Und der Mordfall im Artistenmilieu bringt Schwierigkeiten der ganz eigenen Art mit sich. Ein Glück, dass Henri sein tüchtiges Team hinter sich hat.

»*Die Stunde der Artisten* ist der dritte Krimi von Stefanie Koch. Ein brisanter Mordfall, flott geschrieben und schnell gelesen.«
Bild

Die dunkle Seite der Frauen

Tessa Korber
Das Leben ist mörderisch
Kriminalerzählungen
Klappenbroschur, 178 Seiten
ISBN 978-3-89716-994-4

Sie haben sich an das Unerträgliche gewöhnt, die Frauenfiguren in diesen zehn Erzählungen. Die beste Zeit ihres Lebens haben sie an Männer verschwendet, die sie nicht zu schätzen wissen. Im Beruf werden sie übervorteilt, und der Haushalt frisst sie auf. Doch irgendwann genügt ein Tropfen, um das Fass zum Überlaufen zu bringen. Da geht dann schon mal eine Tankstelle in Flammen auf, und eine Bergwanderung endet ganz überraschend im Abgrund. Übrigens: In begründeten Ausnahmefällen kann eine Kommissarin auch mal ein Auge zudrücken und Beweismittel verschwinden lassen – denn weibliche Solidarität ist Ehrensache.

»Pointiert schildert die Autorin in den spannenden Psycho-Krimis, wie Frauen mit dem Frust des Daseins umgehen und für ihre lang unterdrückte Wut plötzlich einen überraschenden Kanal finden.« *Nürnberger Zeitung*

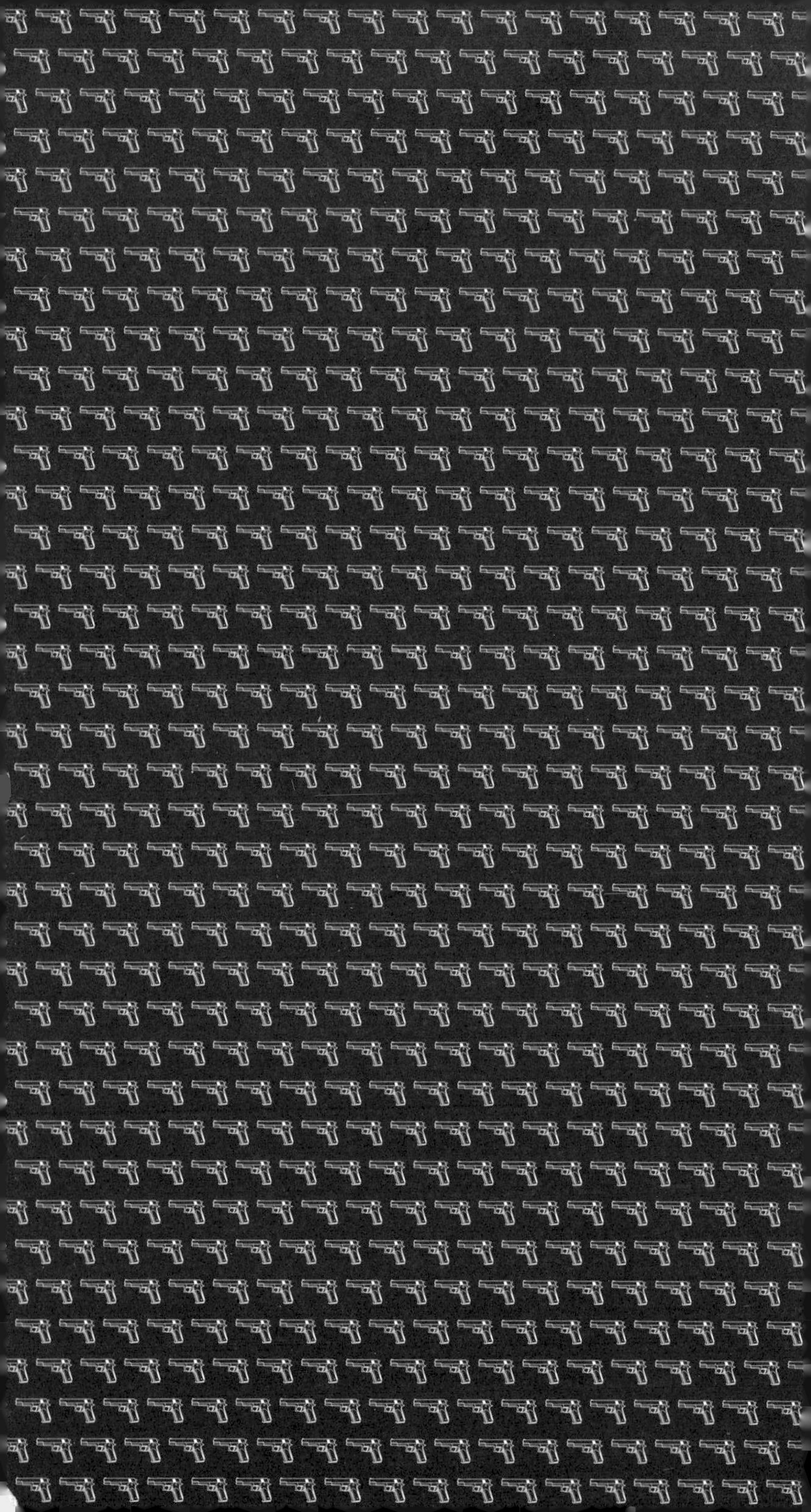